後世にその名を残す大作家の「人」と「作品」がわかる入門書！

夏目漱石

が面白いほどわかる本

出口 汪
Hiroshi Deguchi

中経出版

はじめに

すべての日本人に漱石を贈りたい

漱石って、不思議だ。

人間の心や、存在の不思議さ、それらが不思議であるように、漱石って、不思議だ。おそらく、それが文学にかかわるということではないか。

☆

そうして、この本では、漱石の不思議に、これまた不思議な少女・あいかが立ち向かっていく。そこにドラマが生まれる。

それには仕掛けがいる。

その仕掛けが一人の少女を生み出した。

その少女は現代っ子でなければならない。

物事を深く考えず、流行を追い、世の中の矛盾《むじゅん》に目を向けることなく、既存の価値観に疑いを抱くこともなく、明るく、楽しげに、そして健やかに生きてきた。

ただ、無垢《むく》で、刺激に対して素直に反応する感受性が、たった一つの武器だった。

少女はたった一つの武器を持って、漱石に挑《いど》んでいく。

そこに、二重の物語が始まる。漱石の物語と、私たちの物語。

☆

漱石の不思議。

その難解な文学性と、それにもかかわらず、どんな作家よりも長く多くの人々に愛された作家。

そこに、漱石の謎《なぞ》がある。

『吾輩《わがはい》は猫《ねこ》である』の謎、『こゝろ』の謎、『道草』の謎、これほど読まれ続けながら、ほとんどの作品が謎を抱えている。

その謎を謎とも思わず、読み流してしまう私たち。

そうした漱石の謎《なぞ》、人間の謎、世の中の謎、文学の謎を、謎のままそっくりつかみ出して、誰にでもわかる形で提示したい。

おそらく永遠に解けない謎が、私たちに文学の面白さを再発見させてくれることだろう。

☆

『源氏物語が面白いほどわかる本』は、幸い多くの読者に受け入れられ、ベストセラーに名を連ねた。それまでは文学評論などつまらないもの、売れないものとされていたが、そうした固定概念を覆《くつがえ》すことに成功した。

その理由は、次の点にあると思う。

① 『源氏物語』という膨大《ぼうだい》な、深い物語を、たった一冊で、誰にもわかるように語ってみせたこと。

② 専門家向けの微細な研究成果を披露《ひろう》するものではなく、『源氏物語』の面白さ、深さを、文学に縁のなかった人にも伝えようとしたこと。

③ 昨今流行のカタログ的なものではなく、『源氏物語』の世界を縦横無尽、立体的に語ったこと。

④ 平安朝という時代背景を、現代人にもわかるように説明したこと。

⑤ 光、音、匂《にお》いを重視し、単なる知識ではなく、『源氏物語』の世界をありありと思い浮かべることができるよう、さまざまな工夫を凝《こ》らしたこと。

以上の点は、そのまま『夏目漱石が面白いほどわかる本』にも踏襲《とうしゅう》されている。

漱石の人生、作品、思想、文学性、それらを一人の少女に語って聞かせることによって、おそらく深くて、最もわかりやすい、漱石を語る一冊になったのではないか。

☆

漱石は不思議であると同時に、実に大きな作家である。
読者が誰であろうと、必ずそれなりに答えてくれる作家だ。
漱石の面白さがわからなければ、文学の面白さも、人間の不可思議さもわからないのではないか、こんな思いに駆《か》られてしまうほど、漱石はすごい。
だから、すべての日本人に漱石を贈りたい。
社会人も、学生も、主婦も、高校生も、高齢者も、心のどこかに漱石を取り入れてほしい。
漱石は日本人の心の栄養素である。
日本人が日本人であるためには、人生の豊穣《ほうじょう》さを実感するには、この栄養素がどうしても必要なのである。

出口　汪

夏目漱石が面白いほどわかる本　目次

第8章　臨死体験

第３部
漱石の世界

本文イラスト　中口　美保

夏目漱石の人物紹介

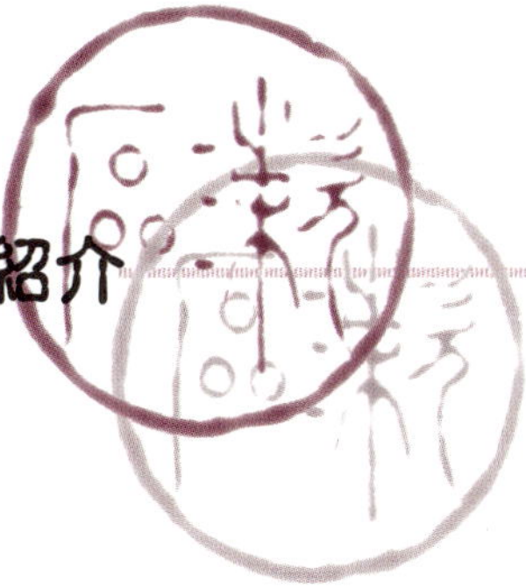

漱石は実に不思議だ。

あれほど多くの作品を残し、あれほどの熱狂的な読者を持ちながら、漱石が実際に作家活動をしたのは10年ほどで、しかも、『坊っちゃん』を除いては実に難解で、おそらくおおかたの人が最後まで読み通せなかったり、読んだところで何が言いたかったのかぴんとこなかったりしたのではないだろうか。『吾輩《わがはい》は猫《ねこ》である』しかり、『こゝろ』しかりである。

その理由の一つが、当時かなりの教養を持った明治の知識人を対象に執筆《しっぴつ》したこと。さらに、近代という時代の問題がその背後にあったことが関係しているように思われる。

それほどのハンディがあるのに、漱石の文学は時代を超え、多くの人の心を揺《ゆ》さぶった。『こゝろ』を読んだ人は、その読み手の心の深さに応じて、衝撃《しょうげき》を受ける。あるいは、人それぞれのひかれ方をする。

まさに漱石は謎《なぞ》である。

その謎を誰にもわかるように解明できないか。その面白さを、多くの人に伝えることができないのか、本書の執筆動機はまさにそこにある。

漱石の人生を４つに大きく分けてみる。

Ⅰ　幼少期から思春期へ

慶応３（1867）年１月５日（新暦の２月９日）、夏目金之助《きんのすけ》として、現新宿に生まれる。夏目家は町方名主《まちかたなぬし》で、神楽坂《かぐらざか》から高田馬場《たかだのばば》あたりまで９か町を支配していた。

生まれてすぐに里子《さとご》に出されたり、塩原家に養子にやられるなど、肉親の愛に恵まれなかった。

子供時代、漢学が好きで、英語は手に取るのもいやなほど嫌《きら》いだった。そのため、府立第一中学を退学し、漢学の名門である二松学舎《にしょうがくしゃ》へ移る。

だが、やがてこれからの時代は英語を学ぶしかないと考え、17歳で大学予備門へ入学。19歳、第一高等中学に編入。

この年、腹膜炎《ふくまくえん》を患って、自《みずか》ら追試験を受けずに落第を選ぶ。この事件が大きな転機となり、以後は猛勉強をして首席を通す。

この頃、正岡子規《まさおかしき》との親交が始まる。

Ⅱ 青年期から文学者漱石誕生まで

23歳、東京帝国大学英文科入学。文部省の特待生《とくたいせい》となる。26歳、東京専門学校（現早稲田大学）講師となる。

26歳、英文学では日本で２番目の学士として卒業した漱石は、大学院に進学すると同時に、高等師範《しはん》学校（教育大学の前身）の教壇《きょうだん》に立つ。

悩める漱石。この頃、人生に対する漠然《ばくぜん》とした不安を抱え、参禅《さんぜん》をしたり、全国各地を旅したりしている。漱石の恋愛にもさまざまな説があるが、それらのほとんどがこの時期に集中している。

27歳、日清《にっしん》戦争勃発《ぼっぱつ》。

28歳、子規日清戦争に従軍。漱石は突然四国松山に赴《おもむ》き、愛媛県尋常《じんじょう》中学校（現松山東高校）の英語教師となる。子規は帰国途上で喀血《かっけつ》。

その後郷里松山に帰り、漱石の下宿に転がり込む。
この頃、漱石は子規に習い、多くの俳句を作った。

29歳、中根鏡子《きょうこ》と結婚。漱石は熊本第五高等学校へと転任する。

33歳、イギリス留学。翌年、『倫敦《ロンドン》消息』を「ホトトギス」に発表。

漱石が35歳のとき、子規が死去。その年の12月、ロンドン発、帰国の途に就く。

Ⅲ 『吾輩《わがはい》は猫《ねこ》である』から修善寺《しゅぜんじ》の大患《たいかん》まで

37歳、日露《にちろ》戦争勃発。

38歳、『吾輩は猫である』を「ホトトギス」に発表。たちまち爆発的な反響を呼ぶ。翌年、『坊っちゃん』もまた大人気。短編集『漾虚集《ようきょしゅう》』、『草枕《くさまくら》』、短編集『鶉籠《うずらかご》』と、精力的に出版。文壇《ぶんだん》の寵児《ちょうじ》となる。

40歳、『野分《のわき》』を発表。4月、いっさいの教職を辞し、朝日新聞社に入社。ここから職業作家漱石が誕生したと言っていい。
その第1作『虞美人草《ぐびじんそう》』が大ブーム。

41歳、『坑夫《こうふ》』『文鳥《ぶんちょう》』『夢十夜《ゆめじゅうや》』、そしていよいよ前期3部作である『三四郎《さんしろう》』を発表。作家的地位を不動のものとする。

42歳、『永日小品《えいじつしょうひん》』『それから』を発表。満州、朝鮮旅行に行き、『満《まん》韓《かん》ところどころ』を連載、朝日新聞に「文芸欄」が新設され、これを主《しゅ》宰《さい》。

43歳、漱石の転機となる年。『門』を連載。修善寺《しゅぜんじ》温泉で吐血《とけつ》し、一時期危篤《きとく》状態に陥《おちい》る。『思ひ出す事など』を病院で執筆《しっぴつ》。

Ⅳ　修善寺の大患《たいかん》以後

44歳、文学博士号を辞退。大阪で胃潰瘍《いかいよう》が再発しまた入院、11月娘雛《ひな》子《こ》の急死と、漱石に不幸が続く。

45歳、後期３部作執筆開始。１月から『彼岸過迄《ひがんすぎまで》』、12月から『行《こう》人《じん》』を連載。明治天皇崩御《ほうぎょ》、乃木《のぎ》大将殉死《じゅんし》。大正元年となる。

46歳、重度のノイローゼ。それに追い打ちをかけるように胃潰瘍再発。そのため『行人』の執筆は中絶。９月から『行人《こうじん》』執筆再開、「塵労《じんろう》」を連載。

47歳、４月から『こゝろ』を朝日新聞に連載。９月、４度目の胃潰瘍再発。「私の個人主義」を講演。

48歳、『道草』『硝子戸《ガラスど》の中《うち》』を連載。この頃からリウマチに悩む。

49歳、５月から『明暗《めいあん》』の連載を始めるが、11月に５度目の胃潰瘍が再発し、未完のままとなる。その後、病状は悪化し、12月９日、死去。

＊夏目漱石の作品には、一部差別的な表現が含まれていますが、当時の歴史的背景、および漱石の作品性を考慮し、原文をそのまま引用しています。なお、本書に引用されている漱石の作品の原文は、『漱石全集』（岩波書店）を底本としています。また、原文の振り仮名は、編集部で付与したものもあります。（編集部）

プロローグ
夏目漱石を読む前に

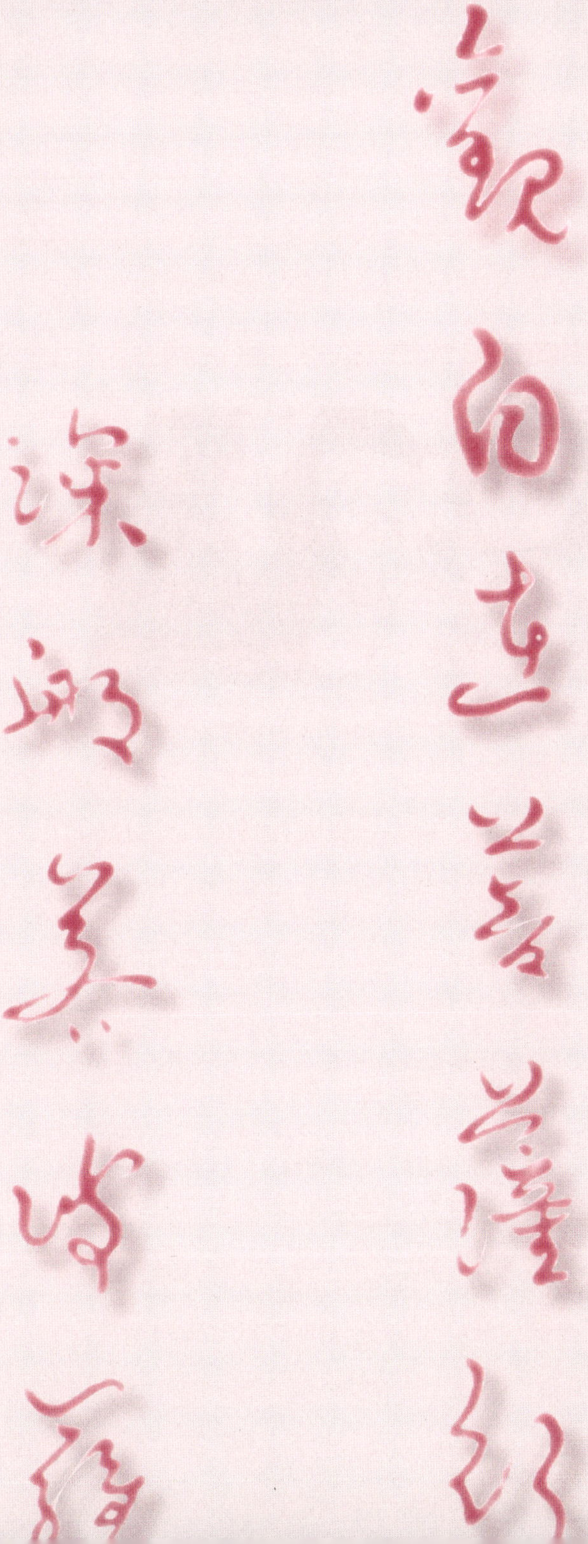

先生、何を読んでいるの？

夏目漱石の『吾輩《わがはい》は猫《ねこ》である』だよ。

見せて。わあ～、なんだか、細かい字がいっぱいで難しそう。
漱石って、千円札のおじさんでしょ？　もっとも新札では姿を消しちゃったけど。国民的作家って言われるほど、偉いんでしょ。

ははは、そのとおりだよ。ところで、あいかは、何か漱石の作品を読んだことはある？

私、学校で習ったことあるわ。え～と、確か『こゝろ』だったかしら？　あとは、う～んと『吾輩は猫である』と『坊っちゃん』も知ってるよ。でも、本当は題名だけで、読んだことがないんだ。
私の友達も、みんな漱石を知っているけど、実は誰も読んだ人いないんだ。どうしてかしら？

そうだろうな。たぶん、『吾輩は猫である』なんて、今の君たちが読んだら、古文みたいに感じるんじゃないかな。

でもね、新聞かなんかで見たんだけど、漱石って、日本人が一番好きな作家だって。だから、実はずっと気になっていたの。漱石くらい読まないと、なんかいけないかなって。
ねえ先生、『吾輩は猫である』ってユーモア小説なんでしょ？　だったら、『吾輩は猫である』から入ったら、読みやすいかしら？

それじゃあ、読んでみる？

はい。

　吾輩は猫である。名前はまだ無い。

　どこで生れたか頓《とん》と見当がつかぬ。何でも薄暗いじめじめした所でニャーニャー泣いて居た事丈《だけ》は記憶して居る。吾輩はここで始めて人間といふものを見た。然《しか》もあとで聞くとそれは書生《しよせい》といふ人間中で一番獰《どう》悪《あく》な種族であつたさうだ。此《この》書生といふのは時々我々を捕《とら》へて煮《に》て食ふといふ話である。然し其《その》当時は何といふ考もなかつたから別段恐しいとも思はなかつた。但《ただ》彼の掌《てのひら》に載せられてスーと持ち上げられた時何だかフハフハした感じが有つた許《ばか》りである。掌の上で少し落ち付いて書生の顔を見たのが所謂《いわゆる》人間といふものの見始《みはじめ》であらう。此時妙《みよう》なものだと思つた感じが今でも残つて居る。第一毛を以《もつ》て装飾されべき筈《はず》の顔がつるつるして丸で薬罐《やかん》だ。其後猫にも大分逢つたがこんな片輪には一度も出《で》会《く》はした事がない。加之《しかのみならず》顔の真中が余りに突起して居る。そうして其穴の中から時々ぷうぷうと烟《けむ》を吹く。どうも咽《む》せぽくて実に弱つた。是が人間の飲む烟草《たばこ》といふものである事は漸《ようや》く此頃《ころ》知つた。

　此書生の掌の裏《うち》でしばらくはよい心持に坐《すわ》つて居つたが、暫《しばら》くすると非常な速力で運転し始めた。書生が動くのか自分丈が動くのか分らないが無暗《むやみ》に眼が廻る。胸が悪くなる。到底《とうてい》助からないと思つて居るとどさりと音がして眼から火が出た。夫《それ》迄は記憶して居るがあとは何の事やらいくら考へ出さうとしても分らない。

　ふと気が付いて見ると書生は居ない。沢山居つた兄弟が一疋《ぴき》も見えぬ。肝心の母親さへ姿を隠して仕舞《しま》つた。其上今迄の所とは違つて無暗に明るい。眼を明いて居られぬ位だ。果てな何でも容子《ようす》が可笑《おかし》いとのそのそ這ひ出して見ると非常に痛い。吾輩は藁《わら》の上から急に笹原の中へ棄《す》てられたのである。

わあ〜あ、目がくらくらしてきたわ。
先生、『吾輩は猫である』って、長いんですか？

うん、ほら、こんなに分厚い（400ページほどある文庫本を見せる）。

もう、かんべんしてください。これ10ページほど読んだら、肩が凝《こ》りそう。みんなが漱石を読んだことがないのもわかる気がするわ。先生、私にもわかるように、ちゃんと説明してください。

ははは、あいか、**『吾輩《わがはい》は猫《ねこ》である』の冒頭シーンは、この文章自体が面白いんだから、これを説明したところで仕方がない**。

先生、もう少し、なんとかならないんですか？

確かに、明治の文章だから、漢字が難しいかもしれないな。

よし、それじゃ、漢字を現代風に書き換えてみようか。少しは読みやすくなるから、我慢してもう一度読んでごらん。

うん、やってみる。

『吾輩は猫である』の冒頭シーン

吾輩は猫である。名前はまだない。

どこで生まれたかとんと見当がつかぬ。何でも薄暗いじめじめしたところでニャーニャー泣いていたことだけは記憶している。吾輩はここで初めて人間というものを見た。しかもあとで聞くとそれは書生《しょせい》という人間の中で一番獰悪《どうあく》な種族であったそうだ。この書生というのは時々われわれを捕《とら》えて煮《に》て食《く》うという話である。しかしその当時はなんという考えもなかったから別段恐ろしいとも思わなかった。ただ彼の手に乗せられてスーと持ち上げられたときなんだかフハフハした感じがあったばかりである。手の上で少し落ち付いて書生の顔を見たのがいわゆる人間というものの見始めであろう。このとき妙《みょう》なものだと思った感じが今でも残っている。第一毛をもって装飾されるべきはずの顔がつるつるしてまるでやかんだ。その後猫にもだいぶ会ったがこんなかたわには一度も出くわしたことがない。のみならず顔の真ん中があまりに突起している。そうしてその穴の中から時々ぷうぷうと煙《けむり》を吹く。どうもむせぽくて実に弱った。これが人間の飲む煙草《たばこ》というものであることはようやくこの頃知った。
　この書生の手のうちでしばらくはよい心持ちに座っていたが、しばらくすると非常な速力で運転し始めた。書生が動くのか自分だけが動くのかわからないがむやみに目が回る。胸が悪くなる。とうてい助からないと思っていると、どさりと音がして眼から火が出た。それまでは記憶しているがあとは何のことやらいくら考え出そうとしてもわからない。
　ふと気が付いてみると書生はいない。たくさんおった兄弟が一匹も見えない。肝心の母親さえ姿を隠してしまった。そのうえ今までのところとは違ってむやみに明るい。眼を開いていられぬくらいだ。はてな何でも様子がおかしいと、のそのそはい出してみると非常に痛い。吾輩は藁《わら》の上から急に笹原の中へ棄《す》てられたのである。

どう？　少しは読みやすくなった？

なんとか意味はわかったわ。
この猫、まだ名前も付けてもらっていないのに、親や兄弟から引き離されて、1匹だけ捨てられたんでしょ？
なんだか、かわいそう。
先生、この猫、どうなるんですか？　気になるわ。

大丈夫。ちゃんと飼い主が見つかるから。
それよりも、この文章で面白いところに気づかなかった？

うん、あったあった。書生《しょせい》って、何者？　人間の中で、最も獰猛《どうもう》なんでしょ？　顔の中が突起していて、その穴からぷうぷう煙を吐くって書いてあったわ。しかも、猫を煮て食うって。
いやだあ、明治の頃って、こんな怪物みたいなの、人間にいるの？

ははは、あいか、書生って、今で言う学生のことだよ。

えっ、学生って、猫を食べるの？

本当に食べたかどうかは知らないけど、**僕たちが当たり前に思っていることでも、猫《ねこ》の視点から見たら、ずいぶんおかしなことがある**。煙草《たばこ》なんて、猫には理解できないだろ？

あっ、そうか、この穴からぷうぷうは煙草のことなのね。
そう言えば、女の人のお化粧《けしょう》だって、猫から見れば滑稽《こっけい》よね。

『吾輩《わがはい》は猫である』は猫の視点を導入することによって、明治の人間や文明、社会を次々と笑い飛ばしていくんだ。漱石にとって、何もかもが笑い飛ばしたいことだらけなんだ。自分も含めてね。

ふ～ん、そんな人が千円札になるの？　私には、よくわかんない。
でも、なんだか興味があるわ。日本人がこれほど支持している作家って、どんな人生を送って、どんな作品を残したのかしら。
やっぱり、先生、教えて。でも、難しいこと言っちゃだめよ。私にもわかるように、易しくね。

難しい注文だなあ。

でも、一つやってみるか。僕もできるだけ易しく説明するけど、あいかも努力して勉強するんだよ。**漱石がわかるってことは、日本の近代の社会の様相がわかることにつながるし、文学や人生の深いところが理解できるかもしれない**んだ。

へえ～、漱石って、深いんだ。
先生、入試にも役に立ちますか？

そうだなあ。別に試験のために勉強するわけではないけど、実際、日本史や近代文学史の知識を獲得するのにかなり有効だし、現代文の評論問題や小論文にはけっこう威力を発揮するんだ。

やったあ！　それじゃあ、頑張っちゃおっと。

ここで自己紹介をします。
名前はあいか、純粋無垢《むく》な乙女《おとめ》です。
勉強はあまり好きではないけれど、読書はけっこうするかな。でも、夏目漱石みたいに難しいのは苦手。恋愛小説とかミステリーなど、軽めのものが好きです。
あと、漫画《まんが》とゲーム、アイスクリームが大好き。
また、白馬の騎士《きし》にあこがれています。
今回、私がこの本の生徒役に選ばれた理由は、素直で優しくて美しいから……と思っていたんだけど、出口先生に聞いたら「あいかにわかるなら、きっとみんなわかってくれると思ったから」ですって。
どういうこと？　ほんと、失礼しちゃうわ。

第1部

漱石がノイローゼになったわけ

（『道草』の世界）

第1章　イギリス留学

第2章　暗い生い立ち

第3章　漱石の妻・鏡子夫人

第4章　過去に脅かされる漱石

それじゃあ、漱石の人生編の始まり、始まり。

パチパチ（拍手)。

ところで、『道草』という作品、読んだことある？

なんだ、漱石の人生編の始まりじゃないんですか？

うん、それはそうだけど、あわてない。
実は**『道草』は漱石の唯一の自伝的作品と言われている**んだ。

自伝的作品？

漱石が自分の過去をもとに小説を書いたんだよ。
当時は、これが発表されると、大変な話題になったんだ。もっとも文壇《ぶんだん》という狭い世界でのことだけど。

そうか。『道草』を読むと、漱石の過去がわかるのね。

もちろん、小説だから、すべてが事実とは限らない。
脚色された箇所も多いと思う。でも、かなり学者が調べた**伝記的事実と符合している点が多いし、漱石自身が自分を語っているのだから、漱石の文学を知るうえでも重要な鍵《かぎ》となる作品だ**と言える。

なんか、面白そうね。でも、どうして、自伝的小説がそんなに話題になるわけ？

漱石が作家として活躍した時代はおよそ10年という短い期間だったんだ。そして、この時期はちょうど文壇では自然主義文学（➡巻末p.340参照）が全盛だった。
自然主義の作家たちは自分の過去を盛んに赤裸々《せきらら》に描き出した。漱石はそうした自然主義の作家たちに反発する。
逆に、正宗白鳥《まさむねはくちょう》（➡巻末p.340参照）や田山花袋《たやまかたい》（➡巻末p.340参照）などの自然主義の作家たちは漱石に対し批判的だった。
そんな漱石が、一見すると自然主義の作品と思えるような『道草』を発表したんだ。

なんだ、漱石は偉そうなことを言っても、結局は自然主義に迎合《げいごう》したのね。

いや、『道草』は確かに自分の暗い過去をえぐってはいるけど、僕には自然主義の作品とは全く異なっていると思えるんだ。それはこれから話す問題だけど、なぜ自伝的小説を書いたのかというと、実は**この時期の漱石は自分の死を覚悟していたんだと思う**。

えっ、どうして？

明治43（1910）年、漱石が43歳のとき修善寺《しゅぜんじ》温泉で吐血《とけつ》し、30分間心臓が止まっている。胃潰瘍《いかいよう》がその原因だが、結局胃病は治らず、明治45（1912）年に『彼岸過迄《ひがんすぎまで》』、大正1～2（1912～13）年に『行人《こうじん》』、大正3（1914）年に『こゝろ』と、血を吐くように一つひとつ作品を生み出していく。最後の命を絞《しぼ》り出すように。

そうか、漱石は一度死んでいたのか。もういつ死んでもおかしくない状況で、原稿を書き続けたんだわ。

そして、大正4（1915）年が『道草』だ。

翌大正5（1916）年、未完の大作となる『明暗《めいあん》』の執筆《しっぴつ》途中で、胃潰瘍で死去。**まさに『道草』は漱石の完成された最後の作品となった**んだよ。

確か人間って、死ぬ前に自分のこれまでの人生を走馬燈《そうまとう》のように思い出すって、聞いたことがあるわ。

『道草』の中で、僕はこのような文章を見つけたよ。主人公は健三《けんぞう》というんだけど、彼が一人の青年に、ある学者の新説を話す。

人が溺れかかつたり、又は絶壁から落ちようとする間際《まぎは》に、よく自分の過去全体を一瞬間の記憶として、其頭《あたま》に描《ゑが》き出《だ》す事があるといふ事実に、此哲学者は一種の解釈を下《くだ》したのである。

「人間は平生《へいぜい》彼等の未来ばかり望んで生きてゐるのに、其未来が咄嗟《とつさ》に起つたある危険のために突然塞《ふさ》がれて、もう己《おれ》は駄目だと事が極《きま》ると、急に眼《め》を転じて過去を振り向くから、そこで凡《すべ》ての過去の経験が一度に意識に上《のぼ》るのだといふんだね。その説によると」

なんだかぞくぞくと寒くなってきたわ。
だって、漱石はこの文章を書いた翌年に死んでしまうんでしょ。それも突然の事故とかで死ぬんではなくて、胃病に苦しめられ、じわじわと真綿《まわた》で首を絞《し》められるように。

うん、**『道草』は単なる漱石の過去を描いた作品ではない。死を目前にして、漱石が自分の過去を見つめ直そうとしている。いや、というよりも、自分の過去の中に何かを見つけ出そうとしている**んだ。自分の過去の背後にある、目に見えない何かを、懸命に探し出そうとしている。そこには何の虚飾《きょしょく》もない。

漱石は一分の隙《すき》もない人間関係が息苦しくて仕方がない。胃潰瘍《いかいよう》で血を吐き、度重なる神経衰弱《すいじゃく》に苦しみ、妻のノイローゼに胸を痛め、死にまとわりつかれている。

なぜこれほど苦しいのか、何が原因でこうなったのか、漱石は自分の存在のその背後にあるものを、懸命に凝視《ぎょうし》しようとする。自分の生の根源にまとわりついている不気味なものを、この世に引きずり出そうとしている。

それほど、**『道草』の文体は緊迫感《きんぱくかん》に満ちている**んだよ。

そうか、そういった意味でも単なる自然主義の作品とは違うのね。でも、なんだか漱石って暗い。
あっ、わかった。漱石の写真で笑ってるのは見たことないもの。なんか、私の生き方に合わないわ！

ははは、あいからしい。そこは少し我慢《がまん》してもらおうかな。

それと、もう一つ面白いことがあるんだ。『道草』が舞台となった時期は、漱石がロンドン留学から帰国した２年と少々、それはちょうど『吾輩《わがはい》は猫《ねこ》である』を書き始めた時期と一致するんだ。

えっ、『吾輩は猫である』ってユーモア小説でしょ？　なんかイメージがくるっちゃう。
漱石って、きっと世間が抱いているイメージとかなり違うのね。とても千円札のおじさんのような身近な存在には思えないな。
でも少しだけ興味が湧《わ》いてきちゃった。怖《こわ》いもの見たさのような……。

そう、だから、『道草』と『吾輩は猫である』を重ねて読むと、実に面白いんだ。とりあえず、一緒に読んでいこう。

第1章 イギリス留学

遠いところから帰ってきた男

健三が遠い所から帰つて来て駒込の奥に世帯《しよたい》を持つたのは東京を出てから何年目になるだらう。彼は故《こ》郷の土を踏《ふ》む珍《めづ》らしさのうちに一種の淋し味《み》さへ感じた。

彼の身体には新《あた》らしく後《あと》に見捨てた遠い国の臭《にほひ》がまだ付着してゐた。彼はそれを忌《い》んだ。一日も早く其《その》臭を振《ふる》ひ落《おと》さなければならないと思つた。さうして其臭のうちに潜んでゐる彼の誇りと満足には却《かへ》つて気が付かなかつた。

これが『道草』の冒頭シーンだよ。静かで、落ち着いた出だしだよね。それに『吾輩《わがはい》は猫《ねこ》である』よりは読みやすいだろ？

うん、これなら頑張ればなんとかなるわ。
ねえ、先生、「遠い所」って、どこのことなんですか？

明治36（1903）年1月、漱石は3年弱のロンドン留学から帰ってくるんだ。**留学中は、漱石は精神障害になったのではとの噂《うわさ》が流れるほど、神経衰弱《すいじゃく》に苦しめられる**。

先生、当時のロンドン留学って、今とはずいぶん意味が違うんでしょ？

もちろん、大違いだ。今なら少しお金があれば気楽に行けるだろうけど、当時は大学を出ただけで超エリートで、出世を約束されていたものだ。ましてや留学となると、ある意味で国家を背負っていく責務を担わされるほどなんだよ。

また、留学生活も大変だった。だって、ロンドンに日本人なんてほとんどいないんだから。

漱石は国費で留学をした。だから、日本の英文学を一人で背負うくらいの重責だったんだよ。帰国後は東京帝国大学の講師の職が約束されていた。

へえ〜、やっぱり超超エリートだったんだ。
でも、先生、なんだか変よ。だって、それほどのエリートだったんなら、もっと晴れがましい気持ちになるんじゃない。
「一種の淋し味さへ感じた」って、ありますよ？

あいか、なかなか鋭いな。
実はこの**冒頭シーンから、矛盾《むじゅん》が含まれている**。
「新らしく後に見捨てた遠い国の臭」って、ロンドンのことだろ。健三はそれを厭《いと》い、払い落とそうとするんだ。でも、その一方、「故郷の土を踏む珍らしさ」にも「一種の淋し味」を感じている。

確かに変よね。普通なら長く外国に行ってて、やっと家族のもとに帰ってきたんだもの、早くみんなの顔を見たいとか、ほら、もっとなんかわくわくした気持ちになるんじゃない。ねえ、漱石に何があったのかしら？　ロンドンの留学はどうだったの？

そうだね、とりあえず、漱石のロンドン留学の話から始めようか？

漱石、ロンドンで精神を患《わずら》う

明治33（1900）年９月８日、満２年間のイギリス留学の命を受け、漱石は横浜からドイツ汽船プロイセンで日本を発《た》った。

航海中の漱石は、激しい船酔《ふなよ》いと下痢《げり》に悩まされた。それでもシンガポールを過ぎる頃、ようやく船旅にも慣れてきたが、西洋風の食事と風呂と便所に閉口したらしい。

香港《ホンコン》から高浜虚子《たかはまきょし》（➡巻末p.340参照）に宛《あ》てた書簡には「早く茶漬けと蕎麦《そば》が食べたく候」としたためてあったそうだ。

そして、10月28日、無事にロンドンに着く。

は〜ん、当時はロンドンまで船で50日ほどかかったんだ。私なら退屈で音を上げそう。
それはそうと先生、漱石は西洋風の風呂と便所が苦手だったんですね。ふふ、なんだか、かわいい。千円札のおじさんが西洋トイレに困っているなんてー、おかしい。

うん、日本では当然西洋風の風呂と便所などめったにないから、初めはどうやって使用したらいいのかわからなかったんじゃないかな。

漱石はロンドンに着いても、汽車に悩むんだ。夜寝ているときに、突然汽車が部屋の中に飛び込んでくるのではないかと思うと、落ち着かなかったらしい。

ははは、そりゃあ、ノイローゼになるのは無理もないわ。

漱石はロンドン留学の成果を帰国後『文学論』にまとめるのだが、そこにロンドン留学を「尤《もっと》も不愉快の二年なり」と述べ、さらに「官命なるが故に行きたる者は、自己の意志を以て行きたるにあらず。自己の意志を以てすれば、余は生涯英国の地に一歩も吾足を踏み入るる事なかるべし」とまで書き記しているんだよ。

ふ〜ん、漱石って、千円札の偉いおじさんかと思っていたけど、けっこう人間くさいところもあるんだ。これって、国の命令だから仕方がなくイギリスに行ったけど、自分の意志ならば一生一歩もその土地に足を踏み入れないってことでしょ。
先生、なんでこんなにロンドンを嫌ったのかしら？

理由はいろいろある、というよりも、むしろいろいろな原因が折り重なったことが、漱石を神経衰弱《すいじゃく》にまで追い込んだのではないかな。

まず、押さえておかなければならないことは、**漱石はどっぷりと日本の伝統の中で生まれ育った**わけで、この点では芥川龍之介《あくたがわりゅうのすけ》（➡巻末p.340参照）や武者小路実篤《むしゃのこうじさねあつ》（➡巻末p.340参照）、永井荷風《ながいかふう》（➡巻末p.341参照）など、これ以後の作家たちと大きく違っている。

しかも、**漱石はもともと漢文に興味があった**わけで、どうしても英語にはなじめなかった。これからの時代は英語だと周囲に説得されて、仕方がなく英文学の道に進んだという形跡すらあるんだよ。イギリス留学だって、漱石自身が書いたように、あまり気が進まず、一度は辞退しようとしている。

なんで、漱石は英文学が嫌いだったんですか？

文明開化以後、日本は何でも西洋をありがたがり、とりあえずは表面的に模倣《もほう》しようとしただろ。

漱石は日本人の根底のところにある西洋とはどうしても相容《あいい》れないものを凝視《ぎょうし》していたんだ。無理に飲み込もうとすれば、吐き気がする。魂《たましい》の底がひび割れるんだ。それでも、血を吐くような思いで、西洋と真正面から取り組んでいく。

私たちの英語嫌いと、ちょっと意味が違うわね。私が英語を嫌いなのは、暗記が多くて、試験勉強が大変だからなんだもの。

そのとおり。あいかと違って、もともと漱石は猛《もう》勉強し、当時の日本では図《ず》抜《ぬ》けた英語力を身に付けていたんだ。事実、大学２年のとき、英文学の主任教授に頼まれて、鴨長明《かものちょうめい》の『方丈記《ほうじょうき》』（➡巻末p.341参照）を英訳している。

「あいかと違って」は、よぶんよ。
私だってたまには勉強くらいするわ。
でも、『方丈記』って古典でしょ。
これを英訳するって、やっぱりすごいわね。

漱石はそこで英語ではなく、**文学そのものを見極めようと考えた**。根本的に、文学とはどういうものなのか、いっさいの文学書を行李《こうり》（一種の鞄《かばん》）にしまって、文学は何のために発生し、発達し、衰《おとろ》えていくのか、それを追究していく。
そして漱石は下宿から一歩も出なくなる。部屋に閉じこもり、書物をむさぼり読み、そしてひたすら考える。すさまじいまでの猛《もう》勉強をし始めるんだよ。

そりゃ、ノイローゼにもなるわよ。あーあ、いやな性格。私には合わないわ。「おじさん、さあ部屋を出て。人生もう少し楽しいことがいっぱいあるわよ」って言いたくなっちゃう。

それに生活苦が追い打ちをかけていく。
もともとぎりぎりの生活費でしのいでいるのに、少し金に余裕が出ると、すべて書籍の購入に使ってしまう。食事もままならない、風呂一つだって満足に入れない、そういった生活苦のどん底に陥《おちい》っていく。
そして、何よりもつらかったのが、孤独。

いい年をしてロンドンで一人暮らしだもの、無理もないわ。
先生、漱石って、この時期独身だったんですか？

実は明治29（1896）年、留学の４年ほど前に、鏡子《きょうこ》夫人と結婚している。漱石の熊本時代だ。その後、明治32（1899）年に長女筆子《ふでこ》を生み、そして留学するとき夫人はすでに２人目の子供を身ごもっていた。

奥さんと、幼い子供を残しているんだ。
そのうえ、奥さんのお腹の中には赤ちゃんがいるんでしょ。
そりゃあ、誰だって気になる。

うん、事実、手紙で家の様子を知らせよと、鏡子夫人に訴えている。

「御前は産をしたのか。子供は男か女か。両方ともじようぶなのか、どうもさつぱり分からん。遠国に居ると中中心配なものだ。自分で書けなければ中根の御父さんか誰かに書いて貰《もら》ふが好《よ》い。夫《そ》れが出来なければ土屋でも湯浅にでも頼むが好い」

これが漱石の夫人に宛《あ》てた手紙なんだけど、どれほど訴えても、なかなか返事が来ないんだ。

手紙って、リアリティーがあるわね。
でも、鏡子夫人って、ひどい。子供が生まれたかどうかも知らせないなんて。

確かに、鏡子夫人は教養が足りなくて、そのうえ漱石の気持ちを思いやる能力に欠けていたところもあるらしいね。鏡子夫人に関しては、これからいろいろ登場するから、ここではこのへんにしておこう。

ただ、今と違って、電話もないし、手紙といったところで、そう簡単に届くものではなかったんだよ。たいていは、たまたまイギリスに出かける人を見つけては、その人に手紙を託《たく》したんだ。

あっ、そうか。今の感覚で考えたら、だめなんだ。

やがて、文部省から報告書を送れと命令が下る。
だが、漱石は一生懸命に勉強しているのだが、いまだに目鼻がつかない。報告書を送れと言っても無理だと、白紙の報告書を送る。びっくりした文部省はあわててイギリスに滞在している日本人に頼んで、漱石の様子を探らせるんだ。
すると、漱石は真っ暗な部屋に一人閉じこもり、泣いていたと言う。

その報告を受けて、文部省は漱石を強制的に帰国させようとするんだ。

かくして、日本に、漱石は精神障害になったという噂《うわさ》が広がった。

しかし漱石は文部省の指令を拒否し、帰国を延ばして、明治36（1903）年１月に日本の土地を踏む。

「遠いところから帰ってきた男」なのね。

子規の死に、漱石慟哭《どうこく》する

漱石の留学中に、もう一つ悲しい知らせが届く。正岡子規《まさおかしき》（➡巻末p.341参照）の死。

正岡子規って、あの「写生」を唱えた人でしょ。確か『歌よみに与ふる書』だったかしら。学校で習ったわ。
漱石と子規って、知り合いなの？

知り合いどころか、無二の親友と言ってもいい。

明治22（1888）年、第一高等中学本科一部（文科）に属しているとき、子規と知り合うんだ。まあ、一高時代からの同級生と言ってもいい。

その後、お互いを認め合い、高め合うという関係を続けていく。実際に、漱石は子規に俳句を習っている。

そういう友情って、いいなあ。単なる遊び友達じゃないわけね。

明治28（1895）年、漱石は伊予《いよ》尋常《じんじょう》中学（現松山高校）に赴任《ふにん》する。『坊っちゃん』の舞台となった土地だが、そのとき子規が一時、漱石の下宿に転がり込む。

わあ～、漱石と子規が一緒に暮らしたの。なんか、スーパースターが２人邂逅《かいこう》したみたい。

子規は日清《にっしん》戦争に従軍記者として１か月ほど出かけたが、戦争も見ずに内地へ帰る船上で吐血《とけつ》し、いったんは神戸の病院に入院したが、そのあと松山に戻り、漱石の下宿に住み込んだんだ。

結局は、この結核が子規に長い闘病《とうびょう》生活を強いることになるんだよ。

子規の病苦はすさまじいもので、ほとんど寝たきりの中で、俳句を作っていく。「写生」もそういった状況の中で生まれたんだよ。

漱石が留学しているとき、子規の病状は深刻なものとなっていく。

子規は生きているうちに、一目でいいから外国を自分の目で見たかったらしい。ロンドンにどれほどのあこがれを持って、思いを馳《は》せたか。

子規は漱石に、自分の代わりにロンドンを見て、どうか手紙で報告してほしいと頼んだんだ。子規のたっての願いだったんだよ。

漱石はロンドンから子規を慰《なぐさ》めるために、自分の身の回りの様子を３回にわたって送り届けた。それは『倫敦《ロンドン》消息』として、雑誌「ホトトギス」（➡巻末p.341参照）に掲載される。

子規はそれをとても喜んだんだ。

自分は薄っぺらな布団《ふとん》から一歩も動くことができない。お願いだから、もっと自分の代わりに見たことを、手紙で送ってほしいと、ロンドンにいる漱石のもとに、子規から最後の手紙が届く。

僕ハモーダメニナツテシマツタ、毎日訳モナク号泣シテ居ルヤウナ次第、ソレダカラ新聞雑誌ヘモ少シモ書カヌ。手紙ハ一切廃止。ソレダカラ御無沙汰シテスマヌ。今夜ハフト思ヒツイテ特別ニ手紙ヲカク。イツカヨコシテクレタ君ノ手紙ハ非常ニ面白カツタ。近来僕ヲ喜バセタ者ノ随一ダ。僕ガ昔カラ西洋ヲ見タガツテ居タノハ君モ知ツテルダロー。ソレガ病人ニナツテシマツタノダカラ残念デタマラナイノダガ、君ノ手紙ヲ見テ西洋へ往ツタヤウナ気ニナツテ愉快デタマラヌ。若シ書ケルナラ僕ノ目ノ明イテル内ニ今一便ヨコシテクレヌカ(無理ナ注文ダガ)(略)錬卿死ニ非風死ニ皆僕ヨリ先ニ死ンデシマツタ。／僕ハ迚モ君ニ再会スルコトハ出来ヌト思フ(略)

それでも、漱石は書けなかったんだ。

死にものぐるいの勉強の果てに、極度の神経衰弱《すいじゃく》に陥《おちい》り、暗い下宿の片隅で、孤独を抱えながら打ち震《ふる》えていた。

そこに高浜虚子《たかはまきょし》から、子規の死を知らせた手紙が届く。

漱石はどのような気持ちで、その手紙を読んだだろうか。

一瞬、めまいのうちによろめく。

子規が死んだことよりも、それほど懇願《こんがん》されていたのに、生きている間にもう一度手紙を送ってやれなかったことを悔やむ。遠い空の果てで、子規の臨終《りんじゅう》にも立ち会ってやれなかったことを悔やむんだ。

そんな思いで、漱石は弔句《ちょうく》を記した。

筒袖や秋の棺にしたがはず
手向くべき線香もなくて暮れの秋

しくしく……。

おや、どうしたの。あっ、泣いてる!

いやあ、いくら美女の涙だって、先生、あまり見つめないで。
恥ずかしいでしょ。

それから、留学のおよそ２年半の期限が切れる直前、文部省は岡田由《おかだよし》三郎《さぶろう》を通じて藤代禎輔《ふじしろさだすけ》に、

「夏目精神に変調あり、保護して帰朝せらるべし」

という旨《むね》の電報を打った。漱石は迎えにきた藤代を先に帰し、せめて『文学論』の目途《めど》をつけるまでと滞在期間を延長し、12月５日になってようやくロンドンを発つ。

１月23日、漱石は寒々とした日に神戸の港に着く。

遠いところから、帰ってきたのである。

漱石を待っていたもの

（はあーっと、ため息をつく）先生、漱石は一応エリートとして、意気揚々《ようよう》と帰ってきたのでしょ？

そうだね、取りあえず東京帝国大学と第一高等学校の講師を歴任する。周囲の人は少なくとも成功者として彼を迎え入れるんだ。

だが、漱石の心は寒々としたものだった。

ふ～ん、せっかく死にものぐるいの勉強をして成功したのに、なんだかかわいそう。
でも、日本には奥さんや子供たちが待っていたんでしょ？

確かに、漱石は成功者として帰ってきた。ところが、漱石が留学している間に、何もかもが変わってしまっていたんだ。

日本で自分を待っている家族も、そして妻の実家も、目まぐるしく変《へん》貌《ぼう》する近代の日本の中で、すっかり没落《ぼつらく》してしまった。

ちょっと、『道草』の一節を引用してみるよ。

健三は外国から帰つて来た時、既に金《かね》の必要を感じた。久し振《ぶり》にわが生《うま》れ故郷の東京に新《あた》らしい世帯を持つ事になつた彼の懐中には一片《ぺん》の銀貨さへなかつた。

彼は日本を立つ時、其妻子《そのさいし》を細君の父に託《たく》した。父は自分の邸内にある小《ち》さな家《いへ》を空《あ》けて彼等の住居《すまゐ》に充《あ》てた。

ふ～ん、漱石は留学中、家族を奥さんの実家に預けていたわけね。

うん。帰国後、家族を引き取りに行ったときは、すべてのお金を留学で使い果たしてしまっていたんだ。

でも、奥さんの実家はお金持ちじゃないの？

結婚したときは、義父の権勢は大変なものだったんだよ。ところが、留学中に何もかもが変わってしまったんだ。

また『道草』を引用してみるよ。

父は官吏であつた。大して派出《はで》な暮《くら》しの出来る身分ではなかつたけれども、留守中《ちう》手元《もと》に預《あづ》かつた自分の娘や娘の子に、苦しい思ひをさせる程窮《きう》してもゐなかつた。其上《うへ》健三の細君へは月々若干《いくら》かの手当《てあて》が公けから下《お》りた。健三は安心してわが家族を後《あと》に遺《のこ》した。

彼が外国にゐるうち内閣が変《かは》つた。其時《とき》細君の父は比較的安全な閑職からまた引張出《ぱりだ》されて劇《はげ》しく活動しなければならない或位地に就《つ》いた。不幸にして其新《あた》らしい内閣はすぐ倒れた。父は崩壊の渦《うづ》の中《うち》に捲《ま》き込まれなければならなかつた。

遠い所で此変化を聴《き》いた健三は、同情に充《み》ちた眼《め》を故郷の空に向けた。けれども細君の父の経済状態に関しては別に顧慮する必要のないものとして、殆んど心を悩ませなかつた。
　迂闊《うかつ》な彼は帰つてからも其所《そこ》に注意を払《はら》はなかつた。また気も付かなかつた。彼は細君が月々貰《もら》ふ二十円丈でも子供二人《ふたり》に下女を使つて充分遣《や》つて行ける位《ぐらゐ》に考へてゐた。
　「何しろ家賃《やちん》が出ないんだから」
　斯《こ》んな呑気《のんき》な想像が、実際を見た彼の眼を驚愕《おどろき》で丸くさせた。細君は夫《おつと》の留守中に自分の不断着《ふだんぎ》をことごとく着切《きき》つてしまつた。仕方がないので、仕舞には健三の置いて行つた地味な男物を縫《ぬ》ひ直して身に纏《まと》つた。同時に蒲団《ふとん》からは綿《わた》が出た。夜具は裂《さ》けた。それでも傍《そば》に見てゐる父は何《ど》うして遣《や》る訳《わけ》にも行かなかつた。彼は自分の位地を失つた後、相場に手を出して、多くもない貯蓄を悉《ことごと》く亡《な》くして仕舞《しま》つたのである。

奥さんは大変だったんだ。お父さんも娘の悲惨《ひさん》な生活を見ながら、何もしてやれない。お金持ちだった人が突然貧乏《びんぼう》な生活を強《し》いられたら、これほどつらいことはないものね。

そこに、漱石が帰ってきたわけだよ。

　首の回らない程高い襟《カラ》を掛けて外国から帰って来た健三は、此惨憺《このみじめ》な境遇に置かれたわが妻子を黙つて眺《なが》めなければならなかつた。ハイカラな彼はアイロニーの為《ため》に手非道《てひど》く打ち据ゑられた。彼の唇《くちびる》は苦笑する勇気さへ有《も》たなかつた。
　其内《うち》彼の荷物が着いた。細君に指輪一つ買つて来なかつた彼の荷物は、書籍丈《だけ》であつた。狭苦《せまくる》しい隠居所のなかで、彼は其《その》箱の蓋《ふた》さへ開ける事の出来ないのを馬鹿らしく思つた。

はあ～、すべてがすれ違っているのね。
妻子の悲惨な生活を目の当たりに呆然《ぼうぜん》としている漱石に、書籍でいっぱいの荷物が届くんでしょ。
そりゃ、開けることもできないわ。
漱石はいったいどんな気持ちで、その荷物を眺《なが》めたのかしら。

実際、漱石が留学中に使った本の購入代金は、1か月に約200円と言われているんだ。そのために、ほとんどまともな食事もとっていない。

えー、だって、妻子の生活費が1か月20円でしょ。留学中のお金がすっかり本に変わってしまったんだ。
そりゃあ、ひどいわ。私だったら、ぽかぽか頭をたたいてやるわ。

確かに、ひどい。でもね、今と違って、英語の書物なんて、日本ではほとんど手に入らないんだよ。**漱石にとって書籍購入は、お金の問題ではないんだ。それこそ、命懸《が》けだった**。

あっ、そうか。日本ではほしい英語の本なんて、この時代は簡単には入手できないんだ。それを考えると、漱石を責める気持ちにはなれないわ。なんか考えちゃうな。
でも、留学土産《みやげ》に届いた荷物を開けると、すべて本だったなんて、家族にはたまらないわね。
それに漱石はどんな気持ちで、その荷物を整理したんだろう？
なんか、漱石の気持ちを考えると、胸がちょっと痛くなるわ。

そうだよね。しかも、鏡子夫人は文学になんか興味がない。漱石にとってどれほど大切なものでも、妻子にとってはよけいなものにすぎない。
幼い子供たちは、おびえたように父を見上げる。留学中に生まれた女の子にとっても、漱石は突然闖入《ちんにゅう》した異邦人《いほうじん》なんだ。
命懸けの留学生活を終えて漱石を待っていたのは、まさにそういった状況だった。そこに、「あの男」が帰ってきた。

第2章 暗い生《お》い立ち

暗い過去をよみがえらせる男

漱石は『道草』の中では健三という名になっているんだけど、その健三は家の周囲を散歩するのが日課となっているんだ。

ある日の散歩の途中、健三は「あの男」に偶然出会うんだよ。

其時健三は相手の自分に近付くのを意識しつつ、何時《いつ》もの通り器械のやうに又義務のやうに歩《ある》かうとした。けれども先方の態度は正反対であつた。何人《びと》をも不安にしなければ已《や》まない程な注意を双眼《がん》に集めて彼を凝視《ぎようし》した。隙《すき》さへあれば彼に近付かうとする其人の心が曇《どん》よりした眸《ひとみ》のうちにありありと読まれた。出来る丈《だけ》容赦なく其傍《そのそば》を通り抜けた健三の胸には変な予覚が起つた。

「とても是《これ》丈では済《す》むまい」

然《しか》し其日家《うち》へ帰つた時も、彼はついに帽子を被《かぶ》らない男の事を細君《さいくん》に話さずにしまつた。

な、なによ。この「帽子を被らない男」って。
「とても是丈では済むまい」って、なんだか怖《こわ》いわ。

実はこの「帽子を被らない男」って、漱石の父、正確に言うと養父にあたる人なんだ。ずいぶん長い間会わなかったけど、留学から帰ってきて、偶然出くわしてしまう。

先生、だって、自分のお父さんでしょ？　それなのに、「帽子を被《かぶ》らない男」はないわ。それって、あんまりじゃない。
やっぱり、漱石って冷たい。

うん、**漱石は自分の養父を「帽子を被らない男」「あの男」と繰り返す。そう言わざるをえない特殊な状況の中で、漱石は自分の生を育んできたんだ。そして、そこに自分の生の原点を見る。**

自分の存在の根源を、しっかりと凝視《ぎょうし》しようとする。

自分は何者で、何のために、何をしに生まれてきたのか。自分の生の背後に控える暗い、根深いものを引きずり出そうとするんだ。

死を目前に控えた、震《ふる》える手で。

漱石誕生

慶応３(1867)年、１月５日(新暦の２月９日)、漱石は江戸牛込《うしごめ》(現、新宿区牛込）で名主《なぬし》の家に生まれるんだ。

明治維新（➡巻末p.341参照）の前年だよ。

先生、明治維新の前年って、確か江戸は大変だったんじゃなかったかしら。なんか幕府と官軍が争っていて。

勝海舟《かつかいしゅう》（➡巻末p.341参照）による江戸城開城がこの年、まさに争乱の時代だ。

ふ〜ん、だったら、漱石って、幕府側なのね。薩長《さっちょう》が嫌いなんだ。

『坊っちゃん』という作品にもその影響が出ているかもしれないね。主人公の「坊っちゃん」はやはり江戸っ子でなければならない。そして、悪い薩長を懲《こ》らしめる。

でも、結局、坊っちゃんは松山を追い出されてしまうんだけど。

そのあたりは次の機会に話そうか。

名主って、当時は偉かったんですか？

うん、とっても偉かったんだ。

名主といえども町人には変わりないんだけど、夏目家は「草分け名主」と言って、名字帯刀、将軍家への拝謁《はいえつ》が許されたんだ。なまじっかな武家よりも、よほど格式の高い家だったんだよ。事実、漱石の家は「玄関様」と呼ばれ、今でも家名に因《ちな》んで付けられた「夏目坂」という名称が残っているくらいなんだ。

でも、維新後、一家の権勢はしだいに傾いていく。漱石が誕生した頃は、まだ隆盛《りゅうせい》時の面影をとどめつつ、すでにうらぶれていったんだ。

（心配そうに）でも、漱石はかわいがられたんでしょ？

うん、実はそれなんだ。事実は今となってはよくわからないが、両親の心の奥には「生まれてしまった」という意識がどこかにあったのではないかな。

生まれてしまった？　生んだんじゃないの？

父は50歳、母42歳での出産を、『硝子戸《ガラスど》の中《うち》』という随想の中で、漱石自身が「母は年をとって生むのを恥じた」と書いている。

漱石は五男で末っ子なんだ。

はあ〜、あまり歓迎されなかったんだ。
だから、あんな暗いおじさんになったんだ。

それどころか、**漱石は不吉な子供だった**。

不吉？　それ、どういうこと？

母が漱石を生んだのが42歳って言っただろ？　42歳は（死に）を意味する。しかも漱石は庚申（➡巻末p.342参照）の生まれで、この日に生まれた者は盗賊《とうぞく》になるという言い伝えがあるんだ。

そこで、金之助《きんのすけ》と名付けた。最初から名前に金を持たせておけば、難を免《まぬが》れると思ったのじゃないかな。

なるほど、それで本名は金之助なんだ。昔《むかし》の人は迷信深いものね。

ところが、漱石の両親がこれだけではまだ不安だったらしい。漱石が生まれてすぐに、いったん古道具屋にあげてしまう。

『硝子戸《ガラスど》の中《うち》』で、漱石は次のように述懐《じゅっかい》している。

> 私は両親の晩年になつて出来た所謂末《いわゆるすえ》ツ子である。私を生んだ時、母はこんな年歯《とし》をして懐妊《にん》するのは面目ないと云つたとかいふ話が、今でも折々は繰り返されてゐる。
>
> 単《たん》に其為《そのため》ばかりでもあるまいが、私の両親は私が生《うま》れ落ちると間《ま》もなく、私を里《さと》に遣《や》つてしまつた。其里といふのは、無論私の記憶に残つてゐる筈《はづ》がないけれども、成人の後《のち》聞いて見《み》ると、何《なん》でも古《ふる》道具《ぐ》の売買を渡世にしてゐた貧《まづ》しい夫婦ものであつたらしい。
>
> 私は其道具屋の我楽多《がらくた》と一所に、小さい笊《ざる》の中《なか》に入れられて、毎晩四《よつ》谷《や》の大通りの夜店《よみせ》に曝《さら》されてゐたのである。それを或晩《あるばん》私の姉が何かの序《ついで》に其所《そこ》を通り掛《かか》った時見付けて、可哀想とでも思つたのだらう、懐《ふところ》へ入れて宅《うち》へ連れて来たが、私は其夜《よ》どうしても寐付《ねつ》かずに、とうとう一《ひと》晩中《ばんぢう》泣き続けに泣いたとかいふので、姉は大いに父から叱《しか》られたさうである。

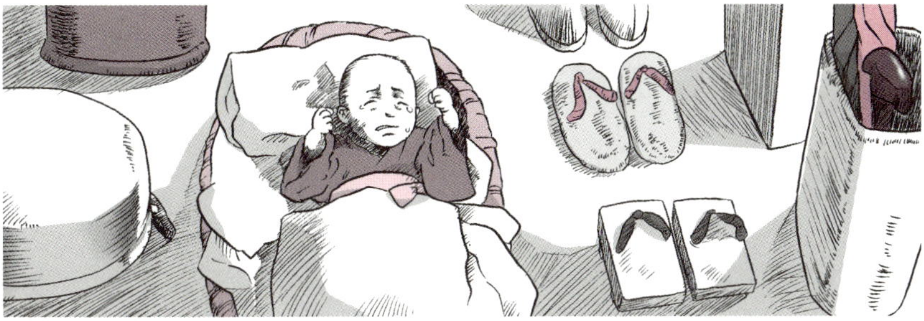

赤ん坊の漱石はがらくたと一緒に夜店に曝《さら》されていたの。かわいそう。どうして、古道具屋なんかにあげちゃったのかしら。

もちろん、今となっては推測するしかないんだが、そこには兄弟たちの死の影が投げかけられていたのだと思う。

漱石の母は晩年になって、次々と子供を産んだ。ところが、４男久吉、３女ちかと、漱石が生まれる前、次々と幼時に死んでしまったんだ。

しかも、母千《ち》枝《え》が42（死に）歳という不吉な年に漱石が生まれる。

また、子供を産んだところで、幼児のうちに死んでしまうのではないかとおびえた。

そこで、いったん他人にあげ、自分の子ではなく拾ってきた子という形をとったのじゃないかな。

もう自分の子供が死ぬ悲しみを二度と味わいたくなかったのね。ならば、漱石は両親に大切に育てられたのじゃないの？

幼い漱石にとって、事実関係などどうでもいい。問題なのは、自分が捨てられたという意識が漠然《ばくぜん》と記憶の底にこびり付いているということなんだ。

そして、「遠い所」から帰ってきた漱石に「あの男」「帽子を被《かぶ》らない男」が姿を現す。

そのとたん、過去に葬《ほうむ》り去ったはずの過去の亡霊《ぼうれい》が次々とよみがえってくる。

存在の奥に垣間《かいま》見る暗い裂《さ》け目

さて、『道草』をもう少し読んでみようか。

葭簀《よしず》の隙《すき》から覗《のぞ》くと、奥には石で囲んだ池が見えた。その池の上には藤棚《だな》が釣《つ》つてあつた。水の上に差し出された両端《はじ》を支へる二本の棚柱《たなばしら》は池の中に埋《う》まつてゐた。周囲《まはり》には躑躅《つつぢ》が多かつた。中には緋鯉《ひごい》の影《かげ》があちこちと動いた。濁《にご》つた水の底を幻影《まぼろし》の様に赤くする其魚《うを》を健三は是非捕《と》りたいと思つた。

或日《あるひ》彼は誰も宅《うち》にゐない時を見計つて、不細具《ぶさいく》な布袋竹《ほていちく》の先へ一枚糸を着《つ》けて、餌《えさ》と共に池の中に投げ込んだら、すぐ糸を引く気味の悪いものに脅かされた。彼を水の底に引《ひ》つ張《ぱ》り込まなければ已《や》まない其強い力が二《に》の腕《うで》迄伝つた時、彼は恐《おそ》ろしくなつて、すぐ竿《さを》を放《はう》り出した。さうして翌日《あくるひ》静かに水面に浮いてゐる一尺余りの緋鯉を見出した。彼は独《ひと》り怖《こわ》がつた。……

「自分は其時分誰と共に住んでゐたのだらう」

彼には何等の記憶もなかつた。彼の頭は丸《まる》で白紙のやうなものであつた。けれども理解力の索引《さくいん》に訴《うつた》へて考へれば、何《ど》うしても島田夫婦と共に暮《くら》したと云はなければならなかつた。

漱石の記憶に残っている最初の光景が、この暗い池だったんだ。

「濁つた水の底を幻影の様に赤くする魚」をぜひ捕りたいと願う。だが、その不気味なものは幼い彼を水の底に引っ張り込むものだった。

白昼、静かに水面に浮いている緋鯉の姿、まさに暗い過去の幻影と白日に曝《さら》された現実の姿を象徴しているシーンだよね。

どこから生まれ、どこに行くのか?

漱石は存在の根源にあるところのものをどうかして知りたいと思う。でも、それは自分を暗い水の底に引きずり込む何かだったんだ。

恐ろしくて、恐ろしくて、幼い漱石は一人震《ふる》えていた。

先生、島田夫婦って、何者なの？

うん、漱石が２歳の頃、塩原昌之介《しおばらしょうのすけ》（➡巻末p.342参照）の養子に出される。漱石の記憶が最初によみがえってくるのは、塩原夫妻（小説の中の島田夫婦）と暮らしたこの時期なんだ。

それじゃあ、漱石は本当の親の愛情を知らずに育ったわけ？

そうだね。そして、塩原夫妻との暮らしは、忘れてしまいたい暗い過去だった。次に漱石の脳裏によみがえってきた記憶は、疱瘡《ほうそう》という病気なんだよ。

疱瘡？　かゆくなる病気でしょ？

うん、かゆくて仕方がないんだ。

「連子窓《れんじまど》（➡巻末p.342参照）の付いた暗い宅の裏通りらしい細い道」は、漱石の脳裏に微かによぎる暗い風景だった。その風景が彼の暗い過去を呼び起こす呼び水となる。漱石は『道草』の中で書きとめる。

「すると表《おもて》に連子窓の付いた小さな宅《うち》が朧気《おぼろげ》に彼の前にあらはれた。門のない其宅《そのうち》は裏《うら》通りらしい町の中にあつた。町は細長かつた。さうして右にも左にも折れ曲《まが》つてゐた」という、そうした暗い風景の中でよみがえってくる、忘れられない記憶。

「彼は其所《そこ》で疱瘡《ほうそう》をした。大きくなつて聞くと、種痘《しゆとう》が元《もと》で、本疱瘡《ほんぽう》を誘《さそ》ひ出したのだとかいふ話であつた。彼は暗い檽子《れんじ》のうちで転《ころ》げ廻《まは》つた。惣身《そうしん》の肉を所嫌《ところきら》はず掻《か》き挘《むし》つて泣き叫んだ」とあり、連子窓のついた暗い部屋の中で、体をかきむしり、転げ回る。**疱瘡の跡は顔にあばたとして残り、漱石は生涯《しょうがい》それを気に病《や》んでいた**らしい。

ふう～、なんか気がめいってきたわ。漱石が自分の過去を忘れたいと思っていたのなら、その痕跡《こんせき》が生涯顔に残ったんだもの、そりゃあ、たまらないわね。

それで、塩原夫妻は漱石をかわいがってくれたの？

もちろんだよ。大切に育てようとした。

ならば、いいじゃない。
それなのに、どうして、『道草』の中では「帽子を被《かぶ》らない男」として、忌《い》むべきイメージを持って登場してくるのかしら？

問題は、そこなんだ。塩原夫妻は『道草』の中では島田夫妻として登場する。
では、少し読んでみようか。

答えようがない問いかけ

島田は吝嗇《りんしよく》な男であつた。妻《さい》の御常《つね》は島田よりも猶《なほ》吝嗇であつた。
「爪《つめ》に火を点《とも》すつてえのは、あの事だね」
彼が実家に帰つてから後《のち》、斯《こ》んな評が時時彼の耳に入《い》つた。然し当時の彼は、御常が長火鉢《ひばち》の傍《そば》へ坐《すは》つて、下女に味噌汁《おつけ》をよそつて遣《や》るのを何の気もなく眺《なが》めてゐた。
「それぢや何《なん》ぼ何でも下女が可哀《かあい》さうだ」
彼の実家のものは苦笑した。
御常はまた飯櫃《おはち》や御菜《おかづ》の這入《はい》つてゐる戸棚《とだな》に、いつでも錠を卸《お》ろした。たまに実家の父が訪《たづ》ねて来《く》ると、屹度《きつと》蕎麦《そば》を取り寄せて食《く》はせた。其時は彼女も健三も同じものを食つた。その代り飯時《めしどき》が来ても決して何時《いつ》ものやうに膳《ぜん》を出さなかつた。それを当然のやうに思つてゐた健三は、実家へ引き取られてから、間食《かんしよく》の上に三度の食事が重なるのを見て、大いに驚《おど》ろいた。

先生、吝嗇って、どういう意味？

けちってことだよ。

どうして、お常は「下女」に味噌汁をよそってやったわけ？　けっこう、親切じゃない。

ははは、親切で味噌汁をよそってやったわけじゃない。「下女」が自分で味噌汁をよそうと、量が多すぎないかと心配したんだ。それほど、けちだったってことなんだ。

へえ〜、味噌汁くらいいくら飲んだっていいのに。そんな家にいたら、息が詰まりそう。

うん、**島田夫婦はまれに見るけちな夫婦だった。けちというよりも、すべてを金銭感覚で推《お》し量《はか》る人間だった。**

漱石をもらってきたのも、純粋な愛情というよりも、老後に自分たちの面倒を見させようという欲得ずくめだったんだ。

なんか、漱石がかわいそう。
結局、生みの親からも、養父母からも本当には愛されずに育ったんだ。それに、私の中の漱石のイメージと、お金がすべてって感じの島田夫婦のイメージとがずいぶん違うんだもの。

漱石は自分の両親として島田夫婦と暮らすのだけど、彼らを見ながら、それとはどうしても相容《あいい》れない自分というものをじっと見つめ続けてきたんだろうな。

御常は非常に嘘《うそ》を吐《つ》く事の巧《うま》い女であつた。それから何《ど》んな場合でも、自分に利益があるとさへ見れば、すぐ涙《なみだ》を流す事の出来る重宝な女であつた。健三をほんの小供だと思つて気を許してゐた彼女は、其裏面をすつかり彼に曝露《ばくろ》して自《みづ》から知らなかつた。
或日《あるひ》一人《ひとり》の客と相対して坐つてゐた御常は、其席《せき》で話題に上つた甲といふ女を、傍《はた》で聴《き》いてゐても聴きづらい程罵《ののし》つた。所が其客が帰つたあとで、甲が又偶然彼女を訪ねて来た。すると御常は甲に向つて、そらぞらしい御世辞を使ひ始めた。遂に、今誰さんとあなたの事を大変賞《ほ》めてゐた所《ところ》だといふやうな不必要な嘘《うそ》迄吐《つ》いた。健三は腹を立てた。
「あんな嘘を吐いてらあ」
彼は一徹な小供の正直を其儘《そのまま》甲の前に披瀝《ひれき》した。甲の帰つたあとで御常は大変に怒《おこ》つた。
「御前と一所にゐると顔から火の出るやうな思《おもひ》をしなくつちやならない」
健三は御常の顔から早く火が出れば好《い》い位に感じた。
彼の胸の底には彼女を忌み嫌ふ心が我知らず常に何処《どこ》かに働らいてゐた。いくら御常から可愛がられても、それに酬いる丈の情合が此方《こつち》に出て来《き》得ないやうな醜いものを、彼女は彼女の人格の中《うち》に蔵《かく》してゐたのである。さうして其醜《みに》くいものを一番能《よ》く知つてゐたのは、彼女の懐《ふところ》に温められて育つた駄《だ》々ツ子に外《ほか》ならなかつたのである。

はは、なんか、子供の時分からすでに漱石らしいわね。ひげ面《づら》の漱石の顔をした子供が目に浮かんできて、おかしい。
でも、親子がどうしても互いに根本のところで相容《あいい》れないなんて、悲劇。しかも、自分の力では、どうやっても抜け出すことができないんだもの。

でも、それだからこそ、幼い漱石の心は自分の内面へと向かわざるをえなくなるんだ。自分は何者で、どこでどうやって、何のために生まれたのか？　とね。

然し夫婦の心の奥には健三に対する一種の不安が常に潜《ひそ》んでゐた。

彼等が長火鉢《ばち》の前で差向《さしむか》ひに坐《すは》り合《あ》ふ夜寒《よさむ》の宵《よひ》などには、健三によく斯《こ》んな質問を掛けた。

「御前の御父《おとつ》ッさんは誰だい」

健三は島田の方を向いて彼を指《ゆびさ》した。

「ぢや御前の御母《おつか》さんは」

健三はまた御常の顔を見て彼女を指《ゆび》さした。

是で自分達の要求を一応満足させると、今度は同じやうな事を外《ほか》の形で訊《き》いた。

「ぢや御前の本当の御父ッさんと御母さんは」

健三は厭々《いやいや》ながら同じ答へを繰り返すより外に仕方がなかつた。然しそれが何故《なぜ》だか彼等を喜《よろ》こばした。彼等は顔を見合《みあは》せて笑《わら》つた。

或時はこんな光景が殆《ほと》んど毎日のやうに三人の間《あひだ》に起つた。或時は単《たん》に是丈《これだけ》の問答では済《す》まなかつた。ことに御常は執濃《しつこ》かつた。

「御前は何処《どこ》で生《うま》れたの」

斯《か》う聞かれるたびに健三は、彼の記憶のうちに見える赤い門——高藪《たかやぶ》で蔽《おほ》はれた小《ちい》さな赤い門の家《うち》を挙《あ》げて答へなければならなかつた。御常は何時《いつ》此質問を掛けても、健三が差支《さしつかえ》なく同じ返事の出来るやうに、彼を仕込んだのである。彼の返事は無論器械的であつた。けれども彼女はそんな事には一向頓着しなかつた。

「健坊、御前本当は誰の子なの。隠《かく》さずにさう御云《おい》ひ」

彼は苦しめられるやうな心持《こころもち》がした。時には苦しいより腹が立つた。向《むか》ふの聞きたがる返事を与《あた》へずに、わざと黙《だま》つてゐたくなつた。

「御前誰が一番好《す》きだい。御父ッさん？　御母さん？」

健三は彼女の意を迎へるために、向ふの望むやうな返事をするのが厭《いや》で堪《たま》らなかつた。彼は無言のまま棒のやうに立つてゐた。それを只年歯《ただとしは》の行かないためとのみ解釈した御常の観察は、寧《むし》ろ簡単に過ぎた。彼は心のうちで彼女の斯《か》うした態度を忌み悪《にく》んだのである。

夫婦は全力を尽《つく》して健三を彼等の専有物にしやうと力《つと》めた。また事実上健三は彼等の専有物に相違なかつた。従つて彼等から大事にされるのは、つまり彼等のために彼の自由を奪はれるのと同じ結果に陥つた。彼には既に身体《からだ》の束縛《そくばく》があつた。然しそれよりも猶《なお》恐ろしい心の束縛が、何も解《わか》らない彼の胸に、ぼんやりした不満足の影《かげ》を投げた。

先生、この島田夫婦って、すごい。
けちな人におごってもらうことほど怖《こわ》いことはないっていうけど、まさにそのとおりね。
自分が子供にこれほどしてあげたのだって、そのことを当の本人の記憶に刻みつけないと、丸損だと思っているんだわ。
そして、してあげた分、将来見返りを要求するつもりなんだ。
でも、その相手が普通の子供でなくて、漱石だっただなんて、皮肉《ひにく》ね。

そうだね、漱石は子供の頃から正義感が強くて、曲がったことが嫌《きら》いだった。その意味では、島田夫婦は育ての親でありながら、自分とはどうしても相容《あいい》れない存在だったんだ。

しかも、漱石の視線は島田夫婦の精神の奥深いところまで突き刺《さ》さっていく。そして、そのことがそのまま自分の存在そのものへと向かっていったんだ。

「御前は何処《どこ》で生れたの」

「御前本当は誰の子なの」

この問いかけの不都合さの真の意味を理解しうる者はいない。元来《がんらい》答えようもないものだからね。

まさにそれは人間の深淵《しんえん》に絡《から》みついていくものである。お常はきわめて無神経にそれとかかわろうとするのである。その結果、幼い漱石の存在の根源が危《あや》うくなるんだね。

幼い漱石にとって、周囲を取り囲むあらゆるものが違和感を覚えずにはいられなくなり、しかもそれらは否応《いやおう》なく自分と執拗《しつよう》にかかわり合ってくるんだ。

現実が眼前に隙間《すきま》なく立ち尽くし、それが避けようのないものだとわかるとき、幼い漱石の心がひび割れる。引き裂かれていく。

先生、私もなんだか胸が苦しくなってきた。
何か救いようがないんだもの。で、このあと、いったいどうなるの？

うん、事態はやがて意外な展開を見せていくんだ。

生々しい女の臭《にお》いを放《はな》つ母

其中《うち》変な現象が島田と御常との間《あひだ》に起《おこ》つた。

ある晩《ばん》健三が不図《ふと》眼《め》を覚まして見ると、夫婦は彼の傍《そば》ではげしく罵《ののし》り合つてゐた。出来事は彼に取つて突然であつた。彼は泣き出した。

其翌晩も彼は同じ争ひの声で熟睡を破《やぶ》られた。彼はまた泣いた。

斯《か》うした騒《さは》がしい夜が幾《いく》つとなく重なつて行《ゆ》くに連《つ》れて、二人の罵る声は次第に高《たか》まつて来た。仕舞《しまひ》には双方共手を出し始めた。打つ音、踏《ふ》む音、叫《さけ》ぶ音が、小さな彼の心を恐《おそ》ろしがらせた。最初彼が泣き出すと已《や》んだ二人の喧嘩《けんか》が、今では寐《ね》やうが覚めやうが、彼に用捨《ようしや》なく進行するやうになつた。

幼稚な健三の頭では何の為に、ついぞ見馴《みな》れない此《この》光景が、毎夜深更に起るのか、丸で解釈出来なかった。彼はただそれを嫌《きら》つた。道徳《とく》も理非も持たない彼に、自然はただそれを嫌ふやうに教へたのである。

やがて御常は健三に事実を話して聞かせた。其話によると、彼女は世の中で一番の善人《ぜんにん》であつた。これに反して島田は大変な悪《わる》ものであつた。然し最も悪いのは御藤さんであつた。「あいつが」とか「あの女が」とかいふ言葉を使ふとき、御常は口惜《くや》しくつて堪《た》まらないといふ顔付《かほつき》をした。眼《め》から涙《なみだ》を流した。然しさうした劇烈な表情は却つて健三の心持《こころもち》を悪くする丈で、外《ほか》に何《なん》の効果もなかつた。

「彼奴《あいつ》は讐《かたき》だよ。御母《おつか》さんにも御前にも讐だよ。骨《ほね》を粉《こ》にしても仇討《かたきうち》をしなくつちや」

御常は歯をぎりぎり嚙《か》んだ。健三は早く彼女の傍《そば》を離れたくなつた。

な、なんなの？　これ。

明治７（1874）年、養父昌之介は**日根野かつ**（➡巻末p.342参照）と関係を持つんだ。怒《おこ》った養母やすは夏目家に訴え、一時漱石はやすとともに夏目家に身を寄せる。

その後、やすは漱石を連れ、実家の榎本現二《えのもとげんじ》を頼っていく。
そうした経緯《けいい》を『道草』では、島田がお藤さんと関係を持ったために、お常が激しく嫉妬《しっと》したと描かれているんだ。
でも、この事件が幼い漱石に暗い影を投げ落としたことは想像に難《かた》くないよね。

そりゃ、そうよ。
まだ幼いのに、家を追い出され、お常さんに連れられ転々とさまようんでしょ？
ただでさえ愛情に恵まれていないのに。あんまりだわ。
これじゃ、漱石がかわいそうすぎる。

うん、事実はどうかわからないけれども、『道草』を読むと、少なくとも**この事件が幼い漱石にどのような痕跡《こんせき》を残したかがわかって、興味深い**ね。
あるとき、こんなことがあったんだ。
お藤には連れ子がいたんだが、島田はお常の留守《るす》中にそっと漱石を連れ出した。

ある晩彼は健三と御藤さんの娘の御縫さんとを伴《つ》れて、賑《にぎや》かな通りを散歩した帰りに汁粉屋へ寄つた。健三の御縫さんに会つたのは此時が始めてであつた。それで彼等は碌《ろく》に顔さへ見合せなかつた。口は丸《まる》で利《き》かなかつた。
宅《うち》へ帰つた時、健三は御常から、まづ島田に何処《どこ》へ伴《つ》れて行かれたかを訊《き》かれた。それから御藤さんの宅へ寄《よ》りはしないかと念を押された。最後に汁粉屋へは誰と一所《いつしよ》に行つたといふ詰問《きつもん》を受けた。健三は島田の注意に拘《かかは》らず、事実を有の儘《まま》に告げた。然し御常の疑《うたが》ひはそれでも中々《なかなか》解《と》けなかつた。彼女はいろいろな鎌《かま》を掛《か》けて、それ以上の事実を釣《つ》り出さうとした。
「彼奴《あいつ》も一所なんだらう。本当を御云《おい》ひ。云へば御母《おつか》さんが好《い》いものを上《あ》げるから御云ひ。あの女も行つたんだらう。さうだらう」

彼女は何《ど》うしても行つたと云はせやうとした。同時に健三は何うしても云ふまいと決心した。彼女は健三を疑《うたぐ》つた。健三は彼女を卑《いや》しんだ。

「ぢや彼《あ》の子に御父《おとつ》ッさんが何《なん》と云つたい。彼の子の方《はう》に余計口《くち》を利くかい、御前の方にかい」

何の答《こたへ》もしなかつた健三の心には、ただ不愉快の念のみ募《つの》つた。然し御常は其所《そこ》で留《と》まる女ではなかつた。

「汁粉屋で御前を何方《どつち》へ坐《すわ》らせたい。右の方かい、左の方かい」

嫉妬から出る質問は何時《いつ》迄経《た》つても尽きなかつた。その質問のうちに自分の人格を会釈なく露《あら》はして顧《かへ》り見ない彼女は、十《とう》にも足りないわが養《やし》ない子《ご》から、愛想を尽かされて毫も気が付かずにゐた。

わあ〜、すごいわ。

このとき、たった一人の母は、一人のただならぬ女として、漱石の前に現れるんだ。

子供にとって、お常はすでに嫉妬《しっと》に燃えた生臭《なまぐさ》い女でしかなく、やがて、漱石はその女と二人きりの世界に閉じ込められるんだね。

御常は会ふ人毎《ひとごと》に島田の話をした。口惜《くや》しい口惜しいと云《い》つて泣いた。

「死んで崇《たた》つてやる」

彼女の権幕《けんまく》は健三の心をますます彼女から遠ざける媒介《なかだち》となるに過ぎなかつた。

夫《おつと》と離れた彼女は健三を自分一人《ひとり》の専《せん》有物《ぶつ》にしやうとした。また専有物だと信じてゐた。

「是からは御前一人が依怙《たより》だよ。好《い》いかい。確《しつ》かりして呉《く》れなくつちや不可《いけな》いよ」

斯《か》う頼まれるたびに健三は云《い》ひ渋《しぶ》つた。彼はどうしても素直な子供のやうに心持の好《い》い返事を彼女に与へる事が出来なかつた。

健三を物《もの》にしやうといふ御常の腹の中には愛に駆《か》られる衝動よりも、寧《むし》ろ慾に押し出される邪気が常に働《はた》らいてゐた。それが頑是《がんぜ》ない健三の胸に、何の理窟なしに、不愉快な影《かげ》を投げた。

お常は欲得ずくで健三を自分の専有物にしようとしたんだ。
「死んで祟《たた》つてやる」というほど、人の情念とはかくも醜《みにく》く、おぞましいものなのだろう。
そのおぞましさと悲惨《ひさん》さはたとえようもないものだったんだ。

これでは漱石があまりにもかわいそう。
普通幼い頃の思い出って、何か懐《なつ》かしくて甘酸《あまず》っぱいものなんだけど、死を目前に控えた漱石によみがえってきたのは、どうしようもないほど暗い過去だったのね。

そして、それらがすべて漱石自身のアイデンティティを揺《ゆ》るがしていくんだ。
漱石は養父母とはどうしても相容《あいい》れない自分の存在を感じている。魂《たましい》自体が違うんだ。人はかくも自分の愛憎《あいぞう》や性癖《せいへき》に縛《しば》られ、身動きができなくなるのか、かくも執着《しゅうちゃく》にとらわれるものなのか、そうやって一生互いに傷つけ合い、憎み合って生きるものなのかと考え、そして、**彼らに育てられながらも、誰からも愛されない自分の存在を思う**んだ。
もちろん、幼い漱石が自分の内面を深く凝視《ぎょうし》できたはずはない。
それらは漠然《ばくぜん》とした不安であり、おびえであり、そしてある予感を伴って、幼い漱石の記憶に痕跡《こんせき》を残していく。

運命に翻弄《ほんろう》されていく幼い漱石

ねえ、それで漱石はどうなったの？

明治7（1874）年、漱石7歳のときのこと。やす（お常）は、結局離婚を決意し、その結果、漱石は養父塩原昌之介（島田）に引き取られることになる。
昌之介は日根野かつ（お藤）とその連れ子れん（お縫《ぬい》＝漱石よりも1

歳年上）とともに浅草に移り住む。昌之介はやがてかつと正式に結婚することになるが、どうも漱石とれんをも結婚させようとしていたらしい。

どうせ、それも欲得ずくめでしょ？

そうだね。

実は、**明治9（1876）年に、漱石は塩原の姓のまま、実家に帰される**んだ。

ああ、よかった。漱石もやっと本当の両親と一緒に暮らせるのね。

ところが、姓が塩原のままだから、結局夏目家の子供として受け入れられたわけではない。だから、漱石自身、生みの親とは知らされていなかったらしい。その中で、実母千枝《ちえ》のことを、何となく慕《した》わしく感じていたんだよ。

そんなのひどい。あんまりだわ。

このへんの事情は、漱石自身が『硝子戸《ガラスど》の中《うち》』で書き記している。

馬鹿な私は、本当の両親を爺婆《ぢいばば》とのみ思ひ込んで、何《ど》の位の月日《つきひ》を空《くう》に暮らしたものだらう、それを訊《き》かれると丸《まる》で分《わか》らないが、何《なん》でも或夜《あるよ》斯《こ》んな事があつた。

私がひとり座敷に寐《ね》てゐると、枕元の所で小《ちい》さな声を出して、しきりに私の名を呼ぶものがある。私は驚ろいて眼《め》を覚ましたが、周囲《あたり》が真暗《まつくら》なので、誰が其所《そこ》に蹲踞《うづくま》つてゐるのか、一寸《ちよつと》判断が付かなかつた。けれども私は小供だから唯凝《ただぢつ》として先方《せんぱう》の云ふ事丈を聞いてゐた。すると聞いてゐるうちに、それが私の家《うち》の下女の声である事に気が付いた。下女は暗い中で私に耳語《みみこすり》をするやうに斯《か》ういふのである。——

「貴方《あなた》が御爺《おぢい》さん御婆《おばあ》さんだと思つてゐらつしやる方《かた》は、本当はあなたの御父《おとつ》さんと御母《おつか》さんなのですよ。先刻《さつき》ね、大方《おほかた》その所為《せゐ》であんなに此方《こつち》の宅《うち》が好《すき》なんだらう、妙なものだな、と云つて二人で話してゐらしつたのを私が聞いたから、そつと貴方に教へて上げるんですよ。誰にも話しちや不可《いけま》せんよ。よござんすか」
　私は其時ただ「誰にも云はないよ」と云つたぎりだつたが、心の中《うち》では大変嬉《うれ》しかつた。さうして其嬉しさは事実を教へて呉れたからの嬉しさではなくつて、単《たん》に下女が私に親切だつたからの嬉しさであつた。不思議にも私はそれ程嬉しく思つた下女の名も顔も丸で忘れてしまつた。覚えてゐるのはただ其人《ひと》の親切丈である。

なんだか、漱石がかわいそうだわ。やっぱり、心のどこかで本当のお父さん、お母さんに愛されたかったのよ。
それなのに、漱石のお父さんって、ひどい。あんまりだわ。

おや、あいか、漱石に批判的だったのに……。

乙女《おとめ》心は変わりやすいの。

　子供を沢山有《も》つてゐた彼の父は、毫も健三に依怙《かか》る気がなかつた。今に世話にならうといふ下心《したごころ》のないのに、金《かね》を掛《か》けるのは一銭でも惜しかつた。繋《つな》がる親子の縁で仕方なしに引き取つたやうなものの、飯《めし》を食はせる以外に、面倒を見て遣《や》るのは、ただ損《そん》になる丈であつた。
　其上《うへ》肝心の本人は帰つて来ても籍《せき》は復《もど》らなかつた。いくら実家で丹精して育て上《あげ》たにした所で、いざといふ時に、又伴《つ》れて行かれれば夫迄《それまで》であつた。
「食《く》はす丈は仕方がないから食はして遣る。然し其外《ほか》の事は此方《こつち》ぢや構へない。先方《むかふ》でするのが当然だ」
　父の理窟は斯《か》うであつた。

はあ〜、漱石って、幼いときから、お金、お金の世界の中であえいでいたのね。誰にも愛されず、一人ぼっちで。
でも、不思議。漱石はそんな周囲の人たちと、ちっとも似てないもの。
本当に立派だわ。

　そうだね。僕もそのことについては考えた。
　人間は生まれ落ちる場所も親も、何一つ選べない。一方、どうしても相容《あいい》れない人間っていうのが存在する。漱石の両親、養父母、さらには兄弟、妻。
　魂《たましい》が違うのだ。そうした避けようのない人間関係の中で、それでも人は生きていかなければならない。
　魂が引き裂かれていく。しかも、どこにも愛がない。
　こうした人たちとどうしても相容れない自分とは、どんな存在なのだろうか。聡明《そうめい》な漱石は、自分の存在の根源にまで深く視線を突き刺《さ》す。
　幼い頃は、それは無意識に。そして成長するにつれ、彼の怜悧《れいり》な頭脳《ずのう》は、しだいに自分の魂の奥深いところを凝視《ぎょうし》するんだ。
　漱石が引きずり出してきたものは、何か？
　僕には単なるエゴイズムで処理できない、もっと人間の根源に迫るもののような気がする。その危《あや》ういところに、漱石の文学が成立していくと思う。

ふ〜ん、漱石って、深いんだ。なんだか、今の私の日常生活からは、想像がつかない世界だなあ。
でも、なんか気になるわ。

第3章 漱石の妻・鏡子夫人

夫の論理・妻の論理

明治29（1896）年、漱石29歳のとき松山中学を辞任して、熊本第五高等学校の講師となるのだが、そこで中《なか》根《ね》鏡子《きょうこ》と結婚する。見合い結婚だったんだよ。鏡子の父、中根重一《じゅういち》は、当時、貴族院書記官長をしていて、かなりの高官だった。でも、漱石は、その鏡子と性格的に、どうしてもそりが合わない。お互いにお互いの世界が理解できないんだ。

翌明治30（1897）年には、漱石の実父直克《なおかつ》が死去したため、夫人とともに上京。滞在中、鏡子は流産してしまう。さらに明治31（1898）年、鏡子は投身自殺を図る。この年、漱石は鏡子夫人のヒステリーに再三悩まされているわけだ。

それでも明治32（1899）年、長女筆子が生まれる。そして、翌33（1900）年、**イギリス留学およそ2年半の年月を得て、明治36（1903）年1月23日、漱石は日本に帰ってくる**んだ。

ふ～ん、新婚当時から、奥さんとうまくいってなかったのかなあ。「鏡子、投身自殺を図る」っていうのも、引っかかるなあ。

このへんの事情はよくわからないのだけど、鏡子夫人は出産の際のつわりもひどく、事実、最初の子供は流産している。そういった事情もあって、ヒステリーがひどかったらしい。

そんなに馬が合わなければ、さっさと離婚してしまえばいいのに。

ところが、そんなに事は単純じゃない。きっと漱石は鏡子夫人を愛していたのだと思う。実際いろいろなことを夫人に教え込もうとしたり、実に細やかな愛情を注いでいたようなんだ。
鏡子夫人は漱石の文学に対しての理解が乏しかったから、漱石の弟子たちからの評判はあまり芳《かんば》しいものではなかったけど、子供たちにとっては優しく、情の深いお母さんだったらしい。

はは〜ん、鏡子夫人もきっと漱石の奥さんでなければ、家庭的な婦人として静かな一生を送ることができたのかもね。
そう考えると、有名人と結婚したからといって、幸せになれるとは限っていないわね。教訓、教訓。

ははは、あいかにはかなわないなあ。
でも、確かに漱石の奥さんになったら大変だ。漱石の弟子たちが勝手に、婦人のプライベートのことまで書いてしまう。彼らの子供たちは子供たちで、漱石や鏡子夫人の思い出を書く。

確かに、漱石の奥さんとしての評価と、家庭でのお母さんとしての評価は違うわ。私、ちょっと鏡子夫人に同情する。きっと人間としては、すばらしい人だったんだわ。

漱石文学という観点に戻すと、**漱石と鏡子夫人はどうやってもお互いに相容《あいい》れない価値観や、世界を持っていた**ということなんだ。**そういった鏡子夫人を、漱石は誰よりも愛している。人生とは、往々《おうおう》にしてそういったもの**なんだ。**それが、漱石文学のありようだ**と、僕は思うんだよ。
現に、その後の漱石の作品の女性のほとんどが、どこか鏡子夫人の面影を持っていると言われている。そして、主人公たちは、愛する女性を理解することができず、たえず翻弄《ほんろう》されてしまう。

やっぱり鏡子夫人の存在は、漱石文学においても重大なのね。
やっぱり私、世に名を残しそうな文学者と、将来結婚したくなっちゃった。その文学者のあらゆる作品に、美しい私の面影《おもかげ》が永遠に残るって、すてきじゃない。

あいからしいな。では、『道草』の中では、夫人はどのように描かれているか、見てみようか。

うん、早く見てみたい。

彼は例刻に宅《うち》へ帰つた。洋服を着換《か》へる時、細君は何時《いつ》もの通り、彼の不断着《ぎ》を持つた儘《まま》、彼の傍《そば》に立つてゐた。彼は不快な顔をして其方《そちら》を向いた。

「床《とこ》を取《と》つて呉《く》れ。寝《ね》るんだ」

「はい」

細君は彼のいふが儘に床を延《の》べた。彼はすぐ其中《そのなか》に入つて寝た。彼は自分の風邪気《かぜけ》の事を一口《くち》も細君に云はなかつた。細君の方《はう》でも一向其所《そこ》に注意してゐない様子を見せた。それで双方とも腹の中には不平があつた。

健三が眼《め》を塞《ふさ》いでうつらうつらしてゐると、細君が枕元《もと》へ来て彼の名を呼んだ。

「あなた御飯《ごはん》を召上《めしや》がりますか」

「飯なんか食《く》ひたくない」

細君はしばらく黙《だま》つてゐた。けれどもすぐ立つて部屋の外《そと》へ出て行かうとはしなかつた。

「あなた、何《ど》うかなすつたんですか」

健三は何《なん》にも答へずに、顔を半分ほど夜具の襟に埋《うづ》めてゐた。細君は無言《ごん》のまま、そつと其手を彼の額《ひたひ》の上に加へた。

晩《ばん》になつて医者が来た。ただの風邪だらうと云ふ診察を下して、水薬《すいやく》と頓服《とんぷく》を呉《く》れた。彼はそれを細君の手から飲まして貰《もら》つた。

翌日《あくるひ》は熱が猶《なお》高くなつた。医者の注意によつて護謨《ゴム》の氷嚢を彼の頭の上に載《の》せた細君は、蒲団の下に差し込むニツケル製の器械を下女が買つてくる迄《まで》、自分の手で落ちないやうにそれを抑《おさ》えてゐた。

魔《ま》に襲はれたやうな気分が二三日つづいた。健三の頭には其間《そのあひだ》の記憶といふものが殆んどない位であつた。正気に帰つた時、彼は平気な顔をして天井を見た。それから枕元《もと》に坐《すわ》つてゐる細君を見た。さうして急に其細君の世話になつたのだといふ事を思ひ出した。然し彼は何にも云はずに又顔を背《そむ》けてしまつた。それで細君の胸には夫《おつと》の心持《こころもち》が少しも映《うつ》らなかつた。

「あなた何《ど》うなすつたんです」
「風邪を引いたんだつて、医者が云ふぢやないか」
「そりや解《わか》つてます」
会話はそれで途切《とぎ》れてしまつた。細君は厭《いや》な顔をしてそれぎり部屋を出て行つた。健三は手を鳴《な》らして又細君を呼び戻《もど》した。
「己《おれ》が何うしたといふんだい」
「何うしたつて、――あなたが御病気だから、私《わたくし》だつて斯《か》うして氷嚢を更《か》へたり、薬《くすり》を注《つ》いだりして上《あ》げるんぢやありませんか。それを彼方《あつち》へ行けの、邪魔だのつて、あんまり……」
細君は後《あと》を云はずに下を向いた。
「そんな事を云《い》つた覚《おぼえ》はない」
「そりや熱の高い時仰《ときおつ》しやつた事ですから、多分覚えちや居《ゐ》らつしやらないでせう。けれども平生からさう考へてさへ居らつしやらなければいくら病気だつて、そんな事を仰しやる訳《わけ》がないと思ひますわ」
斯《こ》んな場合に健三は細君の言葉の奥に果してどの位な真実が潜《ひそ》んでゐるだらうかと反省して見《み》るよりも、すぐ頭の力で彼女を抑えつけたがる男であつた。事実の問題を離れて、単《たん》に論理の上から行くと、細君の方《はう》が此場合も負けであつた。熱に浮《う》かされた時、魔睡薬《ますいやく》に酔つた時、もしくは夢を見る時、人間は必ずしも自分の思つてゐる事ばかり物語《ものがた》るとは限らないのだから。然しさうした論理は決して細君の心を服するに足りなかつた。
「よござんす。何うせあなたは私を下女同様に取り扱ふ積《つもり》で居らつしやるんだから。自分一人《ひとり》さへ好《よ》ければ構《かま》はないと思つて、……」
健三は座を立つた細君の後姿を腹立たしさうに見送つた。彼は論理の権威で自己を佯《いつわ》つてゐる事には丸で気が付かなかつた。学問の力《ちから》で鍛《きた》へ上げた彼の頭から見ると、この明白な論理に心底《しんそこ》から大人《おとな》しく従ひ得ない細君は、全くの解《わか》らずやに違《ちがひ》なかつた。

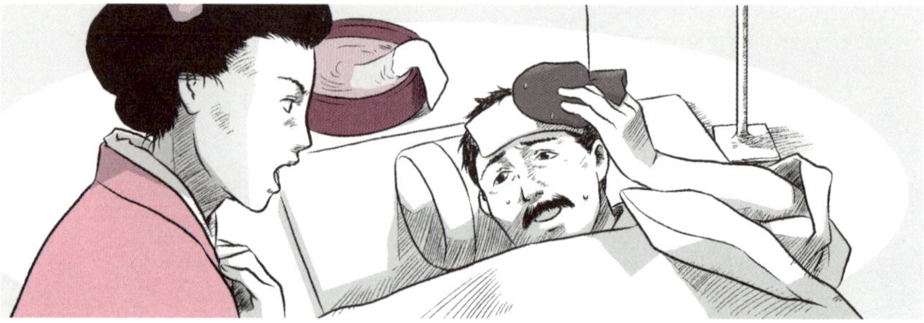

あ〜あ、救いようがないわね。どうしてこんなに意地を張り合うのかしら。

でも、こうしたちょっとしたシーンも、漱石の筆にかかると、なんだか鬼気《きき》迫るものがあるわ。

うん、そうだね。

確かに、一見単なる意地の張り合いにすぎないように見えるけど、実は**これこそが人間と人間のどうしようもないありよう**だと、**これこそが人間の実存**だと、『道草』の世界は繰り返し訴え続けるんだ。

漱石はそこに救いようのない孤独を見ている。

だから、鬼気《きき》迫るものがあるし、単なる夫婦喧嘩《げんか》ではすまされない、何か根元的なものに突き当たったような感じを抱いてしまう。

う〜ん、少し考えさせられちゃうな。

でも、健三って、男の論理ね。

やはり漱石は男だから、封建《ほうけん》的な考えに縛《しば》られているんだ。そこがちょっと気に入らないな。

確かに、健三は男の論理を振りかざす。ところが、漱石はそういった健三にさえ、厳しい批判の目を向けるんだ。

今読んだ場面の最後の文章を、もう一度読んでごらん。「健三は座を立つた細君の後ろ姿を腹だたしさうに見送つた。彼は論理の権威で自己を伴つてゐる事には丸で気が付かなかつた。学問の力で鍛へ上げた彼の頭から見ると、この明白な論理に心底から大人しく従ひ得ない細君は、全くの解らずやに違なかつた」とあるよね。

健三が自分のモデルだとするならば、漱石は自分で自分を斬《き》りつけている。妻との間で身動きが取れなくなった自分を、冷酷に批判していく。

あっ、そう言えば、そうか。

では、もう少し読んでいくよ。

衝突《しょうとつ》

健三はもう少し働《はた》らかうと決心した。その決心から来る努力が、月々《つきづき》幾枚かの紙幣に変形して、細君の手に渡るやうになつたのは、それから間《ま》もない事であつた。

彼は自分の新《あら》たに受取《うけと》つたものを洋服の内隠袋《うちかくし》から出して封筒の儘畳《ままたたみ》の上へ放《はう》り出した。黙《だま》つてそれを取り上げた細君は裏《うら》を見て、すぐ其紙幣の出所《でどころ》を知つた。家計の不足は斯《かく》の如《ごと》くにして無言《むごん》のうちに補《おぎ》なはれたのである。

其時細君は別に嬉《うれ》しい顔もしなかつた。然し若《も》し夫《おつと》が優しい言葉に添へて、それを渡して呉《く》れたなら、屹度《きつと》嬉しい顔をする事が出来たらうにと思つた。健三は又若し細君が嬉しさうにそれを受取つてくれたら優しい言葉も掛《か》けられたらうにと考へた。それで物質的の要求に応ずべく工面された此金《このかね》は、二人《ふたり》の間《あひだ》に存在する精神上の要求を充《み》たす方便としては寧《むし》ろ失敗に帰してしまつた。

細君は其折《そのをり》の物足《ものた》らなさを回復《くわいふく》するために、二三日経《た》つてから、健三に一反《たん》の反物《たんもの》を見せた。

「あなたの着物《きもの》を拵《こしら》へようと思ふんですが、是《これ》は何《ど》うでせう」

細君の顔は晴々《はればれ》しく輝《かが》やいてゐた。然し健三の眼にはそれが下手《へた》な技巧を交《まじ》へてゐるやうに映《うつ》つた。彼は其不純を疑《うた》がつた。さうしてわざと彼女の愛矯に誘《さそ》はれまいとした。細君は寒《さむ》さうに座《ざ》を立つた。細君の座を立つた後《あと》で、彼は何故《なぜ》自分の細君を寒がらせなければならない心理状態に自分が制せられたのかと考へて益《ますます》不愉快になつた。

細君と口を利《き》く次の機会が来た時、彼は斯《か》う云つた。

「己《おれ》は決して御前の考へてゐるやうな冷刻な人間ぢやない。ただ自分の有《も》つてゐる温かい情愛《あい》を堰《せ》き止《と》めて、外《そと》へ出られないやうに仕向《しむ》けるから、仕方なしに左右《さう》するのだ」

「誰もそんな意地の悪い事をする人は居ないぢやありませんか」

「御前は始終してゐるぢやないか」

細君は恨めしさうに健三を見た。健三の論理《ロジツク》は丸で細君に通じなかつた。

「貴夫《あなた》の神経は近頃余《よ》つ程《ぽど》変ね。何《ど》うしてもつと穏当に私《わたくし》を観察して下さらないのでせう」

健三の心には細君の言葉に耳を傾ける余裕がなかつた。彼は自分に不自然な冷《ひや》やかさに対して腹立たしい程の苦痛を感じてゐた。

「あなたは誰も何《なん》にもしないのに、自分一人《ひとり》で苦しんでゐらつしやるんだから仕方がない」

二人《ふたり》は互《たがひ》に徹底する迄話し合ふ事のついに出来ない男女のやうな気がした。従つて二人とも現在の自分を改める必要を感じ得なかつた。

あ〜あ（深いため息）。どうしようもないわ。
どうして、お互いにこんなに意地を張り合うのかしら。私にはわからない。

実は、２人の衝突《しょうとつ》について、漱石は『道草』の中で次のように分析しているんだよ。

筋道《すぢみち》の通つた頭を有《も》つてゐない彼女には存外新《あた》らしい点があつた。彼女は形式的な昔風《むかしふう》の倫理観に囚《とら》はれる程厳重な家庭に人《ひと》とならなかつた。政治家を以て任じてゐた彼女の父は、教育に関して殆んど無定見であつた。母は又普通の女の様に八釜《やかま》しく子供を育て上《あげ》る性質《たち》でなかつた。彼女は宅《うち》にゐて比較的自由な空気を呼吸した。さうして学校は小学校を卒業した丈であつた。彼女は考へなかつた。けれども考へた結果を野性的に能《よ》く感じてゐた。

「単に夫《おつと》といふ名前が付いてゐるからと云ふ丈の意味で、其人を尊敬しなくてはならないと強ひられても自分には出来ない。もし尊敬を受けたければ、受けられる丈の実質を有つた人間になつて自分の前に出て来るが好《い》い。夫といふ肩書《かたがき》などは無《な》くつても構はないから」

不思議にも学問をした健三の方は此《この》点に於《おい》て却つて旧式であつた。自分は自分の為《ため》に生きて行かなければならないといふ主義を実現したがりながら、夫の為にのみ存在する妻《つま》を最初から仮定して憚《はば》からなかつた。

「あらゆる意味から見て、妻は夫に従属すべきものだ」

二人が衝突する大根《おほね》は此所《ここ》にあつた。

夫と独立した自己の存在を主張しやうとする細君を見ると健三はすぐ不快を感じた。動《やや》ともすると、「女の癖《くせ》に」といふ気になつた。それが一段劇《はげ》しくなると忽《たちま》ち「何《なに》を生意気な」といふ言葉に変化した。細君の腹には「いくら女だつて」という挨拶が何時《いつ》でも貯へてあつた。

「いくら女だつて、さう踏《ふ》み付けられて堪《たま》るものか」

健三は時として細君の顔に出る是丈の表情を明かに読んだ。

「女だから馬鹿にするのではない。馬鹿だから馬鹿にするのだ、尊敬されたければ尊敬される丈の人格を拵《こしら》えるがいい」

健三の論理《ロジツク》は何時《いつ》の間《ま》にか、細君が彼に向つて投げる論理と同じものになつてしまつた。

彼等は斯《か》くして円《まる》い輪の上をぐるぐる廻《まは》つて歩いた。さうしていくら疲《つか》れても気が付かなかつた。

先生、本当だ。漱石は決して男の論理を振りかざしているわけじゃないんだ。男の論理に縛《しば》られて身動きできなくなった健三を、客観的に観察して、分析《ぶんせき》している。
考えてみれば、これってすごいことかも。
しかも、大正時代って、まだまだ古い価値観が支配的だったんでしょ?

うん。女は黙《だま》って夫の命令に従うというのが、当然とされていた時代だ。そういった意味では、**健三の妻はまさに新しい時代の女性だった**のかもしれない。

そうよね。私のお父さんとお母さんも、よくこういった喧嘩《けんか》をしていたもの。その走りだったのかしら。

でもね、問題はここからだよ。**男のほうが悪い、いや、女のほうが悪いでは、漱石の小説を読んだことにはならない**。そのことがテーマでも何でもないからなんだ。

まっ、確かにそれじゃ道徳の時間になっちゃうものね。それなら、漱石は何を描こうとしたの？

そうだな。

健三と細君は、お互いに決して相容《あいい》れない世界の中で生きてきた。だからこそ、衝突《しょうとつ》は際限なく起こる。互いに相手を斬《き》りつけるしかない。健三はそれらをすべてそっくり引き受けなければならないんだ。そして、それは漱石自身の世界を照射することになる。

逃げ場のない隙《すき》のない世界で、漱石はあえいでいる。それが人間のありようだと、漱石は繰り返し訴え続けているんだね。

これは、漱石が『吾輩《わがはい》は猫《ねこ》である』を書いていた時期のことなんだよ。

「彼等は斯《か》くして円い輪の上をぐるぐる廻《まは》つて歩いた。さうしていくら疲れても気が付かなかつた」という、こういった世界に、漱石は生きてきた。というよりも、この世界のありよう、人の生きようを、このように凝視《ぎょうし》してきたんだ。

ただし、そうした身動きのできない世界に、ほんの一滴《いってき》揺《ゆ》さぶりをかけるのが、細君の精神障害だったんだ。

えっ、精神が。

うん、とりあえず読んでごらん。

精神障害というエクスタシー

細君の眼《め》はもう天井を離れてゐた。然《しか》し判然《はつきり》何処《どこ》を見てゐるとも思へなかつた。黒い大きな瞳子《ひとみ》には生きた光《ひかり》があつた。けれども生きた働《はたら》きが欠けてゐた。彼女は魂《たましひ》と直接《ぢか》に繋《つな》がつてゐないやうな眼を一杯《ぱい》に開けて、漫然と瞳孔《ひとみ》の向いた見当を眺めてゐた。

「おい」

健三は細君の肩《かた》を揺《ゆす》つた。細君は返事をせずに只首丈《ただくびだけ》をそろりと動かして心持《こころもち》健三の方《はう》に顔を向けた。けれども其所《そこ》に夫《おつと》の存在を認める何等《なんら》の輝《かがや》きもなかつた。

「おい、己《おれ》だよ。分《わか》るかい」

斯《か》ういふ場合に彼の何時《いつ》でも用ひる陳腐で簡略でしかもぞんざいな此言葉のうちには、他《ひと》に知れないで自分にばかり解《わか》つてゐる憐憫《れんびん》と苦痛と悲哀があつた。それから跪《ひざ》まづいて天《てん》に禱《いの》る時の誠《まこと》と願《ねがひ》もあつた。

「何《ど》うぞ口《くち》を利《き》いて呉れ。後《ご》生だから己の顔を見て呉れ」

彼は心のうちで斯《か》う云つて細君に頼むのである。然し其痛切《つうせつ》な頼みを決して口へ出して云はうとはしなかつた。感傷的《センチメンタル》な気分に支配され易《やす》い癖《くせ》に、彼は決して外表的《デモンストラチーヴ》になれない男であつた。

細君の眼は突然平生の我《われ》に帰つた。さうして夢から覚《さめ》た人のやうに健三を見た。

「貴夫《あなた》？」

彼女の声は細くかつ長かつた。彼女は微笑しかけた。然《しか》しまだ緊張してゐる健三の顔を認めた時、彼女は其笑《わらひ》を止《と》めた。

えっ、いったいどうしたの？　奥さん、意識を失っていたのかしら。でも、なんだか、変。精神障害に冒《おか》された奥さんって、なんだか色っぽいし、それを見ておろおろする健三も、なんだかすごく切ない。なんかエロティックな感じさえするわ。

あいか、なかなかいい読みをしているよ。それは、お互いに相容《あいい》れないどうしようもない２人だけれど、それを描く漱石の目が非常に優しいからなんだ。

次の文章はどうかな？

「どうせ御産《おさん》で死んでしまふんだから構《かま》やしない」

彼女は健三に聞《きこ》えよがしに呟《つぶ》やいた。健三は死んぢまへと云ひたくなつた。

或晩彼は不図眼《ふとめ》を覚《さ》まして、大きな眼を開《あ》いて天井を見詰《みつめ》てゐる細君を見た。彼女の手には彼が西洋から持つて帰つた髪剃《かみそり》があつた。彼女は黒檀《エボニー》の鞘《さや》に折り込まれた其刃《は》を真直《まっすぐ》に立てずに、ただ黒い柄《え》丈を握《にぎ》つてゐたので、寒い光《ひかり》は彼の視覚を襲はずに済《す》んだ。それでも彼はぎよつとした。半身《しん》を床《とこ》の上に起《おこ》して、いきなり細君の手から髪剃を捥《も》ぎ取つた。

「馬鹿な真似をするな」

斯《か》ういふと同時に、彼は髪剃を投げた。髪剃は障子に嵌《は》め込んだ硝子《がらす》に中《あた》つて其《その》一部分を摧《くだ》いて向《むか》ふ側《がは》の縁《えん》に落ちた。細君は茫然として夢でも見てゐる人《ひと》のやうに一口《ひとくち》も物《もの》を云はなかつた。

細君のヒステリーの場面だね。ヒステリーのあまり、発作的に自殺を図ろうとする。

でもね、あいかが言うように、**漱石は細君のヒステリーを愛情を持って描いていく**んだ。それが緊迫《きんぱく》した、救いようのない場面の中で、何とも言いようのない優しさを醸《かも》し出している。

僕には、可憐《かれん》な感じさえするんだ。

可憐？　ふ〜ん、そんな読み方もあったんですね。

でも、なんだかわかる気もするわ。きっと、漱石は奥さんを愛していたのね。

だから、どれほどいがみ合っても、離婚もできず、どうしようもなかったのかも。

そうやって、何もかも引き受けていくしかなかったんだわ。

幸にして自然は緩和剤としての歇斯的里《ヒステリ》を細君に与へた。発作は都合好《よ》く二人の関係が緊張した間際《まぎは》に起つた。健三は時々《ときどき》便所へ通ふ廊下に俯伏《うつぶせ》になつて倒れてゐる細君を抱《だ》き起《おこ》して床の上迄連《つ》れて来た。真夜中《まよなか》に雨戸《あまど》を一枚明《あ》けた縁側の端《はじ》に蹲踞《うづくま》つてゐる彼女を、後《うしろ》から両手で支へて、寝室へ戻《もど》つて来た経験もあつた。

そんな時に限つて、彼女の意識は何時《いつ》でも朦朧《もうろう》として夢よりも分別がなかつた。瞳孔が大きく開《ひら》いてゐた。外界はただ幻影《まぼろし》のやうに映《うつ》るらしかつた。

枕辺《まくらべ》に坐《すわ》つて彼女の顔を見詰めてゐる健三の眼には何時でも不安が閃《ひら》めいた。時としては不憫《ふびん》の念が凡《すべ》てに打ち勝つた。彼は能《よ》く気の毒な細君の乱れかかつた髪に櫛《くし》を入れて遣《や》つた。汗ばんだ額《ひたひ》を濡《ぬ》れ手拭《てぬぐひ》で拭《ふ》いて遣つた。たまには気を確《たしか》にするために、顔へ霧《きり》を吹き掛《か》けたり、口移《くちうつ》しに水を飲ませたりした。

発作の今よりも劇《はげ》しかつた昔《むかし》の様《さま》も健三の記憶を刺戟した。

或時の彼は毎夜細い紐《ひも》で自分の帯と細君の帯とを繋《つな》いで寐た。紐の長さを四尺程にして、寐返りが充分出来るやうに工夫された此用意は、細君の抗議なしに幾晩も繰り返された。

或時の彼は細君の鳩尾《みぞおち》へ茶碗の糸底《ぞこ》を宛《あて》がつて、力《ちから》任せに押し付けた。それでも踏《ふ》ん反《ぞ》り返《かへ》らうとする彼女の魔力を此一点で喰ひ留めなければならない彼は冷《つめ》たい油汗《あぶらあせ》を流した。

或時《あるとき》の彼は不思議な言葉を彼女の口から聞かされた。

「御天道《てんとう》さまが来ました。五色《ごしき》の雲《くも》へ乗って来ました。大変よ、貴夫《あなた》」

「妾《わたし》の赤ん坊は死んじまつた。妾の死んだ赤ん坊が来たから行かなくつちやならない。そら其所《そこ》にゐるぢやありませんか。桔槹《はねつるべ》の中に。妾一寸《ちよつと》行って見て来るから放《はな》して下《くだ》さい」

流産してから間《ま》もない彼女は、抱《だ》き竦《すく》めにかかる健三の手を振り払つて、斯《か》う云ひながら起き上がらうとしたのである。……

本当だ、奥さんかわいい。ヒステリーがこの夫婦間の衝突《しょうとつ》の緩和剤《かんわざい》になっているのかしら。

緩和剤《かんわざい》とは、うまく言ったものだね。確かに、そうかもしれないね。お互いにぶつかり合い、どうしようもなくなったとき、細君が正気を失う。それによって、衝突《しょうとつ》はぎりぎりのところで回避《かいひ》される。

そして、漱石は錯乱《さくらん》した細君を、実に優しく描いていくのだ。

漱石は、『行人《こうじん》』で、主人公一郎に「女も気狂《きちがひ》にして見なくつちや、本体《ほんたい》は到底解《たうていわか》らないのかな」と言わしめている。

正気を失ったとき、健三は細君を初めていとおしむことができる。

漱石はこういった「精神障害」「夢」を、作品の中に巧《たく》みに取り入れていくんだ。

夢か。なんか悲しいな。人間は正気を失うか、夢の中でしか、真実を語れないものなのね。なんだか考えさせられちゃう。
私の中にも、そんな不気味なものがあるのかしら。

人間の心の奥底には、誰しも言葉で説明できない不気味なものがあるんだ。だけど、誰もそれを凝視《ぎょうし》しようとしない。いつも目を背《そむ》けている。ところが、ある瞬間《しゅんかん》、ある場面で思わぬ形で顔を出してくる。

文学者は私たちがとらえようとしないもの、目を背けているものを凝視し、引きずり出し、誰にもわかる形で提示する。

その手段が物語ることなんだ。

漱石を読んでいると、人間のとらえ方が違ってくるみたい。
今までは単に「明るい」「暗い」で物事を割り切っていたけど、人間ってそう簡単には計れないものなのね。

第4章

過去に脅《おびや》かされる漱石

過去の亡霊《ぼうれい》を引きずった男

漱石はイギリス留学から帰国し、本来なら希望に満ちあふれた新しい生活を始めるはずだった。ところが、漱石が成功したとみるや、親族たちが次々と群がり寄ってくるんだ。

『道草』の中では、冒頭、「帽子を被《かぶ》らない男」が登場し、それを引き金に過去の亡霊がよみがえってくるといった仕掛けになっている。

先生、「帽子を被らない男」って、あの養父、島田のことでしょ？

うん、よく覚えていたね。

その島田がすっかり落ちぶれてしまって、かつてなにがしかのお金と引き替えに縁を切ったにもかかわらず、偶然健三とすれ違ったことをきっかけに、ふらりと訪ねてくるんだ。

もちろん、目的はお金だ。

なんか、いやあだわ。普通、過去とか、故郷とか、懐《なつ》かしくてたまらないものなのにね。

ましてや、自分を育てたお父さんだもの。

島田からすれば、将来の打算から幼い健三を育てたのだから、今こそ絞《しぼ》り取れるだけ取らないと、割が合わないことになる。

彼は健三の家にやってきては、お金をもらうまで居座り続ける。健三はそれを不快と感じながらも、自分の財布《さいふ》からなにがしかの金を渡してやる。

あーあ、いや。気持ち悪い。

健三にとって単に金だけのものではなく、自分の過去のいっさいが耐《た》えがたいものとしてよみがえる。イギリスから帰ってきた彼を待ち受けたものは、自分の過去の亡霊《ぼうれい》たちだった。そして、それらと否応《いやおう》なく向き合わなければならない。それは何も養父島田だけじゃなかった。

先生、まだあるの？

覚えているかな?
ほら、漱石の奥さんの鏡子夫人、そのお父さんのこと？

うん、覚えているわ。何でもとっても高い立場にあった人が、漱石が帰国した頃にはすっかり落ちぶれていたんでしょ。

よく覚えていたね。漱石はどうしても義父と馬が合わない。それは人間性の相違だから、どうしようもないものだった。そして、それは鏡子夫人との確執《かくしつ》にも通じるものだった。

どうしても相容《あいい》れない関係 ―― 妻の父の没落《ぼつらく》

健三の義父は頭を下げることのできない人間だった。その彼が落ちぶれ、健三に頭を下げる以外に道がなくなった。彼は自分の娘、つまり健三の妻を通して、健三に金銭の工面《くめん》を頼んだ。

健三の稚気を軽蔑した彼は、形式の心得もなく無茶苦茶に近付《ちかづ》いて来《き》やうとする健三を表面上鄭寧《ていねい》な態度で遮《さへぎ》つた。すると二人《ふたり》は其所で留《と》まつたなり動けなくなつた。二人は或《あ》る間隔《かんかく》を置いて、相手の短所を眺《なが》めなければならなかつた。だから相手の長所も判明《はつきり》と理解する事が出来悪《にく》くなつた。さうして二人共自分の有《も》つてゐる欠点の大部分には決して気が付かなかつた。

然し今の彼は健三に対して疑もなく一時的の弱者であつた。他《ひと》に頭を下《さ》げる事の嫌《きらひ》な健三は、窮迫の結果、余儀なく自分の前に出て来た彼を見た時、すぐ同じ眼《め》で同じ境遇に置かれた自分を想像しない訳《わけ》に行かなかつた。

「如何《いか》にも苦しいだらう」

健三は此一念に制せられた。さうして彼の持ち来《きた》した金策談に耳を傾《かた》むけた。けれども好《い》い顔はし得なかつた。心のうちでは好い顔をし得ない其自分を呪《のろ》つてゐた。

う〜ん、人生って皮肉《ひにく》なものね。
健三とはどうしても合わないのに、その健三にプライドの高い父が頭を下げなければならない。
先生、生きていくのって大変なことなんですね。また一つ、勉強。

健三には血を分けた姉がいる。彼女もまたイギリスから帰った健三にすがりつく。

まとわりつく肉親たち

「実《じつ》は健ちやんにはまことに気の毒で、云ひ悪《にく》いんだけれども、あたしも段々年《とし》を取つて身体《からだ》は弱くなるし、夫《それ》に良人《うち》があの通りの男で、自分一人《ひとり》さへ好《よ》けりや女房なんか何《ど》うなつたつて、己《おれ》の知つた事ぢやないつて顔をしてゐるんだから。——尤《もつと》も月々《つきづき》の取高《とりだか》が少ない上に、交際《つきあひ》もあるんだから、仕方がないと云へば夫迄《それまで》だけれどもね。……」

姉《あね》の云ふ事は女丈に随分曲《まが》りくねつてゐた。中々《なかなか》容易な事で目的地へ達しさうになかつたけれども、其主意は健三によく解《わか》つた。つまり月々遣《や》る小遣《づかひ》をもう少し増して呉《く》れといふのだらうと思つた。今でさへそれをよく夫《おつと》から借りられてしまふといふ話を耳にしてゐる彼には、此請求が憐れでもあり、又腹立たしくもあつた。

「どうか姉《ねえ》さんを助けると思つてね。姉さんだつて此身体《からだ》ぢやどうせ長い事もあるまいから」

是が姉の口から出た最後の言葉であつた。健三はそれでも厭《いや》だとは云ひかねた。

えっ、お姉さんまでも。あ～あ、いやになっちゃう。誰もがお金、お金で、しかも相手が肉親だから、断るわけにもいかない。
イギリスでノイローゼになるほど勉強しながら、自分を待っていた故郷がこれだもん、情けないわね。

そうだね。イギリスから帰った健三を待っていたのは、こうしたがんじがらめの肉親のしがらみだったんだ。

でも、考えてみると、お姉さんもかわいそうね。女って、いつも弱い立場だから。先生、それで島田はどうなったんですか？

ああ、そうだったね。島田はお常と離婚して、その後、お藤さんと結婚したが、そのお藤さんには、お縫《ぬい》さんという連れ子がいたんだ。

覚えているわ。かつて、島田がお縫さんと一緒に幼い健三を連れ出したとき、お常が嫉妬《しっと》に燃えて、健三にいろいろ問いつめたことがあったでしょ。

よく覚えていたね。その後、年取った健三はお縫さんに金銭的面倒《めんどう》をみてもらっていたんだ。

ふ〜ん、お縫さんって、優しいんだ。

『道草』の中ではお縫になっているけど、そのモデルは「れん」と言って、**漱石は実際その「れん」に淡《あわ》い恋心を抱いていたのではないかという説もある**んだ。

幼なじみになるんだものね。それに、優しそうだし。

そのお縫さんが、今や不治《ふじ》の病《やまい》に冒《おか》されている。

えっ、大変。

義母お常の執着《しゅうちゃく》

不治の病気に悩《なや》まされてゐるという御縫さんに就《つ》いての報知《たより》が健三の心を和げた。何年振《ぶり》にも顔を合《あは》せた事のない彼と其人《そのひと》とは、度々《たびたび》会はなければならなかつた昔《むかし》でさへ、殆んど親しく口を利《き》いた例《ためし》がなかつた。席に着くときも座《ざ》を立つときも、大体《たいてい》は黙礼《もくれい》を取り換《か》はせる丈で済《す》ましてゐた。もし交際といふ文字を斯《こ》んな間柄《あひだがら》にも使ひ得るならば、二人《ふたり》の交際は極めて淡くさうして軽いものであつた。強烈な好《い》い印象のない代りに、少しも不快の記憶に濁《にご》されてゐない其人の面影《おもかげ》は、島田や御常のそれよりも、今の彼に取つて遥《はる》かに尊《たつと》かつた。人類に対する慈愛の心を、硬くなりかけた彼から唆《そそ》り得る点に於て。また漠然として散漫な人類を、比較的判明《はつきり》した一人《ひとり》の代表者に縮《ちぢ》めて呉れる点に於て。――彼は死なうとしてゐる其人の姿を、同情の眼《め》を開《ひら》いて遠くに眺《なが》めた。

それと共に彼の胸には一種の利害心が働《はたら》いた。何時《いつ》起るかも知れない御縫さんの死は、狡猾な島田にまた彼を強請《せび》る口実を与へるに違《ちがひ》なかつた。明《あき》らかにそれを予想した彼は、出来る限りそれを避《さ》けたいと思つた。然し彼は此場合何《ど》うして避《さ》けるかの策略を講ずる男ではなかつた。
　「衝突して破裂する迄行くより外《ほか》に仕方がない」
　彼は斯《か》う観念した。彼は手を拱《こまぬ》いで島田の来るのを待ち受けた。其島田の来る前に突然敵《かたき》の御常が訪《たづ》ねて来《き》やうとは、彼も思ひ掛《が》けなかつた。
　細君は何時《いつ》もの通り書斎に坐《すわ》つてゐる彼の前に出て、「あの波多野つて御婆《ばあ》さんがとうとう遣《や》つて来ましたよ」と云つた。彼は驚ろくよりも寧《むし》ろ迷惑さうな顔をした。細君には其態度が愚図《ぐず》愚図してゐる臆病もののやうに見えた。
　「御会《おあ》ひになりますか」

いやだあ。信じられない。
あのお常さんまで登場したの。私だったら逃げ出しちゃう。

　うん、登場した。「帽子を被《かぶ》らない男」の登場をきっかけに、過去の亡霊《ぼうれい》が次々と目の前に現れ、彼にまとわりつく。
　過去の亡霊は、今や現実の姿で、彼を苦しめる。
　健三は隙間《すきま》のない現実の中で、あえいでいる。
　そのときの、妻のせりふがすごいんだ。
「とうとう遣つて来たのね、御婆《ばあ》さんも。今迄《まで》は御爺《じい》さん丈《だけ》だつたのが、御爺さんと御婆さんと二人《ふたあり》になつたのね、是《これ》からは二人に祟《たた》られるんですよ、貴夫は」と言うんだ。

まさにたたりよ。いやだあ、ぞっとする。
下手《へた》な怪談話《かいだんばなし》よりも、よっぽど怖《こわ》い。

存在そのものの危《あや》うさ

　こうした**過去の亡霊は、そのまま健三の存在そのものの危うさにつながっていく**。自分はどこで、何をしに生まれたのか。
　そして、どうして互いに相容《あいい》れない人間同士が、離れることもなく傷つけ合って生きていくのか。それらはどれも自分の意志で選び取ったものではない。だが、顔を背《そむ》けようとしても、それらは厳然《げんぜん》と存在し、それを断ち切ることもできない。
　それらとは、何か。人間とは、そうしたものなのか。
　健三はうめくんだ。
　あいか、健三はかつて、偶然誰もいないときに、奥さんの出産に立ち会ったんだよ。そのときの描写《びょうしゃ》を読んでみよう。

　彼は狼狽した。けれども洋燈《ランプ》を移して其所《そこ》を輝《てら》すのは、男子の見るべからざるものを強ひて見るやうな心持《こころもち》がして気が引けた。彼は已《やむ》を得ず暗中に模索《もさく》した。彼の右手は忽《たちま》ち一種異様の触覚をもつて、今迄経験した事のない或物《あるもの》に触れた。其或物は寒天のやうにぷりぷりしてゐた。さうして輪廓からいつても恰好《かつこう》の判然しない何かの塊《かたまり》に過ぎなかつた。彼は気味の悪い感じを彼の全身に伝へる此塊を軽く指頭《したう》で撫《な》でて見た。塊《かたま》りは動きもしなければ泣きもしなかつた。ただ撫でるたんびにぷりぷりした寒天《かんてん》のやうなものが剥《は》げ落ちるやうに思へた。若《も》し強く抑《おさ》へたり持つたりすれば、全体が屹度《きつと》崩《くづ》れて仕舞ふに違《ちがひ》ないと彼は考へた。彼は恐ろしくなつて急に手を引込《ひつこ》めた。
　「然し此儘《このまま》にして放《はう》つて置《お》いたら、風邪《かぜ》を引くだらう、寒さで凍えてしまふだらう」

死んでゐるか生きてゐるかさへ弁別《みわけ》のつかない彼にも斯《か》ういふ懸念が湧《わ》いた。彼は忽《たちま》ち出産の用意が戸棚《とだな》の中《うち》に入れてあるといつた細君の言葉を思ひ出した。さうしてすぐ自分の後部《うしろ》にある唐紙《からかみ》を開《あ》けた。彼は其《そ》所《こ》から多量の綿《わた》を引き摺《ず》り出した。脱脂綿《だつしめん》といふ名さへ知らなかつた彼は、それを無暗《むやみ》に千切《ちぎ》つて、柔《やわら》かい塊《かたまり》の上に載《の》せた。

何よ、これ。
ぷりぷりとしたものって、何？
気味の悪いかたまりって、自分の赤ちゃんのことじゃない。

そうだね。

ほら、普通、赤ちゃんが生まれるときには、父親としての感動とか、自覚とかがあるもんじゃない。
それなのに、ひどい。愛情のかけらもない描写。

うん、**健三にとって自分の赤ん坊は不気味な存在で、得体の知れないもの**なんだ。健三はもしかすると恐怖すら味わっているのかもしれない。

考えてみると、漱石の表現って、すごく露骨《ろこつ》だわ。
こんな描写ができるなんて。私では考えられないもの。

健三にとって自分の存在すら危ういものなのに、そうした自分から新しい命が誕生する。まさに得体の知れないものが、自分の目の前に現れたんだ。健三はそれをどう受け取っていいのか、わからない。
そして、英国留学から帰ってきた今、健三にまた新しい命が生まれるわけなんだね。

どうせ、また愛情のない描写が続くんだわ。

夜は間《ま》もなく明《あ》けた。赤子《あかご》の泣く声が家の中の寒い空気を顫《ふる》はせた。
「御安産で御目出《おめで》たう御座います」

「男かね女かね」
「女の御子さんで」
産婆は少し気の毒さうに中途で句《く》を切つた。
「又《また》女か」
健三にも多少失望の色が見えた。一番目が女、二番目が女、今度生れたのも亦《また》女、都合三人の娘《むすめ》の父になつた彼は、さう同じものばかり生《う》んで何《ど》うする気だらうと、心の中《うち》で暗に細君を非難した。然しそれを生ませた自分の責任には思ひ到《いた》らなかつた。

はあ〜、これもひどい。
「同じものばかり生んで何うする気だらう」なんて、自分の赤ちゃんを物体として扱うのね。
それに同じ女の子であっても一人ひとり違った人格を持っているのに、「同じもの」と言い捨てるなんて、なんだか、やりきれないわ。

なぜ、健三は自分の子供をこれほどの恐怖を持って受け止めたのか？
漱石はなぜ死を目前にして、自分の子供にこんな描写をしたのか？
そこに漱石文学の根本の問題が潜《ひそ》んでいるような気がするんだ。

田舎《いなか》で生まれた長女は肌理《きめ》の濃《こま》やかな美《うつ》くしい子であつた。健三はよく其子を乳《う》女車《ばぐるま》に乗せて町の中《なか》を後《うしろ》から押して歩いた。時によると、天使のやうに安《やす》らかな眠《ねむり》に落ちた顔を眺《なが》めながら宅《うち》へ帰つて来た。然し当《あて》にならないのは想像の未来であつた。健三が外国から帰つた時、人に伴《つ》れられて彼を新橋に迎へた此娘は、久し振りに父の顔を見て、もつと好《い》い御父《おとう》さまかと思つたと傍《はた》のものに語つた如く、彼女自身の容貌もしばらく見ないうちに悪い方《はう》に変化してゐた。彼女の顔は段々丈《たけ》が詰《つま》つて来た。輪廓に角《かど》が立つた。健三は此娘の容貌の中《うち》にいつか成長しつつある自分の相好《さうごう》の悪い所《ところ》を明《あき》らかに認めなければならなかつた。
次女は年《ねん》が年中腫物《ねんぢうできもの》だらけの頭をしてゐた。風通しが悪いからだらうといふのが本《もと》で、とうとう髪の毛をぢよぎぢよぎに剪《き》つてしまつた。顋《あご》の短《みぢ》かい眼《め》の大きな其子は、海坊主の化物《ばけもの》のやうな風《ふう》をして、其所《そこ》いらをうろうろしてゐた。
三番目の子《こ》丈が器量好《よ》く育《そだ》たうとは親の慾目にも思へなかつた。
「ああ云ふものが続々生《ぞくぞくうま》れて来て、必竟何《ひつきようど》うするんだらう」
彼は親らしくもない感想を起《おこ》した。その中《なか》には、子供ばかりではない、斯《か》ういふ自分や自分の細君なども、必竟何《ど》うするんだらうといふ意味も朧気《おぼろげ》に交《まじ》つてゐた。

人通りの少ない町を歩いてゐる間《あひだ》、彼は自分の事ばかり考へた。
「御前は必竟何をしに世の中に生《うま》れて来たのだ」
彼の頭の何処《どこ》かで斯《か》ういふ質問を彼に掛《か》けるものがあつた。彼はそれに答へたくなかつた。成るべく返事を避けやうとした。すると其声が猶《なお》彼を追窮し始めた。何遍でも同じ事を繰り返して已《や》めなかつた。彼は最後に叫《さけ》んだ。
「分《わか》らない」
其声は忽《たちま》ちせせら笑つた。
「分らないのぢやあるまい。分つてゐても、其所《そこ》へ行けないのだらう。途中で引懸《ひつかか》つてゐるのだらう」
「己《おれ》の所為《せゐ》ぢやない。己の所為ぢやない」
健三は逃げるやうにずんずん歩いた。

あっ、そうか、先生。なんとなくわかりました。なんとなくわかったけど、これ、怖《こわ》い。
それに悲しいです。こんなに悲しい人間って、どこにもいない。だって、愛情が持てないのは、何も自分の子供だからじゃないんだもの。健三のおびえは自分や自分の奥さんにまで向かっているんだわ。健三にとって、すべてがわけのわからないことだらけで、そして、わけのわからないまま、安穏《あんのん》と生きていることができないのね。

あいか、けっこう鋭《するど》いぞ。「彼は自分の事ばかり考へた。『御前は必竟何をしに世の中に生れて来たのだ』」という、この問いは答えようのないものだ。人間の存在の根源にかかわるものだから。

そして、健三はまたこのようにも言う。「分らないのぢやあるまい。分つてゐても、其所へ行けないのだらう」と。

健三はどうしようもない世界の中であえいでいるんだ。**何ものかに突き動かされ、懸命《けんめい》に存在の根源にあるものを垣間《かいま》見ようとする。それらは生まれてきた赤ん坊のように、得体《えたい》の知れない感触《かんしょく》でもって、彼を脅《おびや》かす。そこに、健三の、いや、漱石の不機嫌《ふきげん》があった**んだ。

健三の心は紙屑《かみくづ》を丸めた様にくしやくしやした。時によると肝癪《かんしやく》の電流を何かの機会に応じて外《ほか》へ洩《も》らさなければ苦しくつて居堪《ゐたた》まれなくなつた。彼は子供が母に強請《せび》つて買つて貰《もら》つた草花《くさばな》の鉢《はち》などを、無意味に縁側から下へ蹴飛《けと》ばして見たりした。赤ちやけた素焼《すやき》の鉢《はち》が彼の思ひ通りにがらがらと破《われ》るのさへ彼には多少の満足になつた。けれども残酷《むご》たらしく摧《くだ》かれた其花《はな》と茎《くき》の憐《あは》れな姿を見るや否《いな》や、彼はすぐ又《また》一種の果《は》敢《か》ない気分に打ち勝たれた。何《なん》にも知らない我子《わがこ》の、嬉《うれ》しがつてゐる美しい慰《なぐさ》みを、無慈悲《むじひ》に破壊したのは、彼等の父であるといふ自覚は、猶《なお》更《さら》彼を悲しくした。彼は半ば自分の行為を悔《く》いた。然し其子供の前にわが非《ひ》を自白する事は敢《あえ》てし得なかつた。
「己《おれ》の責任ぢやない。必竟こんな気違《ちがひ》じみた真似《まね》を己にさせるものは誰だ。其奴《そいつ》が悪いんだ」
彼の腹の底には何時《いつ》でも斯《か》ういふ弁解が潜《ひそ》んでゐた。

ふ〜う、なんだか体中がぞくぞくしてきた。
『吾輩《わがはい》は猫《ねこ》である』や『坊っちゃん』から受けた漱石のイメージが、すっかり変わっちゃった。
先生、『道草』って、いったいどういう結末になるんですか。

そうだね。結局は、島田はなにがしかのお金と引き替えに、健三とこれ以上かかわりを持たないという証文《しょうもん》を書くことになる。
事件は一件落着というところだろう。
ところが、漱石は『道草』の最後の場面を、次のように書くんだよ。

「まあ好《よ》かつた。あの人だけは是《これ》で片が付いて」
細君は安心したと云はぬばかりの表情を見せた。
「何が片付いたつて」
「でも、ああして証文を取つて置けば、それで大丈夫でせう。もう来る事も出来ないし、来たつて構ひ付けなければ夫迄《それまで》ぢやありませんか」
「そりや今迄だつて同じ事だよ。左右《さう》しやうと思へば何時《いつ》でも出来たんだから」
「だけど、ああして書いたものを此方《こつち》の手に入れて置くと大変違《ちが》ひますわ」
「安心するかね」
「ええ安心よ。すつかり片付いちやつたんですもの」
「まだ中々《なかなか》片付きやしないよ」
「何《ど》うして」
「片付いたのは上部《うはべ》丈ぢやないか。だから御前は形式張《ば》つた女だといふんだ」
細君の顔には不審と反抗の色が見えた。
「ぢや何《ど》うすれば本当に片付くんです」
「世の中に片付くなんてものは殆《ほと》んどありやしない。一遍起《いつぺんおこ》つた事は何時迄も続くのさ。ただ色々《いろいろ》な形に変るから他《ひと》にも自分にも解《わか》らなくなる丈の事さ」

健三の口調は吐《は》き出す様に苦々《にがにが》しかつた。細君は黙《だま》つて赤ん坊を抱き上げた。
「おお好《い》い子だ好い子だ。御父《とう》さまの仰《おつし》やる事は何《なん》だかちつとも分《わか》りやしないわね」
細君は斯《か》う云ひ云ひ、幾度《たび》か赤い頬《ほほ》に接吻《せつぷん》した。

このときの**健三と細君との会話はすれ違っている。お互いに見ている世界が違う**んだ。

うん、私にもわかるわ。
奥さんは単に島田をやっかい払いしたことを喜んでいる。

そのとおりだね。それにしても健三のこのせりふは、ぞっとするね。
「世の中に片付くなんてものは殆んどありやしない。一遍起つた事は何時迄も続くのさ。ただ色々な形に変るから他にも自分にも解らなくなる丈の事さ」なんて。
健三にとって不気味《ぶきみ》でたまらないのは、この世と自分とのかかわりの不可解さ、存在そのものの不気味さなんだ。それが「帽子を被《かぶ》らない男」として出現し、あるいは「ぷりぷりした得体の知れないもの」として、この世に誕生してくるんだ。
だから、島田は単に一人の欲張りの養父として現れてきたのではない。
そして、**それらはいつだって予期しない形で出現する。赤ん坊が生まれてくるように、それらは際限なく繰り返され、自分を苦しめる**。
人はそのような形でしか、この世とかかわれない。
そこには、いっさいの救いがない。

漱石の文学って、なんだか恐《おそ》ろしい。
私、人間や人生の見方が変わってきちゃった。
先生、もとの明るい、ひまわりのような私に戻《もど》して。

第2部 小説家漱石誕生

第5章 苦悩《くのう》から生まれたユーモア

先生、この頃、私、変なんです。
みんなのアイドルとしてちやほやされて、それで十分って、ほかにはあまり考えなかったんだけど、今はちょっと物寂《ものさび》しげな、憂《うれ》いを含んだ美少女って感じ。

あいか、いつのまにアイドルになったの？

あら、先生、知らなかったの？

猫《ねこ》の笑いは恐怖と同義である ――『吾輩《わがはい》は猫である』

果てしない苦しみがあった。そして、**血を吐くような苦悩の中から、『吾輩は猫である』の笑いが生まれた**んだ。

それは戦慄《せんりつ》と表裏一体の笑いだったと言える。

「吾輩は猫である。名前はまだ無い」で始まる、この作品は、明治38（1905）年、高浜虚子《たかはまきょし》が主宰《しゅさい》する雑誌「ホトトギス」に掲載され、全部で11章から成り立っている。

冒頭《ぼうとう》から、笑いが仕掛けられる。

「吾輩」とは胸を精いっぱい反《そ》らした、少し威張《いば》ったものの言い方だよね。ところが、その「吾輩」は猫なのだよ。しかも、まだ名前すら付けてもらっていない。その猫が胸を張って「吾輩」と言うんだ。

この「笑い」から、漱石文学が出発する。その意義は重大だと思うよ。

漱石はロンドン留学を無事終え、明治36（1903）年1月に帰国し、東京帝国大学と第一高等学校の講師を兼任する。漱石の前任者はラフカディオ＝ハーン（小泉《こいずみ》八雲《やくも》➡巻末p.342参照）であり、彼の講義は詩的なもので、学生たちに圧倒的な人気があった。漱石の就任は、同時にハーンを退職に追い込むことだったんだ。

漱石は『文学論』のノートを作り始めたんだが、このときロンドンで高じたノイローゼを再発し、2か月ほど妻子と別居している。妻鏡子は三女を身ごもったが、ひどいつわりのため、ヒステリックになる。

洋行帰りの漱石を金づるのように思って、かつての養父母、鏡子の父、漱石の兄弟が金をせびりにくる。

11月、三女栄子出生。その頃、漱石のノイローゼが再び高じる。

翌明治37（1904）年に日露《にちろ》戦争が勃発《ぼっぱつ》し、日本中は興奮のるつぼに巻き込まれた。その年の暮れ、漱石は高浜虚子の勧《すす》めで、『吾輩は猫である』の第1章を書き始めるんだ。

『吾輩は猫である』は、まさに偶然の産物と言えるね。

ノイローゼが漱石から離れなかったとき、高浜虚子が訪ねてきて、「文章でも書いてみたらば、少しは気が紛れるだろう」と言った。漱石はまだ小説を書いてやろうと意気込んだわけではなかった。

しかし、『吾輩は猫である』は思いのほか筆が進んだ。書き出すと、止められなくなった。

そこで、「山会《やまかい》」で漱石自身が朗読《ろうどく》をすることにしたんだ。**「山会」とは、「文章には山がなければならない」という正岡子規《まさおかしき》の主張から付けられた文学研究会の名称**である。

そこで評判がよかったので、虚子の勧めで大幅に推敲《すいこう》したうえで、「ホトトギス」の新年号に掲載された。

この作品は大反響を呼んだ。その結果、漱石は第2、第3と書き続けたのだが、長編小説を意識しだしたのは、第3章くらいからであろう。

ふ～ん、漱石は最初から小説家になるつもりじゃなかったのか。人間の運命って、不思議ね。漱石のデビューって、38歳でしょ。これって、ずいぶん遅いんじゃないんですか。

この時代では確かに遅いね。実際に、**漱石が小説家として活躍したのは、ほぼ10年間なんだ。この期間にあれだけの作品を残した**のだけど、その出発点が偶然だったというのは、僕にはすごく面白く感じられるんだよ。
『吾輩《わがはい》は猫《ねこ》である』の冒頭部分を、もう一度読んでごらん。

なんか、引っかかるな。「吾輩は猫である。名前はまだ無い。どこで生れたか頓《とん》と見当がつかぬ。何でも薄暗いじめじめした所でニャーニャー泣いて居た事丈《だけ》は記憶して居る」というところ、どっかで似たような場面を読んだことがあるみたい。

そうだよね。ほら、『道草』の次の場面。

「御前の御父《おとつ》ッさんは誰だい」
健三は島田の方《はう》を向いて彼を指《ゆびさ》した。
「ぢや御前の御母《おつか》さんは」
健三はまた御常の顔を見て彼女を指《ゆび》さした。
是で自分達の要求を一応満足させると、今度は同じやうな事を外《ほか》の形で訊《き》いた。
「ぢや御前の本当の御父ッさんと御母さんは」

あっ、そうそう、そうだったわ。私が何となく連想したのも、これよ。

この悲惨《ひさん》な問いかけは、いつまでも続く。
「御前は何処《どこ》で生れたの」
「健坊、御前本当は誰の子なの。隠さずにさう御云ひ」
「御前誰が一番好きだい。御父ッさん？　御母さん？」
この問いかけの理不尽さは、幼い健三が答えようがないということなんだ。だから、じっと押し黙《だま》るしかない。
健三は自分の存在のあやふやな根源に否応《いやおう》なく向き合わされる。養父母は容赦《ようしゃ》なく幼い健三を質問攻《ぜ》めにする。そのたびに健三は唇《くちびる》を噛《か》みしめて押し黙り、じっと暗闇《くらやみ》を見つめる。
こういった不気味《ぶきみ》な深淵《しんえん》の中に、漱石は子供の頃からどっぷりと浸《つ》かっていたんだね。**漱石が死ぬ前に自分の過去を振り返ったとき、まず思い浮かんだのはこの不気味なシーンだったん**だ。

ここから作家としての漱石は出発したわけだ。

いやあ、私、こういうの鳥肌《とりはだ》が立つの。
でも、人間って、どこから生まれて、どこに行くのかって、時々思うことがあるわ。なんか、そんな感じに似たものを今ふっと感じた。

この話はこれぐらいにするけど、『吾輩が猫である』が誕生した背景には、このような漱石の世界があるんだということだけは、知っておいてほしかったんだ。そうでないと、『吾輩は猫である』が単なるユーモア小説に終わってしまうからね。

もう１場面、『吾輩は猫である』の描写を紹介しようか。少し長いけど、頑張って読んでごらん。正月、猫が生まれて初めて雑煮《ぞうに》の中の餅《もち》を見て、思わず食べてしまうところだ。

猫は誰も見ていないことをいいことに、お椀《わん》の中に顔を突っ込み、雑煮の餅を食おうとする。

> からだ全体の重量を椀の底へ落す様にして、あぐりと餅の角を一寸許《ちよつとばか》り食ひ込んだ。此位《このくらい》力を込めて食ひ付いたのだから、大抵なものなら噛《か》み切れる訳だが、驚いた！　もうよからうと思つて歯を引かうとすると引けない。もう一返噛み直さうとすると動きがとれない。餅は魔物だなと疳《かん》づいた時は既に遅かつた。沼へでも落ちた人が足を抜かうと焦慮《あせ》る度にぶくぶく深く沈む様に噛めば噛む程口が重くなる、歯が働かなくなる。歯答へはあるが、歯答へがある丈でどうしても始末をつける事が出来ない。美学者迷亭先生が嘗《かつ》て我輩の主人を評して君は割り切れない男だといつた事があるが、成程《なるほど》うまい事をいつたものだ。此餅《このもち》も主人と同じ様にどうしても割り切れない。

ははは、この猫、餅を頬張《ほおば》りながらも、「割り切れない男」って、冗談《じょうだん》を言ってるわ。

そうだね、まだこのへんは、猫《ねこ》にも余裕があるようだ。でも、早く食いきって逃げないと、まもなくお手伝いさんのお三が来る。そう思って、猫は焦《あせ》って餅《もち》を飲み込もうとする。さて、そこで、猫はどうやって歯に付いた餅を落とすか、だ。

漸くの事是《これ》は前足の助けを借りて餅を払ひ落すに限ると考へ付いた。先《ま》づ右の方をあげて口の周囲を撫《な》で廻す。撫でた位で割り切れる訳のものではない。今度は左りの方を伸して口を中心として急劇に円を劃《かく》して見る。そんな呪《まじな》ひで魔は落ちない。辛防が肝心だと思つて左右交《かは》る交《がは》るに働かしたが矢張り依然として歯は餅の中にぶら下つて居る。ええ面倒だと両足を一度に使ふ。すると不思議な事に此時丈《だけ》は後足二本で立つ事が出来た。何だか猫でない様な感じがする。猫であらうが、あるまいが斯《こ》うなつた日にやあ構ふものか、何でも餅の魔が落る迄やるべしといふ意気込みで無茶苦茶に顔中引掻廻《ひつかきまわ》す。前足の運動が猛烈なので稍《やや》ともすると中心を失つて倒れかかる。倒れかかる度に後足で調子をとらなくてはならぬから、一つ所に居る訳にも行かんので、台所中あちら、こちらと飛んで廻る。我ながらよくこんなに器用に起《た》つて居られたものだと思ふ。

かわいい。猫の踊《おど》りなのね。

吾輩が一生懸命餅の魔と戦つて居ると、何だか足音がして奥より人が来る様な気合《けはい》である。ここで人に来られては大変だと思つて、愈《いよいよ》躍起となつて台所をかけ廻る。足音は段々近付いてくる。ああ残念だが天祐が少し足りない。とうとう小供に見付けられた。「あら猫が御雑煮を食べて踊を踊つて居る」と大きな声をする。此声を第一に聞きつけたのが御《お》三《さん》である。羽根も羽子板も打《うつ》ち遣《や》つて勝手から「あらまあ」と飛込んで来る。細君は縮緬《ちりめん》の紋付で「いやな猫ねえ」と仰せられる。主人さへ書斎から出て来て「此馬鹿野郎」といつた。面白い面白いと云ふのは小供許《ばか》りである。さうして皆んな申し合せた様にげらげら笑つて居る。腹は立つ、苦くはある、踊はやめる訳にゆかぬ、弱つた。漸く笑ひがやみさうになつたら、五つになる女の子が「御かあ様、猫も随分ね」といつたので狂瀾《きようらん》を既倒《きとう》に何とかするといふ勢で又大変笑はれた。人間の同情に乏しい実行も大分見聞したが、此時程《ほど》恨めしく感じた事はなかつた。遂に天祐もどつかへ消え失せて、在来の通り四つ這になつて、眼を白黒するの醜態を演ずる迄に閉口した。さすが見殺しにするのも気の毒と見えて「まあ餅をとつて遣れ」と主人が御三に命ずる。御三はもつと踊らせ様ぢやありませんかといふ眼付で細君を見る。細君は踊は見たいが、殺して迄見る気はないのでだまつて居る。

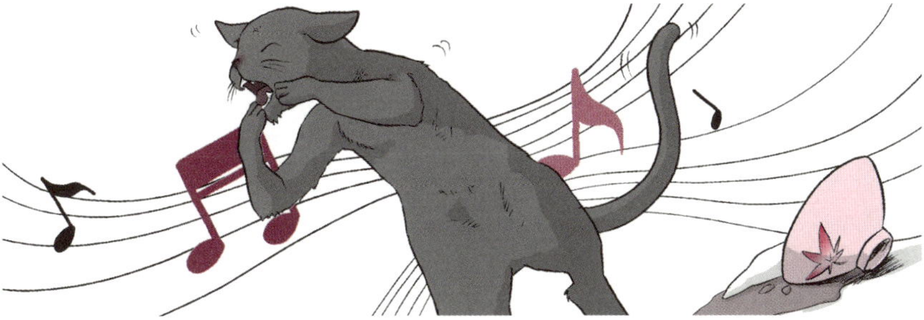

先生、これ面白い。
猫がかわいそうだけど、おかしいわ。
この猫、かわいい。私も猫のダンスを見たかった。

猫が歯にへばりついた餅を取ろうと、２本足になってもがいている場面を観察したものだけど、**漱石の態度はやはり写生に近いものがある。**

でも、**それが単なる客観描写に脱していないのは、やはり漱石の視線の深さと、それと猫の視点からの描写というのが大きい**のではないかな。

私、どうしてかしら、なんだか、この猫のダンス、悲しい。とっても悲しいわ。

あいかの気持ち、よくわかるよ。実はこの猫のダンス、僕もとっても悲しいと思うよ。猫は真剣に苦しくて苦しくてもがいている。

それも命がけのダンスなんだ。それを人間たちが笑って見ている。

あっ、これが漱石の笑いなのね。死にものぐるいで踊《おど》りを踊ってい
るのは、きっと漱石たち明治の知識人なんだ。

あいか、鋭《するど》いなあ。この猫《ねこ》の踊りの悲しさは、これからだんだんとわかってくると思うよ。それともう一つ、**猫の視点から、自分たち明治の知識人をとらえている**こと。

確かにそうよね。私たちが普段何気なく思っていることでも、猫から見れば全然違ってくるもの。
私たちが欲に駆られて懸命になっていることでも、そういった欲から自由な猫から見れば、すべて滑稽《こっけい》なんだわ。

さて、そろそろ『吾輩《わがはい》は猫である』の世界に入っていこうか。

待っていました（パチパチ）。

まず、主人公である苦沙弥《くしゃみ》先生を紹介しよう。ここいらで、再び猫くんに登場願おう。

　吾輩の主人は滅多《めった》に吾輩と顔を合せる事がない。職業は教師ださうだ。学校から帰ると終日書斎に這入つたぎり殆《ほと》んど出て来る事がない。家のものは大変な勉強家だと思つて居る。当人も勉強家であるかの如く見せて居る。然《しか》し実際はうちのものがいふ様な勤勉家ではない。吾輩は時々忍び足に彼の書斎を覗《のぞ》いて見るが、彼はよく昼寝《ひるね》をして居る事がある。時々読みかけてある本の上に涎《よだれ》をたらして居る。彼は胃弱で皮膚の色が淡黄色を帯びて弾力のない不活潑な徴候をあらはして居る。其癖《そのくせ》に大飯を食ふ。大飯を食つた後で「タカヂヤスターゼ」を飲む。飲んだ後で書物をひろげる。二三ページ読むと眠くなる。涎を本の上へ垂らす。是《これ》が彼の毎夜繰り返す日課である。吾輩は猫ながら時々考へる事がある。教師といふものは実に楽なものだ。人間と生れたら教師となるに限る。こんなに寝て居て勤まるものなら猫にでも出来ぬ事はないと。夫《それ》でも主人に云はせると教師程つらいものはないさうで彼は友達が来る度に何とかかんとか不平を鳴らして居る。

ははは、先生、面白い。

猫から見た、苦沙弥先生の紹介だけど、面白いのは「教師程つらいものはない」という苦沙弥先生を、猫が「教師といふものは実に楽なものだ」と観察している点にあるよね。

『吾輩は猫である』は、苦沙弥先生のもとに美学者の迷亭《めいてい》、物理学者の寒月《かんげつ》、詩人志望の東風《とうふう》などが集まり、それぞれが文明を風刺し、茶化《ちゃか》すという構造になっているんだけど、その一方、猫の視点から見ると、すべてが滑稽《こっけい》なものになってしまうんだ。

なるほど、猫を持ち出すことによって、登場人物の言動が、また違った角度からとらえられるのね。

うん、**すべては相対化される**。

そうした中で、第３章から、金田鼻子《はなこ》が登場する。そのとたんに、物語が急展開する。

金田鼻子？　変な名前。

主人のうちへ女客は稀有《けう》だなと見て居ると、かの鋭どい声の所有主は縮緬《ちりめん》の二枚重ねを畳《たたみ》へ擦《す》り付けながら這入て来る。年は四十の上を少し越した位だらう。抜け上つた生へ際から前髪が堤防工事の様に高く聳《そび》えて、少なくとも顔の長さの二分の一丈《だけ》天に向つてせり出して居る。眼が切り通しの坂位な勾配で、直線に釣るし上げられて左右に対立する。直線とは鯨より細いといふ形容である。鼻丈は無暗《むやみ》に大きい。人の鼻を盗んで来て顔の真中へ据《す》ゑ付けた様に見える。三坪程の小庭へ招魂社の石燈籠《いしどうろう》を移した時の如《ごと》く、独りで幅を利かして居るが、何となく落ち付かない。其鼻は所謂《いわゆる》鍵鼻で、ひと度は精一杯高くなつて見たが、是《これ》では余りだと中途から謙遜《けんそん》して、先の方へ行くと、初めの勢に似ず垂れかかつて、下にある唇を覗《のぞ》き込んで居る。かく著るしい鼻だから、此女が物を云ふときは口が物を言ふと云はんより、鼻が口をきいて居るとしか思はれない。吾輩は此偉大なる鼻に敬意を表する為め、以来は此女を称して鼻子鼻子と呼ぶ積りである。

これ、すごい。人の鼻《はな》の描写だけで、こんなに書けるなんて。これも才能ね。

確かに、そうだね。でも、うまく特徴をつかんでいるだろ？

うん、本当ね。だから、鼻子って言うんだ。

鼻子は先《ま》づ初対面の挨拶《あいさつ》を終つて「どうも結構な御住居ですこと」と座敷中を睨《にら》め廻はす。主人は「嘘をつけ」と腹の中で言つた儘《まま》、ぷかぷか烟草《たばこ》をふかす。迷亭は天井を見ながら「君、ありあ雨洩《あまも》りか、板の木目か、妙な模様が出て居るぜ」と暗に主人を促がす。「無論雨の洩りさ」と主人が答へると「結構だなあ」と迷亭が済まして云ふ。鼻子は社交を知らぬ人達だと腹の中で憤る。しばらくは三人鼎坐《ていざ》の儘無言である。

「ちと伺ひたい事があつて、参つたんですが」と鼻子は再び話の口を切る。「はあ」と主人が極めて冷淡に受ける。これではならぬと鼻子は「実は私はつい御近所で——あの向ふ横丁の角屋敷なんですが」「あの大きな西洋館の倉のあるうちですか、道理であすこには金田と云ふ標札が出て居ますな」と主人は漸く金田の西洋館と、金田の倉を認識した様だが金田夫人に対する尊敬の度合は前と同様である。「実は宿《やど》が出まして、御話を伺うんですが会社の方が大変忙がしいもんですから」と今度は少し利いたらうといふ眼付をする。主人は一向動じない。鼻子の先刻からの言葉遣ひが初対面の女としては余り存在《ぞんざい》過ぎるので既に不平なのである。「会社でも一つぢや無いんです、二つも三つも兼ねて居るんです。夫《それ》にどの会社でも重役なんで——多分御承知でせうが」是でも恐れ入らぬかと云ふ顔付をする。元来ここの主人は博士とか大学教授とかいふと非常に恐縮する男であるが、妙な事には実業家に対する尊敬の度は極めて低い。実業家よりも中学校の先生の方がえらいと信じて居る。よし信じて居らんでも、融通の利かぬ性質として、到底実業家、金満家の恩顧を蒙《こうむ》る事は覚束《おぼつか》ないと諦らめて居る。いくら先方が勢力家でも、財産家でも、自分が世話になる見込のないと思ひ切つた人の利害には極めて無頓着である。夫だから学者社会を除いて他の方面の事には極めて迂闊で、ことに実業界抔《など》では、どこに、だれが何をして居るか一向知らん。知つても尊敬畏服の念は毫も起らんのである。鼻子の方では天が下の一隅にこんな変人が矢張日光に照らされて生活して居やうとは夢にも知らない。今迄世の中の人間にも大分接して見たが、金田の妻ですと名乗つて、急に取扱ひの変らない場合はない、どこの会へ出ても、どんな身分の高い人の前でも立派に金田夫人で通して行かれる、況《いわ》んやこんな燻《くすぶ》り返つた老書生に於てをやで、私の家は向ふ横丁の角屋敷ですとさへ云へば職業抔は聞かぬ先から驚くだらうと予期して居たのである。

そうか、漱石が嫌いなもの、わかってきた。

うんうん、それで。何が嫌《きら》い？

お金持ちであることを鼻にかける人や、権力を振りかざす人。

そのとおりだね。明治時代末期、士農工商という身分制度が崩《くず》れ、近代日本はひたすら生産主義へと猛進《もうしん》し、その結果、持つ者と持たない者の差がしだいに広がっていったんだ。**お金が世の中を支配する時代へと変わりつつあった**んだね。

今の時代の先駆けなんだ。

そうした急激な変化に身を置きながら、苦沙弥《くしゃみ》先生とその周囲に集まる風変わりな人たちは、お金や権力に立ち向かっていく。

かっこいい。敢然《かんぜん》と立ち向かっていくのね。

ところが、そうはいかないのが、この頃の漱石の文学なんだ。

お金の権力の側の象徴が鼻子で、彼女はもともと苦沙弥先生のもとに出入りする寒月《かんげつ》を自分の娘の結婚相手としてどうか、つまり出世する見込みがあるかどうかを聞きにきたのだが、苦沙弥先生からけんもほろろの扱いを受けて逆恨《さかうら》みをする。

たとえば、先生の家の隣に「落雲館」という私立の中学があるのだが、その生徒たちを扇動《せんどう》していやがらせをしたりする。それに対し苦沙弥先生はどのように対抗していいかわからず、ただ癇癪《かんしゃく》を起こすだけなんだ。

なんだか苦沙弥先生がかわいそう。

鼻子にとっては、権力に屈しない苦沙弥先生が我慢《がまん》がならないし、一方の苦沙弥先生には鼻子の背後にある大きなものが見えていない。

事件は何も解決することがなく、彼らは鼻子を笑い飛ばしはするが、いったいどうしていいのかわからない。

漱石はそうした**明治の知識人の脆弱《ぜいじゃく》さを、猫《ねこ》の視点を借りて笑いのめす**のさ。

『吾輩《わがはい》は猫である』の笑いって、何だか悲しいわ。そうか、だから単なるユーモア小説ではないのか。

それに、この作品を書いた頃の漱石は、あの『道草』で描かれていたような状況にあったんですものね。

そうした中、猫が死んでいく。漱石は実に中途半端な結末を用意する。不機嫌《ふきげん》に、いきなり作品を終わらせてしまうんだ。

えっ、猫は死んじゃうの？

先生の家にみんなが集まって宴会《えんかい》をするのだが、その飲み残したビールを飲んで、酔《よ》っぱらってしまうんだ。

先生、猫が酔っぱらうと、どうなるの？

うん、では、少し見てみよう。

　夫《それ》から暫《しばら》くの間は自分で自分の動静を伺ふ為め、ぢつとすくんで居た。次第にからだが暖かになる。眼のふちがぽうつとする。耳がほてる。歌がうたひ度《たく》なる。猫ぢや猫ぢやが踊り度なる。主人も迷亭も独仙も糞《くそ》を食《くら》へと云ふ気になる。金田のぢいさんを引掻《ひつか》いてやりたくなる。妻君の鼻を食ひ欠きたくなる。色々になる。最後にふらふらと立ちたくなる。起つたらよたよたあるき度なる。こいつは面白いとそとへ出たくなる。出ると御月様今晩はと挨拶《あいさつ》したくなる。どうも愉快だ。

けっこう、酒癖《さけぐせ》悪いのね。
でも、「猫ぢや猫ぢや」って踊《おど》り、見てみたいわ。

実際、漱石自身も酒が好きで、特にビールに目がなく、しかも酔っぱらうとかなり酒癖が悪かったそうだよ。

へーえ、偉い漱石先生が身近に思えてきた。

　陶然とはこんな事を云ふのだらうと思ひながら、あてもなく、そこかしこと散歩する様な、しない様な心持《こころもち》で、しまりのない足をいい加減に運ばせてゆくと、何だかしきりに眠い。寐《ね》てゐるのだか、あるいてるのだか判然《はつきり》しない。眼《め》はあける積《つもり》だが重い事 夥《おびただ》しい。かうなれば夫迄《それまで》だ。海だらうが、山だらうが驚ろかないんだと、前足をぐにやりと前へ出したと思ふ途端、ぼちやんと音がして、はつと云ふうち、――やられた。

どうやられたのか考へる間がない。只やられたなと気がつくか、つかないかにあとは滅茶苦茶《めちやくちや》になつて仕舞つた。

我に帰つたときは水の上に浮いてゐる。苦しいから爪でもつて矢鱈《やたら》に掻《か》いたが、掻けるものは水ばかりで、掻くとすぐもぐつて仕舞ふ。仕方がないから後足で飛び上がつておいて、前足で掻いたら、がりりと音がして纔《わず》かに手応《てごたへ》があつた。漸く頭丈《だけ》浮くからどこだらうと見廻はすと、吾輩は大きな甕《かめ》の中に落ちて居る。此《この》甕は夏迄水葵《みずあおい》と称する水草が茂つて居たが其後《そのあと》烏の勘公が来て葵を食い尽した上に行水を使ふ。行水を使へば水が減る。減れば来なくなる。近来は大分減つて烏が見えないなと先刻思つたが、吾輩自身が烏の代りにこんな所で行水を使はう抔《など》とは思ひも寄らなかつた。

水から縁《ふち》迄は五寸余もある。足をのばしても届かない。飛び上がつても出られない。呑気《のんき》にして居れば沈むばかりだ。もがけばがりがりと甕に爪があたるのみで、あたつた時は、少し浮く気味だが、すべれば忽《たちま》ちぐうつともぐる。もぐれば苦しいから、すぐがりがりをやる。其うちからだが疲れてくる。気は焦《あせ》るが、足は左程《さほど》利かなくなる。遂にはもぐる為めに甕を掻くのか、掻く為めにもぐるのか、自分でも分りにくくなつた。

ええっー、水瓶《みずがめ》に落ちちゃったの？　苦しそう。

其時苦しいながら、かう考へた。こんな呵責《かしやく》に逢うのはつまり甕から上へあがりたい許《ばか》りの願である。あがりたいのは山々であるが上がれないのは知れ切つてゐる。吾輩の足は三寸に足らぬ。よし水の面にからだが浮いて、浮いた所から思ふ存分前足をのばしたつて、五寸にあまる甕の縁《ふち》に爪のかかり様がない。甕のふちに爪のかかり様がなければいくらも掻いても、あせつても、百年の間身を粉にしても出られつこない。出られないと分り切つてゐるものを出様とする、のは無理だ。無理を通さうとするから苦しいのだ。つまらない。自ら求めて苦しんで、自ら好んで拷問《ごうもん》に罹《かか》つてゐるのは馬鹿気てゐる。

もうよさう。勝手にするがいい。がりがりはこれ限り御免蒙るよと、前足も、後足も、頭も尾も自然の力に任せて抵抗しない事にした。

次第に楽になつてくる。苦しいのだか有難《ありがた》いのだか見当がつかない。水の中に居るのだか、座敷の上に居るのだか判然《はつきり》しない。どこにどうしてゐても差支《さしつかえ》はない。只楽である。否《いな》楽そのものすらも感じ得ない。日月を切り落し、天地を粉韲《ふんせい》して不可思議の太平に入る。吾輩は死ぬ。死んで此太平を得る。太平は死ななければ得られぬ。南無阿弥陀仏、南無阿弥陀仏。有難い有難い。

ふうー、なんか考えさせられちゃう。胸の中にやりきれないような、重たいものが残って、変な感じ。どうしてかな？

うん、僕も漱石のこの結末の付け方に、やりきれないものを感じるんだ。

苦沙弥先生たちは自分たちが戦っているものの正体もはっきりつかめていない。どのように戦うべきかもわからない。ただ、もがくだけなんだ。

ああ、そうか。だから、この猫はとっても悲しいんだ。
先生が『道草』で説明してくれたこの時期の漱石と重ねると、何だかわかる気がするわ。

ここに、**当時の明治の知識人たちが社会に抵抗することの限界もあった**んだろうな。

でも、こうして漱石文学が誕生したことだけは、間違いないんだ。

正義の悲しさと、近代の終焉《しゅうえん》
——『坊っちゃん』

漱石は明治37（1904）年12月、『吾輩《わがはい》は猫《ねこ》である』の第１章を執筆《しっぴつ》開始。「山会《やまかい》」で朗読《ろうどく》され、明治38（1905）年『吾輩は猫である』上編を刊行。この時期、それと並行して数多くの短編を発表している。

漱石の創作熱が一気に燃え上がったというわけだ。

翌39（1906）年、そうした短編を集めて『漾虚集《ようきょしゅう》』を出版しているが、ほぼ同時期に『坊っちゃん』を「ホトトギス」に発表している。

知ってる。『坊っちゃん』って、とっても有名だもの。

『坊っちゃん』になると、一転『吾輩は猫である』の世界とがらっと変わるね。文章は歯切れがよく、たたみかけるような調子で、非常に読みやすい。今読んでも、実に新鮮な文体だよ。しかも、『吾輩は猫である』のような**曖昧模糊《あいまいもこ》とした世界ではなく**、そこには**勧善懲悪《かんぜんちょうあく》の明快な構図がある**。爆発《ばくはつ》的な人気を呼んだはずだよ。

先生、勧善懲悪って、何？

これは試験でも出るから、よく理解しておくんだよ。

読んで字のごとく、「善を勧《すす》め、悪を懲《こ》らしめる」ということ。こうしたパターンが多くの小説、特に江戸時代の戯作《げさく》小説（➡巻末p.342参照）なんかにははっきりとあったんだ。

たとえば、「水戸黄門《みとこうもん》」や「ウルトラマン」なんかがそうだよ。ウルトラマンは必ず善で、悪い怪獣《かいじゅう》をやっつけるだろ？　そして、最後は善が勝つ。こうした物語のパターンがあったんだ。

もしも、ウルトラマンがほんのちょっとした出来心で、誰も見ていないところで物をくすねてしまった。そこで、ウルトラマンは自分の良心と対決する。

あるいは、もしばれてしまったらどうしようと思い悩む。今までの正義のヒーローとしての立場が、すべて台無しになる。そういったウルトラマンの苦悩《くのう》を描いた小説があったとしたら、「自我の文学」と言えるよね。そうした傾向が強くなって近代小説が創られるんだ。

そうか、なんかわかってきた。
それで、『坊っちゃん』は勧善懲悪なんだ。だから、痛快なんだ。

そのとおり。強い正義感と竹を割ったような性格の坊っちゃんが田舎の中学に赴任し、赤シャツを代表とする卑劣《ひれつ》な輩《やから》と対決する、まさに「勧善懲悪」の世界がここにある。

『坊っちゃん』を書いてる漱石は、さぞ胸のつかえが下りたでしょうね。

そうだろうな。何しろ、一気に書き上げたのだから。そして、ここでも権力を盾《たて》に自分の欲望を満たそうとする連中と対決するんだ。

その相手が、教頭の赤シャツと太鼓《たいこ》持ちのような「野だいこ」なんでしょ？

おっ、ちょっとは読んできたな。

もちろん。だって、漱石に興味が沸《わ》いてきたんだもの。

そりゃ、よかった。
坊っちゃんは数学の教師の山嵐《やまあらし》と組んで、卑劣な赤シャツと野だいこに一泡《ひとあわ》吹かせようとする。結局、山嵐は辞表をたたきつけ、坊っちゃんと２人で温泉宿の宿屋の２階で張り込みをするのだが、前にある角屋から出てきた赤シャツと野だいこのあとをつけて、ぽかぽかと殴《なぐ》ってしまう。そうやって２人は胸のつかえを下ろし、この「不浄《ふじょう》の土地」を出ていくわけだ。

悪いやつをやっつけてね。私も読んでて胸がすかっとしたわ。

それはそうだけど……。

何？　何かあるんですか？

確かに、坊っちゃんは正義を貫き、卑怯《ひきょう》な赤シャツと野だいこを殴《なぐ》り倒した。でも、結局は坊っちゃんと山嵐は学校から出ていかなければならないし、赤シャツと野だいこは学校に残り、相変わらず権力を振るうことになる。

何も解決していないんだよ。

あっ、そうか。もしかすると、赤シャツは陰《かげ》で喜んでいたりして。これで邪魔者《じゃまもの》がいなくなったと。

もちろん、漱石もそのことは十分わかっている。だから、**『坊っちゃん』の痛快さは『吾輩《わがはい》は猫《ねこ》である』の笑いに通じるし、またどこか物悲しい。そこに、当時の漱石のジレンマがあった**んじゃないかな。

でも、この笑いの中から、漱石の文学が誕生したことだけは、確かなんだ。そして、その時代背景に、近代が抱える深刻な問題があった。

近代の問題？　それって、どういうことですか？

日本は江戸時代まで鎖国《さこく》をしていただろ？　ところが、明治になって開国し、それによって、西洋からあらゆる新しいものが入ってくる。

それ、歴史の時間に習いました。

今までの日本の伝統的な文化と、西洋から入ってくる異質な文化は、ある意味では相容《あいい》れないものだった。でも無理にでも飲み込み、西洋化しなければ、日本は植民地化されてしまう危険性があったのだよ。その中で、明治の人間は苦悩《くのう》し、それなりに乗り越えていくんだ。

明治って、大変な時代だったのね。

漱石は明治維新の前年に誕生したんだ。だから、漱石の人生はまさに明治そのものと言っていい。

前に『源氏物語が面白いほどわかる本』を読んだとき、平安時代の人間になったつもりになりなさいって先生に言われたけど、今度は明治の人間か。古文を勉強しなくていいだけ、楽ね。

それはどうかな。日本が西洋のあらゆる価値観や思想、技術を懸命《けんめい》に消化しようとしたのが近代化だけど、その延長線上に現在があるとすれば、『源氏物語』を読むのとはまた違った意味があるんだよ。

あっ、そうか。平安時代はどちらかというと現代とは生活観がかけ離れた世界だったけど、明治って、現代と似ているんだ。

というよりも、**現代が抱えるさまざまな問題は、そのほとんどが明治という時代に根を持っている**んだ。そして、今、あらゆる場面で近代化による行き詰まりが見られるよね。環境問題、核の問題、肥大化した欲望、精神の荒廃《こうはい》、民主主義の限界、過当競争……。

そうか、その意味で、先生は明治がわかれば、今が見えてくると言ったのね。だったら、私、漱石という一人の文学者を通して、現代について勉強しようっと。

ははは、それはいいことだけど、あまり実利的な面ばかりに関心がいくと、漱石の面白さがわからなくなるよ。

どうして？

漱石ほど、人間の心の奥底をぎりぎりまで深く見続けた人間はいないと思うからさ。それはすさまじいほどだよ。

それって、漱石はエゴイストだっていうこと？

おっ、難しい言葉を知ってるね。でも僕は思うんだ。エゴという言葉で片づかないところに、漱石の視線の深さがある。漱石はそのさらに奥深いところまで、命がけで見通そうとしている。その先に何があるのか？

先生、何があるんですか？

ははは、焦《あせ》らない、焦らない。それをこれから一緒に考えていこうとしているのだから。

あいかの感想

『道草』『吾輩《わがはい》は猫《ねこ》である』『坊っちゃん』と３作、読み続けました。『道草』は一人で読んでいるとき、正直よくわからなかったんです。でも、出口先生の説明を聞いて、感動というのではなく何か私の知らない世界をのぞいたって感じ……。

でも、人間の世界って、こんなに深くて、しかも恐《おそ》ろしいんだって……、少し勉強になりました。

それに漱石の文学をなんとなくつかめたのかも。漱石ってホント、変なおじさん。でも、とってもかわいい！

『吾輩は猫である』は……、ふうー、これはため息をつきながら読みました。だってすごく難しいんだもの。でも、苦労して読むうちに、単なるユーモア小説ではなく明治の知識人を風刺《ふうし》していることが少しわかってきて、すごく面白くなりました。かめばかむほど味の出るスルメみたいな作品ね。

『坊っちゃん』は、前の２作と比べると同じ人が書いたのかしらと疑うほど読みやすくて、面白かった。難しい小説を読むのが苦手な人は『坊っちゃん』からどうぞって感じ。あいかのお勧《すす》めです！

第6章

漱石文学の底流に潜《ひそ》む夢と浪漫《ロマン》

イギリス留学で見たもの ――『倫敦塔《ロンドンとう》』

漱石は『吾輩は猫である』や『坊っちゃん』を執筆《しっぴつ》するのと並行して、数多くの短編を書いているんだ。

へえ～、知らなかった。
『吾輩は猫である』や『坊っちゃん』が有名すぎるから、あとの作品はあまり知らないわ。

おそらく『吾輩は猫である』や『坊っちゃん』を書くうちに、創作のデーモンに取り憑《つ》かれたのではないかな。『倫敦塔』『カーライル博物館』『幻影《げんえい》の盾《たて》』『琴《こと》のそら音《ね》』『一夜』『薤露行《かいろこう》』『趣味の遺伝』などを次々に発表。それらを集めて、明治39（1906）年４月『坊っちゃん』を「ホトトギス」に発表した翌５月、『漾虚集《ようきょしゅう》』として出版。

それって、面白いの？

あいかの年齢なら、少し難しいかも。それに、完成度という点では、あまり評価できないものもある。
でも、それだけに、漱石文学の本質が、『吾輩は猫である』や『坊っちゃん』以上に隠《かく》されている気がして、僕はとってもひかれるんだ。

漱石文学の本質？

漱石というのはリアリズム文学のように思われがちだけど、この時期の作品にはロマンティックなものや幻想、夢などを扱ったものが多い。

そして、**幻想や夢の中にこそ、人間の本質が隠されているのではないかと考えている**ようだ。人間の存在にかかわる根源的問題は、幻想《げんそう》や夢という形でしか扱いにくいのではないか。

たとえば、『倫敦塔《ロンドンとう》』の一節を見てみよう。『倫敦塔』は漱石の留学体験をもとに書かれたもので、一見エッセイ風なんだよ。

倫敦塔の歴史は英国の歴史を煎《せん》じ詰めたものである。過去と云ふ怪しき物を蔽《おお》へる戸帳《とばり》が自《おの》づと裂けて龕中《がんちゅう》の幽光を二十世紀の上に反射するものは倫敦塔である。凡《すべ》てを葬る時の流れが逆《さか》しまに戻つて古代の一片が現代に漂《ただよ》ひ来《きた》れりとも見るべきは倫敦塔である。人の血、人の肉、人の罪が結晶して馬、車、汽車の中に取り残されたるは倫敦塔である。

先生、この文章、何だか難しくてわかんない。
「凡てを葬る時の流れが逆しまに戻つて古代の一片が現代に漂ひ来れりとも見るべきは倫敦塔である」って、どういうこと？

だって、倫敦塔は現に今だって存在しているだろう。その倫敦塔がイギリスの過去の歴史をよみがえらせているということ。**倫敦塔を訪れれば、イギリスの過去の歴史をありありと思い浮かべることができるということ**だよ。

もちろん、この文章は伏線《ふくせん》になっている。つまり、漱石自身が倫敦塔を訪れたとき、当然その脳裏《のうり》に過去の一場面がありありとよみがえってこなければならない。

そうかあ。じゃあ、「人の血、人の肉、人の罪が結晶して」っていうのは？

倫敦塔は昔から今で言う政治犯を幽閉《ゆうへい》、あるいは処刑してきた場所なんだ。権力闘争に敗れた王侯貴族が、長い間この塔に閉じ込められて、密《ひそ》かに処刑されたりしたんだ。セーヌ川を船で渡っていくんだが、いったんこの門に入ると、二度と生きて帰れない。

今では観光地になっているけど、実際には血塗られた歴史があったのね。

その倫敦塔に、漱石は初めて訪問する。漱石の鋭敏《えいびん》な神経は、そこで歴史の一場面を幻視する。

漱石の脳裏には、その場面がまるで今、目の前に行なわれているかのように、ありありと浮かんでくるんだ。

此寐台の端に二人の小児が見えて来た。一人は十三四、一人は十歳位と思はれる。幼なき方は床に腰をかけて、寝台の柱に半ば身を倚《も》たせ、力なき両足をぶらりと下げて居る。右の肱を、傾けたる顔と共に前に出して年嵩《としかさ》なる人の肩に懸ける。年上なるは幼なき人の膝の上に金にて飾れる大きな書物を開《ひろ》げて、其あけてある頁の上に右の手を置く。象牙を揉《も》んで柔かにしたる如《ごと》く美しい手である。二人とも烏《からす》の翼《つばさ》を欺《あざむ》く程の黒き上衣を着て居るが色が極めて白いので一段と目立つ。髪の色、眼の色、偖《さて》は眉根鼻付から衣装の末に至る迄両人共殆《ほと》んど同じ様に見えるのは兄弟だからであらう。

兄が優しく清らかな声で膝の上なる書物を読む。

「わが眼の前に、わが死ぬべき折の様《さま》を想ひ見る人こそ幸あれ。日毎《ごと》夜毎に死なんと願へ。やがては神の前に行くなる吾《われ》の何を恐るる……」

弟は世に憐《あは》れなる声にて「アーメン」と云ふ。折から遠くより吹く木枯《こがら》しの高き塔を撼《うご》かして一度《ひとた》びは壁も落つる許《ばか》りにゴーと鳴る。弟はひたと身を寄せて兄の肩に顔をすり付ける。雪の如く白い蒲団の一部がほかと膨《ふく》れ返る。兄は又読み初める。

「朝ならば夜の前に死ぬと思へ。夜ならば翌日ありと頼むな。覚悟をこそ尊べ。見苦しき死に様《ざま》ぞ恥の極みなる。……」

弟又「アーメン」と云ふ。其声は顫《ふる》へて居る。兄は静かに書をふせて、かの小さき窓の方へ歩みよりて外《と》の面《も》を見様《よう》とする。窓が高くて脊《せ》が足りぬ。床几《しようぎ》を持つて来て其上につまだつ。百里をつつむ黒霧の奥にぼんやりと冬の日が写る。屠《ほふ》れる犬の生血にて染め抜いた様である。兄は「今日も亦《また》斯《こ》うして暮れるのか」と弟を顧みる。弟は只「寒い」と答へる。「命さへ助けて呉《く》るるなら伯父様に王の位を進ぜるものを」と兄が独り言の様につぶやく。弟は「母様に逢ひたい」とのみ云ふ。此時向ふに掛つて居るタペストリに織り出してある女神の裸体像が風もないのに二三度ふわりふわりと動く。

かわいそう。この２人の兄弟は王子様なんだわ。まだ少年なのに、懸命に潔《いさぎよ》い死に方をしようと、神に祈っているのだわ。

おそらく、母親と引き裂かれて、別々の部屋に幽閉《ゆうへい》されているんだ。

忽然《こつぜん》舞台が廻る。見ると塔門の前に一人の女が黒い喪服を着て悄然として立つて居る。面影は青白く窶《やつ》れては居るが、どことなく品格のよい気高い婦人である。やがて錠のきしる音がしてぎいと扉が開くと内から一人の男が出て来て恭《うやうや》しく婦人の前に礼をする。

「逢ふ事を許されてか」と女が問ふ。

「否《いな》」と気の毒さうに男が答へる。「逢はせまつらんと思へど、公けの掟《おきて》なれば是非《ぜひ》なしと諦め給へ。私の情《なさけ》売るは安き間の事にてあれど」と急に口を緘《つぐ》みてあたりを見渡す。濠《ほり》の内からかいつぶりがひよいと浮き上る。

女は頸に懸けたる金の鎖を解いて男に与へて「只束《ただつか》の間《ま》を垣間見んとの願なり。女人の頼み引き受けぬ君はつれなし」と云ふ。

男は鎖りを指の先に巻きつけて思案の体《てい》である。かいつぶりはふいと沈む。ややありていふ「牢守りは牢の掟を破りがたし。御子等《みこら》は変る事なく、すこやかに月日を過させ給ふ。心安く覚して帰り給へ」と金の鎖りを押戻す。女は身動きもせぬ。鎖ばかりは敷石の上に落ちて鏘然《そうぜん》と鳴る。

「如何《いか》にしても逢ふ事は叶《かな》はずや」と女が尋ねる。

「御気の毒なれど」と牢守が云ひ放つ。

「黒き塔の影、堅き塔の壁、寒き塔の人」と云ひながら女はさめざめと泣く。

お母さんの王妃《おうひ》ね。

でも、難しい。先生、助けて。

うん、王妃が牢《ろう》の番人に金の鎖《くさり》を差し出し、その代わりに一目でいいからわが子に会わせて、それがだめなら、せめて一目でも見させてと頼んでいるところだよ。

でも、番人は規則だからといって取り合わない。

そうよね、死ぬ前に一目でも、わが子に会いたいのよね。
かわいそう。

舞台がまた変わる。

幽《かす》かに聞えた歌の音は窖中《こうちゅう》に居る一人の声に相違ない。歌の主は腕を高くまくつて、大きな斧《おの》を轆轤《ろくろ》の砥石《といし》にかけて一生懸命に磨《と》いで居る。其傍《そのかたはら》には一挺の斧が抛《な》げ出してあるが、風の具合で其白い刃がぴかりぴかりと光る事がある。他の一人は腕組をした儘《まま》立って砥《と》の転《まわ》るのを見て居る。髯の中から顔が出て居て其半面をカンテラが照す。照された部分が泥だらけの仁参《にんじん》の様な色に見える。「かう毎日の様に舟から送つて来ては、首斬り役も繁昌だなう」と髯がいふ。「左様《そう》さ、斧を磨ぐ丈《だけ》でも骨が折れるは」と歌の主が答える。是《これ》は脊《せ》の低い眼《め》の凹《くぼ》んだ煤色の男である。「昨日は美しいのをやつたなあ」と髯が惜しさうにいふ。「いや顔は美しいが頸の骨は馬鹿に堅い女だつた。御蔭《おかげ》で此《この》通り刃が一分《いちぶ》許《ばか》りかけた」とやけに轆轤を転《ころ》ばす。シュシュシュと鳴る間から火花がピチピチと出る。磨ぎ手は声を張り揚げて歌ひ出す。

切れぬ筈《はず》だよ女の頸は恋の恨みで刃が折れる。

シュシュシュと鳴る音の外には聴えるものもない。カンテラの光りが風に煽《あお》られて磨ぎ手の右の頬を射る。煤の上に朱を流した様だ。「あすは誰の番かな」と稍《やや》ありて髯が質問する。「あすは例の婆《ばあ》様の番さ」と平気に答へる。

生へる白髪を浮気が染める、首を斬られりや血が染める。

と高調子に歌ふ。シュシュシュと轆轤が転ばる、ピチピチと火花が出る。「アハハハもう善からう」と斧を振り翳《かざ》して灯影《ほかげ》に刃を見る。「婆様ぎりか、外に誰も居ないか」と髯が又問をかける。「それから例のがやられる」「気の毒な、もうやるか、可愛相になう」といへば、「気の毒ぢやが仕方がないは」と真黒な天井を見て嘯《うそぶ》く。

幻想《げんそう》から現実へ、また再び幻想へと戻《もど》っていく。それにしても、漱石の文章は、読んでいても鬼気《きき》迫るものがある。

「例の」って、あの王妃《おうひ》様と、王子様かしら？

気がついて見ると真中に若い女が座つて居る、右の端には男が立つて居る様だ。両方共どこかで見た様だなと考へるうち、瞬《また》たく間《ま》にズツと近づいて余から五六間先で果《はた》と停る。男は前に穴倉の裏《うち》で歌をうたつて居た、眼の凹んだ煤色をした、脊の低い奴だ。磨ぎすました斧を左手に突いて腰に八寸程の短刀をぶら下げて見構《みがま》へて立つて居る。余は覚えずギヨツトする。女は白き手巾《ハンケチ》で目隠しをして両の手で首を載せる台を探す様な風情《ふぜい》に見える。首を載せる台は日本の槙割台《まきわりだい》位の大きさで前に鉄の環が着いて居る。台の前部に藁《わら》が散らしてあるのは流れる血を防ぐ要慎《ようじん》と見えた。背後の壁にもたれて二三人の女が泣き崩れて居る、侍女ででもあらうか。白い毛裏《けうら》を折り返した法衣《ほうえ》を裾《すそ》長く引く坊さんが、うつ向いて女の手を台の方角へ導いてやる。女は雪の如《ごと》く白い服を着けて、肩にあまる金色の髪を時々雲の様に揺らす。ふと其《その》顔を見ると驚いた。眼こそ見えね、眉の形、細き面、なよやかなる頸の辺りに至迄《いたるまで》、先刻《さつき》見た女其儘《そのまま》である。思はず馳け寄らうとしたが足が縮んで一歩も前へ出る事が出来ぬ。女は漸く首斬り台を探り当てて両の手をかける。唇がむつむつと動く。最前男の子にダツドレーの紋章を説明した時と寸分違はぬ。やがて首を少し傾けて「わが夫ギルドフォード・ダツドレーは既に神の国に行つてか」と聞く。肩を揺り越した一握りの髪が軽くうねりを打つ。坊さんは「知り申さぬ」と答へて「まだ真《まこ》との道に入り玉ふ心はなきか」と問ふ。女屹《きつ》として「まこととは吾《われ》と吾夫《わがおつと》の信ずる道をこそ言へ。御身達の道は迷ひの道、誤りの道よ」と返す。坊さんは何にも言はずに居る。女は稍《やや》落ち付いた調子で「吾夫が先なら追付う、後ならば誘ふて行かう。正しき神の国に、正しき道を踏んで行かう」と云ひ終つて落つるが如く首を台の上に投げかける。眼の凹んだ、煤色の、脊の低い首斬り役が重た気に斧をエイと取り直す。余の洋袴《ズボン》の膝に二三点の血が迸《ほとば》しると思つたら、凡《すべ》ての光景が忽然《こつぜん》と消え失せた。

ここにおいて、**倫敦塔《ロンドンとう》を見学する漱石（余）と、幻想の世界が渾然《こんぜん》としてくる**。

まさに、漱石文学の面目躍如《めんもくやくじょ》だね。

でも、今ふっと思ったんだけど、『吾輩《わがはい》は猫《ねこ》である』や『坊っちゃん』を書いてるのと並行して、漱石はこんな深刻な作品を書いていたんだわ。

やっぱり、単なるユーモア小説家じゃなかったんだ。

そうだね。だから漱石は一筋縄《ひとすじなわ》ではいかないんだ。

『坊っちゃん』執筆《しっぴつ》後、漱石は次々と作品を発表したが、その中に実はこんな作品もある。

『夢十夜』といって、10の夢を並べた短編なんだけど、最初の「一夜」を紹介しよう。

夢の中にこそ人間の本質が現れる ——『夢十夜』

第一夜

こんな夢を見た。

腕組《うでぐみ》をして枕元《まくらもと》に坐《すわ》つて居《ゐ》ると、仰向《あふむき》に寝た女が、静かな声でもう死にますと云《い》ふ。女は長い髪《かみ》を枕に敷《し》いて、輪廓《りんくわく》の柔《やは》らかな瓜実顔《うりざねがほ》を其《そ》の中に横たへてゐる。真白《まつしろ》な頬《ほほ》の底に温かい血の色が程《ほど》よく差して、唇《くちびる》の色は無論《むろん》赤い。到底《たうてい》死にさうには見えない。然《しか》し女は静かな声で、もう死にますと判然《はつきり》云《い》つた。自分も確《たしか》に是《こ》れは死ぬなと思つた。そこで、さうかね、もう死ぬのかね、と上から覗《のぞ》き込む様《やう》にして聞いて見た。死にますとも、と云ひながら、女はぱつちりと眼《め》を開《あ》けた。大きな潤《うるほひ》のある眼《め》で、長い睫《まつげ》に包まれた中は、只《ただ》一面に真黒《まつくろ》であつた。其《そ》の真黒な眸《ひとみ》の奥に、自分の姿が鮮《あざやか》に浮かんでゐる。

自分は透《す》き徹《とほ》る程深く見える此《こ》の黒眼《くろめ》の色沢《つや》を眺《なが》めて、是《これ》でも死ぬのかと思つた。それで、ねんごろに枕《まくら》の傍《そば》へ口を附《つ》けて、死ぬんぢやなからうね、大丈夫《だいぢやうぶ》だらうね、と又聞き返した。すると女は黒い眼を眠さうに睜《みは》つた儘《まま》、矢張《やつぱ》り静かな声で、でも、死ぬんですもの、仕方がないわと云つた。

ぢや、私の顔が見えるかいと一心《いつしん》に聞くと、見えるかいつて、そら、そこに、写《うつ》つてるぢやありませんかと、にこりと笑《わら》つて見せた。自分は黙《だま》つて、顔を枕から離した。腕組《うでぐみ》をしながら、どうしても死ぬのかなと思つた。

しばらくして、女が又《また》かう云つた。

「死んだら、埋《う》めて下《くだ》さい。大きな真珠貝《しんじゆがひ》で穴《あな》を掘《ほ》つて。さうして天《てん》から落ちて来る星の破片《かけ》を墓標《はかじるし》に置いて下さい。さうして墓の傍《そば》に待つてゐて下さい。又逢ひに来ますから」

自分は、何時《いつ》逢ひに来るかねと聞いた。

「日が出るでせう。それから日が沈《しづ》むでせう。それから又出るでせう、さうして又沈むでせう。——赤い日が東から西へ、東から西へと落ちて行《ゆ》くうちに、——あなた、待つてゐられますか」

自分は黙つて首肯《うなづい》た。女は静かな調子を一段張り上げて、

「百年待つてゐて下さい」と思ひ切つた声で云つた。「百年、私《わたくし》の墓の傍に坐《すわ》つて待つてゐて下さい。屹度《きつと》逢ひに来ますから」

自分は、只待つてゐると答へた。すると、黒い眸のなかに鮮に見えた自分の姿が、ぼうつと崩《くづ》れて来た。静かな水が動いて写る影を乱した様に、流れ出したと思つたら、女の眼がぱたりと閉《と》ぢた。長い睫の間から涙《なみだ》が頬へ垂《た》れた。——もう死んで居た。

自分は夫《そ》れから庭へ下りて、真珠貝で穴を掘つた。真珠貝は大きな滑《なめら》かな縁《ふち》の鋭《する》どい貝であつた。土をすくふ度《たび》に、貝の裏《うら》に月の光《ひかり》が差してきらきらした。湿《しめ》つた土の匂《にほひ》もした。穴はしばらくして掘れた。女を其の中へ入れた。さうして柔《やは》らかい土を、上からそつと掛《か》けた。掛ける毎《たび》に真珠貝の裏に月の光が差した。

それから星の破片の落ちたのを拾つて来て、かろく土の上へ乗せた。星の破片は丸かつた。長い間大空を落ちてゐる間《ま》に、角《かど》が取れて滑《なめ》らかになつたんだらうと思つた。抱《だ》き上げて土の上へ置くうちに、自分の胸と手が少し暖かくなつた。

自分は苔《こけ》の上に坐つた。是《こ》れから百年の間《あひだ》、かうして待つてゐるんだなと考へながら、腕組をして、丸い墓石を眺めてゐた。そのうちに、女の云つた通り日が東から出た。大きな赤い日であつた。それが又女の云つた通り、やがて西へ落ちた。赤いまんまで、のつと落ちて行つた。一《ひと》つと自分は勘定《かんぢやう》した。

しばらくすると又唐紅《からくれなゐ》の天道《てんたう》がのそりと上《のぼ》つて来た。さうして黙つて沈んで仕舞《しま》つた。二《ふた》つと又勘定した。

自分はかう云ふ風《ふう》に一つ二つと勘定して行くうちに、赤い日をいくつ見たか分《わか》らない。勘定しても、勘定しても、しつくせない程《ほど》赤い日が頭の上を通り越して行つた。それでも百年がまだ来ない。仕舞《しまひ》には、苔の生《は》えた丸い石を眺めて、自分は女に欺《だま》されたのではなからうかと思ひ出した。

すると石の下から斜《はす》に自分の方《はう》へ向いて青い茎《くき》が伸びて来た。見る間《ま》に長くなつて、丁度《ちやうど》自分の胸のあたり迄《まで》来て留《と》まつた。と思ふと、すらりと、揺《ゆら》ぐ茎の頂《いただき》に、心持《こころもち》首を傾けてゐた細長い一輪《りん》の蕾《つぼみ》が、ふつくらと瓣《はなびら》を開《ひら》いた。真白な百合《ゆり》が鼻の先で骨《ほね》に徹《こた》へる程匂《にほ》つた。そこへ遥《はるか》の上から、ほたりと露が落ちたので、花は自分の重みでふらふらと動いた。自分は首を前へ出して、冷たい露《つゆ》の滴《したた》る、白い花瓣《はなびら》に接吻《せつぷん》した。自分が百合から顔を離す拍子《ひやうし》に思はず、遠い空を見たら、暁《あかつき》の星がたつた一つ瞬《またた》いてゐた。

「百年はもう来てゐたんだな」と此《こ》の時始めて気が附いた。

なんか、不思議な話。
でも、ロマンティックだわ。百合《ゆり》の花に接吻《せっぷん》をしたら、星が瞬《またた》いて、100 年が来たと思ったということは、もしかしたら、この女の人、白い百合の花になったのかしら。
でも、本当に 100 年も待ったの？

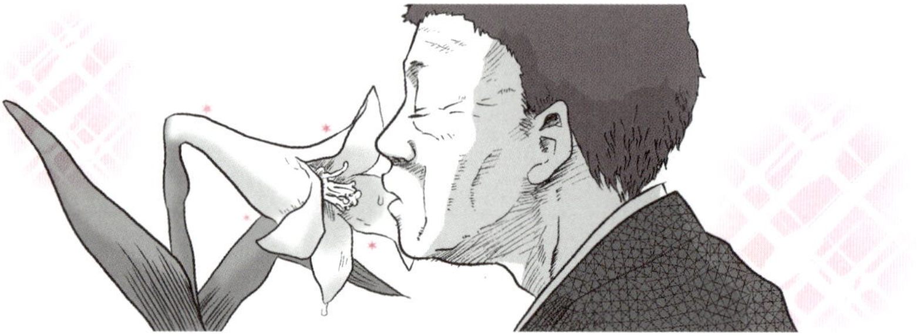

わからないよ。でも、わからないものを、無理にわかろうとしなくていいんだよ。だって、すべては夢だから。

あるいは**夢という形を借りて、漱石は自分の潜在《せんざい》意識や、存在の根底にあるものを表現しようとしたのかもしれない**ね。

合理で説明できないものを表現したんだから、それを理屈《りくつ》でわかろうとしてもだめだ。

あっ、そうか。
でも、きっと漱石って、本当はロマンティストなのよ。そんな気がするわ。私、漱石の本当の部分がわかった気がする。

ははは。さて、どうかな？　では、次の夢はどうだい？

第三夜

こんな夢を見た。

六つになる子供を負《おぶ》つてる。慥《たしか》に自分の子である。只《ただ》不思議な事には何時《いつ》の間《ま》にか眼《め》が潰《つぶ》れて、青坊主《あをばうず》になつてゐる。自分が、御前の眼は何時潰れたのかいと聞くと、なに昔《むかし》からさと答へた。声は子供の声に相違《さうゐ》ないが、言葉つきは丸《まる》で大人《おとな》である。しかも対等だ。

左右は青田である。路《みち》は細い。鷺《さぎ》の影《かげ》が時々闇《やみ》に差す。

「田圃《たんぼ》へ掛《かか》つたね」と脊中《せなか》で云《い》つた。

「どうして解《わか》る」と顔を後ろへ振り向ける様《やう》にして聞いたら、

「だつて鷺が鳴くぢやないか」と答へた。

すると鷺が果《はた》して二声程《こゑほど》鳴いた。

自分は我子《わがこ》ながら少し怖《こわ》くなつた。こんなものを背負《しよ》つてゐては、此《この》先どうなるか分《わか》らない。どこか打遣《うつちや》る所《ところ》はなからうかと向《むか》ふを見ると闇の中に大きな森が見えた。あすこならばと考へ出す途端《とたん》に、脊中で、

「ふふん」と云ふ声がした。

「何を笑《わら》ふんだ」

子供は返事をしなかつた。只

「御父《おとつ》さん、重いかい」と聞いた。

「重かあない」と答へると

「今に重くなるよ」と云つた。

自分は黙《だま》つて森を目標《めじるし》にあるいて行《いつ》た。田の中の路が不規則にうねつて中々《なかなか》思ふ様に出られない。しばらくすると二股《ふたまた》になつた。自分は股の根に立つて、一寸《ちよつと》休んだ。

「石が立つてる筈《はず》だがな」と小僧《こぞう》が云つた。

成程《なるほど》八寸角《すんかく》の石が腰程の高さに立つてゐる。表《おもて》には左《ひだ》り日《ひ》ケ窪《くぼ》、右堀《ほつ》田原《たはら》とある。闇だのに赤い字が明《あき》らかに見えた。赤い字は井守《ゐもり》の腹の様な色であつた。

「左が好《い》いだらう」と小僧が命令した。左を見ると最先《さつき》の森が、闇の影を、高い空から自分等《ら》の頭の上へ抛《な》げかけてゐた。自分は一寸躊躇《ちうちよ》した。

「遠慮《ゑんりよ》しないでもいい」と小僧が又云つた。自分は仕方なしに森の方《はう》へ歩き出した。腹の中では、よく盲目《めくら》の癖《くせ》に何でも知つてるなと考へながら一筋道《ひとすぢみち》を森へ近づいてくると、脊中で、

「どうも盲目は不自由で不可《いけな》いね」と云つた。

「だから負《お》ぶつてやるから可《い》いぢやないか」

「負ぶつて貰《もら》つて済《す》まないが、どうも人に馬鹿《ばか》にされて不可い。親に迄《まで》馬鹿にされるから不可い」

何だか厭《いや》になつた。早く森へ行つて捨てて仕舞《しま》はふと思つて急いだ。

「もう少し行《ゆ》くと解《わか》る。――丁度《ちやうど》こんな晩《ばん》だつたな」と脊中《せなか》で独言《ひとりごと》の様《やう》に云《い》つてゐる。

「何が」と際《きは》どい声を出して聞いた。

「何がつて、知つてるぢやないか」と子供は嘲《あざ》ける様に答へた。すると何だか知つてる様な気がし出した。けれども判然《はつきり》とは分《わか》らない。只《ただ》こんな晩であつた様に思へる。さうしてもう少し行けば分る様に思へる。分つては大変だから、分らないうちに早く捨てて仕舞つて、安心しなくつてはならない様に思へる。自分は益《ますます》足を早めた。

雨は最先《さつき》から降《ふ》つてゐる。路《みち》はだんだん暗くなる。殆《ほと》んど夢中である。只脊中に小さい小僧《こぞう》が食附《くつつ》いてゐて、其《その》小僧が自分の過去、現在、未来を悉《ことごと》く照らして、寸分《すんぶん》の事実も洩《も》らさない鏡《かがみ》の様に光つてゐる。しかもそれが自分の子である。さうして盲目《めくら》である。自分は堪《たま》らなくなつた。

「此所《ここ》だ、此所だ。丁度其《そ》の杉の根の所《ところ》だ」

雨の中で小僧の声は判然聞《きこ》えた。自分は覚えず留《とま》つた。何時《いつ》しか森の中へ這入《はい》つてゐた。一間《けん》ばかり先にある黒いものは慥《たしか》に小僧の云ふ通り杉の木と見えた。

「御父《おとつ》さん、其の杉の根の所だつたね」

「うん、さうだ」と思はず答へて仕舞つた。

「文化五年辰年《たつどし》だらう」

成程《なるほど》文化五年辰年らしく思はれた。

「御前がおれを殺したのは今から丁度百年前《ねんまへ》だね」

自分は此の言葉を聞くや否《いな》や、今から百年前《ねんぜん》文化五年の辰年のこんな闇《やみ》の晩に、此の杉の根で、一人《ひとり》の盲目を殺したと云ふ自覚が、忽然《こつぜん》として頭の中に起《おこ》つた。おれは人殺《ひとごろし》であつたんだなと始めて気が附《つ》いた途端《とたん》に、脊中の子が急に石地蔵《いしぢざう》の様に重くなつた。

きゃあ、気味が悪い。
だって、真夜中、人っ子一人いないんでしょう。
背中に負ぶった自分の子が、知らない間に不気味《ぶきみ》なものに変わってるだなんて。

それに、そんな子が背中にぴたっと張り付いたら、その子の息が首筋にかかるし、ああ、考えただけでぞっとするわ。しかも、自分が心に思ったことが、すぐに子供にわかっちゃうんでしょ。
そして、子供はにやっと笑って、皮肉《ひにく》を言うのよね、きゃあ！

ははは、これは決してロマンティックじゃないな。

先生って、意地悪《いじわる》。

漱石の文学って、一面ではとらえられないってことをわかってもらいたかっただけさ。これもまた漱石の文学の本質でもあるんだ。
もちろん、ロマンティックな面も大いにあるよ。

でも、これ、『道草』の世界になんとなく通じているみたい。

おっ、なかなか鋭いな。確かにそうだ。
ここでは生まれる以前の世界、前世《ぜんせ》が登場するけど、**漱石はこの頃から、自分はいったい何者で、どこから来たのか。そのことに対して並々ならぬ関心がある**んだね。
そして、根源的な罪の意識もね。

そういえば、「第一夜」「第三夜」でも、「百年」が登場したわ。

どうも漱石にとって100年は特別な意味があるらしい。
この「百年」は物理的な時間ではなく、何か象徴《しょうちょう》的な意味があるような気がするけど。

ふ～ん、でも確かなことが一つだけあるわ。

何？

漱石って、複雑。私と同じよ。
だって、『道草』で描かれた精神錯乱《さくらん》寸前の状態で、あの『吾輩《わがはい》は猫《ねこ》である』というユーモア小説を書くし。『坊っちゃん』を書く一方、『倫敦塔《ロンドンとう》』や『夢十夜』を書くんだもの。
小説家としてはすごいけど、やっぱり奥さんは大変。小説家の奥さんになるのは、やめとくわ。

ははは、確かにそうだ。

非人情～漱石が理想とした世界 ——『草枕《くさまくら》』

漱石が『吾輩は猫である』を発表したのは明治38（1905）年１月。その前年に日露《にちろ》戦争（➡巻末p.343参照）が勃発《ぼっぱつ》しているから、この頃は日本中が戦争に騒然となっていた。

さらにこの年、講和条約が締結《ていけつ》されるが、その条約内容に不満を持った群衆が日比谷《ひびや》公会堂焼き討《う》ち事件（➡巻末p.343参照）を起こすなど、国内は殺伐《さつばつ》としていたんだ。

もちろん、**漱石はこの戦争に懐疑《かいぎ》的だった**。

また、文学的には、この時期に自然主義がものすごい勢いで広がり始めた。**漱石はこの自然主義に対しても、批判的な立場をとる**。漱石にとって、おそらくあらゆるものが不満の種だったのではないかと思う。

漱石は翌明治39（1906）年に『坊っちゃん』『草枕』『二百十日』『野分《のわき》』を執筆《しっぴつ》している。明治40（1907）年、いっさいの教職を辞し、朝日新聞社に入社する。そして、『虞美人草《ぐびじんそう》』を朝日新聞に連載。明治41（1908）年になって『坑夫《こうふ》』、そして『夢十夜』『三四郎』だ。

ここまでが漱石文学の黎明期《れいめいき》にあたるわけで、この間、漱石はさまざまな実験的試みをしている。その一つが、『草枕』だよ。

あいかちゃん、『吾輩は猫である』『坊っちゃん』で、お金や権力を振りかざす者に対して、主人公たちはそれぞれに戦いを挑《いど》んだよね。

うん、でも、それはむなしい戦いだったのよね。

『坊っちゃん』の次に発表された長編が『草枕』だが、漱石はこの作品で大胆《だいたん》な実験をするんだ。

いったいどうするの？
きっと、みんながびっくりするやり方で、悪を退治《たいじ》するのね。

残念ながら、そうじゃない。悪は決して滅びないんだよ。

えっ、じゃあ、どうすればいいの？

逃げればいいんだ。

逃げる？

うん、漱石が『草枕』で試みた実験というのは、そのことなんだ。
次の有名な書き出しは、聞いたことがある？

山路《やまみち》を登りながら、かう考へた。
智に働けば角《かど》が立つ。情に棹させば流される。意地を通せば窮屈だ。兎角に人の世は住みにくい。

あっ、知ってる。へえ〜、その文句、ことわざかと思ってた。
『草枕』の冒頭だったんだ。

この世は情が絡《から》んで、もううんざりだ。だから、いっそのこと、**情のない世界、非人情の世界に遊びたい。そう考えたところから『草枕』の世界が始まる**わけだ。

学校の文学史で、『草枕』って、「非人情」とか、「**俳諧《はいかい》小説**（➡巻末 p.343 参照）」って習ったけど、実は何のことかさっぱりわからなかったんだ。でも、とりあえず暗記しなければならないと思っただけ。
それが今、『吾輩《わがはい》は猫《ねこ》である』『坊っちゃん』と読んでいくと、すごくよくわかる。
漱石は俗っぽいものとの葛藤《かっとう》に辟易《へきえき》したんだわね。

『草枕』のあらすじを話すね。

主人公は画家で、非人情の境地に遊ぶことを夢見て、那古井《なこい》の温泉を訪れる。那古井には、那美《なみ》という美しい女性がいた。那美は出戻りで、その自由奔放《ほんぽう》な生き方のため、村人から変人扱いされている。

画家は那美にひかれていく。

那美は画家に、自分が鏡が池に浮いているところを描いてほしいと言うが、画家はどうしても描くことができない。

那美の顔には、「憐《あわ》れ」が欠けているからだ。

ある日、日露《にちろ》戦争に出征《しゅっせい》する従弟《いとこ》を見送りにいったのだが、そのとき、那美の別れた夫も汽車に乗り込んでいた。

汽車の戸が閉まって、２人はそれぞれの世界に分けられる。

もう二度と生きては会えないかもしれない。

那美は呆然《ぼうぜん》と立ち尽くし、その瞬間《しゅんかん》、那美の顔に「憐れ」が浮かび上がるのを、画家は見逃《みのが》さなかった。

そのとき、画家の胸中で、絵は完成したのである。

不思議な小説ね。でも、せっかく「非人情」の世界に遊ぼうとしたのに、結局「憐れ」って人情じゃないの。それで絵が完成するなんて、皮肉《ひにく》だわ。

なかなか鋭《するど》いな。漱石自身、『草枕』を今までにはない実験的な小説として、かなり意気込んで書いたらしい。文章もなかなか凝《こ》っていて、いわゆる**美文調**（➡巻末p.343参照）になっている。

でも、今読んでみると、その厚化粧《あつげしょう》の文体ゆえに、逆に古めかしい感じがするかもしれないな。

野球の投手が力《りき》みすぎて、かえってコントロールを乱すみたいなものね。

そうかもしれないな。

明治39（1906）年『草枕』を書いたあと、同年に『二百十日』、翌年に『野分《のわき》』と、比較的長い小説を発表している。実は、この明治40（1907）年は、小説家漱石にとって、大きな転換期になる年だったんだ。

転換期って、何があったんですか？

朝日新聞社、入社だよ。

それって、漱石にとって、どんな意味があるのかしら？

今までは漱石は大学の講師だった。東京大学をはじめとして、いくつかの大学を掛け持ちで、英文学の講義を持っていた。ところが、朝日新聞社に入社するということは、それらの講義をやめるということ。

あっ、そうか。
いよいよ小説を書くことに専心することを決めたのね。

そうだよ。**職業作家として生きていくことを決意した**んだ。

そのおかげで、思う存分、創作に時間がとれる。でも、朝日新聞社入社の意義はそれだけではないんだ。

ほかに何があるの？

これ以後、漱石の作品はすべて朝日新聞の夕刊に連載される。

いやでも毎日書かなければならないんだわ。

それに**1回分の分量が決められているから**、それによって**おのずと漱石の作風が決められてしまう**。

そうか、漱石が朝日新聞社に入社しなかったなら、漱石の作風は違った形態になっていたかも。
文学作品の形態って時代の影響だけでなく、いろいろな偶然にもよるんだ。

うん。そして、朝日新聞社入社第1作として、いよいよ『虞美人草《ぐびじんそう》』を書くんだけど、おそらく『草枕』以上に力《りき》んだんじゃないかな。

またコントロール、乱したのかしら？

作品の評価というのは人それぞれだけど、正直言って失敗作といった評価が多いんだ。でも、営業的には大成功。

売れたんですか？

もちろん。朝日新聞にこの連載が発表されると、世間では大騒《おおさわ》ぎ。デパートでは「虞美人草浴衣《ゆかた》」が、宝石店では「虞美人草指輪」が発売さ

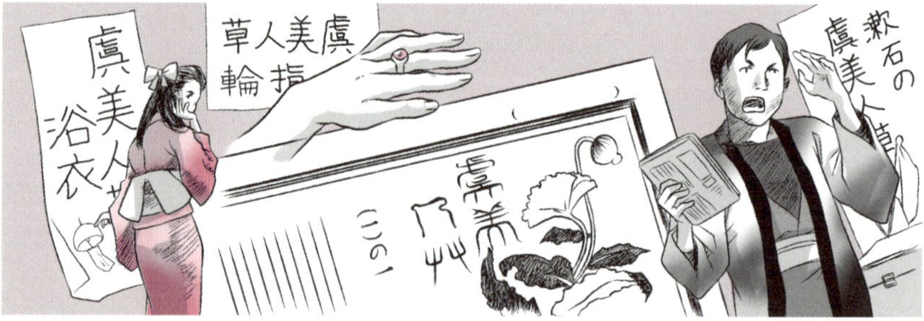

れる始末、第１回が新聞に掲載《けいさい》されると、新聞の売り子は「漱石の『虞美人草』！」と叫んで歩くというありさまだったんだ。

まさに大ブームね。

妖艶《ようえん》な悪女登場 ――『虞美人草』

『虞美人草』には、妖艶な悪女藤尾《ふじお》が登場する。

甲野《こうの》家では父が外国で急死し、その遺産を長男の欽吾《きんご》が継ぐことになる。欽吾は大学を卒業して27歳になるが、未だに職にも就かず、物欲もない。

その欽吾には継母《ままはは》とその娘藤尾がいる。継母と義理の妹藤尾は逆に権力欲や物欲が強く、欽吾の財産をねらっている。欽吾はすべての財産を藤尾に譲《ゆず》ると宣言するが、２人はそれを信用できないでいる。

その藤尾には、父が生前に決めた婚約者がいる。欽吾の親友である宗《むね》近《ちか》である。宗近もまた権力欲に乏《とぼ》しく、未《いま》だ外交官の試験に合格しない。

藤尾は宗近の将来性に期待が持てず、出世欲の強い小野との結婚を企《くわだ》てる。母娘は宗近に欽吾を京都旅行に誘《さそ》い出すよう頼み、２人が留守の間に、藤尾と小野の結婚話を進めようと企てたんだ。

ところがこの小野は、京都にいるとき世話になった恩人井上孤堂《こどう》の一人娘小夜子《さよこ》と婚約同然の関係にある。孤堂と小夜子は小野を信じ、結婚のために上京しようとする。

まさに、道義を重んじる欽吾と宗近、それに昔気質《むかしかたぎ》の孤堂と小夜子、それに対し、出世欲や物欲のため約束を破って結婚しようとする小野と藤尾母娘。こうした対立の構図を抱えたまま、物語は一気にクライマックスを迎えるんだ。

はあ〜、やっぱり勧善懲悪《かんぜんちょうあく》の結末になるのかしら。
漱石って、権力が本当に嫌いなんだ。
で、結局どうなったんですか？

小野は自分で小夜子との結婚を断る勇気が持てず、浅井にそれを依頼する。

ところが、孤堂《こどう》の怒りに気圧《けお》された浅井が宗近《むねちか》にその話をしたため、宗近は小野を説得して、藤尾との結婚を翻意《ほんい》させ、みずからも藤尾との結婚を拒否するんだ。

2人から結婚を拒《こば》まれた藤尾は誇《ほこ》りを傷つけられ、激怒《げきど》して、その場で自殺してしまう。

えっ、藤尾って、あっけなく死んでしまうのね。

『虞美人草《ぐびじんそう》』が失敗作だという評価が根強いのは、この強引な結末、勧善懲悪《かんぜんちょうあく》的な構図、そして、華麗《かれい》だが粉飾《ふんしょく》を施《ほどこ》した美文調、そんなところが原因かな。

でも、最近はこの作品を再評価しようとする動きもある。

この藤尾って女性、結構魅力《みりょく》的なんだ。美人で気が強く、誇り高い。漱石はこの藤尾を滅《ほろ》びるべき女として強引に描こうとしたが、皮肉《ひにく》なことに、読者の間で藤尾ブーム（➡巻末p.343参照）が起こる。

へえ～、なかなか作者の思惑《おもわく》どおりにはいかないものね。

漱石は『虞美人草』を発表したあと、翌明治41（1908）年『坑夫《こうふ》』『文鳥』『夢十夜』と矢《や》継《つ》ぎ早《ばや》に作品を発表する。

そして、その年の9月から『三四郎』を朝日新聞紙上に連載開始するんだ。

『三四郎』って、聞いたことがあるわ。先生、それって、有名でしょ？

そうだね、**今までの作品が漱石文学の初期だとすれば、『三四郎』『それから』『門』は前期3部作と言って、前半の代表作と言ってもいい**。

この3つの作品は主人公も物語もそれぞれ異なるけど、**その主題は微《び》妙《みょう》につながっている**。

第7章 漱石文学の成立——前期3部作

青春の甘さとほろ苦《にが》さ ——『三四郎』

『三四郎』は明治の青春文学の代表的なものとされているんだ。
また、まずは、あらすじを話してあげようね。
三四郎は熊本の高等学校を卒業し、東京大学に入学するために、希望に満ちあふれて上京する。時代は明治の激動期であり、東京には新しい波が押し寄せ、あらゆる価値が崩壊《ほうかい》しつつある。そうした中、田舎から出てきたばかりの三四郎が時代の波に巻き込まれ、翻弄《ほんろう》される。
三四郎の前には３つの世界がある。１つは「過去の世界」、古めかしいが、母の住む懐《なつ》かしい世界である。もう１つは「学問の世界」、ここには広田先生や野々宮がいる。そして、最後に美禰子《みねこ》のような「美しい女性のいる世界」、この世界はまばゆくきらめいているが、三四郎にとって未知の世界でもある。
三四郎が大学の構内に野々宮を訪ねたあと、池の畔《ほとり》で若くて美しい女性に会う。のちに、野々宮の妹よし子の病室で偶然出くわすことになる美禰子だが、三四郎はうっとりとなると同時に、恐ろしくなる。美禰子は三四郎にとって、まさに謎《なぞ》めいた女性である。彼女に強くひかれるが、その気持ちが全くつかめない。
あるとき、美禰子と広田先生、野々宮と妹のよし子と、団子坂《だんござか》の菊《きく》人形を見にいった日、三四郎は美禰子から「迷《まよ》い羊《ひつじ》（ストレイ・シープ）」という言葉を聞く。すでに美禰子に心を奪われている三四郎は、その意味を知りたいと思う。三四郎には美禰子の心がわからない。自分に関心があるようにも思えるが、彼女が野々宮と結婚するような様子を見せることもあって、混乱する。

そうした中、美禰子《みねこ》はよし子と結婚することになっていた野々宮の友人と結婚する。美禰子は画家の原口に肖像《しょうぞう》を描いてもらっていた。その展覧会の日、美禰子の肖像画を見て、三四郎は「迷《まよ》い羊《ひつじ》」とつぶやくのだった。

こんな話なんだよ。

なんか不思議な話。とりとめなくて、つかみどころがないわ。ここでは藤尾に替わって、美禰子が登場するのね。

そうだね。でも、美禰子は三四郎を翻弄《ほんろう》するのだが、藤尾とはだいぶ性質が違う。別に権力欲の強い悪女というわけでもないんだ。

でも、三四郎をもてあそぶのでしょう。

それはそうだけど。むしろ、三四郎にとって、新しい時代も、東京という都会も、学問の世界も、すべてが未知の世界で、それゆえに三四郎の目を通すと、すべてが生き生きと再生されてくる、そうした青春文学（➡ 巻末 p.344 参照）として読むほうが一般的かな。

美禰子も謎《なぞ》なんでしょ？

もちろん、美禰子は自分の美しさ、魅力《みりょく》を十分に自覚しているし、また無意識のうちに三四郎を引きつけようとしている。

そういう人、いるわ。私のクラスにもいたいた。八方美人で、複数の男性に同時に気があるような振りをする。

でもね、それだけではなく、**人を好きになると、その人が謎《なぞ》めいて見えてくる**ものなんだ。**その人の気持ちが知りたいと切に願う。**そう思えば思うほど、ますます相手の気持ちがわからない。
特に、それが初恋ならば。

う〜ん、わかるような気もするけど。

もちろん、三四郎の場合は初恋というよりも、もっととりとめない淡《あわ》い気持ちだけど。結局は、相手の女性の気持ちがわからないまま、その女性は思わぬ相手と結婚してしまう。

先生、美禰子は好きでもない人と結婚したのでしょ？

おそらくね。
そして、おそらく大きなしっぺ返しを食らうことになるのではないかな。

しっぺ返し？　どうなるんですか？

もちろん、『三四郎』という作品の中では、そんなことは何も描いてない。でも、恋を粗雑《そざつ》に扱うと、しっぺ返しを食らうことになる。
あいか、恋愛って実に残酷《ざんこく》なものなんだよ。気をつけたほうがいい。

私の心配は、ご無用よ。で、どうなるのかしら？

３部作の次の作品『それから』は、まさにその主題を引きずって、物語が始まるんだ。

不義〜友人の妻を奪《うば》うこと――『それから』

明治 42（1909）年、『それから』が朝日新聞紙上に連載される。
僕《ぼく》個人では、『それから』から、本当の漱石的主題が始まったという思いが強いんだ。

漱石的主題？

漱石は人間の心の底にある深いもの、不可解なものをえぐり出してくる。

『道草』で登場した「存在の深い裂け目」ね。

鋭《するど》いな。それも一つだ。もちろん、それだけで片づくものではない。

今まで漱石が執拗《しつよう》にこだわってきた正義感とか道義といった観念も、『それから』以後、大きく揺《ゆ》れ動く。

というよりも、そうした**画一的な価値観ではとらえきれない人間の不可思議さに、漱石の視線は深くとらわれていく**んだ。

どういうこと？　難しくて、よくわからない。

そうだね。とにかく、『それから』をじっくりと読んでみよう。

長《なが》井《い》代助《だいすけ》は大学を卒業しても勤めに出ず、一軒家を借りて、書生の門《かど》野《の》と賄《まかな》いのばあさんの３人で暮らしていたんだ。生活費のいっさいを父と兄に頼っている。父からは再三早く定職に就くようにと促される。何度もお見合い話がもたらされるが、どれもきっぱりと断ってばかりいる。

代助は１日中ぶらぶらしては、本を読んで暮らす高等遊民《こうとうゆうみん》（➡巻末p.344参照）なんだ。

先生、高等遊民って、何？

うん、漱石の小説で再三登場するタイプで、要は、職業を持たず、知的に暮らす人間だ。日露《にちろ》戦争以後、お金持ちの子息でこうした人間が増えてきたんだ。

いいな。働かなくてもいいなんて。

高等遊民が誕生した背景としては、日露戦争以後の好景気によって、新興成金《しんこうなりきん》（➡巻末p.344参照）が登場したこと、彼らは父の遺産などで生活するのだが、一番大切なのは、彼らが知的生活者で、働く必要がないと同時に、社会に対する批判の目が強すぎるため、実社会に組み込まれることそれ自体を拒否していることなんだ。

それくらい、**この時代は社会的矛盾《むじゅん》が露呈《ろてい》されてきたし、その一方、それを凝視《ぎょうし》する知的な人間が数多く生まれてきた**んだ。

代助の父と兄は、まさに日露戦争以後急速に台頭《たいとう》した新興成金で、そのためにはかなり社会的にあくどいことをしてきたはず。

代助の批判の目は、そうした父と兄にも向けられている。彼らは代助も自分たちの枠組みに無理やりはめようとする。それが就職であり、結婚話なのだよ。

そうか。代助が職に就かないのは、単に怠《なま》け者であるからではないのね。あえて、職に就くことを拒否しているんだ。
父や兄の価値観を受け入れたくないんだわ。

そうした代助のもとに、3年ぶりに平岡常次郎《ひらおかつねじろう》と三千代《みちよ》の夫婦が上京してきた。代助と平岡は中学時代からの友人で、大学卒業後、平岡は三千代と結婚した。

物語はこの平岡夫婦の状況とともに、ゆっくりとしたペースで進行するんだ。

代助と平岡とは中学時代からの知り合で、殊《こと》に学校を卒業して後《のち》、一年間といふものは、殆《ほと》んど兄弟の様に親しく往来した。其《その》時分は互に凡《すべ》てを打ち明けて、互に力《ちから》に為《な》り合《あ》ふ様なことを云《い》ふのが、互に娯楽の尤《もつと》もなるものであつた。

代助と平岡は何でも打ち明けていた仲だった。やがて平岡は三千代と結婚し、地方の銀行へ転勤となった。そして、3年後、平岡夫妻が東京に帰ってくる。2人はこの3年間で、すっかり変わってしまっていた。

平岡は仕事上のトラブルに巻き込まれ、借金を重ねたあげく辞職に追い込まれ、東京に逃げ帰ってきたのだ。

三千代はそのあと子供を産んだが、その子供もすぐに死んでしまった。

彼女はこのとき心臓を患《わずら》い、それ以後は病弱なままである。
あるとき、平岡が酔《よ》った勢いで、代助と些細《ささい》な口論になる。

「君はさつきから、働《はた》らかない働らかないと云つて、大分僕《ぼく》を攻撃したが、僕は黙《だま》つてゐた。攻撃される通り僕は働らかない積《つもり》だから黙つてゐた」
「何故《なぜ》働《はたら》かない」
「何故働かないつて、そりや僕が悪《わる》いんぢやない。つまり世《よ》の中《なか》が悪いのだ。

先生、この時代って、日本はロシアとの戦いに勝って、好景気なんでしょ？

ああ、でも、勝利といっても、実質的には日本とロシア両国がこれ以上戦争を継続する余力がなかっただけで、その意味では見かけだけの勝利だったんだ。それを政府が大勝利のようにプロパガンダしたのさ。
その結果、国民は大勝利に酔いしれる。ところが、しだいに酔いからさめ、物事を冷静に見ると、当時の日本の社会は矛盾《むじゅん》だらけである。
代助にしてみれば、父や兄はその矛盾した社会の片棒を担《かつ》いでいる存在なんだ。でも、職を失い、三千代と食うために必死で仕事を探している平岡からすれば、そうした代助の態度は鼻持ちならないことになる。

「そいつは面白い。大いに面白い。僕見た様に局部に当《あた》つて、現実と悪闘《あくとう》してゐるものは、そんな事を考へる余地がない。日本が貧弱《ひんじやく》だつて、弱虫《よはむし》だつて、働《はた》らいてるうちは、忘れてゐるからね。世の中が堕落《だらく》したつて、世の中の堕落に気が付かないで、其中《そのうち》に活動するんだからね。君の様な暇人《ひまじん》から見れば日本の貧乏《びんぼう》や、僕等の堕落が気になるかも知れないが、それは此《この》社会に用のない傍観者にして始めて口《くち》にすべき事だ。つまり自分の顔を鏡で見る余裕があるから、さうなるんだ。忙《いそ》がしい時は、自分の顔の事なんか、誰だつて忘れてゐるぢやないか」

確かに、平岡の立場からすれば、代助の考えはお金持ちの道楽みたいなもんだわ。学生時代に、あんなに仲がよかったのに、人生って、難しいのね。
なんか、私も将来が不安になりそう。

うん、２人の心はいつのまにか離れてしまって、もうもとのようにはなれないよね。
漱石は時の流れと、それに従って人の心がどう移りゆくかを、残酷《ざんこく》なまでに描写している。そして、２人の心が離れてしまったとき、その間にある三千代の存在がしだいに微妙《びみょう》になっていくんだ。

先生、代助は三千代とは、彼女の結婚後に知り合ったんですか？

代助が学生の頃、菅沼《すがぬま》という学友がいて、三千代はその菅沼の妹なんだ。代助が菅沼の家へ遊びにいくと、平岡もよく遊びにきていた。菅沼、代助、平岡、三千代の４人はしだいに親密《しんみつ》になっていくが、菅沼が病気で死んでしまう。そのときから、この関係のバランスが崩《くず》れていく。
そして、その年の秋、平岡は三千代と結婚する。２人を取り持ったのは代助だった。

なんだ。平岡と三千代の間を取り持ったのは、代助だったの。
なんか、複雑。

うん、このあたりの事情は、のちにもっと明らかになる。
漱石の手法は、まず日常的な描写から始まり、物語が進むにつれて謎《なぞ》が解けてくるというやり方なんだ。

なんか推理小説みたいね。

代助は三千代に平岡の近来の模様を尋ねて見た。三千代は例によつて多くを語る事を好《この》まなかつた。然《しか》し平岡の妻に対する仕打《しうち》が結婚当時と変つてゐるのは明《あきら》かであつた。代助は夫婦が東京へ帰つた当時既《すで》にそれを見抜いた。

先生、平岡と三千代、今はうまくいっていないの？

うん。その先も読んでみよう。

凡《すべ》てを概括した上で、平岡は貰《もら》ふべからざる人を貰ひ、三千代は嫁《とつ》ぐ可《べ》からざる人に嫁いだのだと解決した。代助は心の中《うち》で痛《いた》く自分が平岡の依頼に応じて、三千代を彼の為《ため》に周旋した事を後悔した。けれども自分が三千代の心を動かすが為に、平岡が妻《さい》から離れたとは、何《ど》うしても思ひ得なかつた。

先生、代助は三千代のことを愛しているのかしら？
それって、不倫《ふりん》じゃない？
いやだ。私、許せない。なんだか、代助のイメージが悪くなってきちゃった。

東京に戻ってきた平岡夫婦は、すっかり変わってしまったんだよ。少なくとも代助にとってみれば、2人は愛し合っているようには見えなかったんだね。一方、夫の愛を失った三千代を、代助は気の毒に思う。そして、それに関して無関心ではいられない。

先生、まさか、代助は本当に不倫をするんじゃないでしょうね？
三千代の気持ちはどうなの？
なんだか変だわ。だって、漱石って、『吾輩《わがはい》は猫《ねこ》である』でも、『坊っちゃん』でも、『虞美人草《ぐびじんそう》』でも、正義とか道義というのを絶対的なものとしてとらえ、それらを侵《おか》す人たちと対決してきたんじゃないんですか？　そんなの、絶対に変よ。
先生、この際、はっきり言っておきます。私、恋愛に関しては潔癖《けっぺき》なんです。不倫なんて考えられないわ。
私、浮気する人を許せない。私は一生、一人の人を愛するの。

まあまあ。この先の話がどうなるか、焦《あせ》らずにゆっくりと読んでいこうよ。あいかちゃんの感想も、あとのお楽しみだね。

「三千代さんは淋《さむ》しいだらう」

「なに大丈夫だ。彼奴《あいつ》も大分《だいぶ》変《かは》つたからね」と云《い》つて、平岡は代助を見た。代助は其眸《そのひとみ》の内《うち》に危《あや》しい恐れを感じた。ことによると、此《この》夫婦の関係は元《もと》に戻《もど》せないなと思つた。もし此夫婦が自然の斧《おの》で割《さ》き限《きり》に割かれるとすると、自分の運命は取り帰しの付かない未来を眼《め》の前に控えてゐる。夫婦が離れれば離れる程《ほど》、自分と三千代はそれ丈《だけ》接近しなければならないからである。代助は即座《そくざ》の衝動《しやうどう》の如《ごと》くに云つた。——

「そんな事が、あらう筈《はづ》がない。いくら、変つたつて、そりや唯《ただ》年を取つた丈の変化だ。成《な》るべく帰つて三千代さんに安慰を与へて遣《や》れ」

「君はさう思ふか」と云ひさま平岡はぐいと飲んだ。代助は、ただ、

「思ふかつて、誰だつて左様《さう》思はざるを得んぢやないか」と半ば口から出任《でまか》せに答へた。

「君は三千代を三年前《まへ》の三千代と思つてるか。大分変つたよ。ああ、大分変つたよ」と平岡は又ぐいと飲んだ。代助は覚えず胸の動悸《どうき》を感じた。

「同《おん》なじだ、僕《ぼく》の見る所では全く同《おんな》じだ。少しも変つてゐやしない」

「だつて、僕は家《うち》へ帰つても面白くないから仕方がないぢやないか」

「そんな筈はない」

やはり代助は病弱な三千代が気の毒で、無関心ではいられないんだ。夫の愛を得られない三千代が、不憫《ふびん》で仕方がない。

しかも、その三千代の不幸は、自分がかつて義侠心《ぎきょうしん》のため心を偽《いつわ》って平岡と結びつけたことで生じたものだよね。

「代助は其眸の内に危しい恐れを感じた。ことによると、此夫婦の関係は元に戻せないなと思つた」ことで、代助は平岡の中にもう三千代への愛が残っていないことを見抜いた。だが、それでも三千代は友人の妻である。もし、**平岡が再び三千代を愛してくれるなら、自分の三千代への思いも断ち切れると思う**んだ。

そこで、代助は「彼は平岡夫婦を三年前の夫婦にして、それを便《たより》に、自分を三千代から永く振り放《はな》さうとする最後の試みを、半ば無意識に遣《や》

つた」ことで、平岡に最後の対決を迫ったわけなんだ。
　だが、代助の思いはついに平岡には通じなかった。

なんか、この胸のあたりがきゅっと苦しくなる。三千代もかわいそうだし、代助の気持ちも少しはわかるような気がする。
不倫《ふりん》はいけないものと決めつけていたけど、なんだか自信がなくなってきたわ。
人間と人間の結び付きって、そう簡単にはいかないものなのね。

　ちょうどその頃、父から新たな見合い話が持ち込まれた。
　父の恩人である佐川の娘で、しかも、佐川家は財産家である。かげりを見せ始めた長井家を立て直すのには、どうしてもこの結婚が必要だったんだ。
　しだいに、代助はこの結婚を断れない状況に追い込まれていく。

> 　彼は三千代と自分の関係を、天意によつて、——彼はそれを天意としか考へ得られなかつた。——醗酵《はつかう》させる事の社会的危険を承知してゐた。天意には叶《かな》ふが、人の掟《おきて》に背《そむ》く恋は、其《その》恋の主《ぬし》の死によつて、始めて社会から認められるのが常であつた。彼は万一の悲劇を二人《ふたり》の間に描《ゑが》いて、覚えず慄然《りつぜん》とした。
> 　彼は又反対に、三千代と永遠の隔離を想像して見た。其時は天意に従ふ代りに、自己の意志に殉する人にならなければ済《す》まなかつた。彼は其手段として、父や嫂《あによめ》から勧められてゐた結婚に思ひ至つた。さうして、此結婚を肯《うけが》ふ事が、凡ての関係を新《あらた》にするものと考へた。

先生、「社会的危険」って、どういうことですか？

　当時は今と違って姦通罪《かんつうざい》という法律が制定されていたんだよ。

姦通罪？

　不倫が法律で禁止されていて、それを犯すと法のもとに裁かれるんだ。

もし、代助が三千代と結ばれたら、単に離婚するだけではすまなくなるのね。

もちろん、法律上も社会的にも罰《ばっ》せられる。おそらく家からも勘当《かんどう》され、無《む》一文《いちもん》で放《ほう》り出されるだろう。世間の風当たりは、今以上に厳《きび》しいはずだ。

それに、第一、三千代の気持ちのほうがわからないじゃない。仮に代助を愛していても、すべてを失ってまで自分の気持ちに正直に生きるかしら？
私だったら、本心を隠《かく》したままで生きていくかもしれない。
だって、無一文で放り出されたところで、肝心《かんじん》の代助に生活能力がないんだもの。

だから、代助は最後のところで決断ができないんだ。
三千代の本当の気持ちもわからないまま、自分の本心を打ち明けたら、もうもとの関係には戻《もど》れない。それどころか、取り返しのつかない事態を招《まね》くことになるんだからね。
仮に、三千代が自分を愛していたとしたら、友を裏切り、家に背《そむ》くことになる。社会的に葬《ほうむ》り去られ、しかも、生活能力のない代助は病弱の三千代を養うことすらままならない。

ああ、本当にどうしたらいいの？

漱石は「自然」という言葉を使っている。家族も社会もすべてを敵《てき》に回しても仕方がない。**「自然」に背《そむ》いたため、今これほど苦しんでいる**のだ。**だから、「自然」のまま生きようと、決意する**んだ。

「自然」か。
先生、それって自分の気持ちに正直に生きるってこと？

うん。
そして、いよいよ三千代を自分の家に呼び出し、自分の気持ちを正直に告白しようと決心するんだ。

代助は、百合《ゆり》の花を眺《なが》めながら、部屋を掩《おお》ふ強い香《か》の中に、残りなく自己を放擲《ほうてき》した。彼は此《この》嗅覚の刺激のうちに、三千代の過去を分明《ふんみよう》に認めた。其《その》過去には離すべからざる、わが昔《むかし》の影《かげ》が烟《けむり》の如《ごと》く這《は》ひ纏《まつ》はつてゐた。彼はしばらくして、

「今日《けふ》始めて自然の昔に帰るんだ」と胸の中で云《い》つた。斯《か》う云ひ得た時、彼は年頃にない安慰を総身《そうしん》に覚えた。何故《なぜ》もつと早く帰る事が出来なかつたのかと思つた。始《はじめ》から何故自然に抵抗したのかと思つた。彼は雨の中に、百合の中に、再現の昔のなかに、純一無雑に平和な生命を見出した。其生命の裏にも表にも、慾得はなかつた、利害はなかつた、自己を圧迫する道徳はなかつた。雲の様な自由と、水の如き自然とがあつた。さうして凡てが幸《ブリス》であつた。だから凡てが美しかつた。

先生、代助はいったい、いつから三千代をこんなに愛し始めたのかしら？
平岡と結婚する前からなの？
それとも、平岡夫婦が東京に戻《もど》ってからですか？

難しい質問だね。

実は三千代の兄が生きているとき、代助と兄と三千代、その３人の間に深い絆《きずな》ができていたんだ。もちろん、平岡と結婚する前だよ。

だが、おそらく代助はその時分は自分の気持ちをはっきりと自覚していなかったんじゃないかな。

三千代の兄は、なぜか妹の教育を代助に託《たく》したんだ。

兄は趣味に関する妹の教育を、凡て代助に委任した如くに見えた。代助を待つて啓発されべき妹の頭脳に、接触の機会を出来る丈《だけ》与へる様に力《つと》めた。代助も辞退はしなかつた。後《あと》から顧みると、自《みづか》ら進んで其任に当つたと思はれる痕迹《こんせき》もあつた。三千代は固《もと》より喜んで彼の指導を受けた。三人は斯《か》くして、巴《ともえ》の如くに回転しつつ、月から月へと進んで行つた。有意識か無意識か、巴の輪は回《めぐ》るに従つて次第に狭《せば》まつて来た。遂《つい》

に三巴《みつどもえ》が一所《いつしよ》に寄つて、丸い円にならうとする少し前の所で、忽然《こつぜん》其一つが欠《か》けたため、残る二つは平衡を失なつた。

はあ〜、なんか胸が痛くなってきた。
最初は兄弟のような関係だったのね。それから師弟《してい》関係。
あまりにも距離が短すぎて、自分の中に燃《も》えくすぶっている恋愛感情に気づかなかったんだ。
で、代助は三千代にすべてを打ち明けたの？

打ち明けたよ。まさに『それから』のハイライトシーンだ。

「僕の存在には貴方《あなた》が必要だ。何《ど》うしても必要だ。僕《ぼく》は夫丈《それだけ》の事を貴方に話したい為《ため》にわざわざ貴方を呼んだのです」
代助の言葉には、普通の愛人《あいじん》の用ひる様な甘い文彩《あや》を含《ふく》んでゐなかつた。彼の調子は其言葉と共に簡単で素朴《そぼく》であつた。寧《むし》ろ厳粛《げんしゆく》の域に逼《せま》つてゐた。但《ただ》、夫丈《それだけ》の事を語る為《ため》に、急用として、わざわざ三千代を呼んだ所《ところ》が、玩具《おもちや》の詩歌《しか》に類してゐた。けれども、三千代は固より、斯《こ》う云ふ意味での俗を離れた急用を理解し得る女であつた。其上世間《せけん》の小説に出て来る青春時代の修辞には、多くの興味を持つてゐなかつた。代助の言葉が、三千代の官能に華《はな》やかな何物をも与へなかつたのは、事実であつた。三千代がそれに渇《かわ》いてゐなかつたのも事実であつた。代助の言葉は官能を通り越して、すぐ三千代の心に達した。三千代は顫《ふる》へる睫毛《まつげ》の間から、涙を頬《ほほ》の上に流した。
「僕はそれを貴方に承知して貰《もら》ひたいのです。承知して下《くだ》さい」
三千代は猶泣《な》いた。代助に返事をする所《どころ》ではなかつた。袂《たもと》から手帛《ハンケチ》を出して顔へ当てた。濃い眉《まゆ》の一部分と、額《ひたひ》と生際《はえぎは》丈が代助の眼《め》に残つた。代助は椅子《いす》を三千代の方へ摺《す》り寄せた。
「承知して下さるでせう」と耳の傍《はた》で云つた。三千代は、まだ顔を蔽つてゐた。しやくり上げながら、
「余《あんま》りだわ」と云ふ声が手帛の中で聞えた。それが代助の聴覚を電流の如くに冒した。代助は自分の告白が遅《おそ》過ぎたと云ふ事を切に自覚した。

打ち明けるならば三千代が平岡へ嫁《とつ》ぐ前に打ち明けなければならない筈であつた。彼は涙《なみだ》と涙の間をぼつぼつ綴《つづ》る三千代の此一語を聞くに堪《た》えなかつた。

「僕は三四年前に、貴方《あなた》に左様《さう》打ち明けなければならなかつたのです」と云つて、憮然《ぶぜん》として口を閉《と》ぢた。三千代は急に手帛《ハンケチ》を顔から離した。瞼《まぶた》の赤くなつた眼《め》を突然代助の上に睜《みは》つて、

「打ち明けて下《くだ》さらなくつても可《い》いから、何故《なぜ》」と云《い》ひ掛《か》けて、一寸《ちよつと》躊躇《ちうちよ》したが、思ひ切つて、「何故棄《す》てて仕舞《しま》つたんです」と云ふや否や、又手帛を顔に当てて又泣《な》いた。

「僕《ぼく》が悪い。堪忍して下さい」

代助は三千代の手頸《てくび》を執《と》つて、手帛を顔から離さうとした。三千代は逆《さから》はうともしなかつた。手帛は膝の上に落ちた。三千代は其膝《そのひざ》の上を見た儘《まま》、微《かす》かな声で、

「残酷だわ」と云つた。小さい口元《くちもと》の肉《にく》が顫《ふる》ふ様に動いた。

すごい場面。三千代は代助の告白を泣《な》きながら聞いたのね。
先生、三千代はどうして「何故棄てて仕舞つたんです」と言ったのかしら？

おそらく、三千代の中では**兄が死んだあと、ごく自然に代助と結ばれていくつもりだった**んじゃないかな。

あっ、そうか。代助が何も言わなくても、もう三千代は代助と心の中で深くつながっているつもりだったんだ。

それなのに、代助は平岡に三千代との間を取り持ってくれるよう頼まれ、義侠心《ぎきょうしん》からそれを実行した。

「自然」に逆らったのね。でも、わかる。三千代は今さら言葉に出す必要がないほど、代助と精神的に結びついていたのにその代助から平岡と結婚してやってくれと言われたら、誰だって絶望するわ。その後の結婚生活も、どれほどつらいものだったことかしら。

だから、「残酷だわ」と思わずつぶやいたんだよ。

あのとき、代助が変な義侠心を起こさず、自分の気持ちに素直だったら、平岡夫婦も代助自身も、これほど苦しまなくてもよかったんだね。

それを今頃になって告白するなんて、本当に残酷《ざんこく》。私だったら、許せないかもしれない。だって、その後、子供にも死なれ、病弱になって、夫からも冷たくされたんだもの。三千代がかわいそう。

「三千代さん、正直に云つて御覧。貴方《あなた》は平岡を愛してゐるんですか」

三千代は答へなかつた。見るうちに、顔の色が蒼くなつた。眼《め》も口も固くなつた。凡《すべ》てが苦痛の表情であつた。代助は又聞いた。

「では、平岡は貴方を愛してゐるんですか」

三千代は矢張《やは》り俯《う》つ向《む》いてゐた。代助は思ひ切つた判断を、自分の質問の上に与へやうとして、既に其《その》言葉が口迄出掛《でかか》つた時、三千代は不意に顔を上げた。其顔には今見た不安も苦痛も殆《ほと》んど消えてゐた。涙《なみだ》さへ大抵は乾《かは》いた。頰《ほほ》の色は固《もと》より蒼かつたが、唇《くちびる》は確《しか》として、動く気色《けしき》はなかつた。其間《そのあひだ》から、低く重い言葉が、繋《つな》がらない様に、一字づつ出た。

「仕様がない。覚悟を極《き》めませう」

代助は脊中《せなか》から水を被《かぶ》つた様に顫《ふる》へた。社会から逐ひ放《はな》たるべき二人《ふたり》の魂《たましひ》は、ただ二人対《むか》ひ合つて、互《たがひ》を穴の明《あ》く程眺めてゐた。さうして、凡《すべ》てに逆《さから》つて、互を一所に持ち来《き》たした力を互と怖《おそ》れ戦《おのの》いた。

しばらくすると、三千代は急に物に襲はれた様に、手を顔に当てて泣き出した。代助は三千代の泣《な》く様《さま》を見るに忍《しの》びなかつた。肱《ひぢ》を突《つ》いて額《ひたひ》を五指《ごし》の裏《うら》に隠《かく》した。二人は此《この》態度を崩《くづ》さずに、恋愛の彫刻の如く、凝《じつ》としてゐた。

やっぱり平岡と三千代はお互いに愛していないんだ。というより、三千代はもともと愛してなかったし……。

もちろん、結婚したからには、愛そうと努力したに違いない。
でもね、僕は思うんだけど、誰かと愛したまま別れて、愛していない人と結婚したら、たいていはうまくいかないのじゃないかな。

どうしてですか？

だって、そうした場合、愛した人のことを理想化するだろ？　そして理想化された愛する人と、目の前の夫を無意識にも比べてしまう。

そうか、目の前の夫のいやなところばかりが気になっちゃう。
現実に一緒に暮らすと、きれいごとじゃすまないものね。

人の心って、努力してもどうしようもないことがあるんだ。そして、２人の関係はどんどん悪いほうへ行ったのじゃないかな。

でも、先生、最後の場面、ぞくっときた。
「仕様がない。覚悟を極めませう」という三千代のせりふ。

うん、当時は、不倫《ふりん》をするということに、それだけの覚悟《かくご》がいるっていうわけさ。
おそらく、この時点で、三千代は死を覚悟しているはずだよ。

本当に鬼気迫《ききせま》るシーンなのね。

会見の翌日彼は永らく手に持つてゐた賽《さい》を思ひ切つて投《な》げた人の決心を以て起きた。彼は自分と三千代の運命に対して、昨日《きのふ》から一種の責任を帯びねば済まぬ身《み》になつたと自覚した。しかも夫《それ》は自《みづか》ら進んで求めた責任に違いなかつた。従つて、それを自分の脊《せ》に負ふて、苦しいとは思へなかつた。その重みに押されるがため、却つて自然と足が前に出る様な気がした。彼は自ら切り開いた此運命の断片を頭に乗せて、父と決戦すべき準備を整へた。父の後《あと》には兄がゐた、嫂《あによめ》がゐた。是等《これら》と戦つた後には平岡がゐた。是等を切り抜《ぬ》けても大きな社会があつた。個人の自由と情実を毫も斟酌《しんしゃく》して呉《く》れない器械の様な社会があつた。代助には此社会が今全然暗黒に見えた。代助は凡てと戦ふ覚悟をした。

ふう〜、今まで不倫はそれだけでいけないことだと思っていたけど、でも、『それから』を読んでいると考えさせられたわ。
代助と三千代はお互いに愛し合っているんだ。
それなのに、どうして愛し合っていない平岡と、生涯《しょうがい》にわたって愛している振りをして暮らさなければならないのかしら？　そのほうが不自然だわ。
先生、２人はどんな罪《つみ》を犯《おか》したの？　２人のせっぱつまった愛を裁《さば》く世の中って、いったい何なのかしら？

あいかちゃんも、ずいぶん考えが変わったね。
それと同時に、漱石の文学もこのあたりから大きく変わっていくんだ。

そう言えば、そうね。
だって、今まで漱石文学の主人公たちはみんな道義を重んじていて、私利私欲《しりしよく》のため道義を重んじない人たちと対決したもの。

よく覚えているね。

（得意そうに鼻《はな》をうごめかせて）もちろんよ。勧善懲悪《かんぜんちょうあく》でしょ。

たいしたもんだ。でも、人間の心の奥底や社会のあり方を見据えると、どうもそう単純に割り切れないものがある。

漱石の考え自体が変化したのかしら？

と言うよりも、人間の内面を貫く、漱石の視線が深まったんじゃないかな。

あっ、そうか。私とおんなじね。

代助は父のもとにお見合い話を断りにいく。案《あん》の定《じょう》、父は烈火《れっか》のごとく怒《おこ》り、代助に仕送り停止を告げる。代助はその結果、現実問題として明日からの生計に支障を来たすことになる。あれほど嫌《きら》っていたのに、三千代のために職を探さなければならない。

「是《これ》から先まだ変化がありますよ」
「ある事は承知してゐます。何《ど》んな変化があつたつて構やしません。私《わたくし》は此間《このあひだ》から、――此間から私は、若《もし》もの事があれば、死ぬ積《つもり》で覚悟を極《き》めてゐるんですもの」
代助は慄然《りつぜん》として戦《おのの》いた。
「貴方《あなた》は是《これ》から先何《さきどう》したら好《い》いと云《い》ふ希望はありませんか」と聞いた。
「希望なんか無《な》いわ。何《なん》でも貴方の云ふ通りになるわ」
「漂泊《はく》――」
「漂泊でも好《い》いわ。死ぬと仰《おつ》しやれば死ぬわ」
代助は又竦《ぞつ》とした。

すごい！　三千代さん、本当に代助を愛していたんだ。

うん。代助を受け止めたとき、三千代はすでに死の覚悟《かくご》ができていた。

女って、愛のためには何でもできるものよ。

それは、お見それしました。

代助は硬《かた》くなつて、竦《すく》むが如く三千代を見詰めた。三千代は歇私的里《ヒステリ》の発作《ほつさ》に襲《おそ》はれた様に思ひ切つて泣《な》いた。
一仕切《ひとしきり》経《た》つと、発作は次第に収《おさ》まつた。後《あと》は例《いつも》の通り静かな、しとやかな、奥行《おくゆき》のある、美《うつ》くしい女になつた。眉《まゆ》のあたりが殊《こと》に晴々《はればれ》しく見えた。其《その》時代助は、
「僕が自分で平岡君に逢つて解決を付けても宜《よ》う御座《ござ》んすか」と聞いた。
「そんな事が出来て」と三千代は驚《おど》ろいた様であつた。代助は、
「出来る積《つもり》です」と確《しつか》り答へた。

「ぢや、何《ど》うでも」と三千代が云つた。

「さうしませう。二人《ふたり》が平岡君を欺《あざむ》いて事をするのは可《よ》くない様だ。無論事実を能《よ》く納得出来《でき》る様に話す丈《だけ》です。さうして、僕の悪い所はちやんと詫《あや》まる覚悟です。其結果は僕の思ふ様に行《い》かないかも知れない。けれども何《ど》う間違つたつて、そんな無暗《むやみ》な事は起《おこ》らない様にする積《つもり》です。斯《か》う中途半端《ちうとはんぱ》にしてゐては、御互も苦痛だし、平岡君に対しても悪い。ただ僕が思ひ切つて左様《さう》すると、あなたが、嘸《さぞ》平岡君に面目なからうと思つてね。其所《そこ》が御気の毒なんだが、然《しか》し面目ないと云へば、僕だつて面目ないんだから。自分の所為《しよい》に対しては、如何《いか》に面目なくつても、徳義上の責任を負ふのが当然だとすれば、外《ほか》に何等《なんら》の利益がないとしても、御互の間に有《あつ》た事丈は平岡君に話さなければならないでせう。其上今の場合では是からの所置を付ける大事の自白なんだから、猶更必要になると思ひます」

「能く解《わか》りましたわ。何《ど》うせ間違へば死ぬ積なんですから」

「死ぬなんて。――よし死ぬにしたつて、是から先何《ど》の位間《くらゐあひだ》があるか――又そんな危険がある位なら、なんで平岡君に僕から話すもんですか」

三千代は又泣き出した。

「ぢや能く詫《あやま》ります」

そして、いよいよ平岡との対決だよ。

代助が「自然」に帰るためには、自分の心を偽《いつわ》ってはならない、それと同時に友に対しても偽りたくないと思う。そこで、平岡を自宅に呼び、事のすべてを告白しようとする。

使いをやり、「大切な話があるから」と、平岡を呼び出す手紙を託《たく》したが、３日経《た》っても平岡から返事が来ない。

居ても立ってもいられなくなった代助は、平岡の新しい仕事先に問い合わせるが、その間、平岡は休んでいるという。

代助の精神は追いつめられていくが、平岡が突然家に訪ねてきたんだ。実は、三千代が病気で倒れてしまって、３日間、平岡が仕事を休んで付き添《そ》っていたという。

かわいそうな三千代。きっと精神的な苦痛のあまり、本当に病気になっちゃったんだわ。

三千代はもともと心臓を病《や》んでいるんだ。一歩間違うと、命取りになる。

でも、平岡が看病《かんびょう》するんじゃ、かえって病気が悪化するわよ。
で、平岡にすべてを打ち明けたんですか？

打ち明けた。すべてを正直に打ち明け、平岡に手をついて謝《あやま》ったんだ。

「ざつと斯《か》う云ふ経過だ」と説明の結末を付けた時、平岡はただ唸《うな》る様に深い溜息《ためいき》を以て代助に答へた。代助は非常に酷《つら》かつた。

「君の立場から見れば、僕は君を裏切りした様に当る。怪《け》しからん友達だと思ふだらう。左様《さう》思れても一言《いちごん》もない。済《す》まない事になつた」

「すると君は自分のした事を悪いと思つてるんだね」

「無論」

「悪いと思ひながら今日《こんにち》迄歩を進めて来たんだね」と平岡は重ねて聞いた。語気は前よりも稍《やや》切迫してゐた。

「左様だ。だから、此事《このこと》に対して、君の僕等に与へやうとする制裁は潔《いさぎ》よく受ける覚悟だ。今のはただ事実を其儘《そのまま》に話した丈《だけ》で、君の処分の材料にする考だ」

平岡は答へなかつた。しばらくしてから、代助の前へ顔を寄せて云つた。

「僕の毀損《きそん》された名誉《めいよ》が、回復出来る様な手段が、世の中にあり得ると、君は思つてゐるのか」

今度は代助の方が答へなかった。

私、平岡って嫌《きら》い。
だって、代助の告白に対して、「僕の毀損された名誉」なんて言ってるんだもの。

そうだね。**あくまで平岡にとって大切なのは、心の問題ではなくて、世間体《せけんてい》なんだ。**すでに平岡は代助や三千代とは異なる世界に生きているんだ。

だから、平岡には２人の気持ちが理解できるはずがない。

平岡にとって、不倫《ふりん》は許されないことであり、代助も三千代も自分を裏切《うらぎ》ったわけで、自分は名誉《めいよ》を傷つけられた被害者ってわけだ。

おかしなものね。今では不倫を犯《おか》した２人の肩を持ちたくなっちゃう。

「よし僕が君の期待する通り三千代を愛してゐなかつた事が事実としても」と平岡は強いて己《おのれ》を抑《おさ》える様に云つた。拳《こぶし》を握つてゐた。代助は相手の言葉の尽《つ》きるのを待つた。

「君は三年前の事を覚えてゐるだらう」と平岡は又句を更《か》へた。

「三年前は君が三千代さんと結婚した時だ」

「さうだ。其時の記憶が君の頭の中に残つてゐるか」

代助の頭は急に三年前に飛び返つた。当時の記憶が、闇《やみ》を回《めぐ》る松明《たいまつ》の如く輝《かがや》いた。

「三千代を僕に周旋しやうと云ひ出したものは君だ」

「貰《もら》いたいと云ふ意志を僕に打ち明けたものは君だ」

「それは僕だつて忘れやしない。今に至る迄君の厚意を感謝してゐる」

平岡は斯う云つて、しばらく冥想してゐた。

「二人《ふたり》で、夜上野を抜《ぬ》けて谷中《やなか》へ下《お》りる時だつた。雨上《あが》りで谷中の下は道が悪かつた。博物館の前から話しつづけて、あの橋の所迄来た時、君は僕の為《ため》に泣いて呉れた」

代助は黙然《もくねん》としてゐた。

「僕は其時程《ほど》朋友を有難《ありがた》いと思つた事はない。嬉《うれ》しくつて其晩は少しも寐《ね》られなかつた。月のある晩《ばん》だつたので、月の消える迄起きてゐた」

「僕もあの時は愉快だつた」と代助が夢の様に云つた。それを平岡は打ち切る勢で遮《さへぎ》つた。――

「君は何だつて、あの時僕の為に泣いて呉れたのだ。なんだつて、僕の為に三千代を周旋しやうと盟《ちか》つたのだ。今日《こんにち》の様な事を引き起す位なら、何故《なぜ》あの時、ふんと云つたなり放《ほう》つて置いて呉れなかつたのだ。僕は君から是程深刻な復讐《かたき》を取られる程、君に向つて悪い事をした覚《おぼえ》がないぢやないか」
平岡は声を顫《ふる》はした。代助の蒼《あを》い額に汗《あせ》の珠《たま》が溜《たま》つた。さうして訴《うつ》たへる如《ごと》くに云つた。
「平岡、僕は君より前から三千代さんを愛してゐたのだよ」
平岡は茫然として、代助の苦痛の色を眺めた。
「其時の僕は、今の僕でなかつた。君から話を聞いた時、僕の未来を犠牲《ぎせい》にしても、君の望みを叶《かな》へるのが、友達の本分だと思つた。それが悪かつた。今位頭が熟してゐれば、まだ考へ様があつたのだが、惜しい事に若《わか》かつたものだから、余りに自然を軽蔑《けいべつ》し過ぎた。僕はあの時の事を思つては、非常な後悔の念に襲はれてゐる。自分の為《ため》ばかりぢやない。実際君の為に後悔してゐる。僕が君に対して真に済まないと思ふのは、今度の事件より寧《むし》ろあの時僕がなまじいに遣《や》り遂《と》げた義侠心だ。君、どうぞ勘弁して呉れ。僕は此通り自然に復讐を取られて、君の前に手を突いて詫《あや》まつてゐる」
代助は涙《なみだ》を膝《ひざ》の上に零《こぼ》した。平岡の眼鏡《めがね》が曇つた。
「どうも運命だから仕方がない」
平岡は呻吟《うめ》く様な声を出した。

あっ、そうか。代助は３年前すでに三千代を愛していたのに自分の心を隠《かく》して、友情のために平岡との間を取り持った。
そのことを今になって気づく。なんて残酷《ざんこく》なの。

自分の心に正直に生きることが一番いいのかもしれないね。でもそれができないのも、また人間なんだ。

一番かわいそうなのは三千代だわ。彼女の心を誰も思いやっていない。女性は男性の所有物じゃないのに。

二人《ふたり》は漸く顔を見合せた。

「善後策に就《つい》て君の考があるなら聞かう」

「僕は君の前に詫まつてゐる人間だ。此方《こつち》から先へそんな事を云ひ出す権利はない。君の考から聞くのが順だ」と代助が云つた。

「僕には何《なん》にもない」と平岡は頭を抑えてゐた。

「では云ふ。三千代さんを呉れないか」と思ひ切つた調子に出た。

平岡は頭から手を離して、肱《ひじ》を棒の様に洋卓《てえぶる》の上に倒した。同時に、

「うん遣《や》らう」と云つた。さうして代助が返事をし得ないうちに、又繰り返した。

「遣る。遣るが、今は遣れない。僕は君の推察通り夫程《それほど》三千代を愛して居なかつたかも知れない。けれども悪《にく》んぢやゐなかつた。三千代は今病気だ。しかも余り軽い方ぢやない。寝《ね》てゐる病人を君に遣るのは厭《いや》だ。病気が癒《なほ》る迄君に遣れないとすれば、夫迄は僕が夫《おつと》だから、夫として看護する責任がある」

「僕は君に詫《あやま》つた。三千代さんも君に詫まつてゐる。君から云へば二人とも、不埒《ふらち》な奴《やつ》には相違ないが、——幾何《いくら》詫まつても勘弁出来んかも知れないが、——何しろ病気をして寝てゐるんだから」

「夫《それ》は分《わか》つてゐる。本人の病気に付け込んで僕が意趣晴《ば》らしに、虐待《ぎやくたい》でもすると思つてるんだらうが、僕だつて、まさか」

代助は平岡の言《こと》を信じた。さうして腹の中で平岡に感謝した。平岡は次に斯《か》う云つた。

「僕は今日《けふ》の事がある以上は、世間的の夫の立場からして、もう君と交際する訳には行かない。今日限り絶交するから左様《さう》思つて呉れ玉へ」

「仕方がない」と代助は首を垂れた。

「三千代の病気は今云ふ通り軽い方ぢやない。此先何《ど》んな変化がないとも限らない。君も心配だらう。然し絶交した以上は已《やむ》を得ない。僕の在不在に係《かか》はらず、宅《うち》へ出入《ではい》りする事丈は遠慮して貰《もら》ひたい」

「承知した」と代助はよろめく様に云つた。其頬《ほほ》は益《ますます》蒼《あを》かつた。平岡は立ち上がつた。

平岡も傷ついていたのね。なんか複雑。
漱石の言う「自然」の意味がなんとなくわかってきた。
義侠心《ぎきょうしん》からのことなのに、結局みんな傷ついてしまった。

確かに、「自然を軽蔑《けいべつ》し過ぎた」のかもしれない。

でも、結局、平岡は三千代を代助にあげるのでしょ？
男らしいわ。少し見直した。

でも、その代わり絶交するんだよ。

それは仕方がないわ。友人の奥さんをもらうんだもの。

さらに条件が付く。三千代を病気のまま渡すわけにはいかないから、治るまで平岡が看病《かんびょう》することになる。

ここでも夫としての体面でしょ？

しかも、絶交したんだから、平岡の留守《るす》中に出入りして、三千代と会ってはいけない。

あっ、そうか！　それって、残酷《ざんこく》。
だって、三千代の病気がどうなのか。
今どう思っているのか、何もわからないじゃない。こんなつらいことはないわ。
平岡に三千代をくださいって頼んだんだもの、今この瞬間《しゅんかん》でも三千代に会いたくて会いたくて仕方がないはずよ。

それが、平岡の復讐《ふくしゅう》かもしれない。

あっ、そんなの、ひどい。

「君、もう五分許《ばかり》坐《すは》つて呉《く》れ」と代助が頼んだ。平岡は席に着いた儘《まま》無言でゐた。

「三千代さんの病気は、急に危険な虞《おそれ》でもありさうなのかい」

「さあ」

「夫丈《それだけ》教へて呉れないか」

「まあ、さう心配しないでも可《い》いだらう」

平岡は暗い調子で、地《ち》に息を吐《は》く様に答へた。代助は堪《た》えられない思がした。

「若《も》しだね。若し万一の事がありさうだつたら、其前にたつた一遍丈で可いから、逢はして呉れないか。外《ほか》には決して何も頼まない。ただ夫丈だ。夫丈を何《ど》うか承知して呉れ玉へ」

平岡は口を結んだなり、容易に返事をしなかつた。代助は苦痛の遣《や》り所《どころ》がなくて、両手の掌《たなごころ》を、垢《あか》の綯《よ》れる程揉《も》んだ。

「夫はまあ其時の場合にしやう」と平岡が重さうに答へた。

「ぢや、時々病人の様子を聞きに遣つても可いかね」

「夫は困るよ。君と僕とは何《なん》にも関係ないんだから。僕は是から先、君と交渉があれば、三千代を引き渡す時丈だと思つてるんだから」

代助は電流に感じた如く椅子の上で飛び上がつた。

「あつ。解《わか》つた。三千代さんの死骸《しがい》丈を僕に見せる積《つもり》なんだ。それは苛《ひど》い。それは残酷だ」

代助は洋卓《てえぶる》の縁《ふち》を回つて、平岡に近づいた。右の手で平岡の脊広《せびろ》の肩《かた》を抑えて、前後に揺《ゆ》りながら、

「苛い、苛い」と云つた。

平岡は代助の眼《め》のうちに狂《くる》へる恐ろしい光《ひかり》を見出した。肩を揺られながら、立ち上がつた。

「左《そ》んな事があるものか」と云つて代助の手を抑《おさ》えた。二人《ふたり》は魔《ま》に憑《つ》かれた様な顔をして互を見た。

「落ち付かなくつちや不可《いけ》ない」と平岡が云つた。

「落ち付いてゐる」と代助が答へた。けれども其言葉は喘《あへ》ぐ息の間を苦しさうに洩《も》れて出た。

暫《しば》らくして発作の反動が来た。代助は己《おの》れを支ふる力を用ひ尽《つく》した人の様に、又椅子に腰を卸《おろ》した。さうして両手で顔を抑えた。

何なの？　これって。ひどい。ひどすぎる。
だって、三千代の病気の状態もわからないのでしょ？
三千代が死ぬかもしれないのでしょ？
ひどい、残酷《ざんこく》よ。

確かに、代助にとって、あまりにも過酷《かこく》な条件だ。

先生、平岡は本当に三千代の遺体を代助に渡す気なのかしら？

それはわからない。
何よりも残酷なのは、平岡の本心がつかめないことだ。いや、**代助と三千代の運命が、平岡の手に握《にぎ》られた**ことだね。
代助にはどうしようもない。平岡を信じるも信じないも、代助の自由なんだから。

それって、本当につらいでしょうね。

代助は三千代に会いたくて、平岡の家の前を行ったり来たりする。苦しくて、とてもじっと家にいることができない。

代助は今朝《けさ》も此所《ここ》へ来た。午《ひる》からも町内を彷徨《うろつ》いた。下女が買物にでも出る所を捕《つら》まへて、三千代の容体《ようだい》を聞かうと思つた。然し下女は遂に出て来なかつた。平岡の影も見えなかつた。塀《へい》の傍《そば》に寄つて耳を澄《す》ましても、夫《それ》らしい人声《ひとごえ》は聞えなかつた。医者を突き留《と》めて、詳しい様子を探らうと思つたが、医者らしい車は平岡の門前には留《とま》らなかつた。そのうち、強い日に射付《いつ》けられた頭が、海の様に動き始めた。立ち留《ど》まつてゐると、倒れさうになつた。歩き出すと、大地が大きな波紋を描《ゑが》いた。代助は苦しさを忍《しの》んで這《は》ふ様に家《うち》へ帰つた。夕食《ゆふめし》も食はずに倒れたなり動かずにゐた。其時恐《おそ》るべき日は漸く落ちて、夜が次第に星の色を濃《こ》くした。代助は暗さと涼しさのうちに始めて蘇生《よみがへ》つた。さうして頭を露《つゆ》に打たせながら、又三千代のゐる所迄遣《や》つて来たのである。
代助は三千代の門前を二三度行つたり来たりした。軒燈《けんとう》の下へ来るたびに立ち留《ど》まつて、耳を澄ました。五分乃至《ないし》十分は凝《じつ》としてゐた。しかし家の中の様子は丸《まる》で分《わか》らなかつた。凡《すべ》てが寂《しん》としてゐた。

代助が軒燈《けんとう》の下へ来て立ち留《と》まるたびに、守宮《やもり》が軒燈の硝子《がらす》にぴたりと身体を貼り付けてゐた。黒い影は斜《はす》に映《うつ》た儘何時《いつ》でも動かなかつた。

代助は守宮に気が付く毎《ごと》に厭《いや》な心持がした。其動かない姿が妙に気に掛《かか》つた。彼の精神は鋭《する》どさの余りから来る迷信に陥《おち》いつた。三千代は危険だと想像した。三千代は今苦しみつつあると想像した。三千代は今死につつあると想像した。三千代は死ぬ前に、もう一遍自分に逢ひたがつて、死に切れずに息を偸《ぬす》んで生きてゐると想像した。代助は拳《こぶし》を固めて、割れる程平岡の門を敲《たた》かずにはゐられなくなつた。忽《たちま》ち自分は平岡のものに指さへ触れる権利がない人間だと云ふ事に気が付いた。代助は恐ろしさの余り馳《か》け出した。静かな小路《こうぢ》の中《うち》に、自分の足音丈が高く響《ひび》いた。代助は馳けながら猶恐ろしくなつた。足を緩《ゆる》めた時は、非常に呼息《いき》が苦しくなつた。

道端《みちばた》に石段があつた。代助は半《なか》ば夢中で其所《そこ》へ腰を掛けたなり、額《ひたひ》を手で抑えて、固くなつた。しばらくして、閉《ふ》さいだ眼を開けて見ると、大きな黒い門があつた。門の上から太い松が生垣の外《そと》迄枝を張つてゐた。代助は寺の這入り口に休んでゐた。

彼は立ち上がつた。惘然《もうぜん》として又歩き出した。少し来て、再び平岡の小路へ這入つた。夢の様に軒燈の前で立留《たちどま》つた。守宮はまだ一つ所に映つてゐた。代助は深い溜息《ためいき》を洩《も》らして遂に小石川を南側へ降りた。

其晩は火の様に、熱くて赤い旋風《つむじ》の中に、頭が永久に回転した。代助は死力を尽して、旋風の中から逃《のが》れ出様《でやう》と争つた。けれども彼の頭は毫《ごう》も彼の命令に応じなかつた。木の葉の如く、遅疑《ちぎ》する様子もなく、くるりくるりと焔《ほのほ》の風に巻《ま》かれて行つた。

すごい。この場面の描写《びょうしゃ》、読んでても息苦しくなる。
漱石って、何でこんなにも残酷な描写ができるのかしら。

確かに、すごい描写だ。代助は朝から晩まで、始終《しじゅう》、三千代のことが忘れられない。元気でいるのか、今頃死の床に伏《ふ》していないだろうか、居ても立ってもいられず、平岡の家の周辺をさまよい続ける。

でも、決して三千代と会うことはできないのだ。
そこへ、突然、代助の兄が訪ねてくる。

「今日《けふ》は実は」と云ひながら、懐《ふところ》へ手を入れて、一通の手紙を取り出した。
「実は御前に少し聞きたい事があつて来たんだがね」と封筒の裏《うら》を代助の方へ向けて、
「此男を知つてるかい」と聞いた。其所《そこ》には平岡の宿所姓名が自筆で書いてあつた。
「知つてます」と代助は殆んど器械的に答へた。
「元《もと》、御前の同級生だつて云ふが、本当か」
「さうです」
「此男の細君も知つてるのかい」
「知つてゐます」
兄は又扇を取り上げて、二三度ぱちぱちと鳴らした。それから、少し前へ乗り出す様に、声を一段落《おと》した。
「此男の細君と、御前が何か関係があるのかい」

実は、平岡が代助の父親宛《あ》てに、事の真相を告げる手紙を送ってよこしたんだ。そして、父は真相を確かめるため、兄を使いによこしたのだ。

「其所《そこ》に書いてある事は本当なのかい」と兄が低い声で聞いた。代助はただ、
「本当です」と答へた。兄は打衝《シヨツク》を受けた人の様に一寸《ちよつと》扇の音《おと》を留《とど》めた。しばらくは二人《ふたり》とも口を聞き得なかつた。良《やや》あつて兄が、
「まあ、何《ど》う云ふ了見で、そんな馬鹿な事をしたのだ」と呆《あき》れた調子で云つた。代助は依然《いぜん》として、口を開《ひら》かなかつた。
「何《ど》んな女だつて、貰《もら》はうと思へば、いくらでも貰へるぢやないか」と兄がまた云つた。代助はそれでも猶黙つてゐた。三度目に兄が斯う云つた。——

「御前だつて満更《まんざら》道楽をした事のない人間でもあるまい。こんな不始末を仕出《しで》かす位なら、今迄折角金《せつかくかね》を使つた甲斐がないぢやないか」

代助は今更兄に向つて、自分の立場を説明する勇気もなかつた。彼はつい此間《このあひだ》迄全く兄と同意見であつたのである。

「姉《ねえ》さんは泣《な》いてゐるぜ」と兄が云つた。

「さうですか」と代助は夢の様に答へた。

「御父《おとう》さんは怒《おこ》つてゐる」

代助は答をしなかつた。ただ遠い所を見る眼《め》をして、兄を眺めてゐた。

ひどい。やっぱり平岡って卑劣《ひれつ》よ。

面白いのは、このときの代助の気持ちなんだ。

彼は「自然」に従うことを決めた。だから、たとえ世の中から非難されても正しい道を歩いているという自負がある。

彼は彼の頭の中《うち》に、彼自身に正当な道を歩《あゆ》んだといふ自信があつた。彼は夫《それ》で満足であつた。その満足を理解して呉《く》れるものは三千代丈であつた。三千代以外には、父も兄も社会も人間も悉《ことごと》く敵《てき》であつた。彼等は赫々《かくかく》たる炎火《えんくわ》の裡《うち》に、二人を包んで焼き殺さうとしてゐる。代助は無言の儘《まま》、三千代と抱き合つて、此焔《ほのほ》の風に早く己れを焼き尽《つく》すのを、此上もない本望とした。彼は兄には何の答もしなかつた。重い頭を支へて石の様に動かなかつた。

そうよ、そのとおりだわ。
世の中の目なんて、気にする必要はないわよ。
ねえ、先生？

まあね……。

「貴様《きさま》は馬鹿だ」と兄が大きな声を出した。代助は俯向《うつむ》いた儘顔を上げなかつた。

「愚図《ぐず》だ」と兄が又云つた。「不断《ふだん》は人並《ひとなみ》以上に減《へ》らず口《ぐち》を敲《たた》く癖《くせ》に、いざと云ふ場合には、丸で唖《おし》の様に黙《だま》つてゐる。さうして、陰《かげ》で親の名誉に関《かか》はる様な悪戯《いたづら》をしてゐる。今日《こんにち》迄何の為《ため》に教育を受けたのだ」

兄は洋卓《てえぶる》の上の手紙を取つて自分で巻《ま》き始めた。静かな部屋の中に、半切《はんきれ》の音がかさかさ鳴つた。兄はそれを元の如《ごと》くに封筒に納めて懐中した。

「ぢや帰るよ」と今度は普通の調子で云つた。代助は叮嚀《ていねい》に挨拶をした。兄は、

「おれも、もう逢《あ》はんから」と云ひ捨てて玄関に出た。

兄の去つた後《あと》、代助はしばらく元の儘じつと動かずにゐた。門野《かどの》が茶器を取り片付けに来た時、急に立ち上がつて、

「門野さん。僕は一寸《ちよつと》職業を探して来る」と云ふや否や、鳥打帽《とりうちぼう》を被《かぶ》つて、傘《かさ》も指《さ》さずに日盛《ひざか》りの表へ飛び出した。

（身もだえして）私、不倫《ふりん》したい。

いったいどうしたんだ、あいか。突然そんなことを言い出して。

だって、家族も社会もすべてを敵《てき》にしても、三千代一人を守りたいなんて、なんだか胸の奥がじーんときちゃった。
私のような無垢《むく》な乙女《おとめ》にこそ、純粋《じゅんすい》な不倫が必要なんだわ。
先生、練習台になって！
この際、先生でも我慢《がまん》してあげるから……。

……（あっけにとられて）不倫はいけないことじゃなかったの？

これこそ純粋な愛よ。
不倫が悪だなんて、世の中が自分たちの都合で勝手に決めつけただけじゃない。

？？？？　まあ、それはそうだけど……。

代助は暑い中を馳《か》けない許《ばかり》に、急ぎ足に歩いた。日は代助の頭の上から真直《まつすぐ》に射下《いおろ》した。乾《かは》いた埃《ほこり》が、火の粉《こ》の様に彼の素足《すあし》を包んだ。彼はぢりぢりと焦《こげ》る心持がした。

「焦る焦る」と歩きながら口の内《うち》で云つた。

飯田橋へ来て電車に乗つた。電車は真直に走り出した。代助は車のなかで、

「ああ動く。世の中が動く」と傍《はた》の人に聞える様に云つた。彼の頭は電車の速力を以て回転し出した。回転するに従つて火の様に焙《ほて》つて来た。是で半日乗り続けたら焼き尽す事が出来るだらうと思つた。

忽《たちま》ち赤い郵便筒《つつ》が眼《め》に付いた。すると其赤い色が忽ち代助の頭の中に飛び込んで、くるくると回転し始めた。傘屋《かさや》の看板に、赤い蝙蝠傘《かうもりがさ》を四つ重ねて高く釣《つ》るしてあつた。傘の色が、又代助の頭に飛び込んで、くるくると渦《うづ》を捲《ま》いた。四つ角《かど》に、大きい真赤な風船玉を売つてるものがあつた。電車が急に角《かど》を曲《まが》るとき、風船玉は追懸《おつかけ》て来て、代助の頭に飛び付いた。小包《こづつみ》郵便を載《の》せた赤い車がはつと電車と擢《す》れ違ふとき、又代助の頭の中に吸ひ込まれた。烟草《たばこ》屋の暖簾《のれん》が赤かつた。売出しの旗も赤かつた。電柱が赤かつた。赤ペンキの看板がそれから、それへと続いた。仕舞には世の中が真赤《まつか》になつた。さうして、代助の頭を中心としてくるりくるりと焔《ほのほ》の息を吹いて回転した。代助は自分の頭が焼け尽きる迄電車に乗つて行《ゆ》かうと決心した。

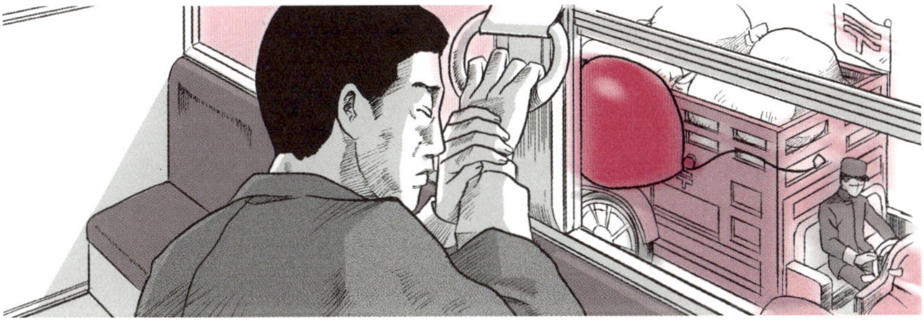

はあ～（ため息）、すごいラストシーンだわ。
でも、先生、結局、三千代は死んじゃうのかしら？
ねえ、どうなるんですか？

漱石は何一つそのあとのことを書いていない。だから、平岡は約束を守って三千代を代助に譲《ゆず》ったかもしれないし、あるいは三千代の遺体を渡して復讐《ふくしゅう》を遂《と》げたかもしれない。

どちらにでも解釈できるように、余韻《よいん》を残している。

そんなのずるいわ。どっちか知りたいもの。

でも、このラストシーンはやはりすごいね。

代助の頭の中が真っ赤に焼けただれ、何もかもが燃《も》え出すように感じられる。

おそらく**漱石は常識も道徳も世間もいっさいかかわりのないところで、人間の魂《たましい》の真実をつかみ取ろうとしている**。

そして、**それがどれほど切実な思いでも、世の中はそれをいっさい無視することで初めて成り立っている**んだ。

まさに、**漱石文学はこの『それから』のラストシーンから、実存的な主題を真っ向から見据《す》えるようになったと言って過言ではない**と思う。

宗教と罪《つみ》――『門』

『門』は明治43（1910）年３月から、朝日新聞に連載される。

冒頭《ぼうとう》から、宗助《そうすけ》とお米《よね》の平凡な日常生活の描写《びょうしゃ》が繰り返される。だが、この平穏《へいおん》をむさぼる一組の夫婦の間には、お互いに暗黙《あんもく》のうちに認め合う暗い秘密《ひみつ》があったんだ。

冒頭、なんとも言えない穏《おだ》やかで平凡な日常が描かれている。宗助は縁側《えんがわ》に座布団《ざぶとん》を持ち出し、ごろりと寝転がる。秋日和《あきびより》と言えるほどの上天気で、軒《のき》から上を見上げるときれいな空が一面青く澄《す》んでいる。そこで、障子《しょうじ》の向こうで裁縫《さいほう》をしているお米ととりとめない会話を交わす。

こうして宗助はつかのまの安逸《あんいつ》をむさぼろうとするんだ。

先生、この夫婦は幸せなんでしょ？

もちろん、２人は仲むつまじく、ひっそりと暮らしている。

でも、彼らはわざわざ崖下《がけ》の隠《かく》れ家《が》のような住まいを選び、世間から離れて生活しているんだ。

えっ、どうして？

なぜ２人は崖下の家を好んで探さなければならないのか、漱石は**平凡な夫婦の生活を描きながら、徐々《じょじょ》にその背後に潜《ひそ》む暗い影《かげ》を書き込んでいく**。

たとえば、こんな叙述《じょじゅつ》があるんだよ。

宗助《そうすけ》と御米《およね》の一生を暗く彩《いろ》どつた関係は、二人《ふたり》の影《かげ》を薄《うす》くして、幽霊の様な思《おもひ》を何所《どこ》かに抱《いだ》かしめた。彼等《ら》は自己の心のある部分に、人に見えない結核《けつかく》性の恐《おそ》ろしいものが潜《ひそ》んでゐるのを、仄《ほの》かに自覚しながら、わざと知らぬ顔《がほ》に互《たがひ》と向き合つて年《とし》を過《すご》した。

なんだか、怖《こわ》い。「人に見えない結核性の恐ろしいもの」って何？

当時、結核は治療法のない不治《ふじ》の病《やまい》だったんだよ。そして、たいていは人を死に導いていく。

じゃあ、平穏に暮らしていると見えても、表面的なものなんだ。

うん、いつ、その「結核性の恐ろしいもの」が顔を出し、２人の生活をめちゃめちゃにするかわからない、そんな可能性を暗示しているんだ。

実は、冒頭の穏やかな秋日和の描写は、この物語全体を暗示しているとも言える。宗助が縁側に座布団を持ち出し、ごろりと横になるのだが、漱石は、その様子を「両膝《ひざ》を曲げて海老《えび》の様に窮屈になつてゐる。さうして両手を組み合はして、其中へ黒い顔を突つ込んでゐる」と描写する。縁側のぽかぽかした日差しの中で、この海老《えび》のように体を丸めた様子は異様だ。宗助《そうすけ》の寝姿は、胎児《たいじ》のそれに似ている。まるで世間の暴風から自分を守るように、体全体を硬くしながらしばしの安逸《あんいつ》をむさぼる。そうした緊張の中で、この夫婦の平和がかろうじて保たれている。

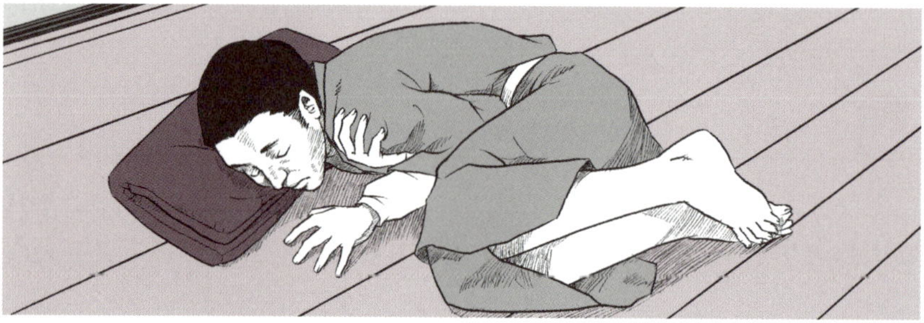

ふ〜ん、難しい読み方をするのね。
でも、寝ている姿だけで、そこまで読み取れるの？

もちろんそれだけでは無理があるよ。でも、問題はこの作品全体に流れる実に不穏《ふおん》な緊張感なんだ。たとえば、この夫婦はわざわざ座敷《ざしき》には朝日も影を落とさない崖《がけ》下の家に住居を定める。その崖はいつ崩壊《ほうかい》するかもしれない恐《おそ》れがあるが、不思議にまだ壊れたことがない。

まさに、２人の夫婦関係を暗示しているようだよ。

ねえ、先生、２人には何があるんですか？　それとも何があったのかしら？　「結核性の恐ろしいもの」って、何ですか？

実は、その「結核性の恐ろしいもの」がしだいに明らかにされていくのだが、宗助は大学時代の友人安井《やすい》の妻を奪って逃げるんだ。

えっ、それって、『それから』の代助のこと？

いや、もちろん主人公の名前もそこに至った事情も違うから、『それから』と『門』は別個の作品として読むべきだよ。

でも、そこには**はっきりとテーマの連続性がある。だから、『三四郎』『それから』『門』を３部作と呼んでいる**んだ。

あっ、そうか。やっと３部作という意味がわかったわ。『門』は友人の妻を奪ってからあとの物語なのね。

> 宗助は当時を憶《おも》ひ出すたびに、自然の進行が其所《そこ》ではたりと留《と》まつて、自分も御米も忽《たちま》ち化石して仕舞《しま》つたら、却つて苦《く》はなかつたらうと思つた。事《こと》は冬の下から春が頭を擡《もた》げる時分に始まつて、散り尽した桜の花が若葉に色を易《か》へる頃に終つた。凡《すべ》てが生死《せうし》の戦《たたかひ》であつた。青竹《あをだけ》を炙《あぶ》つて油を絞《しぼ》る程《ほど》の苦しみであつた。大風《おほかぜ》は突然不用意の二人《ふたり》を吹き倒したのである。二人が起き上がつた時は何処《どこ》も彼所《かしこ》も既に砂《すな》だらけであつたのである。彼等は砂だらけになつた自分達を認めた。けれども何時《いつ》吹き倒されたかを知らなかつた。

宗助が安井の妻お米《よね》を奪い取った瞬間《しゅんかん》の描写《びょうしゃ》だよ。

「凡てが生死の戦であつた」って、どういうことですか？

漱石は、友人の妻を愛し、奪い、２人だけの生活をし始めたことを、たったこれだけで説明しているが、逆にこうしか書けなかったとも言えるんだ。

こうした**漱石の描写には、愛とは理屈《りくつ》で説明できないものであり、自分たちでさえわからないものだという考えがある**ような気がする。

なぜこれほど愛したのか、なぜ友人の妻と知って奪ったのか、あるいはなぜ夫を裏切って宗助のもとに走ったのか、それを問いつめられたところで誰も答えることができない。

でもそれは２人にとって「生死の戦」と言えるような切実なものであったはずだ。

「大風は突然不用意の二人を吹き倒した」とあるように、ただ無我夢《むがむ》中《ちゅう》で生きた結果、「砂だらけになつた自分達を認めた」んだ。

でも、それは「青竹を炙《あぶ》つて油を絞る程の苦しみ」だったんでしょ？
はあ～、つらそうー。
でも、でも、そんな恋を私してみたい。

あれ、あいかちゃんは、不倫《ふりん》肯定派に変わったの？

そう、『それから』を読んで、代助に同情しちゃったから。
あいか、ちょっと大人になったの。
で、２人はどうなったんですか？

世間は容赦《ようしや》なく彼等に徳義上の罪を脊負《しよは》した。然し彼等自身は徳義上の良心に責められる前に、一旦茫然《いつたんぼうぜん》として、彼等の頭が確《たしか》であるかを疑つた。彼等は彼等の眼《め》に、不徳義な男女として恥づべく映《うつ》る前に、既に不合理な男女として、不可思議に映つたのである。其所《そこ》に言訳《いひわけ》らしい言訳が何にもなかつた。だから其所に云ふに忍びない苦痛があつた。彼等は残酷な運命が気紛《きまぐれ》に罪もない二人《ふたり》の不意を打つて、面白半分穽《おとしあな》の中に突き落したのを無念に思つた。

曝露《ばくろ》の日がまともに彼等の眉間《みけん》を射たとき、彼等は既《すで》に徳義的に痙攣《けいれん》の苦痛を乗り切つてゐた。彼等は蒼白《あをしろ》い額《ひたひ》を素直《すなほ》に前に出して、其所に焔《ほのほ》に似た烙印《やきいん》を受けた。さうして無形の鎖で繋《つな》がれた儘《まま》、手を携えて何《ど》処《こ》迄も、一所に歩調を共にしなければならない事を見出した。彼等は親を棄《す》てた。親類を棄てた。友達を棄てた。大きく云へば一般の社会を棄てた。もしくは夫等《それら》から棄てられた。学校からは無論棄《す》てられた。ただ表向丈《だけ》は此方《こちら》から退学した事になつて、形式の上に人間らしい迹《あと》を留《とど》めた。

是が宗助と御米の過去であつた。

この数行の文章に大変なことが凝縮《ぎょうしゅく》されているのが、私でもわかるわ。やっぱり、漱石ってすごい。だから、冒頭《ぼうとう》に象徴《しょうちょう》されるような、平穏《へいおん》だけど不安定な日常が描かれているのね。
宗助が胎児《たいじ》のように縮《ちぢ》こまって寝るのも無理もないんだわ。

そう、崖《がけ》の下の平和はこうした緊張の中でかろうじて成り立っているんだ。だが、いつ何時その崖が崩《くず》れ落ちるかわからない。

宗助が広島で働いているとき、父が死んだ。財産の整理を叔父《おじ》に頼んで広島に戻《もど》ったが、弟の小六が叔父に引き取られ、宗助は手元の1,000円を小六の学資として叔父に預ける。

やがて、宗助は上京するが、叔父が死に、叔母《おば》から今年限りで小六の学資が出せないと申し出があった。1,000円はすでに小六の学資で使い果たしたし、家屋敷《やしき》を売った金は叔父の失敗で無になったという。

とりあえず小六を引き取り、学資は叔母と相談することに決めた。

その叔父さんって、結局宗助の財産をだまし取ったことになるんじゃないかしら？　それって、ひどくないですか？

もちろん、ひどい。

でも、問題はすべての財産の管理を叔父に頼まなければならなかった当時の事情で、そこにも実は暗い過去の過《あやま》ちが影《かげ》を落としているんだ。

そう言われればそうね。
広島に隠《かく》れ住まわなければならなかったから。
あ～あ、いったいどこまで過去に縛《しば》られて生きるのかしら。

そうやって、かろうじて平穏な日常を手に入れたんだ。だから、宗助はしばしの安逸《あんいつ》をむさぼろうとする。その一方、**いつかはその平穏な日常が音を立てて崩れ落ちていくのにおびえながら**。

ある日、お米はある易者《えきしゃ》に見てもらう。実は、３度子供が生まれながら、どの子もうまく育たなかったんだ。最初の子供は５か月で流産し、２度目は月足らずの未熟児として生まれ、１週間後に死んだ。上京した最初の年、お米はまた懐妊したが死産だった。

易者は「貴方《あなた》には子供は出来ません」と宣告《せんこく》する。

お米が「何故でせう」と聞き返すと、易者は「貴方は人に対して済《す》まない事をした覚がある。其《その》罪が祟《たた》つてゐるから、子供は決して育たない」と言いきるんだ。

それって、すごいショック。それで、お米《よね》はどうしたの？

漱石はそのときの描写《びょうしゃ》を「御米は此一言《このいちげん》に心臓を射抜かれる思があつた。くしやりと首を折つたなり家《うち》へ帰つて、其夜は夫《おっと》の顔さへ碌々《ろくろく》見上げなかつた」としている。

「くしやりと首を折つたなり家へ帰つて」って気持ち、すごくわかる。
これって、女として、ものすごいショックよ。

やがて、泥棒騒《どろぼうさわ》ぎが縁《えん》となって、宗助《そうすけ》は崖《がけ》上の大家である坂井《さかい》と親しくなるんだ。新しい年が来て、宗助は坂井の家に招かれるが、話の成り行きで小六が坂井の書生《しょせい》として住み込むことになる。

小六の前途《ぜんと》にようやく片がついたと一息ついたが、その坂井の口から思いがけないことを聞き、宗助は愕然《がくぜん》とするんだ。

その「思いがけないこと」って、何ですか？

実は安井は宗助に妻を奪われたあと、一人で満州に渡っていくんだ。

坂井の弟も満州、蒙古《もうこ》を渡り歩く冒険家《ぼうけんか》で、偶然安井と知り合い、昨年の暮れ、すでに安井を伴い帰郷しているという。

宗助は安井と同席するはめに陥《おちい》るかもしれない。それを聞いたとき、宗助の胸中に恐《おそ》ろしい不安が湧《わ》き起こってくる。

わあ〜、「結核性の恐ろしいもの」だ。どうするの？
どうしたらいいのかしら？

かつて安井の妻、お米を奪って逃げた。だから、こうして崖《がけ》の下で隠《かく》れ住んでいる。今の平穏《へいおん》な生活がひょんなことで崩《くず》れ去るのをずっと恐れていたんだ。いつだって不安だったんだね。

お米との愛の生活にも、一点棘《とげ》のような痛みがいつでもあった。

そうして、今その安井と否応《いやおう》なしに対面するかもしれない。

どうすればいいのか？　とてもお米に打ち明けることはできない。

宗助は悩んだ末、参禅《さんぜん》を決意する。

参禅？

そう、**結局、現実を動かすことができない限り、救いは心に求めざるをえない**。そこで、宗教にすがろうとしたんだ。

そうか。禅って、お寺で修行《しゅぎょう》をすることなのね。
それで、心の平安を得ることができたのかしら？

それが結局だめだったんだよ。宜道《ぎどう》というお坊さんから題目を与えられる。「父母未生以前の面目」について考えよというものだ。

でも、結局、宗助は何一つ悟《さと》りを得ることができない。彼の持って生まれた理性がじゃまをするんだ。

宗助は断念して、東京に帰ることにする。

宜道は斯《こ》んな話をして、暗に宗助が東京へ帰つてからも、全く此方《このほう》を断念しない様にあらかじめ間接の注意を与へる様に見えた。宗助は謹《つつし》んで、宜道のいふ事に耳を借《か》した。けれども腹の中では大事《だいじ》がもう既に半分去つた如くに感じた。自分は門を開《あ》けて貰《もら》ひに来た。けれども門番は扉《とびら》の向側《むかふがは》にゐて、敲《たた》いても遂に顔さへ出して呉《く》れなかつた。ただ、

「敲いても駄目だ。独《ひと》りで開けて入《はい》れ」と云ふ声が聞《きこ》えた丈であつた。彼は何《ど》うしたら此《この》門の閂《くわんのき》を開ける事が出来るかを考《かんが》へた。さうして其手段と方法を明らかに頭の中で拵《こしら》えた。けれども夫《それ》を実地に開ける力は、少しも養成する事が出来なかつた。従つて自分の立つてゐる場所は、此問題を考へない昔《むかし》と毫も異なる所がなかつた。彼は依然として無能無力に鎖《と》ざされた扉の前に取り残された。

先生、この「門」って、この作品のタイトルになってるわね。

よく気がついたね。**この「門」はここでは宗教の門のこと**だね。苦しくて自分ではどうしようもないから、宗助は宗教に救いを求めにきた。でも、どうやってその門を開けて中に入ればいいかわからない。

「独りで開けて入れ」とあるから、誰も助けてくれないのね。みずから門の中に入らなければ。
先生、どうして宗助は門の中に入ることができないの？

うん。
ここに当時の**明治の知識人**（➡巻末p.344参照）が抱える深刻な問題があるんだよ。

彼は平生自分の分別を便《たより》に生きて来た。其分別が今は彼に祟《たた》つたのを口惜《くちおし》く思つた。さうして始《はじめ》から取捨も商量も容《い》れない愚《おろか》なものの一徹《いつてつ》一図を羨《うらや》んだ。もしくは信念に篤《あつ》い善男善女の、知慧《ちえ》も忘れ思議も浮《うか》ばぬ精進の程度を崇高と仰いだ。彼自身は長く門外《もんぐわい》に佇立《たたず》むべき運命をもつて生《うま》れて来たものらしかつた。夫《それ》は是非もなかつた。けれども、何《ど》うせ通れない門なら、わざわざ其所《そこ》迄辿《たど》り付くのが矛盾であつた。彼は後《うしろ》を顧《かへり》みた。さうして到底又元《もと》の路《みち》へ引き返す勇気を有《も》たなかつた。彼は前を眺《なが》めた。前には堅固《けんご》な扉《とびら》が何時《いつ》迄も展望を遮ぎつてゐた。彼は門を通る人ではなかつた。又門を通らないで済《す》む人でもなかつた。要するに、彼は門の下に立ち竦《すく》んで、日の暮れるのを待つべき不幸な人であつた。

ここ、難しくてわからない。
「取捨も商量も容れない愚なもの」とか、「智慧も忘れ思議も浮ばぬ精進の程度を崇高と仰いだ」とか、どういうことですか？

宗助は宗教に魂《たましい》の救済《きゅうさい》を求めて、ここまで来た。でも、そうしても自分の理性がじゃまして、神や仏を素直《すなお》に信じることができないんだ。

あっ、そうか。だから、何も疑うことなく、ただひたすら信じることのできる人をうらやむのね。

漱石は何も考えずに素直に信じることができない。かといって、宗教の救いなしには、とても苦しくて生きていくこともできない。

だから、「彼は門を通る人ではなかつた。又門を通らないで済む人でもなかつた。要するに、彼は門の下に立ち竦んで、日の暮れるのを待つべき不幸な人であつた」とあるのね。これって、救いようがない。
一番苦しいんじゃない。

漱石をはじめとする当時の知識人たちの苦しみがここにあるんだ。**多くの読者はそこに共感した**のじゃないかな。

でも、宗助みたいな人、特殊《とくしゅ》じゃないの？

一概にそうとも言えないんだ。

よくわからない。先生、教えて？

当時は今と違って、難しい字を読める人はほんの一握《ひとにぎ》りのエリートだったんだよ。彼らを明治の知識人と言うんだ。

大衆（➡巻末p.344参照）が成立し始めるのは明治末から大正時代にかけてで、このあたりから社会構造も文学も徐々《じょじょ》に質を変えていく。

たとえば、尾崎紅葉《おざきこうよう》（➡巻末p.344参照）、徳富蘆花《とくとみろか》（➡巻末p.344参照）、菊池寛《きくちひろし》（➡巻末p.345参照）などは、大衆を相手に次々とベストセラーを生み出していく。

一方、芥川龍之介《あくたがわりゅうのすけ》は夏目漱石の最後の弟子と言われるように、どこまでも一部の知識人を相手にものを書いた人だろうね。

大衆を相手にしたほうが、本は売れるものね。
でも、漱石は明治末に『吾輩《わがはい》は猫《ねこ》である』でデビューしたんでしょ？
それでも、明治の知識人が相手だったの？

漱石は朝日新聞に作品を発表していくのだが、その読者はかなりの知識人だったらしい。漱石の文学は彼らの心をしっかりととらえていたんだ。

その明治の知識人って、私たちとどう違うの？

単《たん》に学識があるだけじゃないんだ。彼らの多くは江戸時代は武士階級で、漢文の素養《そよう》がある。
そして、何よりも肝心なのが、**彼らの多くが国家を背負っているという自負がある**ことだ。**そこが、現代人と根本的に異なる。**

個人が国を背負うんですか？

江戸末期から維新《いしん》にかけて、まさに誰が天下を取るか、この日本をどんな国にするかで、大きく揺《ゆ》れ動いた。そして、明治末の日露《にちろ》戦争までは、まさに西洋に植民地化されてしまうという危機の中、死にものぐるいで近代化を図る必要があったんだ。
そうした中で、明治の知識人は西洋から新しい思想や技術を日本に持ち込み、西洋に追いつこうと懸命だった。
一方、**漱石などは、日本の近代化は単なる西洋の模倣《もほう》にすぎず、偽《いつわ》りの近代化にすぎないと見抜《ぬ》いている。そこに、深い絶望がある。**

あっ、そうか。現代の私たちは自分たちが努力しても、世の中なんて変わるはずがないと思って、選挙に投票すらしない人が多いけど、当時は今よりも国家と個人が結びついていたんだ。

個人と言っても一部の知識階級に限るんだよ。
話は宗助に戻《もど》るけど、彼もその強い理性ゆえに、どうしても素直《すなお》に神仏を信じることができない。でも、苦しくて、誰かにすがらずには生きていけない。

それって、一番苦しいわ。何も考えずに、ただ神にすがることができれば、かえって楽かもしれない。

ところが、宗助は落胆《らくたん》して、寺から去るのだが、日常に戻ってみると、問題は自然と解決していたんだ。

えっ、どうしたの？

実は宗助が参禅《さんぜん》している間に、安井は満州へ帰ってしまったんだ。かくて、宗助の危機は回避《かいひ》される。

なんだ、拍子《ひょうし》抜け。

でも、根本の問題は何一つ解決していないんだよ。宗助夫妻の精神的な危機は、自然の力で回避《かいひ》されたが、またいつ何時再び危機が訪れるかわからない。

宗助は真に安らぐことができない。いつ破滅《はめつ》するかわからない精神的緊張の中、再び日常の中に帰っていくんだ。

彼の頭を掠《かす》めんとした雨雲《あまぐも》は、辛《から》うじて、頭に触れずに過ぎたらしかつた。けれども、是《これ》に似た不安は是から先何度でも、色々な程度に於て、繰り返さなければ済まない様な虫の知らせが何処《どこ》かにあつた。それを繰り返させるのは天《てん》の事であつた。それを逃《に》げて回るのは宗助の事であつた。

先生、私難しいこと、わかんないけど、「それを繰り返させるのは天の事であつた。それを逃げて回るのは宗助の事であつた」という言葉、なぜか胸の奥でじんとくる。

ここで「天」という言葉を使っているけど、要は、いつ何時同じような危機が訪れるかわからない。それは「天」のことだから、自分たちの意志や努力ではどうしようもないんだ。

そして、その**危機に対して、人間は何の解決する力も術《すべ》も持たず、ただ逃《に》げ回るだけしかない**。

そうか、やっと宗助の苦しみがわかってきた気がするわ。

そして、『門』の最後のシーンを読んでみよう。

　小康は斯《か》くして事を好《この》まない夫婦の上に落ちた。ある日曜の午《ひる》宗助は久し振りに、四日目の垢《あか》を流すため横町の洗湯に行つたら、五十許《ばかり》の頭を剃《そ》つた男と、三十代《だい》の商人らしい男が、漸く春らしくなつたと云《い》つて、時候の挨拶を取り換《か》はしてゐた。若い方が、今朝《けさ》始めて鶯の鳴声《なきごえ》を聞いたと話すと、坊さんの方が、私《わたし》は二三日前にも一度聞いた事があると答へてゐた。

「まだ鳴きはじめだから下手《へた》だね」

「ええ、まだ充分に舌《した》が回りません」

宗助は家《うち》へ帰つて御米に此《この》鶯の問答を繰り返して聞かせた。御米は障子の硝子《がらす》に映《うつ》る麗《うらら》かな日影をすかして見て、

「本当に難有《ありがた》いわね。漸くの事春になつて」と云つて、晴《は》れ晴《ば》れしい眉《まゆ》を張《は》つた。宗助は縁《えん》に出て長く延びた爪《つめ》を剪《き》りながら、

「うん、然し又ぢき冬になるよ」と答へて、下を向いたまま鋏《はさみ》を動かしてゐた。

あれ？　これ、知ってる。
なんか、『道草』の最後に似ている。

よく気がついたね。
これが『道草』のラストだ。

「世の中に片付くなんてものは殆んどありやしない。一遍起《おこ》つた事は何時《いつ》迄も続くのさ。ただ色々な形に変るから他《ひと》にも自分にも解《わか》らなくなる丈の事さ」
健三の口調は吐《は》き出す様に苦々《にがにが》しかつた。細君は黙《だま》つて赤ん坊を抱《だ》き上げた。
「おお好《い》い子だ好い子だ。御父《とう》さまの仰《おつし》やる事は何だかちつとも分《わか》りやしないわね」

う〜ん、もしかすると、「島田」も「安井」も漱石文学の主人公にとっては「天」に属するもので、いつ何時現れて彼らに精神的危機をもたらすかわからない不気味《ぶきみ》なものの象徴《しょうちょう》なのかもしれないわ。

あいかの感想

漱石を読むことは、大人になることだと思いました。
不倫《ふりん》を嫌《きら》う純粋無垢《じゅんすいむく》な乙女《おとめ》だったあいかも、いつのまにか身もだえするような激しい恋愛を夢見るようになったのです。
でも、漱石だって、『吾輩《わがはい》は猫《ねこ》である』を書いた当時からずいぶん変わったんだもの。
神様、許して。

第8章 臨死体験

30分間の死 —— 修善寺《しゅぜんじ》の大患《たいかん》

あいかちゃん、漱石が実は一度死んだことがあるって、知ってた？

えっ、死んだって、どういうこと？

実は、漱石はこの頃に胃病を患《わずら》って、ずいぶん苦しんでいるんだ。

そりゃあ、無理もないかも。
これだけ、ものを考え、苦しんで、しかも精神的危機を何度も迎えているんだから。
私いくら有名になっても、漱石みたいな深刻な人生、いやだわ。
もっと、楽しく、楽に生きたいもの。

ははは、そうだね。まあ、漱石が僕《ぼく》たちに変わって、日本人全部の苦しみを背負ってくれているのかもしれない。

そうか。だったら、感謝して、もっと真摯《しんし》に読まないと……。

胃病があまりにもひどいので、医者から療養を勧《すす》められるんだ。そこで、伊豆の修善寺というところで、長期療養にあたることになった。

ところが、そこで、金だらいいっぱいの血を吐《は》いて、漱石は意識を失ってしまう。そのとき、30分だけ、心臓が止まってしまうんだよ。

えっ、本当に死んだんだ。

まさに臨死体験だな。漱石は一度死んで、再びこの世によみがえってくる。そのときの体験を、忠実につづったのが、『思ひ出す事など』という随筆《ずいひつ》なんだ。

死んだらどうなるのかしら？
先生、その話、興味がある。早く読みたいわ。

奇跡《きせき》の生還《せいかん》――『思ひ出す事など』

診察の結果として意外にも左程《さほど》悪くないと云ふ報告を得た時、平生森《もり》成《なり》さんから病気の質《たち》が面白くないと聞いてゐた雪鳥《せつてう》君は、喜びの余りすぐ社へ向けて好《い》いといふ電報を打つて仕舞《しま》つた。忘るべからざる八百グラムの吐血は、此《この》吉報を逆襲すべく、診察後一時間後の暮方《くれがた》に、突如《とつじよ》として起《おこ》つたのである。

800グラムも血を吐いたの。え〜と、800グラムというと……、
えっ、うそ、信じられない。

医師の診断ではそれほど悪くないという結果だっただけに、その後の吐血《とけつ》は予期せぬ事態で、さぞかし周りはあわてただろうね。

でも、その前にちゃんとアイスクリームを食べているんでしょ。

うん、漱石は大の甘党だったんだよ。

斯《か》く多量の血を一度に吐いた余《よ》は、其暮方《そのくれがた》の光景から、日のない真夜《まよ》中《なか》を通して、明《あく》る日の天明《てんめい》に至る有様を巨細《こさい》残らず記憶してゐる気でゐた。程経《ほどへ》て妻《さい》の心覚《こころおぼえ》に付けた日記を読んで見て、其中に、ノウヒンケツ（狼狽《ろうばい》した妻は脳貧血を斯《かく》の如《ごと》く書いてゐる）を起し人事不省に陥るとあるのに気が付いた時、余は妻を枕辺に呼んで、当時の模様を委《くわ》しく聞く事が出来た。徹頭徹尾《てつとうてつび》明瞭な意識を有して注射を受けたとのみ考へてゐた余は、実に三十分の長い間死んでゐたのであつた。

本当だ。やっぱり30分、死んでいたんだ。
その30分間、漱石はあの世に行っていたのかしら？

まあ、次を読んでごらん。

夕暮間近《まぢか》く、俄《にわ》かに胸苦しい或物《あるもの》のために襲はれた余は、悶《もだ》えたさの余りに、折角親切に床《とこ》の傍《わき》に坐つてゐて呉《く》れた妻に、暑苦しくて不可《いけ》ないから、もう少し其方《そつち》へ退《ど》いて呉れと邪慳《じやけん》に命令した。夫《それ》でも堪《た》へられなかつたので、安静に身を横ふべき医師からの注意に背《そむ》いて、仰向《あほむけ》の位地から右を下に寝返《ねがへ》らうと試みた。余の記憶に上《のぼ》らない人事不省の状態は、寝ながら向《むき》を換へにかかつた此《この》努力に伴ふ脳貧血の結果だと云ふ。

余は其時さつと迸《ほとば》しる血潮を、驚ろいて余に寄り添《そ》はうとした妻《さい》の浴衣《ゆかた》に、べつとり吐《は》き懸《か》けたさうである。雪鳥君は声を顫《ふる》はしながら、奥さん確《しつ》かりしなくては不可ませんと云つたさうである。社へ電報を懸けるのに、手が戦《わなな》いて字が書けなかつたさうである。医師は追《お》つ懸《か》け追つ懸け注射を試みたさうである。後から森成さんに其数《かず》を聞いたら、十六筒迄は覚えてゐますと答へた。

すごくリアル。奥さんの浴衣にべっとり血を吐きかけたのでしょ。
私だったら、卒倒《そっとう》するかも。

医者があわてて16本以上の注射を打ったんだ。

眼《め》を開《あ》けて見ると、右向《みぎむき》になつた儘《まま》、瀬戸引《せとびき》の金盥《かなだらひ》の中に、べつとり血を吐いてゐた。金盥が枕に近く押付《おしつ》けてあつたので、血は鼻《はな》の先に鮮《あざや》かに見えた。其《その》色は今日迄《こんにちまで》の様《やう》に酸《さん》の作用を蒙《かうぶ》つた不明瞭《ふめいれう》なものではなかつた。白い底に大きな動物の肝《きも》の如《ごと》くどろりと固まつてゐた様に思ふ。

其時枕元《まくらもと》で含嗽《うがひ》を上げませうという森成《もりなり》さんの声が聞《きこ》えた。
余《よ》は黙《だま》つて含嗽をした。さうして、つい今しがた傍《そば》にゐる妻に、少し其方《そつち》へ退《ど》いてくれと云《い》つた程の煩悶《はんもん》が忽然何処《こつぜんどこ》かへ消えてなくなつた事を自覚した。余は何より先にまあ可《よ》かつたと思つた。金盥に吐いたものが鮮血《せんけつ》であらうと何《なん》であらうと、そんな事は一向《かう》気に掛《か》からなかつた。日頃からの苦痛の塊《かたまり》を一度にどさりと打ち遣《や》り切つたといふ落付《おちつき》をもつて、枕元の人がざわざわする様子を殆《ほと》んど余所事《よそごと》の様に見てゐた。余は右の胸の上部に大きな針を刺《さ》されて夫《それ》から多量の食塩水を注射された。其時、食塩を注射される位だから、多少危険な容体《ようだい》に逼《せま》つてゐるのだろうとは思つたが、それも殆んど心配にはならなかつた。ただ管《くだ》の先から水が洩《も》れて肩《かた》の方《はう》へ流れるのが厭《いや》であつた。左右の腕《うで》にも注射を受けた様な気がした。然《しか》し夫は確然《はつきり》覚えてゐない。

血の固まりを吐いて、苦しみが消えたんだ。その感覚、わかるわ。吐くまでが一番苦しいものね。

漱石自体はこのときそれほど深刻な事態に陥《おちい》っているとは、夢にも思っていなかったみたいだね。

ところが、あとになってわかったんだが、30分も心臓が止まっていた。

妻《さい》が杉本《すぎもと》さんに、是《これ》でも元の様になるでせうかと聞く声が耳に入《い》つた。左様潰瘍《さやうくわいやう》では是まで随分《ずゐぶん》多量の血を止めた事もありますが……と云《い》ふ杉本さんの返事が聞《きこ》えた。すると床《とこ》の上に釣《つ》るした電気燈《とう》がぐらぐらと動いた。硝子《ガラス》の中に彎曲《わんきよく》した一本《ぽん》の光《ひかり》が、線香煙花《せんかうはなび》の様に疾《と》く閃《きら》めいた。余は生《うま》れてから此時程《このときほど》強く又恐《おそ》ろしく光力《くわうりよく》を感じた事がなかつた。其咄《そのとつ》嗟《さ》の刹那《せつな》にすら、稲妻《いなづま》を眸《ひとみ》に焼き付けるとは是だと思つた。時に突然電気燈が消えて気が遠くなつた。
カンフル、カンフルと云ふ杉本さんの声が聞えた。杉本さんは余の右の手頸《てくび》をしかと握《にぎ》つてゐた。カンフルは非常に能《よ》く利《き》くね、注射し切らない内《うち》から、もう反響《はんきやう》があると杉本さんが又森成さんに云つた。森成さんはええと答へた許《ばか》りで、別にはかばかしい返事はしなかつた。夫《それ》からすぐ電気燈《とう》に紙の蔽《おほひ》をした。

傍《はた》が一《ひと》しきり静かになつた。余《よ》の左右の手頸《てくび》は二人《ふたり》の医師に絶えず握《にぎ》られてゐた。其《その》二人は眼《め》を閉《と》ぢてゐる余を中に挟《はさ》んで下《しも》の様《やう》な話をした（其単語は悉《ことごと》く独逸語《ドイツご》であつた）。

「弱い」

「ええ」

「駄目《だめ》だらう」

「ええ」

「子供に会はしたら何《ど》うだらう」

「さう」

今迄《まで》落付《おちつ》いてゐた余は此《この》時急に心細くなつた。何う考へても余は死にたくなかつたからである。又決して死ぬ必要のない程《ほど》、楽《らく》な気持《きもち》でゐたからである。医師が余を昏睡《こんすゐ》の状態にあるものと思ひ誤《あやま》つて、忌憚《きたん》なき話を続けてゐるうちに、未練《みれん》な余は、瞑目不動《めいもくふどう》の姿勢《しせい》にありながら、半《なかば》無気味《ぶきみ》な夢に襲《おそ》はれてゐた。そのうち自分の生死に関する斯様《かやう》に大胆《だいたん》な批評を、第三者として床《とこ》の上にぢつと聞かせられるのが苦痛になつて来た。仕舞《しまひ》には多少腹が立つた。徳義上もう少しは遠慮《ゑんりよ》しても可《よ》ささうなものだと思つた。遂《つひ》に先がさう云《い》ふ料簡《れうけん》なら此方《こつち》にも考へがあるといふ気になつた。——人間が今死なうとしつつある間際《まぎは》にも、まだ是《これ》程に機《き》略《りやく》を弄《ろう》し得《う》るものかと、回復期に向《むか》つた時、余はしばしば当夜《たうや》の反抗心を思ひ出しては微笑《ほほゑ》んでゐる。——尤《もつと》も苦痛が全《まつた》く取れて、安臥《あんぐわ》の地位を平静に保つてゐた余には、充分夫丈《それだけ》の余裕《よゆう》があつたのであらう。

余は今迄閉《と》ぢてゐた眼《め》を急に開《あ》けた。さうして出来る丈《だけ》大きな声と明《めい》瞭《れう》な調子で、私は子供抔《など》に会ひたくはありませんと云つた。杉本さんは何事をも意に介《かい》せぬ如《ごと》く、さうですかと軽く答へたのみであつた。やがて食《く》ひ掛《か》けた食事を済《す》まして来るとか云つて室《へや》を出て行つた。夫からは左右の手を左右に開《ひら》いて、其一つ宛《づつ》を森成《もりなり》さんと雪鳥君《せつてうくん》に握られた儘《まま》、三人《にん》とも無言のうちに天明《てんめい》に達した。

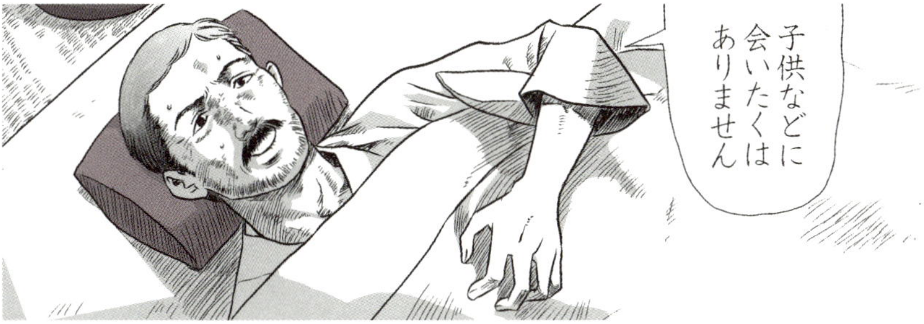

これって、おかしい。医者は漱石の意識がないって思ってるから、「駄目だらう」とか言ってるのに、その漱石が突然目を開けて、「子供抔に会ひたくはありません」って言うんだもの。

そうだね。こんなときでも、漱石は意地っ張りなんだ。

余は眠《ねむり》から醒《さ》めたといふ自覚さへなかつた。陰《かげ》から陽《ひ》に出たとも思はなかつた。微《かす》かな羽音《はおと》、遠きに去る物の響《ひびき》、逃《に》げて行《ゆ》く夢の匂《にほ》ひ、古い記憶の影《かげ》、消える印象の名残《なごり》——凡《すべ》て人間の神秘《しんぴ》を叙述《じよじゆつ》すべき表現を数へ尽《つく》して漸《やうや》く髣髴《はうふつ》すべき霊妙《れいめう》な境界《きやうがい》を通過したとは無論《むろん》考へなかつた。ただ胸苦しくなつて枕《まくら》の上の頭を右に傾《かた》むけ様とした次の瞬間《しゆんかん》に、赤い血を金盥《かなだらひ》の底に認めた丈である。其間に入《い》り込んだ三十分《ぷん》の死は、時間から云つても、空間から云つても経験の記憶として全く余に取つて存在しなかつたと一般《ばん》である。妻《さい》の説明を聞いた時余は死とは夫程《それほど》果敢《はか》ないものかと思つた。

なんだか、怖《こわ》い。ぞくぞくしてきた。

どうしたの？　なんか青い顔をして。

だって、30分間、何の記憶もなかったのでしょう？
ほら、あるじゃない？　三途《さんず》の川を渡ったとか、死んだ家族に会ってきたとか。何にもないんだ。
死んだら本当になんにもないのかしら？

さあ、これは漱石の体験だから、すべての人がこのような体験をするかどうかはわからない。

死って、こんなにはかないんだ。

漱石は少なくともそう思ったのかもしれない。

そして、**これから先の漱石は、死を真正面からとらえて作品を書くことになる**。

先生、この体験で、漱石の文学は変わったの？

僕《ぼく》は大きく変わったと思うよ。

そして、この胃病は生涯《しょうがい》治ることがなかった。まさに、**漱石は血を吐《は》きながら、自分の命を削《けず》って作品を書いていく**。

それはすさまじいものだよ。

そうね、『道草』もすごく切実で、なんか覚悟《かくご》ができてるみたいな書き方だったもの。

この体験を修善寺《しゅぜんじ》の大患《たいかん》って言うんだけど、その後は『彼岸過迄《ひがんすぎまで》』『行人《こうじん》』『こゝろ』と作品を発表する。

これらが後期３部作と呼ばれるものだ。

後期３部作の出発――『彼岸過迄』

『彼岸過迄』は、明治45（1912）年１月から４月にかけて朝日新聞に連載される。

修善寺の大患以後、胃潰瘍《いかいよう》の再発、痔瘻《じろう》の手術など、漱石は次々と肉体をさいなまれていく。そうした苦しみに加え、誰よりもかわいがっていた五女雛子《ひなこ》が、突然死んでしまう。

そうした絶望的状況の中、漱石は再び執筆《しっぴつ》を開始したんだ。

漱石がよみがえってきたのね。いったん死をのぞいた漱石がどんなものを書いたのか、すごく興味がある。

『彼岸過迄』は、「風呂の後」「停留所」「報告」「雨の降る日」「須永《すなが》の話」「松本《まつもと》の話」と、６つの短編から成り立っているけど、全体の構成としてはあまりまとまったものではないんだ。

というのは、前半の「風呂の後」「停留所」「報告」の３編は、大学を出たての敬太郎《けいたろう》の視点から、後半の主要人物である田口と松本、そして須永と千代子《ちよこ》を紹介しているが、それぞれの人物の印象がぼんやりしているうえに、特にたいした事件が起こるわけではない。

おそらく、久し振りの執筆だし、苦しみが重なったので、なかなか思うように筆が進まなかったのじゃないかしら。

そうかもしれないね。まさに遅々《ちち》として筆が進まないのだが、「雨の降る日」以後、一気に漱石的世界が開示される。

「風呂の後」―― 前半の主人公田川敬太郎が、同じ下宿に住む森本《もりもと》から面白い昔話《むかしばなし》を聞く。ところが、その肝心《かんじん》の森本は、突然満州へ夜逃《よに》げをしてしまうんだ。

「停留所」―― 敬太郎は大学を卒業して、就職活動をしている。そこで、友人須永の叔父《おじ》である田口を紹介してもらう。その田口からある男の探偵《たんてい》を命じられるが、結局はその男と若い女が一緒に食事をしたという以外、たいした情報を得ることができなかったんだ。

「報告」―― 田口にたいした報告ができなかった敬太郎が、その田口から追跡したその男と直接会って、話をするように命じられるんだ。男は松本という須永のもう一人の叔父で、高等遊民《こうとうゆうみん》として暮らしていた。女は田口自身の娘、千代子であった。

なんだ、本当に、何も起こらなかったのね。

結局、敬太郎の探偵事件を通じて、主要登場人物が紹介されたわけだけど、確かに読者としては拍子《ひょうし》抜《ぬ》けの感じがするよね。

え～と、どのような人間関係だったっけ。

前半の敬太郎は狂言《きょうげん》回しで、『彼岸過迄《ひがんすぎまで》』の主人公は須永ということになるんだ。須永には２人の叔父《おじ》がいる。それが田口と松本で、その田口には千代子という娘がいる。須永の母親の弟にあたるのが松本で、また妹が田口に嫁《とつ》いでいる。いわば、千代子とは従弟《いとこ》同士になる。

物語の中心は、その須永と千代子の恋愛関係なんだよ。

恋愛の話は、私好きだわ。
でも、どうせ漱石の書いた話だから、深刻な恋愛でしょ？

う～ん、深刻かどうかは、難しい判断だな。というよりも、恋愛と言えるかどうか……。むしろ、千代子との関係によって、須永の孤独《こどく》な世界が浮《う》き彫《ほ》りにされていく仕掛けとなっているんだ。

それが漱石的世界なんだ。

そう、その漱石的世界は、まず「雨の降る日」で開示される。

敬太郎は田口に言われて松本に会いにいくが、雨の降る日だったので会ってくれない。

そのわけが、千代子によって語られるんだ。

へえ～、松本って、雨の日には人と会わないんだ。変な人。

実は松本には13歳になる女の子を筆頭に、５人の子供がいた。５番目が２歳になる宵子《よいこ》で、松本夫婦は彼女を大切に大切に育てていた。千代子も宵子を５人のうちで一番かわいがっていた。

透き通るような肌《はだ》と大きく黒い瞳《ひとみ》。宵子はまさに真珠《しんじゅ》のような女の子だったんだよ。

其《その》日も千代子は坐《すは》ると直宵子《すぐよひこ》を相手にして遊び始めた。宵子は生《うま》れてからついぞ月代《さかやき》を剃《そ》つた事がないので、頭の毛が非常に細く柔かに延びてゐた。さうして皮膚の青白い所為《せゐ》か、其髪《かみ》の色が日光に照らされると、潤沢《うるほひ》の多い紫《むらさき》を含《ふく》んでぴかぴか縮《ちぢ》れ上《あが》つてゐた。「宵子さんかんかん結《い》つて上《あげ》ませう」と云つて、千代子は鄭寧《ていねい》に其縮れ毛《げ》に櫛《くし》を入れた。それから乏《とぼ》しい片鬢《かたびん》を一束割《ひとたばさ》いて、其根本《ねもと》に赤いリボンを括《くく》り付けた。宵子の頭は御供《おそなへ》の様に平らに丸く開《ひら》いてゐた。彼女は短かい手をやつと其御供の片隅《かたすみ》へ乗せて、リボンの端《はじ》を抑《おさ》えながら、母のゐる所迄よたよた歩いて来て、イボンイボンと云つた。母がああ好《よ》くかんかんが結へましたねと賞《ほ》めると、千代子は嬉《うれ》しさうに笑ひながら、子供の後姿《うしろすがた》を眺《なが》めて、今度《こんだ》は御父《おとう》さんの所《ところ》へ行つて見せて入《い》らつしやいと指図《さしづ》した。宵子は又足元の危《あぶ》ない歩き付《つき》をして、松本の書斎の入口《いりくち》迄来て、四つ這《ばひ》になつた。彼女が父に礼をするときには必ず四つ這になるのが例であつた。彼女は其所《そこ》で自分の尻《しり》を出来る丈高く上げて、御供の様な頭を敷居から二三寸の所迄下《さ》げて、又イボンイボンと云つた。書見《しよけん》を一寸《ちよつと》已《や》めた松本が、ああ好《い》い頭だね、誰《だれ》に結つて貰《もら》つたのと聞くと、宵子は頸《くび》を下げた儘《まま》、ちいちいと答へた。ちいちいと云ふのは、舌《した》の廻《まは》らない彼女の千代子を呼ぶ常《つね》の符徴《ふちよう》であつた。後《うしろ》に立つて見てゐた千代子は小《ち》さい唇《くちびる》から出る自分の名前を聞いて、又嬉しさうに大きな声で笑つた。

かわいい。でも、漱石の描写《びょうしゃ》、すごくリアリティがある。
あっ、そうか、もしかして……。先生、漱石は五女雛子《ひなこ》を突然亡《な》くしたって言ったでしょ？　まさか、このあと。

そうだよ。漱石は雛子を目に入れても痛くないほどかわいがっていたんだ。だから、雛子が死んだときの心痛は想像に余るものがある。そうした体験を、この「雨の降る日」に見事《みごと》に生かしている。漱石自身、「雨の降る日」を書いたあと、「いい供養《くよう》をした」と言っているんだ。

そうか。松本の悲しみが、漱石のそれなんだ。

あるとき、千代子を囲んで家族が団らんしていると、雨の中を一人の訪問客が紹介状を持って訪ねてくる。松本が客の相手をしている間に、その事件が起こるんだ。

松本は「千代子待つて御出《おいで》。今に又面白い事を教へて遣《や》るから」と笑ひながら立ち上《あが》つた。

「厭《いや》よ又此間《こなひだ》見たいに、西洋烟草《たばこ》の名なんか沢山覚えさせちや」

松本は何にも答へずに客間の方へ出て行つた。千代子も茶の間へ取つて返した。其所《そこ》には雨に降《ふ》り込められた空の光《ひかり》を補なふため、もう電気燈が点《とも》つてゐた。台所では既に夕飯《ゆふめし》の支度《したく》を始めたと見えて、瓦斯七輪《しちりん》が二つとも忙《いそ》がしく青い焔《ほのほ》を吐いてゐた。やがて小供は大きな食卓に二人《ふたり》づつ向《むか》ひ合《あは》せに坐《すは》つた。宵子《よひこ》丈は別に下女が付いて食事をするのが例になつてゐるので、此晩《このばん》は千代子が其《その》役を引受けた。彼女は小《ち》さい朱塗《しゆぬり》の椀と小皿《こざら》に盛《も》つた魚肉とを盆《ぼん》の上に載《の》せて、横手《よこて》にある六畳へ宵子を連《つ》れ込んだ。其所は家《うち》のものの着更《きがへ》をする為《ため》に多く用ひられる室《へや》なので、箪笥《たんす》が二つと姿見《すがたみ》が一つ、壁《かべ》から飛び出した様に据ゑてあつた。千代子は其姿見の前に玩具《おもちや》の様な椀と茶碗を載せた盆を置いた。

「さあ宵子さん、まんまよ。御待遠《おまちどほ》さま」

千代子が粥《かゆ》を一匙宛掬《ひとさじづつすく》つて口へ入れて遣る度《たび》に、宵子は旨《おい》しい旨しいだの、頂戴《ちようだい》頂戴だの色色《いろいろ》な芸を強《し》ひられた。仕舞に自分一人《ひとり》で食べると云つて、千代子の手から匙を受け取つた時、彼女は又丹念に匙の持ち方《かた》を教へた。宵子は固《もと》より極《きは》めて短《みぢ》かい単語より外《ほか》に発音出来なかつた。さう持つのではないと叱《しか》られると、屹度《きつと》御供《おそなへ》の様な平《ひら》たい頭を傾《かし》げて、斯《か》う？　斯う？　と聞き直した。それを千代子が面白がつて、何遍《なんべん》も繰り返さしてゐるうちに、何時《いつ》もの通り斯う？　と半分言ひ懸《か》けて、心持《こころもち》横にした大きな眼《め》で千代子を見上《みあげ》た時、突然右の手に持つた匙を放《ほう》り出して、千代子の膝《ひざ》の前に俯伏《うつぶせ》になつた。

「何《ど》うしたの」

千代子は何《なん》の気も付かずに宵子を抱《だ》き起《おこ》した。すると丸《まる》で眠つた子を抱《かか》へた様に、ただ手応《てごたへ》がぐたりとした丈なので、千代子は急に大きな声を出して、宵子さん宵子さんと呼んだ。

えっ、どうなったの？　本当に死んじゃったの？
いやだ、信じられない。

宵子はうとうと寐入《ねい》つた人の様に眼を半分閉《と》ぢて口を半分開《あ》けた儘《まま》千代子の膝の上に支へられた。千代子は平手《ひらて》で其脊中《せなか》を二三度叩《たた》いたが、何《なん》の効目《ききめ》もなかつた。

「叔母《おば》さん、大変だから来て下《くだ》さい」

母は驚《おど》ろいて箸《はし》と茶碗を放り出したなり、足音を立てて這入《はい》つて来た。何うしたのと云ひながら、電燈の真下《ました》で顔を仰向《あほむけ》にして見ると、唇《くちびる》にもう薄《うす》く紫《むらさき》の色が注《さ》してゐた。口へ掌《てのひら》を当てがつても、呼息《いき》の通ふ音はしなかつた。母は呼吸の塞《つま》つたような苦しい声を出して、下女に濡手拭《ぬれてぬぐひ》を持つて来《こ》さした。それを宵子の額《ひたひ》に載《の》せたる時、「脈はあつて」と千代子に聞いた。千代子はすぐ小さい手頸《てくび》を握《にぎ》つたが脈は何処《どこ》にあるか丸で分《わか》らなかつた。

「叔母さん何うしたら好《い》いでせう」と蒼《あを》い顔をして泣き出した。母は茫然と其所《そこ》に立つて見てゐる小供に、「早く御父《とう》さんを呼んで入《い》らつしやい」と命《めい》じた。小供は四人《よつたり》とも客間の方《はう》へ馳《か》け出した。其足音が廊下の端《はづれ》で止まつたと思ふと、松本が不思議さうな顔をして出て来た。「何うした」と云ひながら、蔽《お》ひ被《かぶ》さる様に細君と千代子の上から宵子を覗《のぞ》き込んだが、一目《ひとめ》見ると急に眉《まゆ》を寄せた。

「医者は……」

医者は時を移さず来た。「少し模様が変です」と云つてすぐ注射をした。然《しか》し何の効能《ききめ》もなかつた。「駄目でせうか」といふ苦しく張り詰《つ》めた問《とひ》が、固く結ばれた主人の唇を洩《も》れた。さうして絶望を怖れる怪《あや》しい光に充《み》ちた三人の眼が一度に医者の上に据ゑられた。鏡《かがみ》を出して瞳孔を眺《なが》めてゐた医者は、此時宵子の裾《すそ》を捲《まく》つて肛門を見た。

「是《これ》では仕方がありません。瞳孔も肛門も開《ひら》いて仕舞つてゐますから。何《ど》うも御気の毒です」
医者は斯《こ》う云つたが又一筒《とう》の注射を心臓部に試みた。固《もと》より夫《それ》は何の手段にもならなかつた。松本は透《す》き徹《とほ》る様な娘《むすめ》の肌に針の突き刺《さ》される時、自《おのづ》から眉間《みけん》を険《けわ》しくした。千代子は涙《なみだ》をぽろぽろ膝《ひざ》の上に落《おと》した。

本当に、小さな命って、はかないものなのね。
先生、原因はわからないんでしょ？

ああ、結局、死因はわからないままなんだ。当時は今ほど医学も発達していないしね。

それにしても、千代子がかわいそうだわ。
別に千代子が悪いわけではないんでしょ？

もちろん、千代子がたまたまご飯をあげているとき、突然宵子《よいこ》の心臓が止まってしまったんだから。

漱石はこのあと通夜、葬式、骨拾いと、自分が実際に宵子を弔《とむら》うように、淡々と描写していくんだ。

その日以来、松本は雨の降る日は誰とも会わなくなった。おそらく宵子の死んだ日のことを思い出すからだろうね。

なんだか、松本の悲しみがひしひしと伝わってくるみたい。
とっても切ない。

この「雨の降る日」以後、須永が物語の中心となるんだ。

須永は年老いた母と２人、就職もせずに暮らしている。いわゆる高等遊民だ。

やっぱり、漱石の小説には高等遊民がたくさん登場するのね。『それから』の代助もそうでしょ。

うん、そうした須永に、敬太郎が就職の世話を頼みにくるのも皮肉なものだね。

「須永の話」は、須永が敬太郎に千代子との関係を打ち明ける形で始まる。以下は、須永の告白だよ。

其頃の田口は決して今程の幅利《はばきき》でも資産家でもなかつた。ただ将来見込のある男だからと云ふので、父が母の妹に当るあの叔母を嫁《よめ》に遣《や》るやうに周旋したのである。田口は固《もと》より僕の父を先輩として仰いでゐた。何蚊《なにか》につけて相談もしたり、世話にもなつた。両家《け》の間に新らしく成立した此《この》親しい関係が、月《つき》と共に加速度を以て円満に進行しつつある際《さい》に千代子が生れた。其時僕の母は何《ど》う思つたものか、大きくなつたら此《この》子を市蔵の嫁に呉《く》れまいかと田口夫婦に頼んだのださうである。母の語る所によると、彼等は其折快《ここ》ろよく母の頼みを承諾したのだと云ふ。固より後《あと》から百代《ももよ》が生《う》まれる、吾一といふ男の子も出来る、千代子を遣らうとすれば何処《どこ》へでも遣られるのだが、屹度《きつと》僕に遣らなければならない程確かに母に受合つたか何うか、其所《そこ》は僕も知らない。

須永のお母さんの妹が田口家に嫁《とつ》いだということは、須永と千代子は従弟《いとこ》同士というわけね。そして、許嫁《いいなづけ》なのね。
でも、しょせん、当人同士の気持ちの問題でしょ？

もちろん、そうだよ。
でも、肝心のお互いの気持ちがわからない。

兎《と》に角《かく》僕と千代子の間には両方共物心《ものごころ》の付かない当時から既に斯《か》ういふ絆《きづな》があつた。けれども其絆は僕等二人《ふたり》を結び付ける上に於て頗る怪《あや》しい絆であつた。二人は固《もと》より天《てん》に上《あが》る雲雀《ひばり》の如《ごと》く自由に生長した。絆を綯《な》つた人でさへ確《しか》と其端《はし》を握《にぎ》つてゐる気ではなかつたのだらう。僕は怪しい絆といふ文字を奇縁《きえん》といふ意味で此所《ここ》に使ふ事の出来ないのを深く母の為《ため》に悲しむのである。

母は僕の高等学校に這入つた時分夫《それ》となく千代子の事を仄《ほの》めかした。其頃の僕に色気《いろけ》のあつたのは無論である。けれども未来の妻《さい》といふ観念は丸で頭に無《な》かつた。そんな話に取り合ふ落ち付《つき》さへ持つてゐなかつた。

> 殊《こと》に子供の時から一所に遊んだり喧嘩《けんか》をしたり、殆《ほと》んど同じ家《いへ》に生長したと違《ちが》はない親しみのある小女《しょうじょ》は、余《あま》り自分に近過ぎるためか甚《はなは》だ平凡に見えて、異性に対する普通の刺激を与へるに足りなかつた。是は僕の方ばかりではあるまい、千代子も恐らく同感だらうと思ふ。其証拠には長い交際の前後を通じて、僕は未《いま》だ曾《かつ》て男として彼女から取り扱《あつ》かはれた経験を記憶する事が出来ない。彼女から見た僕は、怒《おこ》らうが泣《な》かうが、科《しな》をしようが色眼《いろめ》を使はうが、常に変《かは》らない従兄《いとこ》に過ぎないのである。

男女の仲って、難しいものね。
２人が将来結婚するようにって、そのために仲良く育てたのに、かえって異性として意識できなくなったんだから。
でも、それ、わかる。

さらに須永は、叔父《おじ》夫婦の気持ちを次のように観察する。

> ただ一言で云ふと、彼等は其当時千代子を僕の嫁《よめ》にしやうと明言したのだらう。少なくとも遣《や》つても可《い》い位には考へてゐたのだらう。が、其後《そのご》彼等の社会に占《し》め得た地位と、彼等とは脊中合《せなかあは》せに進んで行く僕の性格が、二重《にぢう》に実行の便宜を奪《うば》つて、ただ惚《ぼ》けかかつた空《むな》しい義理の抜殻《ぬけがら》を、彼等の頭の何処《どこ》かに置き去りにして行つたと思へば差支《さしつかえ》ないのである。

先生、結局、千代子の両親は、須永との結婚を望んでいないのかしら？
このあたりの文章、難しくてわからないわ。

本当に望んでいないかどうかは僕にもわからない。
少なくとも須永自身は勝手にそう思い込んでいるんだ。

どうしてですか？

その理由を２つ考えている。

１つは、須永家と田口家との関係が、かつてと異なっていること。昔《むかし》は須永家のほうが力があり、田口家はその世話となる立場だった。だが、今や須永の父は死に、須永自身は職を持たずに、その財産を食いつぶしているに違いない。

一方、田口家は今や羽振《はぶ》りがいい。

確かに、須永って男、出世しそうにないものね。

もう１つは、須永自身が青白く、病弱な肉体であること。だから、おそらく婿《むこ》として歓迎されていないと、勝手に思い込んでいるんだ。

僕と彼等とはあらゆる人の結婚問題に就いても多くを語る機会を持たなかつた。ただある時叔母《おば》と僕との間に斯《こ》んな会話が取り換《か》はされた。

「市《いち》さんも最《も》う徐々《そろそろ》奥さんを探さなくつちやなりませんね。姉《ねえ》さんは疾《と》うから心配してゐるやうですよ」

「好《い》いのがあつたら母に知らして遣《や》つて下《くだ》さい」

「市さんには大人《おとな》しくつて優しい、親切な看護婦見た様な女が可《い》いでせう」

「看護婦見た様な嫁はないかつて探しても、誰《だれ》も来手《きて》はあるまいな」

僕が苦笑しながら、自《みづか》ら嘲《あざ》ける如く斯《か》う云つた時、今迄向《むか》ふの隅《すみ》で何かしてゐた千代子が、不意に首を上げた。

「妾《あたし》行つて上げませうか」

僕は彼女の眼《め》を深く見た。彼女も僕の顔を見た。けれども両方共其所《そこ》に意味のある何物をも認めなかつた。叔母は千代子の方《はう》を振り向きもしなかつた。さうして、「御前の様な露骨《むきだし》のがらがらした者が、何《なん》で市さんの気に入るものかね」と云つた。僕は低い叔母の声のうちに、窘《たし》なめる様な又怖《おそ》れる様な一種の響《ひびき》を聞いた。千代子は唯《ただ》からからと面白さうに笑つた丈であつた。其時百代《ももよ》子も傍《そば》に居《ゐ》た。是は姉の言葉を聞いて微笑しながら席を立つた。形式を具《そな》へない断《ことわ》りを云はれたと解釈した僕はしばらくして又席を立つた。

ははあ〜、けっこう、デリケートなんだ。
「市さんも最う徐々奥さんを探さなくつちやなりませんね。姉さんは疾《と》うから心配してゐるやうですよ」って言われたから、千代子との結婚を遠回しに断られたと思ったのかしら？
それとも、「市さんには大人しくつて優しい、親切な看護婦見た様な女が可《よ》いでせう」っていうせりふから、自分のような軟弱な男など田口家の婿《むこ》にふさわしくないと思ったのかしら。

さあ、でも、少なくとも須永は内向的な性格で、そうした言葉の一つひとつに敏感《びんかん》に反応することだけは確かだな。

でも、千代子が「妾《あたし》行つて上げませうか」って、言ったんでしょ。
もしかすると、千代子は須永のことが好きなのかもしれない。
須永はもっと素直《すなお》になったらいいのに。
千代子って、なんだか魅力《みりょく》的ね。私みたいに生き生きしていてステキ！

おそらく須永も千代子に魅力を感じているんだよ。だから、自分なんかにふさわしくないと、一人思い込んでいるんだ。

ふ〜ん、そんなものなのかな。なんか、いらいらするなあ。好きなら好きと、はっきりすればいいのに。

それから２か月ほど、須永は千代子のいる田口家に近づかなかったんだ。ところが、田口家と疎遠《そえん》になればなるほど、須永の母はあらゆる機会を求めて、千代子と接触《せっしょく》するよう努めている。これではたまらない。須永はやがて田口の敷居《しきい》をまたぎ始めた。もとより、彼らの態度も昔《むかし》と変わらなかった。

相変わらず意地っ張りなんだ。

そうかもしれないね。あるとき、田口家の家族がそろって遊びにいっていることを知らずに、須永が遊びにいったんだ。
ところが、千代子が風邪《かぜ》を引いて、一人で留守番《るすばん》をしていた。
さあ、そこからだよ。

何か、起こるの？

其日の彼女は病気の所為《せゐ》か何時《いつ》もよりしんみり落《おち》付いてゐた。僕の顔さへ見ると、屹度冷《きつとひや》かし文句《もんく》を並べて、何《ど》うしても悪口の云《い》ひ合ひを挑《いど》まなければ已《や》まない彼女が、一人《ひとり》ぼつちで妙に沈《しづ》んでゐる姿《すがた》を見たとき、僕は不図可憐《ふとかれん》な心を起《おこ》した。夫《それ》で席に着くや否や、優しい慰藉《いせき》の言葉を口から出す気もなく自《おのづ》から出した。すると千代子は一種変な表情をして、「貴方今日《あなたけふ》は大変優しいわね。奥さんを貰《もら》つたら左《さ》ういふ風に優しく仕《し》て上《あげ》なくつちや不可《いけ》ないわね」と云つた。遠慮がなくて親しみ丈《だけ》持つてゐた僕は、今迄千代子に対していくら無愛《ぶあい》嬌に振舞《ふるま》つても差支《さしつかえ》ないものと暗に自《みづ》から許してゐたのだといふ事に此時《このとき》始めて気が付いた。さうして千代子の眼《め》の中《うち》に何処《どこ》か嬉《うれ》しさうな色の微《かす》かながら漂《ただ》よふのを認めて、自分が悪かつたと後悔した。

二人《ふたり》は殆んど一所に生長したと同じ様な自分達《たち》の過去を振り返つた。昔《むかし》の記憶を語る言葉が互《たがひ》の唇《くちびる》から当時を蘇生《よみがへ》らせる便《たより》として洩《も》れた。僕は千代子の記憶が、僕よりも遥《はる》かに勝《すぐ》れて、細かい所迄鮮《あざ》やかに行き渡つてゐるのに驚ろいた。彼女は今から四年前、僕が玄関に立つた儘袴《ままはかま》の綻《ほころび》を彼女に縫《ぬ》はせた事迄覚えてゐた。其時彼女の使つたのは木綿糸《もめんいと》でなくて絹《きぬ》糸であつた事も知つてゐた。

「妾貴方《あたしあなた》の描《か》いて呉《く》れた画《ゑ》をまだ持つててよ」

成程左《なるほどさ》う云はれて見ると、千代子に画を描いて遣《や》つた覚《おぼえ》があつた。けれども夫《それ》は彼女が十二三の時の事で、自分が田口に買つて貰つた絵具《ゑのぐ》と紙を僕の前へ押し付けて無理矢理に描《か》かせたものである。僕の画道に於る嗜好《たしなみ》は、夫から以後今日《こんにち》に至る迄、ついぞ画筆《ゑふで》を握《にぎ》つた試《ため》しがないのでも分《わか》るのだから、赤や緑《みどり》の単純な刺戟《しげき》が、一通り彼女の眼に映《うつ》つて仕舞へば、興味は其所に尽《つ》きなければならない筈《はづ》のものであつた。夫を保存してゐると聞いた僕は迷惑さうに苦笑せざるを得なかつた。

「見せて上《あげ》ませうか」

僕は見ないでも可《い》いと断《ことわ》つた。彼女は構《かま》はず立ち上がつて、自分の室《へや》から僕の画を納めた手文庫を持つて来た。

ほら、ごらん、やっぱり千代子はずっと須永のことを大切に思い続けていたのじゃない。鈍感《どんかん》なのは男のほうよ。
須永が千代子を女扱いしないから、千代子としてもどうしようもないじゃないの。

さあ、どうかな。千代子は確かに須永に対して誰よりも親しみを抱いていたけど、それが幼なじみのものか、異性を対象にしたものか、漱石ははっきりとは書かないんだ。

もちろん、この「須永の話」は、須永の視点から書いたものだから、千代子の本当の気持ちは説明されていない。むしろ、須永にとって、千代子は謎《なぞ》なんだよ。

このときから**須永にとって千代子は兄弟同然に育った幼なじみであると同時に、突然異性へと変身する不可思議な存在になった**んだ。

千代子は其中から僕の描《か》いた画《ゑ》を五六枚出して見せた。それは赤い椿《つばき》だの、紫の東菊《あづまぎく》だの、色変りのダリヤだので、孰《いづ》れも単純な花卉《かき》の写生に過ぎなかつたが、要《い》らない所《ところ》にわざと手を掛《か》けて、時間の浪費を厭《いと》はずに、細かく綺麗《きれい》に塗《ぬ》り上《あげ》た手際《てぎは》は、今の僕から見ると殆んど驚ろくべきものであつた。僕は自分の綿密であつた昔《むかし》に感服した。

「貴方《あなた》それを描いて下《くだ》すつた時分は、今より余程《よつぼど》親切だつたわね」

千代子は突然斯《か》う云つた。僕には其意味が丸で分らなかつた。画から眼《め》を上げて、彼女の顔を見ると、彼女も黒い大きな瞳《ひとみ》を僕の上に凝《ぢつ》と据《す》ゑてゐた。僕は何《ど》ういふ訳《わけ》でそんな事を云ふのかと尋ねた。彼女はそれでも答へずに僕の顔を見詰《みつめ》てゐた。やがて何時《いつ》もより小《ちい》さな声で「でも近頃頼んだつて、そんなに精《せい》出して描いては下さらないでせう」と云つた。僕は描くとも描かないとも答へられなかつた。ただ腹の中で、彼女の言葉を尤《もつと》もだと首肯《うけが》つた。

「夫《それ》でも能《よ》く斯《こ》んな物を丹念に仕舞つて置《お》くね」

「妾御嫁《あたしおよめ》に行《ゆ》く時も持つてく積《つもり》よ」

僕は此言葉を聞いて変に悲しくなつた。さうして其《その》悲しい気分が、すぐ千代子の胸に応《こた》へさうなのが猶恐ろしかつた。僕は其刹那《せつな》既《すで》に涙《なみだ》の溢《あふ》れさうな黒い大きな眼を自分の前に想像したのである。

「そんな下《くだ》らないものは持つて行かないが可《い》いよ」

「可いわ、持つて行つたつて。妾のだから」

彼女は斯《か》う云ひつつ、赤い椿や紫の東菊を重ねて、又文庫の中へ仕舞つた。僕は自分の気分を変へるためわざと彼女に何時頃嫁に行く積かと聞いた。彼女はもう直《ぢき》に行くのだと答へた。

「然しまだ極《きま》つた訳ぢやないんだらう」

「いいえ、もう極つたの」

彼女は明《あき》らかに答へた。今迄自分の安心を得る最後の手段として、一日《じつ》も早く彼女の縁談が纏《まと》まれば好《い》いがと念《ねん》じてゐた僕の心臓は、此答《このこたへ》と共にどきんと音のする浪《なみ》を打つた。さうして毛穴《けあな》から這《は》ひ出す様な膏汗《あぶらあせ》が、脊中《せなか》と腋《わき》の下を不意に襲つた。千代子は文庫を抱いて立ち上《あが》つた。障子を開けるとき、上から僕を見下《みおろ》して、「嘘《うそ》よ」と一口判切《ひとくちはつきり》云《い》ひ切つた儘《まま》、自分の室《へや》の方《はう》へ出て行つた。

千代子って、かわいいわ。男の人の気持ちを引きつけるのって、こうすればいいんだ。勉強、勉強。

でも、須永と好対照。

千代子の真っすぐな気持ちが、逆に須永は怖《こわ》いんだ。千代子に魅力《みりょく》を感じるほど、須永は頑《かたく》なになる。

きっと須永も千代子を愛しているし、千代子も須永を愛しているんだわ。

須永さえ素直《すなお》になれば、すべてうまくいくのに。

でも、須永にとっては千代子の心だけでなく、自分の心さえつかめないんだ。もっと言えば、人の心そのものがわからない。

だから、不安だし、絶えず孤独《こどく》なんだよ。

人の心の不可思議さ、とらえ難《がた》さは、特に修善寺《しゅぜんじ》の大患《たいかん》以後の、漱石の重要なテーマなんだよ。

『行人《こうじん》』『こゝろ』へと、そのテーマは引き継《つ》がれていく。

私、今までだったら、こんな男の人、ぐじぐじして男らしくなくて嫌《きら》いだったけど、ちょっと考え方、変えようかな？

あいかちゃんは、どちらかというと千代子に似ているから、須永みたいなタイプ、いらいらするんだろうな。

でも、どう変えるの？

うん、私、きっぱりしない人は嫌いだったけど、それって、もしかすると、人の心の深いところをもともと見ようとしていなかったからかもしれないって思うの。

だから、好きとか嫌いとか、簡単に割り切れたのかもって。

なるほど。そうかもしれないね。あいかちゃん、この頃、ものの見方が変わったような気がするよ。

先生、今頃気づいたの？　私、容姿《ようし》も美しいけど、内面も磨《みが》かなくちゃって、この頃思い始めたの。

とりあえず、先に行こうか。いよいよクライマックスだよ。

（ぷん、と横を向いて）そんなに急ぐことないのに。

大学の夏休み、田口家が１週間ほど鎌倉《かまくら》に避暑《ひしょ》に行っているので、おまえも行ったらどうだと母親に誘《さそ》われたんだ。

母が懐《ふところ》から千代子の手紙を出した。その手紙には母と一緒に来るようにと書いてあった。母は一緒に行きたいようだった。そこで、須永は母親孝行も兼ねて、思い切って２人で鎌倉に行くことにしたんだ。

鎌倉の別荘に着いたとき、須永は見知らぬ男に気がつくんだ。座敷《ざしき》に浴衣《ゆかた》を着た男がいて、奥にいた人たちがみんな玄関に迎えにきてくれたのに、その男だけがさっと姿を消す。須永はその男が気になって仕方がない。

何なの？　その浴衣の男って。

「先刻誰《さつきだれ》だか男の人が一人《ひとり》座敷に居たぢやないか」
「あれ高木さんよ。ほら秋子《あきこ》さんの兄《にい》さんよ。知つてるでせう」
僕は知つて居るとも居ないとも答へなかつた。然し腹《はら》の中では、此《この》高木と呼ばれる人の何者《なにもの》かをすぐ了解した。百代子の学校朋輩《ほうばい》に高木秋子といふ女のある事は前から承知してゐた。其人の顔も、百代子と一所に撮《と》つた写真で知つてゐた。手蹟《しゆせき》も絵端書《えはがき》で見た。一人の兄が亜米利加《アメリカ》へ行つてゐるのだとか、今帰つて来た許《ばかり》だとかいふ話も其頃耳にした。困らない家庭なのだらうから、其人が鎌倉へ遊びに来てゐる位は怪《あや》しむに足らなかつた。よし此所《ここ》に別荘を持つてゐた所で不思議はなかつた。が、僕は其高木といふ男の住んでゐる家を千代子から聞き度《たく》なつた。
「つい此下《このした》よ」と彼女は云つた限《ぎり》であつた。
「別荘かい」と僕は重ねて聞いた。
「ええ」

ふ〜ん、高木《たかぎ》って言うんだ、その男。
アメリカ帰りの、若い男なのね。

そして、近くの別荘にいる。
須永はその男のことが気になって仕方がないんだ。

でも、変ね。
だって、その男とまだ会ったことがないのに、嫌う理由なんてないじゃない。

そうだけど、「其上僕《ぼく》は姉妹《きやうだい》の知つてゐる高木といふ男に会ふのが厭《いや》だつた。彼は先刻迄二人《ふたり》と僕の評判をしてゐたが、僕の来たのを見て、遠慮して裏《うら》から帰つたのだと百代から聞いた時、僕はまづ窮窟な思ひを逃れて好《よ》かつたと喜《よろ》こんだ。僕は夫《それ》程知らない人を怖《こわ》がる性分なのである」という、この次の描写から、２つのことが読み取れるんだ。

「姉妹《きやうだい》の知つている高木といふ男に会ふのが厭《いや》だつた」というのは、つまり、１つは千代子と関係のある高木に会いたくないということ、そしてもう１つは見知らぬ人と会うこと自体、窮屈《きゅうくつ》な思いがして苦手《にがて》であること、だね。

あっ、そうか。わかった。嫉妬《しっと》よ。それ。
千代子との結婚を避けてるくせに、それ、変。

実を云ふと、僕は此高木といふ男に就いて、殆んど何《なに》も知らなかつた。只一返百代子から彼が適当な配偶を求めつつある由《よし》を聞いた丈である。其時百代子が、御姉《おねえ》さんには何うかしらと、丁度相談でもする様に僕の顔色を見たのを覚えてゐる。僕は何時《いつ》もの通り冷淡な調子で、好《い》いかも知れない、御父《とう》さんか御母《おかあ》さんに話して御覧《ごらん》と云つたと記憶する。夫《それ》から以後僕の田口の家《うち》に足を入《い》れた度数《どすう》は何遍《なんべん》あるか分らないが、高木の名前は少くとも僕のゐる席ではついぞ誰の口にも上《のぼ》らなかつたのである。夫程親しみの薄い、顔さへ見た事のない男の住居《すまひ》に何《なん》の興味があつて、僕はわざわざ砂《すな》の焼ける暑さを冒して外出したのだらう。僕は今日迄その理由を誰にも話さずにゐた。自分自身にも其時には能《よ》く説明が出来なかつた。ただ遠くの方《はう》にある一種の不安が、僕の身体《からだ》を動かしに来たといふ漠《ばく》たる感じが胸に射《さ》した許《ばかり》であつた。それが鎌倉で暮らした二《ふつ》日《か》の間に、紛《まぎ》れもないある形を取つて発展した結果を見て、僕を散歩に誘《さそ》ひ出したのも矢張《やはり》同じ力に違《ちがひ》ないと今から思ふのである。

やっぱり、ライバル登場ね。
だって、高木って結婚相手を探しているんでしょ。そして、妹の百代子が「御姉さんには何うかしら」って言ったんでしょ？
なんだかんだって言ったって、須永は千代子のこと気にしているんじゃない。

そうだね。
高木の別荘をわざわざ探したのも、「ただ遠くの方にある一種の不安が、僕の身体を動かしに来たといふ漠たる感じ」と書いてある。
おそらく、須永は自分でも自分の気持ちがわからないんだよ。

でも、漠然《ばくぜん》とした不安があるんだ。

僕が別荘へ帰つて一時間経《た》つか経たないうちに、僕の注意した門札《もんさつ》と同じ名前の男が忽《たちま》ち僕の前に現《あら》はれた。田口の叔母は、高木さんですと云つて叮嚀《ていねい》に其男を僕に紹介した。彼は見るからに肉の緊《しま》つた血色《けつしよく》の好《い》い青年であつた。年《とし》から云ふと、或は僕より上かも知れないと思つたが、其きびきびした顔つきを形容するには、是非共《ぜひとも》青年といふ文字が必要になつた位彼は生気に充ちてゐた。僕は此男を始めて見た時、是は自然が反対を比較する為《ため》に、わざと二人《ふたり》を同じ座敷に並《なら》べて見せるのではなからうかと疑《うた》ぐつた。無論其不利益な方面を代表するのが僕なのだから、斯《こ》う改たまつて引き合はされるのが、僕にはただ悪い洒落《しやれ》としか受取《うけと》られなかつた。

二人の容貌が既に意地の好《よ》くない対照を与へた。然し様子とか応対振《ぶり》とかになると僕は更《さら》に甚《はなはだ》しい相違を自覚しない訳に行かなかつた。僕の前にゐるものは、母とか叔母とか従妹《いとこ》とか、皆親しみの深い血属ばかりであるのに、夫等《それら》に取り捲《ま》かれてゐる僕が、此高木に比《くら》べると、却つて何処《どこ》からか客にでも来たやうに見えた位、彼は自由に遠慮なく、しかも或程度の品格を落す危険なしに己《おのれ》を取扱《とりあつ》かふ術を心得てゐたのである。知らない人を怖れる僕に云はせると、此男は生れるや否や交際場裏《じようり》に棄《す》てられて、其儘今日《こんにち》迄同じ所《ところ》で人と成《な》つたのだと評したかつた。彼は十分《ぶん》と経たないうちに、凡ての会話を僕の手から奪つた。さうして夫《それ》を悉《ことごと》く一身《いつしん》に集めて仕舞つた。其代り僕を除《の》け物《もの》にしないための注意を払つて、時々僕に一句か二句の言葉を与へた。

これって、つらい。
高木は自分とは好対照のタイプだったんでしょ？

うん、人間って、誰しもコンプレックスを持っているけど、自分と正反対のタイプと出会うとき、そのコンプレックスがむき出しとなる場合があるんだ。
しかも、そこに恋愛が絡《から》んでくるとなるとね。

そうよね。私だって、好きな人の前で自分のコンプレックスをかき立てられたら、我慢《がまん》ができなくなるかも。

逆に、高木と出会うことによって、千代子を初めて異性と意識したとも言えるよ。好きな女性を前に、男は自分が完璧《かんぺき》でありたいと、無意識のうちにも思うものだ。
ところが高木を前にして、自分の醜《みにく》い面を意識せざるをえなくなる。

でも、私やっぱり、もっと素直《すなお》な人がいいわ。

ははは、あいかちゃん、文学って、自分の男性の好みを論ずることではないよ。

そりゃあ、そうだけど。

ところで、須永はあるとき、友達から借りたまますっかり忘れていた小説を読み始めるんだ。
漱石はこのように**作品中にさまざまなエピソードを紹介し、もう一つの物語を重ねることにより、主題を深めていくといった手法をよくとる**んだよ。

ということは、須永が読んだこの小説も、作品のテーマと何らかのつながりがあるということ？

そう。
何の関係もない小説を、わざわざ物語に持ち込むはずがないだろう？

確かに、そうね。

　此出来事を悉皆《すつかり》忘れてゐた僕は、何の気も付かずに其ゲダンケを今棚の後《うしろ》から引き出して厚い塵《ちり》を払《はら》つた。さうして見覚のある例の独乙《ドイツ》字の標題に眼《め》を付けると共に、かの文学好《ずき》の友達と彼の其時の言葉とを思ひ出した。すると突然何処《どこ》から起《おこ》つたか分《わか》らない好奇心に駆《か》られて、すぐ其一頁《ページ》を開《ひら》いて始めから読み始めた。中《なか》には恐るべき話が書いてあつた。
　或《ある》女に意のあつた或男が、其婦人から相手にされないのみか、却つてわが知り合《あひ》の人の所へ嫁入《よめい》られたのを根《ね》に、新婚の夫《おつと》を殺さうと企てた。但し唯殺すのではない。女房が見てゐる前で殺さなければ面白くない。しかも其見てゐる女房が彼を下手人と知つてゐながら、何時《いつ》迄も指を銜《くわ》へて、彼を見てゐる丈で、夫《それ》より外《ほか》に何《ど》うにも手の付けやうのないといふ複雑な殺し方をしなければ気が済《す》まない。彼は其手段《てだて》として一種の方法を案出した。ある晩餐《ばんさん》の席へ招待された好機を利用して、彼は急に劇《はげ》しい発作《ほつさ》に襲はれた振《ふり》をし始めた。傍《はた》から見ると丸で狂人としか思へない挙動を其場で敢《あえ》てした彼は、同席の一人《ひとり》残らずから、全くの狂人と信じられたのを見済《みす》まして、心の内で図に当つた策略を祝賀《しゆくが》した。彼は人目《ひとめ》に触れ易い社交場裏《じようり》で、同じ所作を猶二三度繰り返した後《あと》、発作の為に精神に狂《くるひ》の出る危険な人といふ評判を一般に博《はく》し得た。彼は此手数《てかづ》の懸《かか》つた準備の上に、手の付けやうのない殺人罪を築き上げる積《つもり》でゐたのである。屢《しばしば》起る彼の発作が、華《はな》やかな交際の色を暗く損《そこ》ない出してから、今迄懇意に往来《ゆきき》してゐた誰彼《たれかれ》の門戸が、彼に対して急に固く鎖《とざ》される様になつた。けれども夫は彼の苦にする所ではなかつた。彼は猶自由に出入の出来る一軒の家を持つてゐた。それが取りも直さず彼の将《まさ》に死の国に蹴落《けおと》さうとしつつある友と其細君の家だつたのである。彼は或日《あるひ》何気《げ》ない顔をして友の住居《すまゐ》を敲《たた》いた。其所《そこ》で世間話に時を移すと見せて、暗《あん》に目の前の人に飛び掛《かか》る機を窺《うかが》つた。彼は机の上にあつた重い文鎮《ぶんちん》を取つて、突然是《これ》で人が殺せるだらうかと尋ねた。友は固《もと》より彼の問《とひ》を真《ま》に受けなかつた。彼は構はず出来る丈の力を文鎮に込めて、細君の見てゐる前で、最愛の夫《おつと》を打ち殺した。さうして狂人の名の下《もと》に、瘋癲院《ふうてんいん》に送られた。彼は驚ろくべき思慮と分別と推理の力とを以て、以上の顚末《てんまつ》を基礎に、自分の決して狂人でない訳をひたすら弁《べん》解してゐる。かと思ふと、其弁解を又疑つてゐる。のみならず、其疑《うたが》ひを又弁解しやうとしてゐる。彼は必竟正気なのだらうか、狂人なのだらうか、——僕は書物を手にした儘慄然《りつぜん》として恐れた。

なんだか、不思議な小説。でも、なんだか気味悪い。

嫉妬《しっと》というものの得体《えたい》の知れなさが、見事に表現されているかもしれないな。

好きな人の目の前で、その人が愛した人を殺したいなんて。人間の心の奥底にはそんな恐《おそ》ろしい欲望があるのかしら？

人間の心ほど得体の知れないものはないんだよ。

結局、この主人公は精神障害を患《わずら》った人だったのかしら？

さあて、それもわからないんだ。というよりも、人間の不可思議さ、得体の知れない不気味《ぶきみ》さを描いたものだと思うよ。

健常かそうでないかを明確に区別できるなら、人間の心はそれほどやっかいなものではないさ。

そうよね。私も時折自分の気持ちがわからなくなるもの。

というよりも、自分でも心の不可思議さには気づかないし、普段から意識することはない。ところが、あるときひょんなことから、心の奥底にある不気味なものが表面に露呈《ろてい》するんだ。

あっ、そうか。
そのきっかけが、須永にとって、嫉妬なんだ。

鋭《するど》いな。

もっと言えば、**漱石は嫉妬を通して、須永の内面にある隠《かく》された得体の知れないものを浮《う》き彫《ぼ》りにしようとした**ということ。

まさに、嫉妬は漱石の仕掛けなんだ。

須永は普段から理性で感情を殺すタイプなんだ。

ところが、千代子の目の前で、重い文鎮を高木の頭にたたき込む、そんな幻想《げんそう》を一瞬《いっしゅん》だが抱いた。

おそらく、自分の内面にあるどろどろとしたものに触《ふ》れ、一番驚《おどろ》いたのは須永自身だったのではないかな。

結局、須永は別荘に遊びにいったの？
そこで、高木と会ったのかしら？　何かあったんですか？

うん、それなんだが、特に何かあったわけではない。

でも、須永はどうしても高木の存在を意識せざるをえない。

その結果、不自然な行動に出てしまうんだ。

高木が紳士的に、みんなと協調するように振る舞うにつけ、須永は逆に意固地《いこじ》になってしまう。

そんな自分がいやで、須永はさっさと一人で東京に戻《もど》ってしまう。

やっぱり。心配したとおりだわ。
で、田口家の人々は怒《おこ》ったりしたのかしら？

いや、さっきも言ったとおり、特に何かあったってわけではないんだ。

もしかしたら、田口家の人は須永を普段どおりに、つまり内向的な難しい性格だと思い、取り立てておかしく思わなかったかもしれない。

高木も快活に振る舞い、とりあえずは何も起こらなかった。

千代子は？

もちろん、千代子もいつもどおり、明るく楽しげに振る舞う。須永にも人一倍気を遣《つか》っていたし。

結局は、須永が一人で意識し、一人でそんな自分がいやで、別荘を立ち去ってしまう。

ふ～ん、そうなんだ。

須永の母は誘《さそ》われるまま一人で別荘に残ったんだ。そして、やがて母が帰郷するのだが、その際、千代子が母を送ってついてきた。

えっ、千代子が須永の家に訪ねてきたの？

そうだよ。年老いた母を一人で帰すのも危険なので千代子が送ってきたんだが、突然千代子が現れたものだから、須永はびっくりしたんだ。

「ぢや僕も招待を受けたんだから、送つて来て貰《もら》へば好《よ》かつた」

「だから他《ひと》の云ふ事を聞いて、もつと居《ゐ》らつしやれば好《い》いのに」

「いいえ彼《あ》の時にさ。僕の帰つた時にさ」

「左様《さう》すると丸で看護婦見た様ね。好いわ看護婦でも、附《つ》いて来て上《あげ》るわ。何故《なぜ》さう云はなかつたの」

「云つても断《ことわ》られさうだつたから」

「妾《あたし》こそ断られさうだつたわ、ねえ叔母さん。偶《たま》に招待に応じて来て置きながら、厭《いや》に六《む》づかしい顔ばかりしてゐるんですもの。本当に貴方《あなた》は少し病気よ」

「だから千代子に附いて来て貰ひたかつたのだらう」と母が笑《わら》ひながら云つた。

僕は母の帰るつい一時間前迄千代子の来る事を予想し得なかつた。夫《それ》は今改めて繰り返す必要もないが、それと共に僕は母が高木に就《つ》いて齎《もた》らす報道を殆んど確実な未来として予期してゐた。穏やかな母の顔が不安と失望で曇る時の気の毒さも予想してゐた。僕は今此予期と全く反対の結果を眼《め》の前に見た。彼等は二人《ふたり》とも常《つね》に変らない親しげな叔母姪《おばめい》であつた。彼等の各自《おのおの》は各自に特有な温か味と清々《すがすが》しさを、何時《いつ》もの通り互《たが》ひの上に、又僕の上に、心持よく加へた。

なんだ、本当に何も起こらなかったの？
須永はてっきり高木との結婚が決まったと思い込んでいたんでしょ？
でも、結果は逆で、千代子はお母さんと機嫌《きげん》よく帰ってきた。
よかったじゃない？

そうだね。もしかしたら、すべて須永の取り越し苦労かもしれない。
ところが、事件は突然、思いも寄らない方向で起こるんだ。

えっ、どうういうこと？

千代子の様子は何時もの通り明《あけ》つ放《ぱな》しなものであつた。彼女は何《ど》んな問題が出ても苦もなく口を利《き》いた。それは必竟腹の中に何も考へてゐない証拠だとしか取れなかつた。彼女は鎌倉へ行つてから水泳を自習し始めて、今では脊《せい》の立たない所迄行《ゆ》くのが楽《たのし》みだと云つた。夫《それ》を用心深い百代子が剣呑《けんのん》がつて、詫《あや》まる様に悲しい声を出して止《と》めるのが面白いと云つた。其時母は半ば心配で半ば呆《あき》れた様な顔をして、「何《なん》ですね女の癖《くせ》にそんな軽機《かるはづみ》な真似をして。是からは後生《ごしやう》だから叔母さんに免《めん》じて、あぶない悪巫山戯《わるふざけ》は止《よ》して御呉《おく》れよ」と頼んでゐた。千代子はただ笑ひながら、大丈夫よと答へた丈であつたが、ふと縁側の椅子に腰《こし》を掛《か》けてゐる僕を顧《かへり》みて、市さんもさう云ふ御転婆《おてんば》は嫌《きらひ》でせうと聞いた。僕は唯《ただ》、あんまり好きぢやないと云つて、月の光の隈《くま》なく落《おち》る表を眺めてゐた。もし僕が自分の品格に対して尊敬を払《はら》ふ事を忘れたなら、「然し高木さんには気に入るんだらう」といふ言葉を其後《あと》へ屹度《きつと》付け加へたに違《ちがひ》ない。其所《そこ》迄引き摺《ず》られなかつたのは、僕の体面上まだ仕合せであつた。

あははは。面白い。やっぱり嫉妬《しっと》しているんだ。
でも、体面から、それを必死で抑えている。いじけているところが、
なんだか、かわいい。

須永はそうした自分の内面をじっと見つめなければならないタイプなんだろうね。どこまでもどこまでも自分の内面を掘《ほ》り下げていく。

それをしっかりとつかまなければ、生きていくこともできなくなる。だが、どれほど苦しんでも、それをつかむことなどできはしないんだ。

千代子は斯《か》くの如く明《あ》けつ放《ぱな》しであつた。けれども夜《よ》が更《ふ》けて、母がもう寐《ね》やうと云ひ出す迄、彼女は高木の事をとうとう一口《ひとくち》も話頭に上《のぼ》せなかつた。其所《そこ》に僕は甚《はなは》だしい故意《こい》を認めた。白い紙の上に一点の暗い印気《いんき》が落ちた様な気がした。鎌倉へ行く迄千代子を天下の女性のうちで、最も純粋な一人《いちにん》と信じてゐた僕は、鎌倉で暮《くら》した僅《わず》か二日《ふつか》の間に、始めて彼女の技巧《アート》を疑《うたが》ひ出したのである。其疑《そのうたがひ》が今漸く僕の胸に根を卸《おろ》さうとした。

「何故《なぜ》高木の話をしないのだらう」

僕は寐ながら斯《か》う考へて苦しんだ。同時に斯《こ》んな問題に睡眠の時間を奪はれる愚《おろか》さを自分で能く承知してゐた。だから苦しむのが馬鹿馬鹿しくて猶癇《かん》が起《おこ》つた。僕は例の通り二階に一人《ひとり》寐ていた。母と千代子は下《した》座敷《ざしき》に蒲団《ふとん》を並べて、一つ蚊帳《かや》の中に身を横たへた。僕はすやすや寐てゐる千代子を自分のすぐ下に想像して、必竟のつそつ苦しがる僕は負けてゐるのだと考へない訳《わけ》に行かなくなつた。僕は寐返りを打つ事さへ厭《いや》になつた。自分がまだ眠《ねむ》られないといふ弱味を階下《した》へ響《ひび》かせるのが、勝利の報知として千代子の胸に伝はるのを恥辱《ちじよく》と思つたからである。

ははは、やっぱり考えてる。
そんなに気になるなら、さっさと千代子に聞いてみればいいのに。
相手の言動をすべて技巧と疑うから、そんなに迷《まよ》うのよ。
きっと千代子は須永みたいに、あれこれ考えて行動してなんかいないわよ。もっと素直《すなお》に、伸び伸びと生きてる。
なんだか、この須永って男、私やっぱり好きになれない。
あっ、でも先生、もちろん文学は私の好みで決めつけるものじゃないって、ちゃんとわかってるわよ。

確かに、須永の内向的な性格は、あいかちゃんからすれば、いらいらするだろうね。まあ、もう少し読んでいこうか。

思わぬところで、事件は起こる。

須永が、鎌倉へ帰る千代子に「まだみんな鎌倉に居るのかい」と聞くと「ええ。何故《なぜ》」と聞き返したので、須永は思わず「高木さんも」って聞いてしまったんだ。

所が偶然高木の名前を口にした時、僕は忽ち《たちま》此尊敬を永久千代子に奪《うば》ひ返された様な心持がした。と云ふのは、「高木さんも」といふ僕の問《とひ》を聞いた千代子の表情が急に変化したのである。僕はそれを強ち《あながち》に勝利の表情とは認めたくない。けれども彼女の眼《め》のうちに、今迄僕が未《いま》だ嘗《かつ》て彼女に見出した試《ため》しのない、一種の侮蔑《ぶべつ》が輝《かが》やいたのは疑ひもない事実であつた。僕は予期しない瞬間に、平手《ひらて》で横面《よこつら》を力任せに打たれた人の如《ごと》くにぴたりと止まつた。

「あなた夫程高木さんの事が気になるの」

彼女は斯う云つて、僕が両手で耳を抑《おさ》へたい位な高笑《たかわら》ひをした。僕は其時鋭どい侮辱《ぶじよく》を感じた。けれども咄嗟《とつさ》の場合何《なん》といふ返事も出し得なかつた。

「貴方《あなた》は卑怯だ」と彼女が次に云つた。此《この》突然な形容詞にも僕は全く驚ろかされた。僕は、御前こそ卑怯だ、呼ばないでもの所へわざわざ人を呼び付けて、と云つて遣《や》りたかつた。けれども年弱《としよわ》な女に対して、向ふと同じ程度の激語を使ふのはまだ早過ぎると思つて我慢した。千代子もそれなり黙《だま》つた。僕は漸《ようや》くにして「何故」といふ僅《わづ》か二字の問を掛《か》けた。すると千代子の濃《こ》い眉《まゆ》が動いた。彼女は、僕自身で僕の卑怯な意味を充分自覚してゐながら、たまたま他《ひと》の指摘《してき》を受けると、自分の弱点を相手に隠す為《ため》に、取り繕《つく》ろつて空《そら》つ遠惚《とぼ》けるものと此問を解釈したらしい。

「何故つて、貴方自分で能《よ》く解《わか》つてるぢやありませんか」

「解らないから聞かして御呉れ」と僕が云つた。僕は階下に母を控《ひか》へてゐるし、感情に訴へる若い女の気質も能く呑み込んだ積でゐたから、出来る丈相手の気を抜いて、話を落ち付かせる為に、其時の僕としては、殆んど無理な程《ほど》の、低いかつ緩《ゆる》い調子を取つたのであるが、夫《それ》が又却つて千代子の気に入らなかつたと見える。
「それが解《わか》らなければ貴方《あなた》馬鹿よ」
僕は恐らく平生より蒼《あを》い顔をしたらうと思う。自分では唯眼《ただめ》を千代子の上に凝《ぢつ》と据ゑた事丈を記憶してゐる。其時何物《なにもの》も恐れない千代子の眼が、僕の視線と無言のうちに行き合つて、両方共しばらく其所《そこ》に止まつてゐた事も記憶してゐる。

そうよ。バカ、バカ、バカよ。千代子が怒《おこ》るの、無理ないわ。

あいかちゃん、千代子と一緒に怒らないで。もう少し読んでいこうよ。

ふん。須永がどう言い訳するのか、見物だわ。

「ぢや卑怯の意味を話して上《あげ》ます」と云つて千代子は泣き出した。僕は是迄千代子を自分より強い女と認めてゐた。けれども彼女の強さは単に優《やさ》しい一図《いちづ》から出る女気《をんなぎ》の凝《こ》り塊《かたま》りとのみ解釈してゐた。所が今僕の前に現はれた彼女は、唯勝気《ただかちき》に充《み》ちた丈の、世間《せけん》に有《あ》りふれた、俗《ぞくつ》ぽい婦人としか見えなかつた。僕は心を動かす所《ところ》なく、彼女の涙《なみだ》の間から如《い》何《か》なる説明が出るだらうと待《ま》ち設《う》けた。彼女の唇《くちびる》を洩《も》れるものは、自己の体面を飾《かざ》る強弁より外《ほか》に何も有る筈がないと、僕は固く信じてゐたからである。彼女は濡《ぬ》れた睫毛《まつげ》を二三度繁叩《しばたた》いた。
「貴方《あなた》は妾《あたし》を御転婆《おてんば》の馬鹿だと思つて始終冷笑してゐるんです。貴方は妾を……愛してゐないんです。つまり貴方は妾と結婚なさる気が……」
「そりや千代ちやんの方《はう》だつて……」
「まあ御聞きなさい。そんな事は御互だと云ふんでせう。そんなら夫《それ》で宜《よ》う御座《ござ》んす。何《なに》も貰《もら》つて下《くだ》さいとは云《い》やしません。唯何故《ただなぜ》愛してもゐず、細君にもしやうと思つてゐない妾に対して……」
彼女は此所《ここ》へ来て急に口籠《くちごも》つた。不敏な僕は其後《そのあと》へ何が出て来るのか、まだ覚《さと》れなかつた。「御前に対して」と半ば彼女を促《うな》がす様に問《とひ》を掛《か》けた。彼女は突然物《もの》を衝《つ》き破《やぶ》つた風《ふう》に、「何故嫉妬《しつと》なさるんです」と云ひ切《き》つて、前よりは劇《はげ》しく泣《な》き出した。僕はさつと血が顔に上《のぼ》る時の熱《ほて》りを両方の頬《ほほ》に感じた。彼女は殆んど夫《それ》を注意しないかの如《ごと》くに見えた。

「貴方は卑怯です、徳義的に卑怯です。妾が叔母《をば》さんと貴方を鎌倉へ招待した料簡さへ貴方は既に疑つて居《ゐ》らつしやる。それが既に卑怯です。が、それは問題ぢやありません。貴方は他《ひと》の招待《だい》に応じて置きながら、何故平生の様に愉快にして下さる事が出来ないんです。妾は貴方を招待した為《ため》に恥《はぢ》を掻《か》いたも同じ事です。貴方は妾の宅《うち》の客に侮辱を与へた結果、妾にも侮辱を与へてゐます」

「侮辱を与へた覚《おぼえ》はない」

「あります。言葉や仕打《しうち》は何《ど》うでも構はないんです。貴方の態度が侮辱を与へてゐるんです。態度が与へてゐないでも、貴方の心が与へてゐるんです」

「そんな立ち入つた批評を受ける義務は僕にないよ」

「男は卑怯だから、さう云ふ下らない挨拶が出来るんです。高木さんは紳士だから貴方を容《い》れる雅量《がりよう》が幾何《いくら》でもあるのに、貴方は高木さんを容れる事が決して出来ない。卑怯だからです」

やっぱり卑怯《ひきょう》よ。千代子の言うとおり。
私断然、千代子の肩《かた》を持つわ。なんだか、すかっとした。
先生、漱石って、『坊っちゃん』を書いた頃は痛快だったのに、年を取るにつれ、なんだか気難しくて、老獪《ろうかい》になっていくみたいで、いや。

あいかちゃん、確かに須永は内向的で、ある意味で自分勝手かもしれない。でも、漱石＝須永ではないんだよ。

あっ、そう言えば、そうだわ。

須永を批判している千代子もまた、漱石の半面なんだよ。

そうか。そんな読み方、いつのまにかしてなかったわ。
私、女だから、思わず千代子の立場に立って読んで、須永に対して腹を立てちゃった。

確かに、漱石の内面的世界は須永のそれに似ているかもしれない。でも、漱石はその一方で、その世界の偏狭《へんきょう》で、傲慢《ごうまん》な部分もしっかりと見抜いている。そして、**その奥に人間というものの不気味《ぶきみ》なあり方を見据《す》えている**んだ。

そうね。私が須永を嫌《きら》いと思うのは、まんまと漱石の仕掛けにはめられているのかもしれない。

そうだね。読者が思わず須永を批判的に読んでしまうように、漱石はあえて描写《びょうしゃ》しているのかもしれないね。

そこが、文学の面白いところだ。

そして、そこにもう一つの主題が浮かび上がってくる。

もう一つの主題って？

それまで、須永にとって、千代子は知り尽くした女だった。幼なじみとして、そのよさも欠点もわかっていたつもりだった。

ところが、その瞬間《しゅんかん》、千代子が見知らぬ女の顔をして、浮かび上がってくる。

そうか。千代子が心の奥底でこんなことを思っているなんて、須永は思いもしなかったんだわ。だから、動揺《どうよう》した。

そして、とっさに自分のみを守るべく反論する。

彼の聡明《そうめい》さは、千代子の攻撃から、自《みずか》らを正当化するためにだけ発揮《はっき》される。

でも、それも千代子の前では、ただ醜《みにく》いだけじゃないかしら。

それを一番感じているのは、ほかならない須永自身なんだ。

考えてみれば、人の心って実に不思議ね。
私だって、自分が知り尽くしていると思っていた人が、ある日突然見知らぬ人間となって、目の前に現れるかもしれない。
先生、２人はその後、どうなったんですか？

漱石は２人のそれ以後を書いていない。少なくともその後すぐに２人は結婚したわけでもないし、かといって不仲になったわけでもない。
ただし、遠い将来はわからない。
漱石は「須永の話」をいったん打ち切って、この物語の最後を、「松本の話」で締めくくるんだ。

「松本」って須永のおじさんで、例の「雨の降る日」に子供を亡《な》くした人でしょ？

ああ、よく覚えているね。実は須永は松本に一番似ているとされ、しかも一番影響を受けているんだ。
その松本が、須永について語ったのが「松本の話」なんだ。
須永は親戚《しんせき》の中でもしだいに孤立《こりつ》を深めていった。
見るに見かねて、松本が須永の相談に乗るシーンがある。

市蔵はしばらくして自分は何故斯《なぜか》う人に嫌《きら》はれるんだらうと突然意外な述懐《じゆつくわい》をした。僕は其時ならないのと平生の市蔵に似合しからないのとで驚ろかされた。何故そんな愚痴《ぐち》を零《こぼ》すのかと窘《たし》なめる様な調子で反問を加へた。
「愚痴ぢやありません。事実だから云ふのです」
「ぢや誰が御前を嫌つてゐるかい」
「現《げん》にさういふ叔父《をぢ》さんからして僕を嫌つてゐるぢやありませんか」
僕は再び驚ろかされた。あまり不思議だから二三度押問答の末推測して見ると、僕が彼に特有な一種の表情に支配されて話の進行を停止した時の態度を、全然彼に対する嫌悪《けんお》の念から出たと受けてゐるらしかつた。僕は極力彼の誤解を打破しに掛《かか》つた。

「おれが何《なん》で御前を悪《にく》む必要があるかね。子供の時からの関係でも知れてゐるぢやないか。馬鹿を云ひなさんな」

市蔵は叱《しか》られて激した様子もなく益《ますます》蒼《あを》い顔をして僕を見詰《みつ》めた。僕は燐火《りんくわ》の前に坐《すは》つてゐる様な心持がした。

「おれは御前の叔父《をぢ》だよ。何処《どこ》の国に甥《をい》を憎《にく》む叔父があるかい」

市蔵は此言葉を聞くや否や忽《たちま》ち薄《うす》い唇《くちびる》を反《そ》らして淋《さみ》しく笑つた。僕は其淋しみの裏《うら》に、奥深い軽侮《けいぶ》の色を透《すか》し見た。自白するが、彼は理解の上に於《おい》て僕よりも優《すぐ》れた頭の所有者である。僕は百も夫《それ》を承知でゐた。だから彼と接触するときには、彼から馬鹿にされるやうな愚《ぐ》を成《な》るべく慎《つつし》んで外に出さない用心を怠らなかつた。けれども時々は、つい年長者の傲《おご》る心から、親しみの強い彼を眼下に見下《くだ》して、浅薄《せんぱく》と心付《づき》ながら、其場限りの無意味に勿体《もつたい》を付けた訓戒《くんかい》などを与へる折も無《な》いではなかつた。賢《かし》こい彼は僕に恥を掻《か》かせるために、自分の優越を利用する程、品位を欠《か》いた所作を敢《あえ》てし得ないのではあるが、僕の方では其都度《つど》彼に対する此方《こつち》の相場が下落して行くやうな屈辱を感ずるのが例であつた。僕はすぐ自分の言葉を訂正しに掛つた。

「そりや広い世の中だから、敵《かたき》同志の親子もあるだらうし、命を危《あや》め合う夫婦も居《ゐ》ないとは限らないさ。然しまあ一般に云へば、兄弟とか叔父甥とかの名で繋《つな》がつてゐる以上は、繋がつてゐる丈の親しみは何処かにあらうぢやないか。御前は相応の教育もあり、相応の頭もある癖《くせ》に、何だか妙に一種の僻《ひが》みがあるよ。夫が御前の弱点だ。是非直さなくつちや不可《いけ》ない。傍《はた》から見てゐても不愉快だ」

「だから叔父さん迄僕を嫌《きら》つてゐると云ふのです」

僕は返事に窮した。自分で気の付かない自分の矛盾を今市蔵から指摘《してき》された様な心持もした。

なんか、変。

どうしたの？　何が、変？

よくわからないわ。でも、なんだか変な感じがするの。
う〜ん、須永が変に思いつめた言い方をすることと、それと、松本がそれに対してどこか腰《こし》が引けている点かな。
どうして、松本は須永に圧倒されているのかしら？
だって、「『おれは御前の叔父だよ。何処の国に甥を憎む叔父があるかい』市蔵は此言葉を聞くや否や忽ち薄い唇を反らして淋しく笑つた。僕は其淋しみの裏に、奥深い軽侮の色を透し見た」って、あるでしょ？
なぜ、須永は松本に対し、「奥深い軽侮の色」を見せたのかしら？

よく気がついたね。
確かに、須永は何かを思いつめているし、そんな須永に対し、松本はどこか後ろめたく思っている。
だから、逃げ腰になるし、そんな自分を一方では嫌悪《けんお》している。

先生、どうしてですか？

うん、ここに『彼岸過迄《ひがんすぎまで》』の重要な主題が隠《かく》されているように、僕には思えるんだ。
須永は千代子のように明るく、自分の思うがまま生きられるなら、なんてすばらしいと思っている。
でも、それがどうしてもできない。脳が彼の胸を押さえつけようとする。すべてが内向的になり、彼は心に潜《ひそ》むあらゆるものに理屈《りくつ》をつけずにはいられない。そうした自分が千代子や周囲の人たちに受け入れられないことを、誰よりも知っているのは須永自身なんだ。
だから、寂《さび》しい。**自分でもどうしようもないんだ。自分の心が自分を裏切《うらぎ》ってしまう。**そうした恐《おそ》ろしい事実に否応《いやおう》なく直面させられたのが、例の千代子に対する嫉妬《しっと》ではなかっただろうか。

あっ、そうか。あのときの嫉妬って、自分の心が自分を裏切ったんだ。自分の心が頭も裏切った。
しかも、それを当の相手である千代子自身から指摘《してき》された。

これはつらいよね。そして、寂《さび》しい。

誰も自分を理解してくれる人はいない。たった一人の母でさえ。そのうえ、**自分自身が自分をわからない**んだから。

漱石の物語って、よく巷《ちまた》にあるような男女の惚《ほ》れたとかどうとかという、そういう物語ではないのね。
単なる嫉妬《しっと》の話じゃないんだわ。

須永は自分でもどうしようもない、自分の心を抱えている。

そうして、外界を遮断《しゃだん》し、一心に自分の心と向き合おうとしている。妥協《だきょう》のできない須永は、そこから目を背《そむ》けることができない。

だから苦しい。解決できない命題に、いつまでも拘泥《こうでい》するしかない。

それゆえ、千代子と結婚もできないのだ。

そんな須永を唯一《ゆいいつ》理解できるのは、叔父《おじ》である松本なんだ。

じゃあ、なぜ、松本は須永から自分が軽侮《けいぶ》されていると思ったのかしら？

うん、そこなんだ。

須永が自分の心と真正面から向き合い、血みどろの戦いを続けているのに対し、松本はそれを一般論にすり替えて、逃げようとした。

それはどうしようもないことだけど、そうした自分に対し、どこか後ろめたく、須永に対しても、そうした自分の態度が軽蔑《けいべつ》されることをよくわかっているんだ。

２人の何気ない会話だけど、実は深遠な世界がそこにあったのね。

うん、須永が全身で切り込んでくる。

寂しくて、苦しくて、そんな自分を理解してくれるのは松本しかいないと思うからこそ、命がけで切り込んでくる。

松本はそれを全身で受けようとしなかった。そこに大人の判断が働いたんだ。

だから、須永は悲しくて仕方がない。

今までの漱石のイメージがかなり違ってきたわ。
文学っていうものが、なんとなくわかってきたような気がする。

「僻《ひが》みさへさらりと棄《す》てて仕舞《しま》へば何《なん》でもないぢやないか」と僕は左《さ》も事もなげに云つて退《の》けた。

「僕に僻《ひがみ》があるでせうか」と市蔵は落付《おちつ》いて聞いた。

「あるよ」と僕は考へずに答へた。

「何《ど》ういふ所が僻んでゐるでせう。判然《はつきり》聞かして下さい」

「何ういふ所がつて、——あるよ。あるから有《あ》ると云ふんだよ」

「ぢや左《さ》ういふ弱点があるとして、其弱点は何処《どこ》から出たんでせう」

「そりや自分の事だから、少し自分で考へて見たら可《よ》かろう」

「貴方《あなた》は不親切だ」と市蔵が思ひ切つた沈痛な調子で云つた。僕はまづ其調子に度を失つた。次に彼の眼《め》の色を見て萎縮した。其眼は如何《いか》にも恨《うら》めしさうに僕の顔を見詰めてゐた。僕は彼の前に一言の挨拶さへする勇気を振《ふる》ひ起《おこ》し得なかつた。

「僕は貴方に云はれない先から考えてゐたのです。仰《おつ》しやる迄もなく自分の事だから考へてゐたのです。誰も教へて呉れ手がないから独《ひと》りで考へてゐたのです。僕は毎日毎夜考へました。余《あま》り考へ過ぎて頭も身体も続かなくなる迄考へたのです。夫《それ》でも分《わか》らないから貴方に聞いたのです。貴方は自分から僕の叔父《をぢ》だと明言して居《ゐ》らつしやる。それで叔父だから他人より親切だと云はれる。然し今の御言葉は貴方の口から出たにも拘《かか》はらず、他人より冷刻なものとしか僕には聞こえませんでした」

僕は頬《ほほ》を伝はつて流れる彼の涙《なみだ》を見た。幼少の時から馴染《なじ》んで今日《こんにち》に及んだ彼と僕との間に、こんな光景《シーン》は未《いま》だ嘗《かつ》て一回も起らなかつた事を僕は君に明言して置きたい。従つて此昂奮した青年を何《ど》う取り扱つて可《い》いかの心得が、僕に丸で無《な》かつた事も序《ついで》に断《ことわ》つて置きたい。僕は唯《ただ》茫然として手を拱《こま》ぬいてゐた。市蔵は又僕の態度などを眼中に置いて、自分の言葉を調節する余裕を有《も》たなかつた。

「僕は僻んでゐるでせうか。慥《たしか》に僻んでゐるでせう。貴方が仰しやらないでも、能く知つてゐる積《つもり》です。僕は僻んでゐます。僕は貴方からそんな注意を受けないでも、能く知つてゐます。僕はただ何《ど》うして斯《か》うなつたか其訳が知りたいのです。いいえ母でも、田口の叔母でも、貴方《あなた》でも、みんな能《よ》く其訳を知つてゐるのです。唯《ただ》僕丈が知らないのです。唯僕丈に知らせないのです。僕は世の中の人間の中《うち》で貴方を一番信用してゐるから聞いたのです。貴方はそれを残酷に拒絶した。僕は是《これ》から生涯の敵《てき》として貴方を呪《のろ》ひます」

市蔵は立ち上《あが》つた。僕は其咄嗟《とつさ》の際に決心をした。さうして彼を呼び留《と》めた。

ふ～、読んでいるうちに、汗《あせ》ばんできちゃった。
先生の説明がなかったら、この場面、わけがわからなかったわ。なんで、須永が松本に対して「僕は是から生涯の敵として貴方を呪ひます」とまで言わなければならなかったのかが。
でも、今ならわかる気がする。

松本はついにこれ以上逃げるわけにはいかなくなった。
そこで、須永に初めて秘密《ひみつ》を打ち明けるんだ。

秘密？

松本が前半の狂言回《きょうげんまわ》しを演じた敬太郎に語るといった仕掛けで、その秘密は明らかにされるんだ。

一口《ひとくち》でいふと、彼等は本当の母子《おやこ》ではないのである。猶《なほ》誤解のないやうに一言《げん》付け加へると、本当の母子よりも遥《はる》かに仲の好《い》い継母《ままはは》と継子《ままこ》なのである。彼等は血を分けて始めて成立する通俗な親子関係を軽蔑しても差支ない位、情愛の糸で離れられないやうに、自然から確《しつ》かり括《くく》り付けられてゐる。何《ど》んな魔《ま》の振《ふ》る斧《おの》の刃《は》でも此糸《このいと》を断《た》ち切る訳《わけ》に行かないのだから、何んな秘密を打ち明けても怖《こわ》がる必要は更《さら》にないのである。夫《それ》だのに姉は非常に恐れてゐた。市蔵も非常に恐れてゐた。姉は秘密を手に握《にぎ》つた儘《まま》、市蔵は秘密を手に握らせられるだらうと待ち受けた儘、二人《ふたり》して非常に恐れてゐた。僕はとうとう彼の恐れるものの正体を取り出して、彼の前に他意なく並べて遣《や》つたのである。

僕は其時の問答を一々《いちいち》繰り返して今君に告げる勇気に乏しい。僕には固《もと》より夫程の大事件とも始から見えず、又成る可《べ》く平気を装《よそ》ふ必要から、詰《つま》り何でもない事の様に話したのだが、市蔵は夫《それ》を命懸《いのちがけ》の報知として、必死の緊張の下《もと》に受けたからである。唯前の続きとして、事実丈を一口に約《つづ》めて云ふと、彼は姉の子でなくつて、小《こ》間使《まづかひ》の腹から生《うま》れたのである。僕自身の家《いへ》に起《おこ》つた事でない上に、三十年近くも経《た》つた昔《むかし》の話だから、僕も詳《くわ》しい顚末は知らう筈がないが、何しろ其小間使が須永の種を宿《やど》した時、姉は相当の金を遣《や》つて彼女に暇《ひま》を取らしたのださうである。夫から宿へ下《さが》つた姙婦が男の子を生んだといふ報知を待つて、又子供丈引き取つて表向自分の子として養育したのださうである。

須永はお母さんの本当の子供じゃなかったんだ。
確か、お父さんは死んで、母一人、子一人のはずだったけど。

そうなんだ。すると、田口家の人も、松本家の人とも、何の血のつながりもない。

確かに、須永は母と仲がいい。でも、今、須永の抱える問題は、そういった次元とは異なっている。

うん、今ならわかる。
だから、松本の慰《なぐさ》めは、何の意味もないんだわ。

もともと**須永は、自分のことは誰にもわかってもらえないと、一人で苦しんでいた**。母親ともどんなに仲がよくても、別の世界に生きている。少なくとも、精神的世界では。

寂《さび》しくて仕方がなかった。

そのうえ、自分が父と使用人との間に生まれた子供で、その父もすでにこの世にいないと知った瞬間《しゅんかん》、須永の孤独《こどく》はまさに実体を持ったと言える。

なんだか、かわいそう。
須永のこと、なんか暗くて、理屈《りくつ》っぽくて、好《この》みじゃないと思っていたけど、漱石が描いたのはそういった次元じゃなかったんだ。
嫉妬《しっと》なんて男らしくないと思ったけど、それも違う。
本当の親子でなくても、仲がいいんだから別にこだわる必要なんかないと思ったけど、それも違うんだ。
よくわからないけど、漱石が描こうとした世界は、そういった次元では理解できないものなんだわ。

そうだね。**漱石は人の心を正面からつかみ取ろうとしている**。

ここでは、**誰にも理解されず、そうした自分をもてあましながら、それでも正面から必死になってそれに向き合おうとする、一人の若い魂《たましい》を描いた**んだ。

そうした須永にとって、嫉妬とは自分の心の不可思議さに直面することであり、自分が「小間使」の子であるということは、世界の中で一人ぼっちであることを改めて認識することにほかならない。

須永はまさに救いようのない孤独《こどく》を抱えたまま、荒野に一人投げ出された。

「おれは左《さ》う思ふんだ。だから少しも隠《かく》す必要を認めてゐない。御前だつて健全な精神を持つてゐるなら、おれと同じ様に思ふべき筈ぢやないか。もし左う思ふ事が出来ないといふなら、夫《それ》が即ち御前の僻《ひが》みだ。解《わか》つたかな」

「解りました。善《よ》く解りました」と市蔵が答へた。僕は「解つたら夫《それ》で好《い》い、もう其問題に就て彼是《かれこれ》いふのは止《よ》しにしやうよ」と云つた。
「もう止します。もう決して此事《このこと》に就《つ》いて、貴方《あなた》を煩《わづ》らはす日は来ないでせう。成程貴方の仰《おつ》しやる通り僕は僻《ひが》んだ解釈ばかりしてゐたのです。僕は貴方の御話を聞く迄は非常に怖《こわ》かつたです。胸の肉が縮《ちぢ》まる程怖かつたです。けれども御話を聞いて凡《すべ》てが明白になつたら、却つて安心して気が楽になりました。もう怖い事も不安な事もありません。其代り何だか急に心細くなりました。淋《さび》しいです。世の中にたつた一人《ひとり》立つてゐる様な気がします」

なんだか、わかる。
やっと、須永の悲しみがわかる気がする。

「淋しいです。世の中にたつた一人立つてゐる様な気がします」というところに、『彼岸過迄《ひがんすぎまで》』の主題が集約されているような気がするよ。
そして、**須永の孤独は漱石自身のそれであり、その先に明治の知識人たちが抱える孤独が横たわっている**んだ。
それは時代の問題でもあるんだよ。

時代の問題？

うん、このあたりは難しいから、あとの章で少しずつ説明していくよ。
とにかく、**漱石は死からよみがえり、自分の心臓を縮《ちぢ》めながら、血を流しながら、この物語を書いた**ことだけは確かだ。
漱石はこのあと、『行人《こうじん》』『こゝろ』と、血みどろの戦いを続けていく。自分の心を直視し、人間の孤独をつかみ取ろうとする。
それは、みずから血を流すことにほかならない。

そうよね。私たち、自分の心の奥底にあるものを、これまできちんと見ようとしなかった。
何も考えず、ただその日その日を終えていただけだったような気がするわ。
なんだか私、ものの見方が少し変わったみたい。

第3部
漱石の世界

第9章　『行人』の世界
第10章　『こゝろ』の世界

第９章

『行人《こうじん》』の世界

『行人』は、大正元（1912）年12月６日から翌２（1913）年４月７日までで、ひとまず「友達」「兄」「帰ってから」という３つの短編が朝日新聞に連載される。その執筆《しっぴつ》の間に、漱石は３度目の胃潰瘍《いかいよう》で倒れ、約半年間生死をさまようことになってしまったため、休載される。

そして、その後の大正２年９月16日から11月15日までで、「塵労《じんろう》」が書き継《つ》がれることになるんだ。

なんか、漱石の経歴を見てるだけで息苦しくなるわ。

そうだね。まさに、漱石は『行人』を、特に最後の「塵労」の章を血を吐《は》きながら書いたんだ。

やっぱり、自分の心の奥底にある孤独《こどく》を見つめていたの？
それをつかみ出したの？

さあ、それはこれから読んでみなければわからないよ。

でも、**『行人』『こゝろ』という晩年の２作品は、漱石文学の頂点に立つもの**だと、僕は思うんだ。

なんだか、楽しみ。
でも、また胸が痛くなるから、覚悟して読まなきゃ。

「友達」――「あの女」と肉体の得体《えたい》の知れなさ

二郎《じろう》は２つの用事を抱えて、大阪の岡田《おかだ》夫婦のもとに訪れる。

一つは母に言いつけられた用事で、岡田の会社に勤める佐野《さの》という男とお貞《さだ》さんとの縁談を取りまとめるということ。もう一つは、友人三沢《みさわ》との約束である。

二郎は三沢と大阪で落ち合い、一緒に高野山登りをする約束だったのだ。三沢が大阪に到着したなら、岡田の家に連絡を入れることになっていた。

ところが、三沢からはいっこうに連絡が来なかったんだ。

お貞さんがお見合いするんだ。
でも、お互いに顔も知らないんでしょ？
これから何度も会って交際を始めるのかしら？

いや、昔《むかし》はもっと簡単に事が運んだんだよ。間《あいだ》を取り持つ二郎の母親が納得すれば、それでたいていは決まるんだ。

そのため、二郎が佐野の写真を見て、それから実際本人に会って確かめる。それを母に報告すれば、それで結婚は決まるんだよ。

もちろん、お貞さんもそれは承知なんだ。

変なの？
私、そんなのいや。それで結婚できるなんて信じられない。

『行人』では、冒頭《ぼうとう》に実に簡単な男女の結びつきが提示されるんだ。これも漱石の仕掛けと言えるかもしれない。

実際、当の岡田夫婦も、二郎の両親に縁談をまとめられ、今では平凡だが静かな暮らしを送っているんだ。

彼らには『彼岸過迄《ひがんすぎまで》』の須永のような内面的葛藤《かっとう》が見られない。

ふ〜ん、そんなものなのかな、結婚って。
そのほうがかえって幸せなのかな？
確かに、須永のことを考えると、そんな気がしないでもないけど。
やっぱり納得できない。

やがて、三沢から連絡が来る。彼の連絡が遅くなったのにはわけがあった。三沢は胃を悪くして、入院していたんだ。

そこで、二郎は三沢の付き添《そ》いのようにして、昼も晩も病院で過ごした。

そして、あるとき病院で「あの女」に会ったんだ。

其《その》時あの女《をんな》は忍耐《にんたい》の像の様《やう》に丸くなつて凝《ぢつ》としてゐた。けれども血色《けつしよく》にも表情にも苦悶《くもん》の迹《あと》は殆《ほと》んど見えなかつた。自分は最初其横顔を見た時、是《これ》が病人の顔だらうかと疑つた。ただ胸が腹に着く程脊中《せなか》を曲げてゐる所《ところ》に、恐《おそ》ろしい何物かが潜《ひそ》んでゐる様に思はれて、それが甚《はなは》だ不快であつた。自分は階段を上《のぼ》りつつ、「あの女」の忍耐と、美しい容貌《ようばう》の下に包んでゐる病苦とを想像した。

何よ。「あの女」って。なんか思わせぶり。
すごい美人なんでしょ？
でも「恐ろしい何物かが潜んでゐる」って、なんか怖《こわ》い！
二郎と恋愛関係に陥《おちい》るのかしら。

まあ、あわてずに読んでいこうよ。

「あの女」は三沢と同じ病院に入院しているんだ。

二郎は「あの女」のことが気になって仕方がない。そこで、三沢にあの女を見たことを話して聞かせた。すると「あの女」は三沢が知っている女性だったんだ。

「矢《や》つ張《ば》りあの女だ」
三沢は斯《か》う云《い》ひながら、一寸《ちよつと》意味のある眼遣《めづか》ひをして自分を見た。自分は「左右《さう》か」と答へた。その調子が余《あま》り高いといふ訳《わけ》なんだらう、三沢は団扇《うちは》でぱつと自分の顔を煽《あふ》いだ。さうして急に持ち交《か》へた柄《え》の方《はう》を前へ出して、自分達のゐる室《へや》の筋向《すじむか》ふを指《さ》した。
「あの室へ這入《はい》つたんだ。君の帰つた後《あと》で」
三沢の室は廊下《らうか》の突き当《あた》りで往来《わうらい》の方を向いてゐた。女の室は同じ廊下の角《かど》で、中庭の方から明りを取る様に出来てゐた。暑いので両方共入り口は明《あ》けた儘《まま》、障子《しやうじ》は取り払《はら》つてあつたから、自分のゐる所から、団扇の柄で指し示された部屋の入口《いりくち》は、四半分程斜《なな》めに見えた。然《しか》し其処《そこ》には女の寐《ね》て居《ゐ》る床《とこ》の裾《すそ》が、画《ゑ》の模様《もやう》のやうに三角に少し出てゐる丈《だけ》であつた。
自分は其蒲団《ふとん》の端《はじ》を見詰めて少時《しばらく》何も云《い》はなかつた。
「潰瘍《くわいよう》の劇《はげ》しいんだ。血を吐《は》くんだ」と三沢が又小さな声で告げた。自分は此時《このとき》彼が無理を遣《や》ると潰瘍になる危険があるから入院したと説明して聞かせた事を思ひ出した。潰瘍といふ言葉は其折自分の頭に何等《なんら》の印象も与へなかつたが、今度は妙《めう》に恐ろしい響《ひびき》を伝へた。潰瘍といふ怪《あや》しい文字の陰《かげ》に、死といふ怖《こわ》いものが潜《ひそ》んでゐるかのやうに感じた。
しばらくすると、女の部屋で微《かす》かにげえげえといふ声がした。
「そら吐いてゐる」と三沢が眉《まゆ》をひそめた。やがて看護婦が戸口《とぐち》へ現れた。手に小さな金盥《かなだらひ》を持ちながら、草履《ざうり》を突つ掛けて、一寸我々の方を見た儘《まま》出て行つた。
「癒《なほ》りさうなのかな」
斯《か》う聞いた自分の眼《め》には、今朝腮《けさあご》を胸に押し付けるやうにして、凝《ぢつ》と腰を掛けてゐた美《うつ》くしい若い女の顔がありありと見えた。
「何《ど》うだかね。ああ嘔《は》くやうぢや」と三沢は答へた。其表情を見ると気の毒《どく》といふより寧《むし》ろ心配さうな或物《あるもの》に囚《とら》へられてゐた。
「君は本当にあの女を知《しつ》てゐるのか」と自分は三沢に聞いた。
「本当に知《し》つてゐる」と三沢は真面目《まじめ》に答へた。
「然《しか》し君は大阪へ来たのが今度始めてぢやないか」と自分は三沢を責めた。

「今度来て今度知つたのだ」と三沢は弁解した。「此《この》病院の名も実はあの女に聞いたのだ。僕《ぼく》は此処《ここ》へ這入《はい》る時から、あの女が殊《こと》によると遣《や》つて来やしないかと心配してゐた。けれども今朝《けさ》君の話を聞く迄《まで》はよもやと思つてゐた。僕はあの女の病気に対しては責任があるんだから……」

「あの女」は胃が悪いの？　血を吐《は》くの？

ああ、そうだよ。当時は今と違って、胃潰瘍《いかいよう》は死に至る可能性があったんだ。実際、漱石も胃潰瘍が原因で死んでしまうんだから。

そんなに恐《おそ》ろしい病気なんだ。
でも、美しい女が青白い顔をして、げえげえ血を吐くなんて、壮絶《そうぜつ》な光景だわ。
それと、三沢があの女に関して責任があるって、どういうことかしら？

大阪へ着くと其《その》儘、友達と一所《いつしよ》に飲みに行つた何処《どこ》かの茶屋《ちやや》で、三沢は「あの女」に会つたのである。

三沢は其時既《すで》に暑さのために胃《ゐ》に変調を感じてゐた。彼を強《し》ひた五六人の友達は、久し振《ぶり》だからといふ口実《こうじつ》のもとに、彼を酔《よ》はせる事を御馳《ごち》走《そう》のやうに振舞《ふるま》つた。三沢も宿命に従ふ柔順《じうじゆん》な人として、いくらでも盃《さかづき》を重ねた。それでも胸の下の所《ところ》には絶《た》えず不安な自覚があつた。ある時は変な顔をして苦しさうに生唾《なまつばき》を呑《の》み込んだ。丁度《ちやうど》彼の前に坐《すわ》つてゐた「あの女」は、大阪言葉で彼に薬《くすり》を遣《や》らうかと聞いた。彼はジエムか何かを五六粒手《つぶて》の平《ひら》へ載《の》せて口のなかへ投げ込んだ。すると入物《いれもの》を受取《うけと》つた女も同じ様《やう》に白い掌《てのひら》の上に小さな粒を並べて口へ入れた。

三沢は先刻《さつき》から女の倦怠《だる》さうな立居《たちゐ》に気を付けてゐたので、御前も何処か悪いのかと聞いた。女は淋《さび》しさうな笑《わら》ひを見せて、暑い所為《せゐ》か食慾《しよくよく》がちつとも進まないので困つてゐると答へた。ことに此《この》一週間は御飯が厭《いや》で、ただ氷《こほり》ばかり呑んでゐる、それも今呑んだかと思ふと、すぐ又《また》食べたくなるんで、何《ど》うも仕様《しやう》がないと云《い》つた。

三沢は女に、それは大方《おほかた》胃《ゐ》が悪いのだらうから、何処かへ行つて専門の大家《たいか》にでも見せたら好《よ》からうと真面目《まじめ》な忠告《ちうこく》をした。女も他《ひと》に聞くと胃病に違《ちがひ》ないといふから、好《い》い医者に見せたいのだけれども家業が家業だからと後《あと》は云ひ渋《しぶ》つてゐた。彼は其時女から始めて此処《ここ》の病院と院長の名前を聞いた。

「僕《ぼく》もさう云ふ所へ一寸《ちよつと》入《はい》つて見様《みやう》かな。何うも少し変だ」

三沢は冗談《じようだん》とも本気ともつかない調子で斯《こ》んな事を云つて、女から縁《えん》喜《ぎ》でもないやうに眉《まゆ》を寄せられた。

「夫《それ》ぢやまあたんと飲んでから後《あと》の事にしやう」と三沢は彼の前にある盃をぐつと干《ほ》して、それを女の前に突き出した。女は大人《おとな》しく酌《しやく》をした。

「君も飲むさ。飯《めし》は食《く》へなくつても、酒なら飲めるだらう」

彼は女を前に引き付けて無暗《むやみ》に盃を遣つた。女も素直《すなほ》にそれを受けた。然《しか》し仕舞《しまひ》には堪忍《かんにん》して呉《く》れと云ひ出した。それでも凝《ぢつ》と坐つた儘《まま》席を立たなかつた。

「酒を呑《の》んで胃病の虫を殺せば、飯なんかすぐ喰《く》へる。呑まなくつちや駄目《だめ》だ」

三沢は自暴《やけ》に酔つた揚句《あげく》、乱暴《らんばう》な言葉迄《まで》使つて女に酒を強《し》ひた。それでゐて、己《おの》れの胃の中には、今にも爆発《ばくはつ》しさうな苦しい塊《かたまり》が、うねりを打つてゐた。

何よ。この男。具合の悪い女に無理やり酒を飲ませて。自分勝手だわ。

でも、なんか変よ。三沢も女も、どうして、そんなに自分の体を痛めつけるのかしら。私もお父さんにないしょでこっそりとお酒を飲んで、あとで気持ち悪くなって後悔《こうかい》したことがあるけど、それとも違う感じ。なんか寂《さび》しい感じがする。

そうだね。確かに、寂しい。でもあいか、君は酒癖《さけぐせ》が悪そうだけど、「あの女」を一緒にしちゃいけないよ。

（きっとにらんで）先生、それひどい。それにしても私と「あの女」は美人で物寂しげなところがそっくりなのよ。

自分は三沢の話を此処迄《ここまで》聞いて慄《ぞつ》とした。何の必要があつて、彼は己《おのれ》の肉体をさう残酷《ざんこく》に取扱《とりあつか》つたのだらう。己《おの》れは自業自得としても、「あの女」の弱い身体をなんで左右無益《さうむやく》に苦《くる》しめたものだらう。

「知らないんだ。向《むかふ》は僕の身体を知らないし、僕は又あの女の身体を知らないんだ。周囲《まはり》に居《ゐ》るものは又我々二人《またわれわれふたり》の身体を知らないんだ。それ許《ばかり》ぢやない、僕もあの女も自分で自分の身体が分《わか》らなかつたんだ。其《その》上《うへ》僕は自分の胃《ゐ》の腑《ふ》が忌々《いまいま》しくつて堪《た》まらなかつた。それで酒の力で一つ圧倒して遣《や》らうと試みたのだ。あの女もことによると、左右《さう》かも知れない」

三沢は斯《か》う云《い》つて暗然《あんぜん》としてゐた。

あっ、なんだか、わかる。
健康なときは自分で自分の身体がわからない。きっと病気になって、自分の身体の得体《えたい》の知れなさに気づいて、凝然《ぎょうぜん》とするんだわ。

あいかちゃん、難しい言葉を使うようになったんだね。そのとおりだよ。**自分が制御《せいぎょ》できないもの、得体《えたい》の知れない恐《おそ》ろしいものとして、漱石は身体を描き出した**んだ。
そして、その身体に戦いを挑《いど》み、敗れていく姿を描き出している。

彼の語る所《ところ》によると「あの女」はある芸者屋《げいしやや》の娘分《むすめぶん》として大事に取扱《とりあつ》かはれる売子《うれつこ》であつた。虚弱《きよじやく》な当人は又それを唯《ゆゐ》一の満足と心得て商売に勉強してゐた。ちつとやそつと身体が悪くても決して休むやうな横着《わうちやく》はしなかつた。時たま堪《た》へられないで床《とこ》に就《つ》く場合でも、早く御座敷《おざしき》に出たい出たいといふのを口癖《くちくせ》にしてゐた。……

「あの女」って、芸者だったの？

そうだよ。芸者だということはおそらく、その家庭はあまり裕福《ゆうふく》でないと想像される。こんな重い病気になったらお客が取れないから、いつまでも入院しているわけにはいかない。

どうして？
こんな状態のまま病院を追い出されたら、生きていけないじゃない。

芸者の置屋は、あの女が客を取れるから面倒を見ているわけで、それが無理だとわかると、そんな女に１円たりとも使いたくはないと思う。

かわいそう。彼女は心細いでしょうね。

それがわかっているから、二郎も三沢も「あの女」が気になって仕方がない。

自分は其日《そのひ》快よく三沢に別れて宿へ帰つた。然《しか》し帰り路《みち》に、その快よく別れる前の不愉快《ふゆくわい》さも考へた。自分は彼に病院を出ろと勧《すす》めた、彼は自分に何時迄《いつまで》大阪にゐるのだと尋《たづ》ねた。上部《うはべ》にあらはれた言葉の遣《や》り取りはただ是丈《これだけ》に過ぎなかつた。然し三沢も自分も其処《そこ》に変な苦《にが》い意味を味はつた。

自分の「あの女」に対する興味は衰《おとろ》へたけれども自分は何《ど》うしても三沢と「あの女」とをさう懇意《こんい》にしたくなかつた。三沢は又、あの美しい看護婦《かんごふ》を何うする了見《れうけん》もない癖《くせ》に、自分丈が段々彼女《かのをんな》に近づいて行《ゆ》くのを見て、平気でゐる訳《わけ》には行《ゆ》かなかつたのである。其処《そこ》に自分達の心付かない暗闘《あんとう》があつた。其処に持つて生《うま》れた人間の我儘《わがまま》と嫉妬《しつと》があつた。其処に調和にも衝突《しようとつ》にも発展し得《え》ない、中心を欠いた興味があつた。要するに其処には性の争ひがあつたのである。さうして両方共それを露骨《ろこつ》に云《い》ふ事が出来なかつたのである。

自分は歩きながら自分の卑怯《ひけふ》を恥《はぢ》た。同時に三沢の卑怯を悪《にく》んだ。けれども浅間《あさま》しい人間である以上、是《これ》から先何年交際を重ねても、此《この》卑怯を抜く事は到底《たうてい》出来ないんだといふ自覚があつた。自分は其時非常に心細くなつた。かつ悲しくなつた。

何よ、これ。どうして、三沢に退院しろと言うの？
三沢とあの女が親しくなったら、どうしていけないの。変よ。
二郎は三沢に嫉妬《しっと》しているんだ。だから男って信用できない。

もちろん変だし、そのこと自体に誰よりも気づいているのは、当の二郎自身なんだ。

漱石は、得体《えたい》の知れないもの、制御《せいぎょ》できないものとして身体を描き出し、その次に「性の争い」を提示して見せたんだ。それは人間の持っているどうしようもない部分なんだ。

二郎はそのことに気づいて、「非常に心細くなつた。かつ悲しくなつた」と述べている。

そうか。男女の関係も、やっぱり本人にはどうしようもないところがあるのね。
人間って本当に得体が知れない。私、自分で自分がわからなくなるときがあるもの。

そうやって、漱石は人間の不条理な部分、不可思議さに真正面から目を据《す》えていく。

「あの女はことによると死ぬかも知れない。死ねばもう会ふ機会はない。万一癒《なほ》るとしても、矢《や》っ張《ば》り会ふ機会はなからう。妙《めう》なものだね。人間の離合《りがふ》といふと大袈裟《おほげさ》だが。それに僕《ぼく》から見れば実際離合の感があるんだからな。あの女は今夜僕の東京へ帰る事を知つて、笑《わら》ひながら御《ご》機嫌《きげん》ようと云《い》つた。僕は其淋《そのさび》しい笑《わらひ》を、今夜何《なん》だか汽車の中で夢に見さうだ」

おそらく三沢と「あの女」は二度と会うことがないんだわ。

三沢は退院し、「あの女」はおそらく病院を追い出され、やがて死んでいくだろう。２人は偶然出会い、そして別れ、二度と会うことがない。

人と人の結びつきなんて、そんなものかもしれないね。

そう考えると、なんか寂《さび》しいわね。

あいかちゃん、この小説のタイトル『行人《こうじん》』の意味、わかる？

わからない。私、実はずっと気になっていたんだ。

『行人』とは、もともと道行く人、通り過ぎる人という意味なんだ。

漱石がどういうつもりでこうしたタイトルを付けたかわからないし、けっこう学者の間で議論の対象になってきた。

僕《ぼく》は最も単純な意味に解釈している。**通り過ぎるだけの人。旅人のように。二度と会うことのない人。**

あっ、そうか。三沢とあの女もそうね。
でも、なんだか寂しい。

そうだよ。**この時期の漱石は死を凝視《ぎょうし》している。その視点で人を見、人生を見つめている。寂しさ。**なんだか、**そんな言葉が漱石文学のキーワード**のような気がする。

私と先生も「行人」なのかしら？
当分は先生に面倒《めんどう》見てもらおうと思っていたのに。

（苦笑して）それは光栄だ。

先生いっぱいごちそうしてね。

この「友達」の章では、もう一人の「行人」が描かれている。

もう一人の「行人」？

三沢が二郎にもう一つの話をする。「あの女」と何の関係もない話をし始めるので、二郎は意外な心持ちがしたんだ。
三沢の話は次のようなものだったんだよ。

精神に障害を持った黒い瞳《ひとみ》の娘さん

今から五六年前彼の父がある知人の娘《むすめ》を同じくある知人の家に嫁《よめ》らした事があつた。不幸にも其《その》娘さんはある纏綿《てんめん》した事情のために、一年経《た》つか経たないうちに、夫《をつと》の家を出る事になつた。けれども其処《そこ》にも亦《また》複雑な事情があつて、すぐ吾家《わがいへ》に引取《ひきと》られて行《ゆ》く訳《わけ》に行かなかつた。それで三沢の父が仲人《なかうど》といふ義理合《ぎりあひ》から当分此《この》娘さんを預かる事になつた。——三沢は一旦《いつたんとつ》嫁いで出て来た女を娘さん娘さんと云《い》つた。
「其娘さんは余り心配した為《ため》だらう、少し精神に異状を呈《てい》してゐた。それは宅《うち》へ来る前か、或《あるひ》は来てからか能《よ》く分《わか》らないが、兎《と》に角《かく》宅のものが気が付いたのは来てから少し経つてからだ。固《もと》より精神に異状を呈してゐるには相違《さうゐ》なからうが、一寸《ちよつと》見たつて少しも分らない。ただ黙《だま》つて鬱《ふさ》ぎ込んでゐる丈《だけ》なんだから。所《ところ》が其娘さんが……」
三沢は此処迄《ここまで》来て少し躊躇《ちうちよ》した。
「其娘さんが可笑《をか》しな話をするやうだけれども、僕《ぼく》が外出すると屹度《きつと》玄関迄送つて出る。いくら隠《かく》れて出ようとしても屹度送つて出る。さうして必ず、早く帰つて来て頂戴《ちやうだい》ねと云ふ。僕がええ早く帰りますから大人しくして待つて居《ゐ》らつしやいと返事をすれば合点《がつてん》合点をする。もし黙つてゐると、早く帰つて来て頂戴ね、ね、と何度でも繰《くり》返す。僕は宅のものに対して極《きま》りが悪くつて仕様がなかつた。けれども亦此娘さんが不《ふ》憫《びん》で堪《た》まらなかつた。だから外出しても成《な》るべく早く帰る様に心掛けてゐた。帰ると其人の傍《そば》へ行つて、立つた儘只今《ままただいま》と一言《ひとこと》必ず云《い》ふ事にしてゐた」
三沢は其処へ来て又時計を見た。
「まだ時間はあるね」と云《い》つた。

かわいそう。夫の家から追い出されて、しかも実家にも帰れないんでしょ。きっと寂《さび》しいんだわ。精神に障害を持つようになるほど、寂しくて仕方がないんだわ。

「宅《うち》のものが其娘さんの精神に異状があるといふ事を明《あきら》かに認め出してからはまだ可《よ》かったが、知らないうちは今云つた通り僕も其娘さんの露骨《ろこつ》なのに随分《ずゐぶん》弱らせられた。父や母は苦《にが》い顔をする。台所のものは内《ない》所《しよ》でくすくす笑《わら》ふ。僕は仕方がないから、其娘さんが僕を送つて玄関迄来た時、烈《はげ》しく怒《おこ》り付けて遣《や》らうかと思つて、二三度後《うしろ》を振り返つて見たが、顔を合《あは》せるや否《いな》や、怒る所《どころ》か、邪見《じやけん》な言葉などは可哀《かあい》さうで到底《とても》口から出せなくなつて仕舞《しま》つた。其娘さんは蒼《あを》い色の美人だつた。さうして黒い眉毛《まゆげ》と黒い大きな眸《ひとみ》を有《も》つてゐた。其黒い眸は始終《しじう》遠くの方の夢を眺《ながめ》てゐるやうに恍惚《うつとり》と潤《うるほ》つて、其処に何だか便《たより》のなささうな憐《あはれ》を漂《ただ》よはせてゐた。僕が怒らうと思つて振り向くと、其娘さんは玄関に膝《ひざ》を突いたなり恰《あだか》も自分の孤独《こどく》を訴《うつた》へるやうに、其黒い眸を僕に向けた。僕は其度《たび》に娘さんから、斯《か》うして活《い》きてゐてもたつた一人で淋《さび》しくつて堪《たま》らないから、何《ど》うぞ助けて下さいと袖《そで》に縋《すが》られるやうに感じた。——其眼《め》がだよ。其黒い大きな眸が僕にさう訴へるのだよ」

「君に惚《ほ》れたのかな」と自分は三沢に聞きたくなつた。

「それがさ。病人の事だから恋愛なんだか病気なんだか、誰にも解《わか》る筈《はず》がないさ」と三沢は答へた。

あっ、なんかいい。すごくロマンティック。

でも、事態は深刻なんだぞ。この娘さんは精神に障害を持っている。

漱石の話って全部、どこか心の奥にとげが突き刺《さ》さったように引っかかるわ。

「僕《ぼく》は病気でも何でも構はないから、其娘《そのむすめ》さんに思はれたいのだ。少《すくな》くとも僕の方ではさう解釈してゐたいのだ」と三沢は自分を見詰《みつ》めて云《い》つた。彼の顔面の筋肉は寧《むし》ろ緊張してゐた。「所《ところ》が事実は何《ど》うも左右《さう》でないらしい。其娘さんの片付いた先の旦那《だんな》といふのが放蕩家《はうたうか》なのか交際家なのか知らないが、何でも新婚早々たびたび家《うち》を空けたり、夜遅く帰つたりして、其娘さんの心を散々苛《さんざんいぢ》め抜いたらしい。けれども其娘さんは一口《ひとくち》も夫《をつと》に対して自分の苦《くる》しみを言《い》はずに我慢《がまん》してゐたのだね。その時の事が頭に祟《たた》つてゐるから、離婚になつた後《あと》でも旦那に云ひたかつた事を病気のせゐで僕に云つたのださうだ。――けれども僕はさう信じたくない。強《し》ひても左右でないと信じてゐたい」

「それ程《ほど》君は其娘さんが気に入つてたのか」と自分は又三沢に聞いた。

「気に入るやうになつたのさ。病気が悪くなればなる程」

「それから。――其娘さんは」

「死んだ。病院へ入つて」

自分は黙然《もくねん》とした。

ふ〜う、死んじゃったんだ。

いやに寂《さび》しそうだね。いつもの元気がないよ。

そりゃそうよ。だって、娘さん、あまりにもかわいそうなんだもの。でも、三沢の「僕は病気でも何でも構はないから、其娘さんに思はれたいのだ。少くとも僕の方ではさう解釈してゐたいのだ」っていう気持ち、なんかわかる。

その言葉だけでも、娘さんが救われた気がする。

ここにも「行人《こうじん》」があるね。

ただ行き過ぎる、通り過ぎるだけの男と女、こうして人は出会い、別れ、死んでいく。

こうして「友達」の章が終わり、次の章「兄」へと物語が進んでいく。

「兄」―― 兄嫁《よめ》に翻弄《ほんろう》される二郎

二郎が三沢を送った翌日、大阪の停留場に母と兄夫婦を迎えにいく。岡田が関西見物に誘《さそ》ったんだ。

実は、『行人』はこの兄一郎《いちろう》が物語の中心となるんだよ。二郎はどちらかと言うと、視点となる人物と言えるだろうね。

いよいよ真打ち登場ってわけね。
で、一郎って、どんな人ですか？

もちろん強烈《きょうれつ》な個性の持ち主だよ。
どちらかと言うと、『彼岸過迄《ひがんすぎまで》』の須永に近いかな？

あの暗い人？　いや……。
でも、けっこう憎《にく》めないのよね。ちょっと母性本能くすぐるし。
どうせ理屈《りくつ》っぽいんでしょ？

ははは、それはお楽しみに。
とにかく一行は、大阪からやがて和歌山の海に行くことになるんだ。

兄は学者であつた。又見識家《けんしきか》であつた。其《その》上詩人らしい純粋《じゆんすゐ》な気質を持つて生《うま》れた好《よ》い男であつた。けれども長男丈《だけ》に何処《どこ》か我儘《わがまま》な所《ところ》を具《そな》へてゐた。自分から云《い》ふと、普通の長男よりは、大分《だいぶ》甘《あま》やかされて育つたとしか見えなかつた。自分許《ばかり》ではない、母や嫂《あによめ》に対しても、機嫌《きげん》の好《い》い時は馬鹿《ばか》に好いが、一旦《たん》旋毛《つむぢ》が曲《まが》り出すと、幾日《いくか》でも苦《にが》い顔をして、わざと口を聞かずに居《ゐ》た。それで他人の前へ出ると、また全《まつた》く人間が変《かは》つた様《やう》に、大抵《たいてい》な事があつても滅多《めつた》に紳士《しんし》の態度を崩《くづ》さない、円満な好侶《かうりよ》伴《はん》であつた。だから彼の朋友《ほういう》は悉《ことごと》く彼を穏《おだや》かな好い人物だと信じてゐた。父や母は其《その》評判を聞くたびに案外な顔をした。けれども矢《や》っ張《ぱ》り自分の子だと見えて、何処《どこ》か嬉《うれ》しさうな様子も見えた。兄と衝突《しようとつ》してゐる時にこんな評判でも耳に入《い》らうものなら、自分は無暗《むやみ》に腹が立つた。一々其《いちいちその》人の宅迄《うちまで》出掛けて行つて、彼等《ら》の誤解を訂正《ていせい》して遣《や》りたいやうな気さへ起《おこ》つた。

やっぱり一郎は頑固《がんこ》なんだ。それに理屈《りくつ》っぽさも、須永以上みたい。
これでは奥さんも大変ね。

そうだね。
実際、この兄嫁《よめ》も個性的な人物で、彼女の行動も謎《なぞ》めいているんだ。
こうした夫婦の物語だ。

ふ〜ん、なんか面白そう。

やがて一行は和歌浦に着いた。実は三沢と黒い瞳《ひとみ》の娘さんの話を、一郎も知っていたんだ。

えっ、ほんと。
で、その偏屈《へんくつ》な一郎さんはどんな感想を持っていたの？

「己《おれ》は何《ど》うしても其女が三沢に気があつたのだとしか思はれんがね」
「何故《なぜ》ですか」
「何故でも己はさう解釈するんだ」
二人《ふたり》は其話の結末を付けずに湯に入つた。湯から上《あが》つて婦人連《ふじんれん》と入代《いれかは》つた時、室《へや》には西日が一杯射《ぱいさ》して、海の上は溶《と》けた鉄の様に熱く輝《かがや》いた。二人は日を避けて次の室に這入《はい》つた。さうして其処《そこ》で相対《あひたい》して坐《すわ》つた時、先刻《さつき》の問題が又兄の口から話頭《わとう》に上《のぼ》つた。

「己は何《どう》しても斯《か》う思ふんだがね……」
「ええ」と自分は只《ただ》大人しく聞《きい》てゐた。
「人間は普通の場合には世間の手前とか義理とかで、いくら云《い》ひ度《たく》つても云へない事が沢山《たくさん》あるだらう」
「夫《それ》は沢山あります」
「けれども夫が精神病になると——と云ふと凡《すべ》ての精神病を含めて云ふやうで、医者から笑《わら》はれるかも知れないが、——然《しか》し精神病になつたら、大変気が楽になるだらうぢやないか」
「左右《さう》云ふ種類の患者《くわんじや》もあるでせう」
「所《ところ》でさ、もし其《その》女が果《はた》して左右いふ種類の精神病患者だとすると、凡て世間並《なみ》の責任は其女の頭の中から消えて無《な》くなつて仕舞《しま》ふに違《ちがひ》なからう。消えて無くなれば、胸に浮《うか》んだ事なら何でも構はず露骨《ろこつ》に云《い》へるだらう。さうすると、其女の三沢に云つた言葉は、普通我々が口にする好《い》い加減《かげん》な挨拶《あいさつ》よりも遥《はるか》に誠《まこと》の籠《こも》つた純粋《じゆんすゐ》のものぢやなからうか」
自分は兄の解釈にひどく感服《かんぷく》して仕舞つた。「夫《それ》は面白い」と思はず手を拍《う》つた。すると兄は案外不機嫌な顔をした。
「面白いとか面白くないとか云ふ浮いた話ぢやない。二郎、実際今の解釈が正確だと思ふか」と問い詰める様に聞いた。
「左右ですね」
自分は何となく躊躇《ちうちよ》しなければならなかつた。
「噫々《ああああ》女も気狂《きちがひ》にして見なくつちや、本体《ほんたい》は到底解《たうていわか》らないのかな」
兄は斯う云つて苦しい溜息《ためいき》を洩《もら》した。

一郎は何に苦しんでいるのかしら？
「噫々女も気狂にして見なくつちや、本体は到底解らないのかな」
なんて、これって、すごいせりふだわ。
もしかすると……。

あいかちゃんが推測《すいそく》したとおりだよ。
一郎は、妻の心がわからなくて苦しんでいるんだ。

何かあったのかしら？

何もないから苦しいんだ。
まあ、もう少し読んでいくとわかるからね。

『行人《こうじん》』って、のっけから不思議な話ばかり続くわ。どの話もよく理解できないんだけど、どれもどこか深いところでつながっている。読んでいくうちに息苦しくなる。私のかわいい胸がきゅんとなるの。

一郎は二郎に折り入って頼みがあると言う。

ふーん。一郎の頼みってなんだろう？　どうせわけのわからないものでしょ？

さて、どうだろう。たぶん、あいかはびっくりするんじゃないかな。

まさか。私、漱石を読むようになって、何事にも動じない心を持ったもの。大丈夫、丈夫夫。

「お直《なほ》は御前に惚《ほれ》てるんぢやないか」
　兄の言葉は突然であつた。且《かつ》普通兄の有《も》つてゐる品格にあたひしなかつた。
　「何《ど》うして」
　「何うしてと聞かれると困る。夫《そ》れから失礼だと怒《おこ》られては猶《なほ》困る。何も文《ふみ》を拾つたとか、接吻《せつぷん》した所を見たとか云《い》ふ実証から来た話ではないんだから。本当いふと表向《むき》こんな愚劣《ぐれつ》な問《とひ》を、苟《いや》しくも夫《をつと》たる己《おれ》が、他人に向《むか》つて掛《かけ》られた訳《わけ》のものではない。ないが相手が御前だから己も己の体面を構はずに、聞き悪《にく》い所を我慢《がまん》して聞くんだ。だから云つて呉《く》れ」

び、びっくりした。
何よ、これ？　一郎は妻と弟の関係を疑っているの？
でも、何もそんな証拠《しょうこ》はないんでしょ？

証拠どころか、直《なお》が二郎を好きだということを示す事実はどこにもないんだ。ただ、**一郎が勝手に不安がっているだけ**なんだ。

どうなってるの。私、一郎のこと、わかんない。

「そんな腹の奥の奥底にある感じなんて僕《ぼく》に有《あ》る筈《はず》がないぢやありませんか」

斯《か》う答へた時、自分は兄の顔を見ないで、山門《さんもん》の屋根を眺《なが》めてゐた。兄の言葉はしばらく自分の耳に聞こえなかつた。すると其《そ》れが一種の癇《かん》高《だか》い、さも昂奮《かうふん》を抑《おさ》へたやうな調子になつて響《ひび》いて来た。

「おい二郎何《なん》だって其《そ》んな軽薄《けいはく》な挨拶《あいさつ》をする。己と御前は兄弟ぢやないか」

自分は驚《おどろ》いて兄の顔を見た。兄の顔は常磐木《ときはぎ》の影《かげ》で見る所為《せゐ》か稍蒼味《ややあをみ》を帯《お》びてゐた。

「兄弟ですとも。僕はあなたの本当の弟です。だから本当の事を御答へした積《つもり》です。今云つたのは決して空々《そらぞら》しい挨拶でも何でもありません。真底《しんそこ》さうだから左右《さう》いふのです」

兄の神経の鋭敏《えいびん》な如《ごと》く自分は熱しやすい性急《せつかち》であつた。平生《へいぜい》の自分なら或《あるひ》は斯《こ》んな返事は出なかつたかも知れない。兄は其時簡単《かんたん》な一句《く》を射《い》た。

「屹度《きつと》」

「ええ屹度」

「だつて御前の顔は赤いぢやないか」

実際其時の自分の顔は赤かつたかも知れない。兄の面色《めんしよく》の蒼《あを》いのに反して、自分は我知らず、両方の頰《ほう》の熱《ほて》るのを強く感じた。其上自分は何と返事をして好《い》いか分《わか》らなかつた。

ひどい。本当にひどい。自分の妻と弟の関係を疑うなんて。
私、こんな陰湿《いんしつ》なタイプ、大嫌《きら》い。

まあまあ、もう少し先を読もうじゃないか。

すると兄は何と思つたか忽《たちま》ち階段から腰《こし》を起《おこ》した。さうして腕組《うでぐみ》をしながら、自分の席を取つてゐる前を右左に歩き出した。自分は不安な眼《め》をして、彼の姿を見守つた。彼は始めから眼を地面の上に落《おと》してゐた。二三度自分の前を横切つたけれども決して一遍《いつぺん》も其《その》眼を上げて自分を見なかつた。三度目に彼は突如《とつじよ》として、自分の前に来て立ち留《どま》つた。

「二郎」

「はい」

「おれは御前の兄だつたね。誠《まこと》に子供らしい事を云《い》つて済《す》まなかつた」

兄の眼の中には涙《なみだ》が一杯《ぱい》溜《たま》つてゐた。

「何故《なぜ》です」

「おれは是《これ》でも御前より学問も余計《よけい》した積《つもり》だ。見識も普通の人間より持つてゐると許今日迄《ばかりこんにちまで》考えてゐた。所《ところ》があんな子供らしい事をつい口にして仕舞《しま》つた。まことに面目《めんぼく》ない。何《ど》うぞ兄を軽蔑《けいべつ》して呉《く》れるな」

「何故です」

自分は簡単《かんたん》な此問《このとひ》を再び繰《くり》返した。

「何故ですとさう真面目《まじめ》に聞いて呉れるな。ああ己《おれ》は馬鹿《ばか》だ」

兄は斯《か》う云つて手を出した。自分はすぐ其手を握《にぎ》つた。兄の手は冷《つめ》たかつた。自分の手も冷たかつた。

「ただ御前の顔が少し許赤くなつたからと云つて、御前の言葉を疑《うた》ぐるなんて、まことに御前の人格に対して済まない事だ。何うぞ堪忍《かんにん》して呉れ」

さすがに、ちょっと反省したのかな。
私がちゃんとしかってあげたから。
でも、こんなお兄さん、持ちたくないわ。

確かに、一郎の態度は尋常《じんじょう》ではないね。

でも、それだけ苦しんでいるとも言えるんじゃないかな。**抑《おさ》えきれない嫉妬《しっと》と、そうした自分に対する嫌悪感《けんおかん》、相反する気持ちに引き裂《さ》かれて苦しんでいる**。

あっ、そうか。そんな考えもできるんだわ。
でも、いったい何にそんなに苦しんでいるのかしら？
だって、なんにもないんでしょ？

問題は、一郎が何にそれほど苦しんでいるのか、だね。
おそらく一郎は、人が苦しまないところで、一人身もだえするほど悩《なや》んでいる。それは一郎自身の人間観にもつながっているんだ。

ふ〜ん、そんなものかな。でもまだよくわかんないわ。
私、こんな人と朝から晩まで暮らしたくない。

「御前メレヂスといふ人を知つてるか」と兄が聞いた。
「名前丈《だけ》は聞いてゐます」
「あの人の書翰集《しよかんしふ》を読《よん》だ事があるか」
「読む所《どころ》か表紙を見た事も有《あり》ません」
「左右《さう》か」
彼は斯う云つて再び自分の傍《そば》へ腰を掛けた。自分は此《この》時始めて懐中《くわいちう》に敷島《しきしま》の袋《ふくろ》と燐寸《マツチ》のある事に気が付いた。それを取り出して、自分から先《ま》づ火を点《つ》けて兄に渡した。兄は器械的にそれを吸つた。
「其人の書翰の一つのうちに彼は斯《こ》んな事を云つてゐる。——自分は女の容貌《ようばう》に満足する人を見ると羨《うらや》ましい。女の肉に満足する人を見ても羨ましい。自分は何《ど》うあつても女の霊《れい》といふか魂《たましひ》といふか、所謂《いはゆる》スピリットを攫《つか》まなければ満足が出来ない。それだから何《ど》うしても自分には恋愛事件が起《おこ》らない」
「メレヂスって男は生涯《しやうがい》独身で暮《くら》したんですかね」
「そんな事は知らない。又そんな事は何うでも構はないぢやないか。然《しか》し二郎、おれが霊も魂も所謂スピリットも攫まない女と結婚してゐる事丈は慥《たしか》だ」

スピリットかあ。
（うっとりして）スピリットって言葉、なんだかすてき。

そうだね。女の容貌《ようぼう》や肉体に満足している人間なら、これほど苦しむことはないんだ。
一郎は結婚しているし、妻の肉体も知っている。実際に妻が浮気をしたわけじゃないことも知っている。
だけど不安で仕方がない。
なぜなら妻のスピリットをつかんでいないからなんだ。

あっ、それならなんか少しわかるような気がする。

たとえ夫婦だって、お互いに愛しているといったって、人の心はわからない。ましてや魂《たましい》の奥底まではつかめない。
そんなことは不可能だと知っていても、一郎はやはり妻のスピリットをつかみたいと願わざるをえない。

そうか。そういう意味では、『行人《こうじん》』って最高の恋愛小説ね。
私も愛する人のスピリットをつかまえなきゃ。
でも、結婚したって相手のスピリットはわからないって言うし……。
それなら、本気で人を愛そうとすれば、かえって不幸になるのかもしれないわ。
あ〜あ、なんだか考えされられちゃう。

さらに一郎と二郎の会話は続く。

「他《ひと》の心は外《そと》から研究は出来る。けれども其《その》心に為《な》つて見る事は出来ない。其位の事なら己《おれ》だつて心得てゐる積《つもり》だ」

兄は吐《は》き出すやうに、又懶《ものう》さうに斯《か》う云《い》つた。自分はすぐ其後《あと》に跟《つ》いた。

「それを超越《てうゑつ》するのが宗教なんぢやありますまいか。僕《ぼく》なんぞは馬鹿《ばか》だから仕方がないが、兄《にい》さんは何でも能《よ》く考へる性質《たち》だから……」

「考へる丈《だけ》で誰が宗教心に近づける。宗教は考へるものぢやない、信じるものだ」

兄は左《さ》も忌々《いまいま》しさうに斯う云放《いひはな》つた。さうして置いて、「ああ己は何《ど》うしても信じられない。何うしても信じられない。ただ考へて、考へて、考へる丈だ。二郎、何うか己を信じられる様《やう》にして呉《く》れ」と云つた。

兄の言葉は立派な教育を受けた人の言葉であつた。然《しか》し彼の態度は殆《ほと》んど十八九の子供に近かつた。自分はかかる兄を自分の前に見るのが悲しかつた。其時の彼はほとんど砂《すな》の中で狂《くる》ふ泥鰌《どぢやう》の様であつた。

いづれの点に於《おい》ても自分より立ち勝《まさ》つた兄が、斯《こ》んな態度を自分に示したのは此《この》時が始めてであつた。自分はそれを悲しく思ふと同時に、此傾向で彼が段々進んで行つたなら或《あるひ》は遠からず彼の精神に異状を呈《てい》するやうになりはしまいかと懸念《けねん》して、それが急に恐《おそ》ろしくなつた。

「兄さん、此事に就《つ》いては僕も実はとうから考へてゐたんです……」

「いや御前の考へなんか聞かうと思つてゐやしない。今日《けふ》御前を此処《ここ》へ連《つ》れて来たのは少し御前に頼みがあるからだ。何《ど》うぞ聞いて呉れ」

「何ですか」

一郎って、なんかすごみがある。「ああ己は何うしても信じられない。何うしても信じられない。ただ考へて、考へて、考へる丈だ。二郎、何うか己を信じられる様にして呉れ」なんて、妻のスピリットをつかみたくて、身もだえしているみたい。

考えてみれば、この一郎って、漱石の頭の中で生まれた人物でしょ？　漱石って、同じ人間を見るのでも、私たちと違う見方をしているんだわ。

漱石の関心は目に見えないもの、人の心の奥底の、言葉では表現できないものにあるんだろうな。
でも、それは誰にもわからないものなんだ。
それをつかまえないと不安で不安で生きていけないのが一郎だとすると、まさに錯乱《さくらん》してくるしかない。

そうか、私たちみたいにいい加減《かげん》に生きていったほうが幸せかも。表面だけで付き合って、それでもお互いにわかり合っているような気分でいたり。
ところで、一郎の頼みって何かしら？

「二郎驚《おどろ》いちゃ不可《いけ》ないぜ」と兄が繰《くり》返した。さうして現《げん》に驚いてゐる自分を嘲《あざ》ける如《ごと》く見た。自分は今の兄と権現社頭《ごんげんしやとう》の兄とを比較して丸《まる》で別人の観《くわん》をなした。今の兄は翻《ひる》がへし難《がた》い堅《かた》い決心を以《もつ》て自分に向《むか》つてゐるとしか自分には見えなかつた。
「二郎己《おれ》は御前を信用してゐる。御前の潔白《けつぱく》な事は既《すで》に御前の言語が証明してゐる。それに間違《まちがひ》はないだらう」
「ありません」
「夫《それ》では打ち明けるが、実は直《なほ》の節操《せつさう》を御前に試《ため》して貰《もら》ひたいのだ」
自分は「節操を試す」といふ言葉を聞いた時、本当に驚いた。当人から驚くなといふ注意が二遍《にへん》あつたに拘《かか》はらず、非常に驚いた。只《ただ》あつけに取られて、呆然《ばうぜん》としてゐた。
「何故《なぜ》今になつて其《そん》な顔をするんだ」と兄が云《い》つた。
自分は兄の眼《め》に映《えい》じた自分の顔を如何《いか》にも情《なさけ》なく感ぜざるを得なかつた。丸で此《この》間の会見とは兄弟地《ち》を換《か》へて立つたとしか思へなかつた。それで急に気を取り直した。
「姉《ねえ》さんの節操を試すなんて、——其んな事は廃《よ》した方《はう》が好《い》いでせう」
「何故」
「何故つて、余《あん》まり馬鹿《ばか》らしいぢやありませんか」
「何が馬鹿らしい」

「馬鹿らしかないかも知れないが、必要がないぢやありませんか」

「必要があるから頼むんだ」

自分は少時《しばらく》黙《だま》つてゐた。広い境内《けいだい》には参詣人《さんけいにん》の影《かげ》も見えないので、四辺《あたり》は存外《ぞんぐわい》静《しづか》であつた。自分は其処《そこ》いらを見廻《まは》して、最後に我々二人《ふたり》の淋《さび》しい姿を其一隅《そのいちぐう》に見出《みいだ》した時、薄気味《うすきみ》の悪い心持《もち》がした。

「試すつて、何《ど》うすれば試されるんです」

「御前と直が二人で和歌山へ行つて一晩泊《とま》つて呉れれば好いんだ」

「下《くだ》らない」と自分は一口《ひとくち》に退《しり》ぞけた。すると今度は兄が黙つた。自分は固《もと》より無言であつた。海に射《い》り付ける落日の光が次第に薄くなりつつ猶《なほ》名残《なごり》の熱を薄赤く遠い彼方《あなた》に棚引《たなび》かしてゐた。

「厭《いや》かい」と兄が聞いた。

「ええ、外《ほか》の事ならですが、夫丈《それだけ》は御免《ごめん》です」と自分は判切《はつき》り云ひ切つた。

「ぢや頼むまい。其代《かは》り己は生涯《しやうがい》御前を疑《うた》ぐるよ」

「そりや困る」

「困るなら己の頼む通り遣《や》つて呉《く》れ」

（呆然《ぼうぜん》として）一郎の頼みって、これだったの？　二郎に妻の貞操《ていそう》を試せっていうの？　ほんと、どうかしてる。

確かに間違っている。しかし、**それほど妻の魂《たましい》をつかみたいと、くるおしいほどに願っている**んだ。

で、二郎は本当に試すの？　まさか……よね。

成り行き上、どうしようもなくなるんだ。今、みんなは和歌浦に来ているが、二郎と兄嫁《よめ》の２人だけで、和歌山を見物することになった。

ところが、あいにくなことに、２人が和歌山に行っているとき、突然嵐《あらし》が来て、２人は和歌山の旅館に閉じ込められることになる。

そうか、そこで二郎は兄嫁の貞操を試すのね。
ちょっと、ワクワクね。

二人が風に耳を峙《そば》たててゐると、下女《げぢよ》が風呂《ふろ》の案内に来た。それから晩《ばん》食《めし》を食《く》ふかと聞いた。自分は晩食などを欲しいと思ふ気になれなかつた。

「何《ど》うします」と嫂《あによめ》に相談して見た。

「左右《さう》ね。何うでも宜《い》いけども。折角泊《せつかくとま》つたもんだから、御膳《おぜん》だけでも見た方が宜いでせう」と彼女は答へた。

下女が心得て立《たつ》て行つたかと思ふと、宅中《うちぢう》の電燈がぱたりと消えた。黒い柱と煤《すす》けた天井でたださへ陰気《いんき》な部屋が、今度は真暗《まつくら》になつた。自分は鼻《はな》の先に坐《すわ》つてゐる嫂を嗅《か》げば嗅がれるやうな気がした。

「姉《ねえ》さん怖《こは》かありませんか」

「怖いわ」といふ声が想像した通りの見当で聞こえた。けれども其《その》声のうちには怖らしい何物をも含《ふく》んでゐなかつた。又わざと怖がつて見せる若々しい蓮葉《はすは》の態度もなかつた。

二人は暗黒のうちに坐つてゐた。動かずに又物を云はずに、黙《だま》つて坐つてゐた。眼《め》に色を見ない所為《せゐ》か、外の暴風雨《あらし》は今迄《まで》よりは余計《よけい》耳に付いた。雨は風に散らされるので夫程恐《それほどおそ》ろしい音も伝えなかつたが、風は屋根も塀《へい》も電柱も、見境なく吹き捲《めく》つて悲鳴を上げさせた。自分達の室《へや》は地面の上の穴倉《あなぐら》見た様《やう》な所で、四方共頑丈《ともぐわんぢやう》な建物だの厚い塗壁《ぬりかべ》だのに包《かこ》まれて、縁《えん》の前の小さい中庭さへ比較的安全に見えたけれども、周囲《しうゐ》一面《いちめん》から出る一種凄《すさま》じい音響《おんきやう》は、暗闇《くらやみ》に伴《ともな》つて起《おこ》る人間の抵抗し難《がた》い不可思議な威嚇《ゐくわく》であつた。

「姉さんもう少しだから我慢《がまん》なさい。今に女中が火を持つて来るでせうから」

自分は斯《か》う云《い》つて、例の見当から嫂の声が自分の鼓膜《こまく》に響《ひび》いてくるのを暗《あん》に予期してゐた。すると彼女は何事をも答へなかつた。それが漆《うるし》に似た暗闇の威力で、細い女の声さへ通らないやうに思はれるのが、自分には多少無気味《ぶきみ》であつた。仕舞《しまひ》に自分の傍《そば》に慥《たしか》に坐つてゐるべき筈《はず》の嫂の存在が気に掛《かか》り出した。

「姉さん」

嫂はまだ黙つてゐた。自分は電気燈の消えない前、自分の向《むか》ふに坐つてゐた嫂の姿を、想像で適当の距離《きより》に描《ゑが》き出した。さうして其《そ》れを便《たよ》りに又「姉さん」と呼んだ。

「何よ」

彼女の答《こたへ》は何だか蒼蠅《うるさ》さうであつた。

「居《ゐ》るんですか」

「居るわ貴方《あなた》。人間ですもの。嘘《うそ》だと思ふなら此処《ここ》へ来て手で障《さは》つて御覧《ごらん》なさい」

自分は手捜《てさぐ》りに捜り寄つて見たい気がした。けれども夫程の度胸《どきよう》がなかつた。其うち彼女の坐つてゐる見当で女帯《をんなおび》の擦《す》れる音がした。

「嫂《ねえ》さん何かしてゐるんですか」と聞いた。

「ええ」

「何をしてゐるんですか」と再び聞いた。

「先刻《さつき》下女が浴衣《ゆかた》を持つて来たから、着換へやうと思つて、今帯を解《と》いてゐる所です」と嫂が答へた。

自分が暗闇で帯の音を聞いてゐるうちに、下女は古風な蠟燭《らふそく》を点《つ》けて縁側伝ひに持つて来た。さうしてそれを座敷《ざしき》の床《とこ》の横にある机《つくゑ》の上に立てた。蠟燭の焔《ほのほ》がちらちら右左《みぎひだり》へ揺《ゆ》れるので、黒い柱や煤《すす》けた天井《てんじやう》は勿《もち》論《ろん》、灯《ひ》の勢《いきほひ》の及ぶ限りは、穏《おだや》かならぬ薄暗い光にどよめいて、自分の心を淋《さび》しく焦立《いらだ》たせた。殊更《ことさら》床に掛けた軸《ぢく》と、其前に活《い》けてある花とが、気味の悪い程目立つて蠟燭の灯の影響を受けた。自分は手拭《てぬぐひ》を持つて、又汗《あせ》を流しに風呂《ふろ》へ行つた。風呂は怪《あや》しげなカンテラで照らされてゐた。

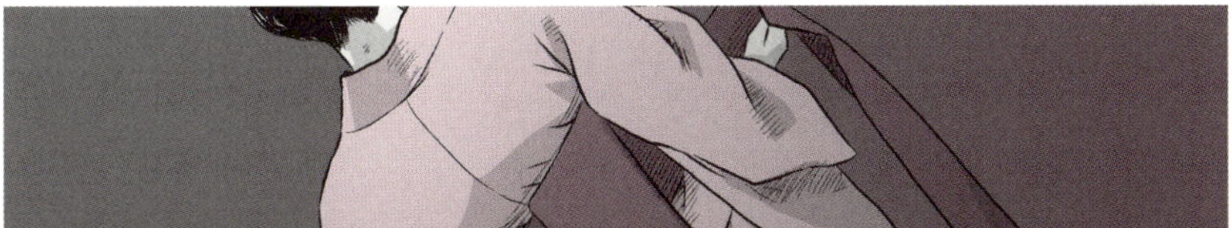

兄嫁《よめ》って人、けっこう大胆ね。
いくら暗いからといって、二郎の前で着替えをしたんでしょ？
私みたいな清純な乙女《おとめ》からは、ちょっと考えられないわ。

二郎にとっても、義姉の行動は謎《なぞ》めいている。

ましてや一郎にとっては、妻は一緒に暮らしていながら、自分を翻弄《ほんろう》させる謎そのものだろうね。

あっ、そうか。「謎めいた美少女」か……それも悪くないな。

「姉《ねえ》さんまだ寐《ね》ないんですか」と自分は煙草《たばこ》の煙《けぶり》の間から嫂《あによめ》に聞いた。

「ええ、だつて此《この》吹《ふ》き降《ぶり》ぢや寐様《やう》にも寐られないぢやありませんか」

「僕《ぼく》もあの風の音が耳に付《つい》て何《ど》うする事も出来ない。電燈の消えたのは、何でも此処《ここ》いら近所にある柱が一本とか二本とか倒れたためだつてね」

「さうよ、其《そ》んな事を先刻《さつき》下女が云《い》つたわね」

「御母《おかあ》さんと兄《にい》さんは何《どう》したでせう」

「妾《あたし》も先刻から其《その》事ばかり考へてゐるの。然《しか》しまさか浪《なみ》は這入《はい》らないでせう。這入つたつて、あの土手の松の近所にある怪《あや》しい藁《わら》屋位《やぐらゐ》なものよ。持つてかれるのは。もし本当の海嘯《つなみ》が来てあすこ界隈《かいわい》を悉皆《すつかり》攫《さら》つて行くんなら、妾本当に惜《をし》い事をしたと思ふわ」

「何故《なぜ》」

「何故つて、妾そんな物凄《ものすご》い所が見たいんですもの」

「冗談《じようだん》ぢやない」と自分は嫂の言葉を打《ぶ》つた切《ぎ》る積《つもり》で云つた。すると嫂は真面目《まじめ》に答へた。

「あら本当よ二郎さん。妾死ぬなら首を縊《くく》つたり咽喉《のど》を突いたり、そんな小刀細工《こがたなざいく》をするのは嫌《きらひ》よ。大水に攫はれるとか、雷火《らいくわ》に打たれるとか、猛烈《まうれつ》で一息《ひといき》な死方《しにかた》がしたいんですもの」

自分は小説などを夫《それ》程愛読しない嫂から、始めて斯《こ》んなロマンチツクな言葉を聞いた。さうして心のうちで是《これ》は全《まつた》く神経の昂奮《かうふん》から来たに違《ちがひ》ないと判《はん》じた。

「何かの本にでも出て来さうな死方《しにかた》ですね」

「本に出るか芝居《しばゐ》で遣《やる》か知らないが、妾は真剣にさう考へてるのよ。嘘《うそ》だと思ふなら是から二人《ふたり》で和歌の浦《うら》へ行つて浪でも海嘯でも構はない、一所《しよ》に飛び込んで御目《おめ》に懸《か》けませうか」

「あなた今夜は昂奮してゐる」と自分は慰撫《なだ》める如《ごと》く云つた。
「妾の方が貴方《あなた》より何《ど》の位落ち付いてゐるか知れやしない。大抵《たいてい》の男は意気地《いくぢ》なしね、いざとなると」と彼女は床《とこ》の中で答へた。

この兄嫁《よめ》っていう人、すごい。
これでは一郎はかないっこないわ。

もともと自由奔放《ほんぽう》な性格なんだろうな。**それが封建《ほうけん》的な制度の中で、押し込められている**。

一郎とは相性が違うというか、それどころかまさに別世界の人間かもしれないね。

だから、一郎には妻の心がどうしてもわからない。

でも、そうでなくても、人間ってもともとわかり合えないものでしょ？

あいかちゃんも、かなり人間に対する洞察《どうさつ》が深くなったね？

おかげで人が悪くなったって、みんなから言われるの。
でも、人間って不思議で、面白い。

兄嫁も、一郎の前では自分を偽《いつわ》って生きるしかなかったのかもしれないね。だから、二郎の前では自分を解放できる。

そうか。一郎もかわいそうだけど、この兄嫁もかわいそうなのね。

ついに、二郎は一郎に呼び出されることになる。
「二郎一寸《ちよつと》話がある。彼方の室に来て呉《く》れ」と、声をかけられたんだ。

自分が巻莨《まきたばこ》を吹かして黙《だま》つてゐると兄は果《はた》して「二郎」と呼びかけた。
「お前直の性質が解《わか》つたかい」
「解《わか》りません」

自分は兄の問《とひ》の余《あま》りに厳格《げんかく》なため、つい斯《か》う簡単《かんたん》に答へて仕舞《しま》つた。

さうして其《その》あまりに形式的なのに後《あと》から気が付いて、悪かつたと思ひ返したが、もう及ばなかつた。

兄は其後一口《そののちひとくち》も聞きもせず、又答へもしなかつた。二人《ふたり》斯《か》うして黙《だま》つてゐる間が、自分には非常な苦痛であつた。今考へると兄には、猶更《なほさら》の苦痛であつたに違《ちがひ》ない。

「二郎、おれはお前の兄として、ただ解《わか》りませんといふ冷淡《れいたん》な挨拶《あいさつ》を受けやうとは思はなかつた」

兄は斯う云《い》つた。さうして其声は低くかつ顫《ふる》へてゐた。彼は母の手前、宿《やど》の手前、又自分の手前と問題の手前とを兼《かね》て、高くなるべき筈《はず》の咽喉《のど》を、やつとの思ひで抑《おさ》へてゐるやうに見えた。

「お前そんな冷淡な挨拶を一口したぎりで済《す》むものと、高《たか》を括《くく》つてるのか、子供ぢやあるまいし」

「いえ決して其《そ》んなわけぢやありません」

是丈《これだけ》の返事をした時の自分は真に純良なる弟《おとと》であつた。

きっと一郎は、二郎からの報告を今か今かと待ちかねていたんでしょうね。

夜も眠れないほど、気がかりで仕方がなかったんだと思うわ。

そのとおりだと思うよ。
それなのに、二郎はいっこうに兄に報告にこない。
しかも、思いあまって聞いたら、あまりにも素《そ》っ気《け》ない返事だ。

これなら、一郎も怒《おこ》りたくなるわね。

うん。とりあえずはその場で何事もなく、一行は東京に戻《もど》ってくる。
ところがそのあと、一郎の行動はますますおかしくなっていくんだ。

父の話 —— 暗い運命の糸

そのあと、一郎と父の性格を物語るエピソードがつづられている。

一郎と二郎の父は経済的には成功している。

あるとき２人の客が訪れ、父はその客を含め、家族がそろっているところで得意満面に、あるエピソードを披露《ひろう》する。

父の話す所によると、其《その》男と其女の関係は、夏の夜の夢のやうに果敢《はか》ないものであつた。然《しか》し契《ちぎ》りを結んだ時、男は女を未来の細君《さいくん》にすると言明《げんめい》したさうである。尤《もつと》も是《これ》は女から申し出した条件でも何でもなかつたので、唯《ただ》男の口から勢ひに駆《か》られて、おのづと迸《ほとば》しつた、誠《まこと》ではあるが実行しにくい感情的の言葉に過ぎなかつたと父は態々《わざわざ》説明した。

「と云《い》ふのはね、両方共おない年でせう。然も一方は親の脛《すね》を嚙《かぢ》つてる前途遼遠《ぜんとれうゑん》の書生《しよせい》だし、一方は下女奉公《ぼうこう》でもして暮《くら》さうといふ貧《まづ》しい召使《めしつか》ひなんだから、どんな堅《かた》い約束をしたつて、其約束の実行が出来る長い年月の間には、何《ど》んな故障が起《おこ》らないとも限らない。で、女が聞いたさうですよ。貴方《あなた》が学校を卒業なさると、二十五六に御成《おな》んなさる。すると私も同じ位に老《ふけ》て仕舞《しま》ふ。夫《それ》でも御承知ですかつてね」

父は其処《そこ》へ来て、急に話を途切《とぎ》らして、膝《ひざ》の下にあつた銀烟管《ぎんぎせる》へ煙草《たばこ》を詰《つ》めた。彼が薄青い烟《けむり》を一時に鼻《はな》の穴から出した時、自分はもどかしさの余《あま》り「其人は何と答へました」と聞いた。

父は吸殻《すひがら》を手で叩《はた》きながら「二郎が屹度何《きつとなに》とか聞くだらうと思つた。二郎面白いだらう。世間《せけん》には随分《ずゐぶん》色々な人があるもんだよ」と云つて自分を見た。自分は只《ただ》「へえ」と答へた。

「実はわしも聞いて見た、其男に。君何《なん》て答へたかつて。すると坊《ぼつ》ちやんだね、斯《か》う云ふんだ。僕は自分の年も先の年も知つてゐた。けれども僕が卒業したら女が幾何《いくつ》になるか、其処迄《まで》は考へて居《ゐ》られなかつた。況《いはん》や僕が五十になれば先も五十になるなんて遠い未来は全《まつた》く頭の中に浮《う》かんで来なかつたつて」
「無邪気《むじやき》なものですね」と兄は寧《むし》ろ賛嘆《さんたん》の口振《くちぶり》を見せた。今迄《まで》黙《だま》つてゐた客が急に兄に賛成して、「全《まつた》くの所《ところ》無邪気だ」とか「成程《なるほど》若いものになると如何《いか》にも一図《いちづ》ですな」とか云《い》つた。
「所《ところ》が一週間経《た》つか経たないうちに其奴《そいつ》が後悔《こうくわい》し始めてね、なに女は平気なんだが、其奴が自分で恐縮《きようしゆく》して仕舞《しま》つたのさ。坊《ぼつ》ちやん丈《だけ》に意気《いく》地《ぢ》のない事つたら。然《しか》し正直《しやうぢき》ものだからとうとう女に対してまともに結婚破約《はやく》を申し込んで、しかも極《きま》りの悪さうな顔をして、御免《ごめん》よとか何とか云つて謝罪《あやま》つたんだつてね。そこへ行《ゆ》くとおない年だつて先は女だもの、「御免よ」なんて子供らしい言葉を聞けば可愛《かわ》いくもなるだらうが、又馬鹿《ばか》馬鹿しくもなるだらうよ」
父は大きな声を出して笑《わら》つた。御客も其反響《そのはんきやう》の如《ごと》くに笑つた。兄だけは可笑《をか》しいのだか、苦《にが》々しいのだか変な顔をしてゐた。彼の心には凡《すべ》て斯《か》う云ふ物語が厳格《げんかく》な人生問題として映《うつ》るらしかつた。彼の人生観から云つたら父の話し振さへ或《あるひ》は軽薄《けいはく》に響《ひび》いたかもしれない。
父の語る所を聞くと、其女は少時《しばら》くして直暇《すぐひま》を貰《もら》つて其処《そこ》を出てしまつた限《ぎり》再び顔を見せなかつたけれども、其男はそれ以来二三ケ月の間何か考へ込んだなり魂《たましひ》が一つ所にこびり付いた様《やう》に動かなかったさうである。一遍《べん》其女が近所へ来たと云つて寄つた時などでも、外《ほか》の人の手前だか何だか殆《ほと》んど一口《ひとくち》も物を云はなかつた。しかも其時は丁度《ちやうど》午飯《ひるめし》の時で、其女が昔《むかし》の通り御給仕《おきふじ》をしたのだが、男は丸《まる》で初対面の者にでも逢《あ》つた様に口数を利《き》かなかつた。
女もそれ以来決して男の家の敷居《しきゐ》を跨《また》がなかつた。男は丸で其女の存在を忘れて仕舞つたやうに、学校を出て家庭を作つて、二十何年といふつい近頃迄女とは何等《なんら》の交渉《かうせふ》もなく打過《うちすぎ》た。

ええーっ、信じられない！　女がかわいそうよ。
男は坊ちゃんで、女は「召使ひ」だから、現実には結婚するって大変な障害があったんでしょ。
それなのに、勢いで求婚するなんて。
女は真剣だったんでしょ？

もちろん。
求婚する限りは、男にもそれなりの覚悟があると思うはずだよ。
男もそのときは好きだと思い、その勢いで結婚を口にしたんだけど、いざ現実の難しさに思いを巡《めぐ》らすと、ひるんでしまったのだろうな。

あ〜あ、それを信じた女、浮かばれないわ。
私、お坊ちゃんと結婚するの、やめようかしら。
玉のこしも考えものね。

「夫丈《それだけ》で済《す》めばまあ唯《ただ》の逸話《いつわ》さ。けれども運命といふものは恐《おそろ》しいもので……」と父が又語り続けた。

自分は父が何を云ひ出すかと思つて、彼の顔から自分の眼《め》を離し得なかつた。父の物語りの概要を摘《つま》んで見ると、ざつと斯うであつた。

其男が其女を丸で忘れた二十何年の後《のち》、二人が偶然運命の手引《てびき》で不意に会つた。会つたのは東京の真中《まんなか》であつた。しかも有楽座《いうらくざ》で名人会とか美音会《びおんくわい》とかのあつた薄《うす》ら寒い宵《よひ》の事ださうである。

其時男は細君《さいくん》と女の子を連《つ》れて、土間《どま》の何列目か知らないが、かねて注文して置いた席に並んでゐた。すると彼等《ら》が入場して五分経《た》つか立たないのに、今云つた女が他の若い女に手を引かれながら這入《はい》つて来た。彼等も電話か何かで席を予約して置いたと見えて、男の隣《となり》にあるエンゲージドと紙札を張つた所へ案内された儘《まま》大人なしく腰《こし》を掛《か》けた。二人は斯ういふ奇妙《きめう》な所で、奇妙に隣合はせに坐《すわ》つた。猶更《なほさら》奇妙に思はれたのは、女の方が昔と違つた表情のない盲目《めくら》になつてしまつて、外《ほか》に何《ど》んな人が居《ゐ》るか全《まつた》く知らずに、ただ舞台から出る音楽の響《ひびき》にばかり耳を傾けてゐるといふ、男に取つては丸で想像すらし得なかつた事実であつた。

男は始め自分の傍《そば》に坐る女の顔を見て過去二十年の記憶を逆さに振られた如《ごと》く驚《おど》ろいた。次に黒い眸《ひとみ》を凝《ぢつ》と据《す》ゑて自分を見た昔の面影《おもかげ》が、何《い》時《つ》の間にか消えてゐた女の面影に気が付いて、又愕然《がくぜん》として心細い感に打たれた。

十時過迄《すぎまで》一つの席に殆《ほと》んど身動きもせずに坐つてゐた男は、舞台で何を遣《や》らうが、殆《ほとん》ど耳へは這入《はい》らなかつた。ただ女に別れてから今日《こんにち》に至る運命の暗い糸を、色色に想像する丈《だけ》であつた。女は又わが隣《となり》にゐる昔《むかし》の人を、見もせず、知りもせず、全く意識に上《のぼ》す暇《いとま》もなく、ただ自然に凋落《てうらく》しかかつた過去の音楽に、やつとの思ひで若い昔を偲《しの》ぶ気色《けしき》を濃い眉《まゆ》の間に示すに過ぎなかつた。

二人は突然として邂逅《かいこう》し、突然として別れた。男は別れた後《のち》も屢《しばしば》女の事を思ひ出した。ことに彼女の盲目《めくら》が気に掛《かか》つた。それで何《ど》うかして女の居《ゐ》る所を突き留《と》めやうとした。

２人は偶然出会ったんでしょ？
しかも、女は目を悪くしていて、隣《となり》に男が座っているのに気づかない。
でも、本人が声をかけるならともかく、人にその女の様子を見てこさせようなんて、ひどいわ。
単なる興味本位じゃない。

確かに、人の気持ちを思いやれない軽薄《けいはく》なところがあるな、この男には。
問題は、肝心《かんじん》の一郎がそれに関してどうとらえるかだ。

あっ、そうか。
ふふ、あの一郎なら、怒《おこ》りだすに違いないわよ。

何しろ父が其《その》男に頼まれて、快よく訪問を引受《ひきう》けたのも、多分《たぶん》持つて生《うま》れた物数奇《ものずき》から来たのだらうと自分は解釈してゐる。

父はやがて其盲目の家を音信《おとづれ》た。行く時に男は土産《みやげ》のしるしだと云《い》つて、百円札《さつ》を一枚紙に包んで水引《みづひき》を掛けたのに、大きな菓子折を一つ添《そ》へて父に渡した。父はそれを受取《うけと》つて、車を其女の家に駆《か》つた。

女の家は狭《せま》かつたけれども小綺麗《こぎれい》に且《か》つ住心地《すみごこち》よく出来てゐた。縁《えん》の隅《すみ》に丸く彫《ほ》り抜いた御影《みかげ》の手水鉢《てうづばち》が据《す》ゑてあつて、手拭掛《てぬぐひかけ》には小新《こあた》らしい三越《みつこし》の手拭さへ揺《ゆら》めいてゐた。家内も小人数《こにんず》らしく寂然《ひつそり》として音もしなかつた。

父は此《この》日当《あた》りの好《い》い然《しか》し茶がかつた小座敷《こざしき》で、初めて其盲人《まうじん》に会つた時、一寸《ちよつと》何と云《いつ》て好《い》いか分《わか》らなかつたさうである。

「己《おれ》の様《やう》なものが言句《ごんく》に窮《きう》するなんて馬鹿《ばか》げた恥《はぢ》を話すやうだが実際困つたね。何しろ相手が盲目なんだからね」

父はわざと斯《か》う云つて皆《みん》なを興《きよう》がらせた。

彼は其場でとうとう男の名を打ち明けて、例の土産ものを取り出しつつ女の前に置いた。女は眼が悪いので菓子折を撫《な》でたり擦《さす》つたりして見た上、「何《ど》うも御親切に……」と恭《うやうや》しく礼を述べたが、其上にある紙包《かみづつみ》を手で取上《とりあ》げるや否《いな》や、少し変な顔をして「是《これ》は？」と念を押す様に聞いた。父は例の気性だから、呵々《からから》と笑《わら》ひながら、「それも御土産の一部分です、何うか一緒に受取つて置《おい》て下さい」と云つた。すると女が水引の結び目を持つた儘《まま》、「もしや金子《きんす》では御座《ござ》いませんか」と問ひ返した。

「いへ何甚《はなは》だ軽少で、——然《しか》し○○さんの寸志《すんし》ですから何うぞ御納め下さい」

父が斯う云つた時、女はぱたりと其紙包を畳《たたみ》の上に落《おと》した。さうして閉《と》じた眸《ひとみ》を屹《きつ》と父の方へ向けて、「私《わたくし》は今寡婦《やもめ》で御座いますが、此《この》間迄《まで》歴乎《れつき》とした夫《をつと》が御座いました。子供は今でも丈夫で御座います。たとひ何んな関係があつたにせよ、他人さまから金子を頂いては、楽に今日《こんにち》を過《すご》すやうにして置いて呉《く》れた夫の位牌《ゐはい》に対して済《すみ》ませんから御返し致します」と判切《はつきり》云つて涙《なみだ》を落《おと》した。

「是には実に閉口《へいこう》したね」と父は皆《みん》なの顔を一順《じゆん》見渡したが、其時に限つて、誰も笑ふものはなかつた。自分も腹の中で、いかな父でも流石《さすが》に弱つたらうと思つた。

女はその後結婚して、今は未亡人《みぼうじん》なんでしょ。
でも、差し出されたお金を受け取らないのは、痛快だわ。当然よ。

問題はその女の心なんだ。
長年の間、何を思って生きてきたのか、そこじゃないかな。

父は○○の宿所《しゆくしよ》を明《あか》らさまに告《つげ》て、「ちと暇《ひま》な時に遊びがてら御嬢《おぢやう》さんでも連《つ》れて行つて御覧《ごらん》なさい。一寸好《ちよつとい》い家《うち》ですよ。○○も夜なら大抵《たいてい》御目《おめ》にかかれると云《い》つてゐましたから」と云つた。すると女は忽《たちま》ち眉《まゆ》を曇《くも》らして、「そんな立派な御屋敷《おやしき》へ我々風情《ふぜい》が到底《とて》も御出入《おでいり》は出来ませんが」と云つた儘《まま》しばらく考へてゐたが、忽ち抑《をさ》へ切れないやうに真剣な声を出して、「御出入は致しません。先様で来いと仰《おつ》しやつても此方《こちら》で御遠慮《ゑんりよ》しなければなりません。然《しか》しただ一つ一生の御願《おねがひ》に伺つて置きたい事が御座います。斯《か》うして御目に掛《かか》れるのも最《も》う二度とない御縁だらうと思ひますから、何《ど》うぞ夫丈《それだけ》聞かして頂いた上心持《もち》よく御別れが致したいと存じます」と云つた。

何なのかしら、一生のお願いって。
わからないわ。 この女が何を考えているのか、私全然予測できない。

○○が結婚の約束をしながら一週間経《た》つか経たないのに、それを取り消す気になつたのは、周囲の事情から圧迫を受けて已《やむ》を得ず断《ことわ》つたのか、或《あるひ》は別に何か気に入らない所でも出来て、其《その》気に入らない所を、結婚の約束後急に見付けたため断つたのか、其有体《ありてい》の本当が聞きたいのだと云ふのが、女の何より聞きたい所であつた。

女は二十年以上○○の胸の底に隠《かく》れてゐる此秘密《このひみつ》を掘《ほ》り出し度《たく》つて堪《たま》らなかつたのである。彼女には天下の人が悉《ことごと》く持つてゐる二つの眼《め》を失つて、殆《ほと》んど他《ひと》から片輪《かたわ》扱ひにされるよりも、一旦契《たんちぎ》つた人の心を確実に手に握《にぎ》つてゐる方が、遥《はるか》に幸福なのであった。

「御父さんはどういふ返事をして御遣《や》りでしたか」と其時兄が突然聞いた。其顔には普通の興味といふよりも、異常の同情が籠《こも》つてゐるらしかつた。

「己《おれ》も仕方がないから、夫《そり》や大丈夫、僕が受け合ふ。本人に軽薄な所は些《ちつ》ともないと答へた」と父は好《い》い加減《かげん》な答へを却《かへつ》て自慢《じまん》らしく兄に話した。

わかった。この女はなぜ突然男が婚約破棄《はき》したのか、ずっとそればかり考えてきたのよ。20年以上、目が見えなくなってからも、答えが出ないその問題を考え続けてきたんだわ。

あっ、これって、今の一郎の世界。そうなんだわ。

そうだね。父からこの話を聞いたときの一郎の反応も、確かに尋常《じんじょう》ではないよね。

そうよ、わかるのよ。

この女の苦しみが、今の一郎には自分のことのようにわかるのよ。

この女が婚約を破棄した男の心を知りたいと思うように、一郎も妻の心をくるおしいまでにつかみたいと願っている。

あいか、だんだん読みが深くなってきたなあ。**まさに漱石が文学で真正面から問い詰《っ》めていったのは、人の心の不可思議なのかもしれない。**

ねえ、先生、ちょっとは見直したでしょ？

「女はそんな事で満足したんですか」と兄が聞いた。自分から見ると、兄の此問《このとひ》には冒《をか》す可《べか》らざる強味が籠つてゐた。夫《それ》が一種の念力のやうに自分には響《ひび》いた。

父は気が付いたのか、気が付かなかったのか、平気で斯《こ》んな答《こたへ》をした。

「始《はじめ》は満足しかねた様子だつた。勿論《もちろん》此方《こつち》の云ふ事がそら夫《それ》程根のある訳《わけ》でもないんだからね。本当を云へば、先刻《さつき》お前達に話した通り男の方は丸で坊ちやんなんで、前後の分別も何もないんだから、真面目《まじめ》な挨《あい》拶《さつ》はとても出来ないのさ。けれども其奴《そいつ》が一旦《たん》女と関係した後《あと》で止《よ》せば好《よ》かつたと後悔《こうくわい》したのは、何《ど》うも事実に違《ちがひ》なからうよ」

兄は苦《にが》々しい顔をして父を見てゐた。父は何といふ意味か、両手で長い頬《ほほ》を二度程撫《な》でた。

「此《この》席で斯《こ》んな御話をするのは少し憚《はばか》りがあるが」と兄が例の講義調で始めた。自分は何んな議論が兄の口から出るか、次第によつては途中から其鋒先《そのほこさき》を、一座の迷惑《めいわく》にならない方角へ向易《むけか》へやうと思つて聞いてゐた。すると彼は斯《か》う続けた。

「男は情慾《じやうよく》を満足させる迄《まで》は、女よりも烈《はげ》しい愛を相手に捧《ささ》げるが、一旦事が成就《じやうじゆ》すると其愛が段々下り坂になるに反して、女の方は関係が付くと夫《それ》から其男を益慕《ますますした》ふ様《やう》になる。是《これ》が進化論から見ても、世間の事実から見ても、実際ぢやなからうかと思ふのです。夫《それ》で其男も此原則に支配されて後《あと》から女に気がなくなつた結果結婚を断《ことわ》つたんぢやないでせうか」

「妙《めう》な御話ね。妾《あたし》女だからそんな六《む》づかしい理窟《りくつ》は知らないけれども、始めて伺《うかが》つたわ。随分《ずゐぶん》面白い事があるのね」

嫂《あによめ》が斯《か》う云《い》つた時、自分は客に見せたくないやうな厭《いや》な表情を兄の顔に見出《みいだ》したので、すぐそれを胡麻化《ごまくわ》すため何か云つて見様とした。すると父が自分より早く口を開いた。

「そりや学理から云へば色々解釈が付くかも知れないけれども、まあ何だね、実際は其女が厭《いや》になつたに相違ないとした所で、当人面喰《めんく》らつたんだね、まづ第一に。其上小胆《せうたん》で無分別《むふんべつ》で正直《しやうぢき》と来てゐるから、それ程厭でなくつても断りかねないのさ」

父はさう云つたなり洒然《しやぜん》としてゐた。

床《とこ》の前に謡本《うたひぼん》を置いてゐた一人の客が、其時父の方を向いて斯う云つた。

「然《しか》し女といふものは兎《と》に角執心《かくしふしん》深いものですね。二十何年も其事を胸の中に畳込《たたみこ》んで置くんですからね。全くの所貴方《ところあなた》は好《い》い功徳《くどく》を為《な》すつた。さう云つて安心させて遣《や》れば其眼の見えない女のために何《ど》の位嬉《うれ》しかつたか解《わか》りやしません」

「其処《そこ》が凡《すべ》ての懸合事《かけあひごと》の気転ですな。万事左右《さう》遣れば双方の為《ため》に何の位都合が好いか知れんです」
　他の客が続いて斯う云つた時、父は「いや何うも」と頭を掻《か》いて「実は今云つた通り最初はね、その位な事ぢや中々《なかなか》疑《うたぐ》りが解《と》けないんで、私《わたくし》も少々弱らせられました。夫を色々に光沢《つや》を付けたり、出鱈目《でたらめ》を拵《こしら》へたりして、とうとう女を納得させちまつたんですが、随分骨が折れましたよ」と少し得意気に云つた。
　やがて客は謡本を風呂敷《ふろしき》に包んで露《つゆ》に濡《ぬ》れた門を潜《くぐ》つて出た。皆《みん》な後《あと》で世間話をしてゐるなかに、兄丈《だけ》は六づかしい顔をして一人書斎《しよさい》に入《い》つた。自分は例の如《ごと》く冷《ひやや》かに重い音をさせる上草履《スリツパー》の音を一つ宛《づつ》聞いて、最後にどんと締まる扉《ドア》の響《ひびき》に耳を傾《かたぶ》けた。

いやだ、どういうこと？　あの一郎がそんなことを言うなんて。
男は女と肉体関係を持ったら冷めてしまうけど、女はその逆だというんでしょ？
なんだか、がっかり。一郎らしくない。

おや、あいかちゃん、いつのまにか一郎の肩《かた》を持つようになったんだな。僕《ぼく》は逆に一郎らしいと思ったよ。一郎なりに生物学的見地から、真剣に考えているんだ。
第三者から見ると軽薄《けいはく》に見えるこの意見も、実は一郎にとっては真剣なものなんだよ。

あっ、そうか。私たちにはいやらしく思えても、実は一郎はそれを真面目《まじめ》にとっているんだ。それくらい男と女の愛について深く考えてる、苦しんでる。
それなのに、兄嫁もそうした一郎に対して不快な表情を見せたんでしょ？
やっぱり誰も一郎を理解してないのよ。

そうだね。誰も一郎を理解していない。

あ〜あ、かわいそうに。私なら一郎を優しく包んであげられるのに。

「おれはお前だから話すが、実はうちのお父さんには、一種妙《めう》におつちよこちよいの所があるぢやないか」

兄から父を評すれば正《まさ》に左右《さう》であるといふ事を自分は以前から呑込《のみこ》んでゐた。けれども兄に対して此《この》場合何と挨拶《あいさつ》すべきものか自分には解《わか》らなかつた。

「夫《そり》や貴方《あなた》のいふ遺伝《ゐでん》とか性質とかいふものぢや恐《おそ》らくないでせう。今の日本の社会があれでなくつちや、通させないから、已《やむ》を得ないのぢやないですか。世の中にやお父さん所《どころ》かまだまだ堪《たま》らないおつちよこちよいがありますよ。兄さんは書斎《しよさい》と学校で高尚《かうしやう》に日を暮《くら》してゐるから解らないかも知れないけれども」

「夫や己《おれ》も知つてる。お前の云ふ通りだ。今の日本の社会は——ことによつたら西洋も左右《さう》かも知れないけれども——皆《みん》な上滑《うはすべ》りの御上手《おじやうず》ものの丈《だけ》が存在し得るやうに出来上がつてゐるんだから仕方がない」

兄は斯《か》う云《い》つて少時沈黙《しばらくちんもく》の裡《うち》に頭を埋《うづ》めてゐた。夫《それ》から怠《だる》さうな眼を上げた。

「然《しか》し二郎、お父さんのは、お気の毒《どく》だけれども、持つて生《うま》れた性質なんだよ。何《ど》んな社会に生きてゐても、ああより外《ほか》に存在の仕方はお父さんに取つて六《む》づかしいんだね」

自分は此学問をして、高尚になり、かつ迂濶《うくわつ》になり過ぎた兄が、家中《うちぢう》から変人扱ひにされるのみならず、親身の親からさへも、日に日に離れて行《ゆ》くのを眼前に見て、思わず顔を下げて自分の膝頭《ひざがしら》を見詰めた。

「二郎お前も矢《や》っ張《ぱ》りお父さん流《りう》だよ。少しも摯実《しじつ》の気質がない」と兄が云つた。

自分は癇癪《かんしやく》の不意に起《おこ》る野蛮《やばん》な気質を兄と同様に持つてゐたが、此場合兄の言葉を聞いたとき、毫《がう》も憤怒《ふんど》の念が萌《きざ》さなかつた。

「そりや非道《ひど》い。僕《ぼく》は兎《と》に角《かく》、お父さん迄《まで》世間《せけん》の軽薄《けいはく》ものと一所に見《み》做《な》すのは。兄さんは独《ひと》りぼつちで書斎にばかり籠《こも》つてゐるから、夫でさういふ僻《ひが》んだ観察ばかりなさるんですよ」

「ぢや例を挙《あ》げて見せやうか」

兄の眼は急に光を放《はな》つた。自分は思はず口を閉《と》ぢた。

「此間謡《うたひ》の客のあつた時に、盲女《めくらをんな》の話をお父さんがしたらう。あのときお父さんは何とかいふ人を立派に代表して行きながら、其女が二十何年も解らずに煩悶《はんもん》してゐた事を、ただ一口《ひとくち》に胡魔化《ごまくわ》してゐる。おれはあの時、其女のために腹の中で泣《な》いた。女は知らない女だから夫程同情は起《おこ》らなかつたけれども、実をいふとお父さんの軽薄なのに泣いたのだ。本当に情ないと思つた。……」

「さう女見たやうに解釈すれば、何だつて軽薄に見えるでせうけれども……」

「そんな事を云ふ所が、つまりお父さんの悪い所を受け継《つ》いでゐる証《しよう》拠《こ》になる丈《だけ》さ。己《おれ》は直《なほ》の事をお前に頼んで、其報告を何時《いつ》迄も待つてゐた。所がお前は何時迄も言《こと》を左右に託《たく》して、空恍惚《そらとぼけ》てゐる……」

やっと一郎の気持ちがわかったわ。
女は相手の気持ちが理解できず、そのために何十年も煩悶《はんもん》していたのよ。
それのなのに、その場を繕《つくろ》って得意になっている父の態度に、兄は泣けたのね。
一郎にはあの女の苦しみが、自分のことのようにわかるのよ。

一郎はあの女のために泣いた、父の軽薄《けいはく》のために泣いたと言ったけど、実はその向こうには自分の孤独《こどく》を見つめていたんだ。

そうよ。そうに違いない。
一郎も妻の気持ちがわからずに、ずっと煩悶し続けている。
二郎はその苦しみを理解できずに、一郎に何の報告もせず、ほったらかしている。
二郎も父と同罪よ。

結局、誰も一郎を理解できないんだ。肝心《かんじん》の兄嫁も、二郎も父も。
そうした境遇《きょうぐう》の中、一郎はどんどん自分を追いつめていく。

（きっぱりと）やっぱり、私が守ってあげる。

「空恍《そらとぼ》けてると云はれちや些《ちつ》と可哀《かあい》さうですね。話す機会もなし、又話す必要がないんですもの」

「機会は毎日ある。必要はお前になくても己《おれ》の方にあるから、わざわざ頼んだのだ」

自分は其《その》時ぐつと行《ゆ》き詰《つま》つた。実はあの事件以後、嫂《あによめ》について兄の前へ一人出て、真面目に彼女を論ずるのが如何《いか》にも苦痛だつたのである。自分は話頭《わとう》を無理に横へ向けやうとした。

「兄さんは既《すで》にお父さんを信用なさらず。僕《ぼく》も其お父さんの子だといふ訳で、信用なさらない様《やう》だが、和歌《わか》の浦《うら》で仰《おつ》しやつた事とは丸で矛盾《むじゅん》してゐますね」

「何が」と兄は少し怒気《どき》を帯びて反問した。

「何がつて、あの時、貴方《あなた》は仰しやつたぢやありませんか。お前は正直なお父さんの血を受けてゐるから、信用が出来る、だから斯んな事を打ち明けて頼むんだつて」

自分が斯《か》う云《い》ふと、今度は兄の方がぐつと行《ゆ》き詰《つ》まつた様な形迹《けいしき》を見せた。自分は此処《ここ》だと思つて、わざと普通以上の力を、言葉の裡《うち》へ籠《こ》めながら斯《か》う云《い》つた。

「そりや御約束した事ですから、嫂《ねえ》さんに就《つ》いて、あの時の一部始終を今此処で御話しても一向差支《さしつかへ》ありません。固《もと》より僕はあまり下らない事だから、機会が来なければ口を開く考へもなし、又口を開いたつて、只一言《ただいちごん》で済《す》んで仕舞《しま》ふ事だから、兄さんが気に掛けない以上、何も云ふ必要を認めないので、今日迄《こんにちまで》控へてゐたんですから。――然《しか》し是非《ぜひ》何とか報告をしろと、官命で出張した属官流に逼《せま》られれば、仕方がない。今即刻《すぐ》でも僕の見た通《どほ》りをお話します。けれども予《あらかじ》め断つて置きますが、僕の報告から、貴方の予期してゐるやうな変な幻《まぼろし》は決して出て来ませんよ。元々貴方の頭にある幻なんで、客観的には何処《どこ》にも存在してゐないんだから」

兄は自分の言葉を聞いた時、平生《へいぜい》と違つて、顔の筋肉を殆《ほとん》ど一つも動かさなかつた。唯洋卓《ただテーブル》の前に肱《ひぢ》を突いたなり、丸《まる》で身体を動かさなかつた。眼さへ伏《ふ》せてゐたから、自分には彼の表情が些《ちつ》とも解《わか》らなかつた。兄は理に明らかな様で、又其理《またそのり》にころりと抛《な》げられる癖《くせ》があつた。自分はただ彼の顔色が少し蒼《あを》くなつた丈《だけ》なので、是《これ》は必竟《ひつきやう》彼が自分の強い言語に叩《たた》かれたのだと判断した。

自分は其所《そこ》にあつた巻莨入《まきたばこいれ》から烟草《たばこ》を一本取り出して燐寸《マツチ》の火を擦《す》つた。さうして自分の鼻《はな》から出る青い烟《けむり》と兄の顔とを等分に眺《なが》めてゐた。

「二郎」と兄が漸《やうや》く云つた。其声には力も張《はり》もなかつた。

「何です」と自分は答へた。自分の声は寧《むし》ろ驕《おご》つてゐた。

「もう己《おれ》はお前に直の事に就いて何も聞かないよ」と兄が云つた。

「左右《さう》ですか。其方が兄さんの為《ため》にも嫂さんの為にも、また御父さんの為にも好《い》いでせう。善良な夫になつて御上げなさい。さうすれば嫂さんだつて善良な夫人でさあ」と自分は嫂を弁護するやうに、又兄を戒《いまし》めるやうに云つた。

「此《この》馬《ば》鹿《か》野郎《やらう》」と兄は突然大きな声を出した。其声は恐らく下迄聞《きこ》えたらうが、すぐ傍《そば》に坐《すわ》つてゐる自分には、殆ど予想外の驚きを心臓に打ち込んだ。

「お前はお父さんの子だけあつて、世渡りは己より旨《うま》いかも知れないが、士人《しじん》の交はりは出来ない男だ。なんで今になつて直の事をお前の口などから聞かうとするものか。軽薄児め」

自分の腰は思はず坐つてゐる椅子《いす》からふらりと立ち上《あが》つた。自分は其《その》儘扉《ままドア》の方へ歩いて行つた。

「お父さんのやうな虚偽《きよぎ》な自白を聞いた後《あと》、何で貴様《きさま》の報告なんか宛《あて》にするものか」

自分は斯ういふ烈《はげ》しい言葉を背中に受けつつ扉を閉めて、暗い階段の上に出た。

あ〜あ、やっちゃった。調子に乗りすぎたんだわ。

自分の苦しみは二郎にはとうてい理解できるものではない、一郎はようやくそのことに気がついたんだ。どうせ二郎の報告も父と同じように、その場を取り繕《つくろ》うためのものと決まっている。

それなのに、二郎をあてにして、今までずっとその報告を待っていた。

一郎が怒《おこ》ったのは、おそらく何よりも悲しかったからではないかな。

一郎と二郎はそもそも人間が違うのかしら？
でも、私だって、世間の人たちだって、みんな二郎よ。
ただ表面だけを繕って、その場限りの付き合いでお茶を濁《にご》し、うまくいっていると満足しているんだわ。確かに、軽薄《けいはく》ね。

うん、**世間はそうやって人間関係を微妙《びみょう》に保ちながら、かろうじて成り立っている**んだ。

だから、一郎のような存在を許さない。彼が一人介在することで、いい加減《かげん》な人間関係のバランスが崩《くず》れることになる。

そうか？　きっとそうよね。
でも、私、一郎のことが好きになってきた。

そのことがあってから、一郎はますますふさぎ込んでいくんだ。家の中が気まずい雰囲気《ふんいき》で満たされ、誰もが居心地《いごこち》の悪さを感じるようになる。

時折、明るいお重《しげ》が、二郎にそのことを訴《うった》える。

やがて、二郎は家を出て、一人下宿をしようと決心し、そのことを妹のお重に告げるんだ。

兄妹《きやうだい》として云《い》へば、自分とお重《しげ》とは余り仲の善《い》い方ではなかつた。自分が外《そと》へ出る事を、先《まづ》第一に彼女に話したのは、愛情のためといふよりは、寧《むし》ろ面当《つらあて》の気分に打勝《うちか》たれてゐた。すると見る見るうちにお重の両方の眼に涙《なみだ》が一杯溜《たま》つて来た。

「早く出て上げて下さい。其代《そのかは》り妾《あたし》も何《ど》んな所でも構はわない、一日も早くお嫁《よめ》に行きますから」と云つた。

自分は黙《だま》つてゐた。

「兄さんは一旦《たん》外へ出たら、それなり家《うち》へ帰らずに、すぐ奥さんを貰《もら》つて独立なさる積《つもり》でせう」と彼女が又聞いた。

自分は彼女の手前「勿論《もちろん》さ」と答へた。其時お重は今迄《まで》持ち応へてゐた涙をぽろりぽろりと膝《ひざ》の上に落《おと》した。

「何だつて、そんなに泣くんだ」と自分は急に優しい声を出して聞いた。実際自分は此《この》事件に就《つ》いてお重の眼から一滴《てき》の涙さへ予期して居なかつたのである。

「だつて妾許後《あたしばかりあと》へ残つて……」

自分に判然《はつきり》聞こえたのは只是丈《ただこれだけ》であつた。其他《た》は彼女の無暗《むやみ》に引泣上《しやくりあ》げる声が邪魔《じやま》をして殆《ほと》んど崩《くづ》れたまま自分の鼓膜《こまく》を打つた。

自分は例の如《ごと》く煙草《たばこ》を呑《の》み始めた。さうして大人《おとな》しく彼女の泣き止《や》むのを待つてゐた。彼女はやがて袖《そで》で眼を拭《ふ》いて立ち上《あが》つた。自分は其後姿《そのうしろすがた》を見たとき、急に可哀《かあい》さうになつた。

「お重、お前とは好《よ》く喧嘩《けんくわ》ばかりしたが、もう今迄通り居嚙《ゐがみ》あふ機会も滅多《めつた》にあるまい。さあ仲直りだ。握手《あくしゆ》しやう」

自分は斯《か》う云つて手を出した。お重は却《かへつ》て極《きま》り悪気に躊躇《ちうちよ》した。

自分は是から段々に父や母に自分の外へ出る決心を打ち明けて、彼等《ら》の許諾《きよだく》を一々求めなければならないと思つた。ただ最後に兄の所へ行つて、同じ決心を是非《ぜひ》共繰《ともくり》返す必要があるので、それ丈が苦になつた。

母に打ち明けたのは慥《たしか》その明くる日であつた。母は此唐突《たうとつ》な自分の決心に驚いたやうに、「何《ど》うせ出るならお嫁でも極《きま》つてからと思つてゐたのだが。――まあ仕方があるまいよ」と云つた後、憮然《ぶぜん》として自分の顔を見た。自分はすぐ其足で、父の居間へ行かうとした。母は急に後《うしろ》から呼び留《と》めた。

「二郎たとい、お前が家を出たつてね……」

母の言葉は夫丈で支《つか》へて仕舞《しま》つた。自分は「何ですか」と聞き返したため、元の場所に立つてゐなければならなかつた。

「兄さんにはもう御話しかい」と母は急に即《つ》かぬ事を云《い》ひ出した。
「いいえ」と自分は答へた。
「兄さんには却《かへつ》てお前から直下《ぢか》に話した方が好《い》いかも知れないよ。なまじ、御父さんや御母さんから取り次ぐと、却て感情を害するかも知れないからね」
「ええ僕もさう思つてゐます。成丈《なるたけ》綺麗《きれい》にして出る積《つも》りですから」
自分は斯《か》う断つて、すぐ父の居間に這入《はい》つた。

あ〜あ、ここまで来たんだ。
一郎の不機嫌《ふきげん》って、相当なもんね。

一郎が何かをしたというよりも、家族のみんなが一郎に気がねして、腫《は》れ物にでも触《さわ》るような扱いをしたんだろうね。

わかる。楽しげにはしゃいだらまずいっていう雰囲気《ふんいき》ね。
でも、一郎の存在感って、相当なものだわ。

「兄さん、一寸《ちよつと》御話がありますが……」と、自分は遂《つひ》に此方《こつち》から切り出した。
「此方へ御這入《おはい》り」
彼の言語は落ち付いてゐた。且此間《かつこの》の事に就《つ》いて何の介意《かいい》をも含《ふく》んでゐないらしく自分の耳に響《ひび》いた。彼は自分の為《ため》に、わざわざ一脚《きやく》の椅子《いす》を己《おの》れの前へ据《す》ゑて、自分を麾《さしま》ねいだ。
自分はわざと腰を掛けずに、椅子の脊《せ》に手を載《の》せた儘《まま》、父や母に云つたと略《ほぼ》同様の挨拶《あいさつ》を述べた。兄は尊敬すべき学者の態度で、それを静かに聞いてゐた。自分の単簡《たんかん》の説明が終《をは》ると、彼は嬉《うれ》しくも悲しくもない常の来客に応接する様な態度で「まあ其処《そこ》へお掛け」と云つた。
彼は黒いモーニングを着て、あまり好い香《にほひ》のしない葉巻《はまき》を燻《くゆ》らしてゐた。
「出るなら出るさ。お前ももう一人前の人間だから」と云つて少時煙《しばらくけぶり》ばかり吐《は》いてゐた。夫《それ》から「然《しか》し己《おれ》がお前を出したやうに皆《みん》なから思はれては迷惑《めいわく》だよ」と続けた。「そんな事はありません。唯《ただ》自分の都合で出るんですから」と自分は答へた。

自分の寐惚《ねぼ》けた頭は此時次第に冴《さ》えて来た。出来る丈《だけ》早く兄の前から退《しりぞ》きたくなつた結果、振り返つて室《へや》の入口を見た。

「直《なほ》も芳江《よしえ》も今湯に這入つて居るやうだから、誰も上がつて来やしない。其《そ》んなにそわそわしないで緩《ゆつ》くり話すが好い、電燈でも点《つ》けて」

自分は立ち上がつて、室《へや》の内を明るくした。夫《それ》から、兄の吹かしてゐる葉巻を一本取つて火を点けた。

「一本八銭《せん》だ。随分悪い煙草だらう」と彼が云つた。

なんだ、あまり怒《おこ》っていないじゃない。
いよいよ一郎と対決ね。一郎が何を言うのか、どきどきするわ。
だって一郎の行動って、本当に予想がつかないんだもの。

「何時《いつ》出る積《つもり》かね」と兄が又聞いた。

「今度の土曜あたりに仕《し》やうかと思つてます」と自分は答へた。

「一人出るのかい」と兄が又聞いた。

此奇異な質問を受けた時、自分は少時茫然《しばらくばうぜん》として兄の顔を打ち守つてゐた。彼がわざと斯う云ふ失礼な皮肉《ひにく》を云ふのか、さうでなければ彼の頭に少し変調を来《きた》したのか、何方《どつち》だか解《わか》らないうちは、自分にも何《ど》の見当へ打つて出て好いものか、料簡《れうけん》が定まらなかつた。

彼の言葉は平生《へいぜい》から皮肉沢山《だくさん》に自分の耳を襲《おそ》つた。然しそれは彼の智《ち》力が我々よりも鋭敏《えいびん》に働き過ぎる結果で、其他に悪気のない事は、自分に能《よ》く呑《の》み込めてゐた。唯此一言丈は鼓膜《こまく》に響いたなり、何時迄も其処《そこ》でぢんぢん熱く鳴つてゐた。

兄は自分の顔を見て、えへへと笑《わら》つた。自分は其笑ひの影《かげ》にさへ歇斯《ヒス》的里《テリ》性《せい》の稲妻《いなづま》を認めた。

「無論一人で出る気だらう。誰も連れて行く必要はないんだから」

「勿論《もちろん》です。唯一人になって、少し新しい空気を吸ひたい丈です」

「新しい空気は己《おれ》も吸ひたい。然し新しい空気を吸はして呉《く》れる所は、この広い東京に一ケ所もない」
自分は半《なか》ば此《この》好んで孤立してゐる兄を憐《あは》れんだ。さうして半ば彼の過《くわ》敏《びん》な神経を悲しんだ。
「ちつと旅行でも為《な》すつたら何《ど》うです。少しは晴々《せいせい》するかも知れません」
自分が斯《か》う云《い》つた時、兄はチヨツキの隠袋《かくし》から時計を出した。
「まだ食事の時間には少し間があるね」と云《い》ひながら、彼は再び椅子《いす》に腰を落ち付けた。さうして「おい二郎最《も》う左右《さう》度《たび》々話す機会もなくなるから、飯が出来る迄《まで》此処《ここ》で話さうぢやないか」と自分の顔を見た。

ひどい。いくら私がひいきする一郎さんでも、これではあんまりよ。だって、「一人で出るのかい」とか、「誰も連れて行く必要はないんだから」とか、兄嫁《よめ》との関係を疑っているとしても、露骨《ろこつ》すぎるわよ。
しかも、実際に二郎は何もしていないんだから。

だから二郎も、一郎が精神に変調を来たしたのかもしれないと疑っている。確かに、それほど一郎の言動は常軌《じょうき》を逸《いっ》しているね。

そんな一郎に、まだ時間があるから少しここで話そうと言われたって、居心地《いごこち》が悪いに決まってる。

自分は「ええ」と答へたが、少しも尻《しり》は坐《すわ》らなかつた。其《その》上何も話す種がなかつた。すると兄が突然「お前パオロとフランチエスカの恋を知つてるだらう」と聞いた。自分は聞いた様な、聞かない様な気がするので、すぐとは返事も出来なかつた。
兄の説明によると、パオロと云ふのはフランチエスカの夫《をつと》の弟《おとと》で、其二人が夫の眼を忍《しの》んで、互《たがひ》に慕《した》ひ合つた結果、とうとう夫に見付かつて殺されるといふ悲しい物語りで、ダンテの神曲《しんきよく》の中とかに書いてあるさうであつた。自分は其憐《あは》れな物語に対する同情よりも、斯《こ》んな話を特更《ことさら》にする兄の心持《もち》に就《つ》いて、一種厭《いや》な疑念を挟《さしは》さんだ。兄は臭《くさ》い煙草《たばこ》の煙《けむり》の間から、始終《しじう》自分の顔を見詰めつつ、十三世紀だか十四世紀だか解《わか》らない遠い昔《むかし》の以太利《イタリー》の物語をした。

何よ。何よ。また一郎の心がわからなくなった。
てっきり嫉妬《しつと》に駆《か》られて二郎の浮気を追及すると思っていたのに。
このパオロとフランチェスカって、何者？

パオロとフランチェスカは弟と兄嫁の関係だから、まさに二郎と兄嫁みたいなものだよ。
２人が兄の目を盗《ぬす》んで愛し合うんだ。

そこよ、そこ。何でここでそんな話を持ち出すのよ。
その兄は怒《おこ》って２人を殺してしまうんでしょ？

そうだね、きっと二郎も自分と兄嫁との関係を念頭に、一郎がわざわざこんな話を持ち出したんだと、不快な気分で聞いていたはずだ。

ちょっとやりすぎだわ。

自分は其間やつとの事で、不愉快《ふゆくわい》の念を抑へてゐた。所《ところ》が物語が一応済《す》むと、彼は急に思ひも寄らない質問を自分に掛けた。
「二郎、何故《なぜ》肝心《かんじん》な夫の名を世間が忘れてパオロとフランチエスカ丈《だけ》覚えてゐるのか。其訳を知つてるか」
自分は仕方がないから「矢《や》っ張《ぱ》り三勝半《かつはん》七見たやうなものでせう」と答へた。兄は意外な返事に一寸《ちよつと》驚いたやうであつたが、「己《おれ》は斯う解釈する」と仕舞《しまひ》に云ひ出した。
「己は斯う解釈する。人間の作つた夫婦といふ関係よりも、自然が醸《かも》した恋愛の方が、実際神聖だから、それで時を経《ふ》るに従《した》がつて、狭い社会の作つた窮屈《きうくつ》な道徳を脱《ぬ》ぎ棄《す》てて、大きな自然の法則を嘆美《たんび》する声丈が、我々の耳を刺戟《しげき》するやうに残るのではなからうか。尤《もつと》も其当時はみんな道徳に加勢《かせい》する。二人のやうな関係を不義だと云つて咎《とが》める。然《しか》しそれは其事情の起《おこ》つた瞬間《しゆんかん》を治める為《ため》の道義に駆《か》られた云はば通り雨のやうなもので、あとへ残るのは何《ど》うしても青天《せいてん》と白日《はくじつ》、即《すなは》ちパオロとフランチエスカさ。何《ど》うだ左右《さう》は思はんかね」

またわからなくなったわ。
てっきり二郎を追及するかと思ったら、もしかして、浮気をしたパオロとフランチェスカのほうに、一郎は肩《かた》を持っているわけ？

一郎は世の中のものを自然の作ったものと人間が作ったものに分けて考えている。そして、**結局は自然が生み出したもののほうが美しく、人間が作り出したものはそれに勝てない**と言うんだ。

（頭を抱えて）あ～あ、困っちゃう。わからない。
自然が生み出したものって、恋愛のこと？

そうだよ。**人を好きになるって、自然の感情だよね。人間、生きている限り、いつ誰を好きになるかわからない。**
たまたまその人が結婚している人かもしれないし、身内の誰かかもしれない。でも、それは自然が生んだ感情で、それ自体は善いも悪いもない。

そりゃそうね。では、「人間が作り出したもの」って、道徳のこと？

そうだね。**人を好きになることは自然であっても、次にどのような行動をするかは道徳の問題**となる。

先生、道徳って、何なの？

人間がうまく暮らしていけるよう、便宜《べんぎ》上作ったものさ。
だから、不倫《ふりん》の関係が露呈《ろてい》されれば、人々はそれを不義ととがめることになる。そうしないと自分たちの生活が脅《おびや》かされるからだ。

そりゃそうよね。他人の浮気を賛美すれば、今度自分の家で同じ問題が起こったときに困るもの。

でも、一郎にとってはそれは通り雨みたいなもので、**一時は人々は不義ととがめるけれど、やがては自然の感情に従ったほうを賛美する**ようになると思っているんだ。

だから、パオロとフランチェスカの名前だけが、後世の人々の記憶に残ったというわけだ。

う〜ん、わかったような、わからないような……。
理屈《りくつ》ではそうかも知れないけど、なんか釈然《しゃくぜん》としない。
先生、もっとちゃんと説明してください。

これは難しい問題だよ。

たとえば、ワイドショーなんかで、よく芸能人の浮気を取り上げているだろ？

あるある。
憧《あこが》れている芸能人が不倫したりすると、本当に幻滅《げんめつ》しちゃう。

では、聞くけど、どうして不倫が悪いのかな？　人を好きになるって、いいも悪いもないんじゃない？

そんなこと言っても、許せないわよ。
だって、その人には家族もいるんだもの。

うん、もちろん、悪いかもしれない。でも、それは道徳上の問題だろ？　人間としての自然な感情を考えたらどうだろう？

自然な感情って？

たとえば女の人が結婚しているのに、他の人を好きになったとしよう。もう夫を愛してはいない。

それなのに、なぜ婚姻届《こんいんとどけ》という１枚の紙のために、一生愛しているかのごとく生活しなければならないのかな？

確かにそれって、つらい。

人の心は変わるものだよ。そのときどれほど愛していたとしても、次の瞬間《しゅんかん》はわからない。**生きている限り、人の心は絶えず変化する**。

逆に、結婚しているそのことで自分のものだと安心してしまったとき、相手の気持ちが変わっても気がつかない。

そうか。「こいつは自分ものだ」って思ったとき、相手を道徳的に縛《しば》り上げて、それで安心しているのね。
心まで自分のものだと錯覚《さっかく》しているんだわ。

人の心って、誰のものでもない。だからこそ、人間は尊いし、そこに文学の存在意義がある。

それなのに、自分のものだと思った瞬間、相手の心が見えなくなる。だから、相手が浮気したとたん、「自分のものなのにけしからん」と腹を立てるんだ。

そして、相手の心をいつまでも引きつけておくという努力をしなくなる。

浮気って、悪いことじゃなかったのね。
私、ワイドショーで好きなタレントが不倫《ふりん》をしたら、いつも「あ～あ幻滅《げんめつ》だわ」って思っていたけど、そうじゃないんだ。

ははは、何も浮気や不倫がいいなんて、僕は一言も言っていないよ。

ただ、**不倫をしたからけしからんと思う人は、そこですべてが完結してしまっている**。

その向こうにあるもののほうが人間にとって大切なのに、そうした心の不可思議さを見ようとしていない。

そういった人に文学は理解できないって言ってるんだ。

そういえば、一郎も「人と人との架《か》け橋はない」とか、「スピリットをつかみたい」とか、そんなことを言ってたわ。
一郎の苦しみがわかる気がしてきた。
婚姻届《こんいんとどけ》1枚でこの女は自分のものだと信じられる人間のほうが、もしかするとずっと幸せなのかもしれない。

一郎はたとえ結婚しても、１日中一緒に生活しても、その女のスピリットをつかまない限り安心できない。

だから、絶えず試したくなる。

そういった意味では、兄嫁《よめ》は一郎にとっても得体《えたい》の知れない存在なのだろうな。その魂《たましい》をつかもうとすればするほど、彼女のあらゆる行動が謎《なぞ》めいてくる。

そうかあ。もしかすると一郎は、結婚してから本当の恋愛をしているのかもしれないのね。

自分は年輩《ねんぱい》から云《い》つても性格から云つても、平生《へいぜい》なら兄の説に手を挙げて賛成する筈《はず》であつた。けれども此《この》場合、彼が何故《なぜ》わざわざパオロとフランチエスカを問題にするのか、又何故彼等《ら》二人が永久に残る理由《いはれ》を、物々《ものもの》しく解説するのか、其主意《そのしゆい》が分《わか》らなかつたので、自然の興味は全く不愉快《ふゆくわい》と不安の念に打ち消されて仕舞《しま》つた。自分は奥歯に物の挟まつたやうな兄の説明を聞いて、必竟《ひつきやう》それが何《ど》うしたのだといふ気を起《おこ》した。

「二郎、だから道徳に加勢するものは一時の勝利者には違《ちがひ》ないが、永久の敗北者だ。自然に従ふものは、一時の敗北者だけれども永久の勝利者だ。……」

自分は何とも云はなかつた。

「所《ところ》が己《おれ》は一時の勝利者にさへなれない。永久には無論敗北者だ」

自分は夫《それ》でも返事をしなかつた。

「相撲《すまふ》の手を習つても、実際力のないものは駄目《だめ》だらう。そんな形式に拘泥《こうでい》しないでも、実力さへ慥《たしか》に持つてゐれば其方が屹度《きつと》勝つ。勝つのは当《あた》り前さ。四十八手は人間の小刀細工《こがたなざいく》だ。膂力《りよりよく》は自然の賜物《たまもの》だ。……」

兄は斯《か》ういふ風《ふう》に、影《かげ》を踏《ふ》んで力《りき》んでゐるやうな哲学をしきりに論じた。さうして彼の前に坐《すわ》つてゐる自分を、気味の悪い霧《きり》で、一面に鎖《とざ》して仕舞つた。自分には此朦朧《もうろう》たるものを払《はら》ひ退《の》けるのが、太い麻縄《あさなは》を噛《か》み切るよりも苦しかつた。

「二郎、お前は現在も未来も永久に、勝利者として存在しやうとする積《つもり》か」と彼は最後に云つた。

わかってきたわ。一番苦しいのは、一郎よ。
「おれは一時の勝利者にさえなれない。永久には無論敗北者だ」と一郎が言った意味、今やっとわかった。
え～と、パオロとフランチェスカは兄に殺されたから一時の敗北者だけど、永遠に賛美されるので永遠の勝利者でもあったのでしょ？
兄は不義と責め立て世間の同情を得たから一時の勝利者だけど、最後は２人の名前しか残らなかったから、永遠の敗北者か。
だったら、一郎にはなんにもないじゃない。

そうだね。
人の心は自由で、誰にも縛《しば》ることができないと知っている一郎には、妻の不義を責めることができない。だから、一時の勝利者にもなれない。
ただの永遠の敗北者なんだ。

なんだか悲しくなってきた。
一郎の寂《さび》しさを思うと、とっても悲しい。
一郎は誰よりも人の気持ちを誠実に捉《とら》えているのに、それゆえ誰よりも傷つき、しかも誰からも理解されずに、一人孤独《こどく》になっていくんだわ。
私だったら、優しくしてあげるのに。

ははは、なんだか、あいかちゃん、人生観が変わったみたいだね。

そうね。同年代の人がなんだか幼《おさな》く見えてきた。私やっぱり、年上が好みだわ。それも一郎のように、ずうっと年上。

でも、二郎には一郎の世界が全く理解できない。

ただ、自分と兄嫁《よめ》との関係を疑っていると、兄が不愉快《ふゆかい》で仕方がないんだ。

それで、その後の一郎はどうなったの？
二郎が家を出ていくことで、すべてが解決したのかしら？
もちろん、そんなことはないですよね。

あいかちゃんの思ってるとおりだよ。一郎の苦しみは、決して解決されることのないものだから。

漱石は第三者の口を借りて、さまざまな角度から、二郎が家を出ていったあとの一郎の様子を描いている。

「塵労《じんろう》」——一郎の世界

いよいよ『行人《こうじん》』の最終章だよ。

ここにおいて、初めて一郎の精神的世界が開示されるんだ。

なんだか興味あるような、怖《こわ》いような、複雑な気分だわ。

自分は其席《そのせき》で父と母から兄に関する近況の一般を聞いた。彼らの挙げた事実は、お重《しげ》を通して得た自分の知識に裏書《うらがき》をする以外、別に新しい何物をも付け加へなかつたけれども、其様子といひ言葉といひ、如何《いか》にも兄の存在を苦にしてゐるらしく見えて、甚《はなは》だ痛々しかつた。彼等《ら》(ことに母)は兄一人のために宅中《うちぢう》の空気が湿《しめ》つぽくなるのを辛《つら》いと云《い》つた。尋常《じんじやう》の父母以上にわが子を愛して来たという自信が、彼等の不平を一層濃く染《そ》めつけた。彼等はわが子から是程《これほど》不愉快にされる因縁《いんえん》がないと暗《あん》に主張してゐるらしく思はれた。従つて自分が彼等《ら》の前に坐《すわ》つてゐる間、彼等は兄を云《うん》々する外《ほか》、何人《なんぴと》の上にも非難を加へなかつた。平生《へいぜい》から兄に対する嫂《あによめ》の仕打《しうち》に飽《あ》き足らない顔を見せてゐた母でさへ、此《この》時は彼女について終《つひ》に一口《ひとくち》も訴《うつた》へがましい言葉を洩《も》らさなかつた。

彼等の不平のうちには、同情から出る心配も多量に籠《こも》つてゐた。彼等は兄の健康について少からぬ掛念《けねん》を有《も》つてゐた。其《その》健康に多少支配されなければならない彼の精神状態にも冷淡《れいたん》ではあり得なかつた。要するに兄の未来は彼等にとつて、恐《おそ》ろしい X《エツキス》 であつた。

「どうしたものだらう」

是《これ》が相談の時必ず繰り返されべき言葉であつた。実を云《い》へば、一人一人《ひとりびとり》離れてゐる折ですら、胸の中《うち》でぼんやり繰り返して見るべき二人の言葉であつた。

「変人なんだから、今迄《まで》もよく斯《こ》んな事があつたには有《あ》つたんだが、変人丈《だけ》にすぐ癒《なほ》つたもんだがね。不思議だよ今度は」

兄の機嫌買《きげんかひ》を子供のうちから知り抜いてゐる彼等にも、近頃の兄は不思議だつたのである。陰鬱《いんうつ》な彼の調子は、自分が下宿する前後から今日《こんにち》迄少しの晴間なく続いたのである。さうして夫《それ》が段々険悪の一方《いつぱう》に向《むか》つて真直《まつすぐ》に進んで行《ゆ》くのである。

「本当に困つちまうよ妾《あたし》だつて。腹も立つが気の毒《どく》でもあるしね」

母は訴へるやうに自分を見た。

自分は父や母と相談の揚句《あげく》、兄に旅行でも勧《すす》めて見る事にした。彼等が自分達の手際《てぎは》では到底駄目《とてもだめ》だからといふので、自分は兄と一番親密なHさんにそれを頼むが好《よ》からうと発議して二人の賛成を得た。然《しか》し其《その》頼み役には是非共《ぜひとも》自分が立たなければ済まなかつた。春休みにはまだ一週間あつた。けれども学校の講義はもうそろそろ仕舞《しまひ》になる日取《ひどり》であつた。頼んで見るとすれば、早くしなければ都合が悪かつた。

「ぢや二三日うちに三沢の所へ行つて三沢からでも話して貰《もら》ふか又様子によつたら僕がぢかに行つて話すか、何方《どつち》かにしませう」

Hさんとそれ程懇意《こんい》でない自分は、何《ど》うしても途中に三沢を置く必要があつた。三沢は在学中Hさんを保証人にしてゐた。学校を出てからも殆《ほと》んど家族の一人の如《ごと》く始終其処《しじうそこ》へ出入《でいり》してゐた。

あ〜あ、一郎はついに両親からも困った存在と見なされちゃったんだ。

「兄の未来は彼等にとつて、恐ろしいXであつた」という、これもすごい言葉だね。

彼らにとって一郎は理解できない存在であるばかりではなく、将来何をしでかすかわからない、恐ろしい存在ということなんだね。

一郎は本当に孤独《こどく》なのよ。誰も彼を理解しようとしないから、ただひたすら一人で考え、苦しみ抜いている。
ああ、誰か、彼を救ってあげて！

だから、Hさんに頼もうというんだよ。

ここまでは漱石は二郎の目を通して、一郎の言動を描いていた。これからはその視点がHさんに移ることになる。

一郎はHさんと旅行に行くんでしょ？
でも、漱石はどうしてそんなややこしい設定をしたのかしら？
今までどおり、二郎の視点から描けばいいのに。

二郎には一郎の精神的世界が理解できないよね。だから、外面から一郎を観察して、彼の異様な言動を描写《びょうしゃ》するしかない。

一郎の精神世界を描こうとすれば、それを理解できる人物の視点を借りるしかない。

それがHさんなんだ。

あっ、そうか。
だったら、これから一郎の精神的世界が開示されるのね。
なんだかドキドキする。

二郎は、出発前、Hさんに、一郎の言動を手紙で報告してほしいと頼み込む。

この「塵労《じんろう》」の章の後半部分は、ほとんどHさんからの手紙なんだ。

其翌日《そのあくるひ》からHさんの手紙が心待《まち》に待ち受けられた。自分は一日《いちんち》、二日《ふつか》、三日と指を折つて日取《どり》を勘定《かんじよう》し始めた。けれどもHさんからは何の音信《たより》もなかつた。絵端書《えはがき》一枚さへ来なかつた。自分は失望した。Hさんに責任を忘れるやうな軽薄《けいはく》はなかつた。然《しか》し此方《こつち》の予期通り律義《りちぎ》にそれを果《はた》して呉《く》れない程の大悠《だいいう》はあつた。自分は自烈《じれつ》たい部に属する人間の一人として遠くから彼を眺《なが》めた。

すると二人が立つてから丁度十一日目の晩に、重い封書が始めて自分の手に落ちた。Hさんは罫《けい》の細かい西洋紙へ、万年筆《ふで》で一面に何か書いて来た。頁《ページ》の数から云《い》つても、二十分や三十分で出来る仕事ではなかつた。自分は机《つくゑ》の前に縛《くく》り付けられた人形の様《やう》な姿勢で、それを読み始めた。自分の眼には、この小さな黒い字の一点一劃《くわく》も読み落《おと》すまいといふ決心が、焔《ほのほ》の如《ごと》く輝《かがや》いた。自分の心は頁の上に釘付《くぎづけ》にされた。しかも雪を行く橇《そり》のやうに、其上を滑《すべ》つて行つた。要するに自分はHさんの手紙の最初の頁の第一行から読み始めて、最後の頁の最終の文句に至る迄《まで》に、何《ど》の位《くらゐ》の時間が要《い》つたか丸《まる》で知らなかつた。

手紙は下《しも》のやうに書いてあつた。

『長野君を誘《さそ》つて旅へ出るとき、あなたから頼まれた事を、一旦《たん》引き受けるには引き受けたが、いざとなつて見ると、到底《とても》実行は出来まい、また出来てもする必要があるまい、もしくは必要と不必要に拘《かか》はらず、するのは好《この》もしい事でなからう、——斯《か》ういふ考へでゐました。旅行を始めてから一日二日《いちんちふつか》は、此《この》三つの事情の凡《すべ》てか或《あるひ》は幾分《いくぶん》かが常に働くので、是《これ》では折角《せつかく》の約束も反古《ほご》にしなければならないといふ気が強く募《つの》りました。それが三日四日となつた時、少し考へさせられました。五日六日と日を重ねるに従つて、考へる許《ばかり》でなく、約束通りあなたに手紙を上げるのが、或は必要かも知れないと思ふやうになりました。尤《もつと》も此処《ここ》にいふ必要といふ意味が、あなたと私《わたくし》とで、大分《だいぶ》違ふかも知れませんが、それは此手紙を仕舞《しまひ》迄御読みになれば解《わか》る事ですから、説明はしません。それから当初私の抱いた好もしくないといふ倫理《りんり》上の感じ、是はいくら日数を経過しても取去《とりさ》る訳には行きませんが、片方にある必要の度が、自然夫《それ》を抑へ付ける程強くなつて来た事も亦確《またたしか》であります。恐らく手紙を書いてゐる暇《ひま》があるまい。——此故障丈《だけ》は始めあなたに申上《まをしあ》げた通り何処《どこ》迄も付け纏《まと》つて離れませんでした。我々二人は一所の室《へや》に寝ます、一所の室で飯を食ひます、散歩に出る時も一所です、湯も風呂場《ふろば》の構造が許す限りは、一所に這入《はい》ります。かう数へ立てて見ると、別々に行動するのは、まあ厠《かはや》に上《のぼ》る時位なものなのですから。

　無論我々二人は朝から晩迄のべつに喋舌《しやべ》り続けてゐる訳ではありません。御互《おたがひ》が勝手な書物を手にしてゐる時もあります、黙《だま》つて寝転んでゐる事もあります。然《しか》し現《げん》に其人の居る前で、其人の事を知らん顔で書いて、さうして夫《それ》をそつと他《ひと》に知らせるのは一寸《ちよつと》私にとつては出来悪《にく》いのです。書くべき必要を認め出した私も、是には弱りました。いくら書く機会を見付けやう見付けやうと思つても、そんな機会の出て来る筈《はず》がないのですから。然し偶然は遂《つひ》に私の手を導いて、私に私の必要と認める仕事をさせるやうにして呉《く》れました。私はそれ程兄さんに気兼《きがね》をせずに、此手紙を書き初めました。さうして同じ状態の下《もと》に、それを書き終《をは》る事を希望します。

Hさんって、すごい。

どうして？

だって、あの一郎と朝から晩まで、それも毎日一緒でしょ？
私なら、とっても無理だわ。

ははは、そうだね。おそらくたいていの人は無理だ。

そういった意味では、確かにHさんはすごい。あるいは、**他人だから、それが可能なのかもしれない**。

　兄さんは書物を読んでも、理窟《りくつ》を考へても、飯を食つても、散歩をしても、二六時中《じちう》何をしても、其処《そこ》に安住する事が出来ないのださうです。何をしても、こんな事をしてはゐられないといふ気分に追ひ懸《か》けられるのださうです。

「自分のしてゐる事が、自分の目的《エンド》になつてゐない程苦しい事はない」

と兄さんは云《い》ひます。

「目的《エンド》でなくつても方便《ミインズ》になれば好《い》いぢやないか」と私《わたくし》が云ひます。

「それは結構である。ある目的があればこそ、方便が定められるのだから」と兄さんが答へます。

兄さんの苦しむのは、兄さんが何を何《ど》うしても、それが目的にならない許《ばか》りでなく、方便にもならないと思ふからです。ただ不安なのです。従つて凝《ぢつ》としてゐられないのです。兄さんは落ち付いて寝《ね》てゐられないから起きると云ひます。起きると、ただ起きてゐられないから歩くと云ひます。歩くとただ歩いてゐられないから走《かけ》ると云ひます。既《すで》に走《か》け出した以上、何処《どこ》迄《まで》行つても止まれないと云ひます。止まれない許《ばかり》なら好いが刻一刻と速力を増して行かなければならないと云ひます。其極端《そのきよくたん》を想像すると恐《おそ》ろしいと云ひます。冷汗《ひやあせ》が出るやうに恐ろしいと云ひます。怖《こは》くて怖くて堪《たま》らないと云ひます。

一郎の不安、なんとなくわかる。
わかる気がするから、かえってこの先を読むのが怖《こわ》い。

ここに来て、一郎の精神世界が明らかになっていくんだけど、一郎の苦しみは単に妻の心をつかめないというだけではなく、その**根源のところに、存在すること自体の漠然《ばくぜん》とした不安がある**んだ。

何のために生きているのか、何をしなければならないのか、生きていることの目的は何か、自分とは何なのか、一郎はそれをしっかりとつかまなければ不安で仕方がない。

その延長上に、愛する人の魂《たましい》をもつかみたいという強烈《きょうれつ》な願望がある。

まさに、実存的な苦しみに正面から立ち向かっているんだ。

難しくてよくわからないけど、一郎の叫《さけ》びは直感的に心の琴線《きんせん》に触《ふ》れるところがあるの。
だって、彼の訴《うった》えはとっても切実だもの。

私は兄さんの説明を聞いて、驚きました。然《しか》しさういふ種類の不安を、生《うま》れてからまだ一度も経験した事のない私には、理解があつても同情は伴《ともな》ひませんでした。私は頭痛を知らない人が、割れるやうな痛みを訴へられた時の気分で、兄さんの話に耳を傾けてゐました。私はしばらく考へました。考へてゐるうちに、人間の運命といふものが朧気《おぼろげ》ながら眼の前に浮かんで来ました。私は兄さんの為《ため》に好《い》い慰藉《ゐしや》を見出《みいだ》したと思ひました。

「君のいふやうな不安は、人間全体の不安で、何も君一人丈《だけ》が苦しんでゐるのぢやないと覚《さと》れば夫迄《それまで》ぢやないか。詰《つま》りさう流転《るてん》して行くのが我々の運命なんだから」

私の此《この》言葉はぼんやりしてゐる許《ばかり》でなく、頗《すこぶ》る不快に生温《なまぬ》るいものでありました。鋭《するど》い兄さんの眼から出る軽侮《けいぶ》の一瞥《べつ》と共に葬《はうぶ》られなければなりませんでした。兄さんは斯《か》う云ふのです。――

「人間の不安は科学の発展から来る。進んで止《とど》まる事を知らない科学は、かつて我々に止まる事を許して呉《く》れた事がない。徒歩から俥《くるま》、俥から馬車、馬車から汽車、汽車から自動車、それから航空船、それから飛行機と、何処迄行つても休ませて呉れない。何処迄伴《つ》れて行かれるか分《わか》らない。実に恐ろしい」

「そりや恐ろしい」と私も云ひました。

兄さんは笑《わら》ひました。

「君の恐ろしいといふのは、恐ろしいといふ言葉を使つても差支《さしつかへ》ないといふ意味だらう。実際恐ろしいんぢやないだらう。つまり頭の恐ろしさに過ぎないんだらう。僕のは違ふ。僕のは心臓の恐ろしさだ。脈を打つ活《い》きた恐ろしさだ」

私は兄さんの言葉に一毫《がう》も虚偽《きよぎ》の分子の交《まじ》つてゐない事を保証します。然し兄さんの恐ろしさを自分の舌《した》で嘗《な》めて見る事はとても出来ません。

「凡《すべ》ての人の運命なら、君一人さう恐ろしがる必要がない」と私は云ひました。

「必要がなくても事実がある」と兄さんは答へました。其上下《そのうへしも》の様《やう》な事も云ひました。

「人間全体が幾《いく》世紀かの後《のち》に到着すべき運命を、僕《ぼく》は僕一人で僕一代《だい》のうちに経過しなければならないから恐《おそ》ろしい。一代のうちなら未《ま》だしもだが、十年間でも、一年間でも、縮《ちぢ》めて云《い》へば一ケ月間乃至《ないし》一週間でも、依然《いぜん》として同じ運命を経過しなければならないから恐ろしい。君は嘘《うそ》かと思ふかも知れないが、僕の生活の何処《どこ》を何《ど》んな断片に切つて見ても、たとひ其《その》断片の長さが一時間だらうと三十分だらうと、それが屹度《きつと》同じ運命を経過しつつあるから恐ろしい。要するに僕は人間全体の不安を、自分一人に集めて、そのまた不安を、一刻《こく》一分《ぶん》の短時間に煮詰《につ》めた恐ろしさを経験してゐる」

「それは不可《いけ》ない。もつと気を楽にしなくつちや」

「不可ない位は自分にも好《よ》く解《わか》つてゐる」

私《わたくし》は兄さんの前で黙《だま》つて煙草《たばこ》を吹かしてゐました。私は心のうちで、何うかして兄さんを此《この》苦痛から救ひ出して上げたいと念じました。私は凡《すべ》て其他《そのた》の事を忘れました。今迄《まで》凝《ぢつ》と私の顔を見守つてゐた兄さんは、其時突然「君の方が僕より偉《えら》い」と云ひました。私は思想の上に於《おい》て、兄さんこそ私に優《すぐ》れてゐると感じてゐる際でしたから、此賛辞に対して、嬉《うれ》しいとも難有《ありがた》いとも想ふ気は起《おこ》りませんでした。私は矢張《やはり》黙つて煙草を吹かしてゐました。兄さんは段々落ち付いて来ました。それから二人とも一つ蚊帳《かや》に這入《はい》つて寝《ね》ました。

一郎の言葉、迫力がある。背筋がゾクゾクしてきたわ。
もちろん一郎の苦しみは理解できないけど、それでもなんとなくわかる気がする。

わからなくて当然なのであって、**わかるというのは、一郎の言葉を借りると、「頭の恐ろしさ」であり、「心臓の恐ろしさ」ではない**よね。**「心臓の恐ろしさ」は頭で理解するものではなく、体感するもの**なんだ。

なんかそんなことを言われたら、自分の心臓がドクドク脈打って、息苦しくなってきたわ。

「死ぬか、気が違ふか、夫《それ》でなければ宗教に入《い》るか。僕の前途《ぜんと》には此三つのものしかない」

兄さんは果《はた》して斯《か》う云ひ出しました。其時兄さんの顔は、寧《むし》ろ絶望の谷に赴《おもむ》く人の様に見えました。

「然《しか》し宗教には何うも這入れさうもない。死ぬのも未練に食ひ留《と》められさうだ。なればまあ気違《きちがひ》だな。然し未来の僕は偖置《さてお》いて、現在の僕は君正気なんだらうかな。もう既に何うかなつてゐるんぢやないかしら。僕は怖《こは》くて堪《た》まらない」

先生、一郎どうなるの？
一郎は「死ぬか、気が違ふか、夫でなければ宗教に入るか。僕の前途には此三つのものしかない」って言うけど、一郎は神を否定して、自分の頭ですべてを克服《こくふく》しようとしているんでしょ？
だったら、錯乱《さくらん》してしまうしかないじゃない。

現に、そのぎりぎりのところで、かろうじてとどまっているんだ。
これは漱石の晩年の苦しみの告白でもあるんだよ。
そうでないと、一郎のせっぱつまった告白が、これほど力を持つはずはないよ。

ふ～ん、漱石って、最初は『吾輩《わがはい》は猫《ねこ》である』とか『坊っちゃん』のイメージから、面白いおじさんとしか思っていなかったけど、ずいぶんイメージが変わっちゃった。

あいかちゃんのイメージだって、変わったよ。
しっかりとものを考える女性になった。

ひどい！　以前は軽薄《けいはく》で頭が空っぽで、何も考えない、貞操《ていそう》観もない女だったって言うんですか？

「神は自己だ」と兄さんが云ひます。兄さんが斯う強い断案《だんあん》を下《くだ》す調子を、知らない人が蔭《かげ》で聞いてゐると、少し変だと思ふかも知れません。

兄さんは変だとは思はれても仕方のないやうな激《げき》した云《い》ひ方をします。

「ぢや自分が絶対だと主張すると同じ事ぢやないか」と私《わたくし》が非難します。兄さんは動きません。

「僕《ぼく》は絶対だ」と云ひます。

斯《か》ういふ問答を重ねれば重ねる程、兄さんの調子は益《ますます》変《へん》になつて来ます。調子ばかりではありません、云ふ事も次第に尋常《じんじやう》を外《はづ》れて来ます。相手が若《も》し私のやうなものでなかつたならば、兄さんは最後迄《まで》行かないうちに、純粋《じゆんすゐ》な気違《きちがひ》として早く葬《はうぶ》られ去つたに違ありません。然《しか》し私はさう容易《たやす》く彼を見棄《みす》てる程に、兄さんを軽んじてはゐませんでした。私はとうとう兄さんを底迄《そこまで》押し詰めました。

兄さんの絶対といふのは、哲学者の頭から割り出された空《むな》しい紙の上の数字ではなかつたのです。自分で其《その》境地に入《い》つて親しく経験する事の出来る判切《はつきり》した心理的のものだつたのです。

兄さんは純粋に心の落ち付きを得た人は、求めないでも自然に此《この》境地に入《はい》れるべきだと云ひます。一度此境界《ひとたびこのきやうがい》に入れば天地も万有《ばんいう》も、凡《すべ》ての対象といふものが悉《ことごと》くなくなつて、唯《ただ》自分丈《だけ》が存在するのだと云ひます。さうして其時の自分は有《ある》とも無いとも片の付かないものだと云ひます。偉大なやうな又微細《びさい》なやうなものだと云ひます。何とも名の付け様のないものだと云ひます。即《すなは》ち絶対だと云ひます。さうして其絶対を経験してゐる人が、俄然《がぜん》として半鐘《はんしよう》の音《おと》を聞くとすると、其半鐘の音は即ち自分だといふのです。言葉を換へて同じ意味を表《あら》はすと、絶対即《そく》相対になるのだといふのです、従って自分以外に物を置き他《ひと》を作つて、苦しむ必要がなくなるし、又苦しめられる掛念《けねん》も起《おこ》らないのだと云ふのです。

「根本義《こんぽんぎ》は死んでも生きても同じ事にならなければ、何《ど》うしても安心は得られない。すべからく現代を超越《てうゑつ》すべしといつた才人は兎《と》に角《かく》、僕は是非共《ぜひとも》生死を超越しなければ駄目《だめ》だと思ふ」

兄さんは殆《ほと》んど歯を喰ひしばる勢《いきほひ》で斯う言明しました。

わあ〜、難しい。また、わからなくなったわ。
先生、「僕は神だ」っていう一郎のせりふを、どう受け取ればいいんですか？

うん、一郎は「僕は絶対だ」とも言っている。だから、**「神」は「絶対」と同義語**と考えてもいい。

一郎って、自分を神と思うほど、思い上がった人なの？　でも、私、そのように思えない。

Hさんの説明を、もう一度読んでみようか。

「兄さんは純粋に心の落ち付きを得た人は、求めないでも自然に此境地に入れるべきだと云ひます。一度此境界に入れば天地も万有も、凡ての対象といふものが悉くなくなつて、唯自分丈が存在するのだと云ひます。さうして其時の自分は有とも無いとも片の付かないものだと云ひます。偉大なやうな又微細なやうなものだと云ひます。何とも名の付け様のないものだと云ひます。即ち絶対だと云ひます。さうして其絶対を経験してゐる人が、俄然として半鐘の音を聞くとすると、其半鐘の音は即ち自分だといふのです。言葉を換へて同じ意味を表はすと、絶対即相対になるのだといふのです」と話していたね。

わあ〜、「絶対即相対」ってまた難しい言葉が出てきた。
頭が痛いよう。

一郎の言う「絶対」は、万物すべてが自分だから、自分が絶対だという意味なんだよ。そこに咲《さ》いている百合《ゆり》の花も、さらさらと音を立てて流れる小川も自分だ、だから、自分が神だと、一郎は主張する。

そうした境地に立ってあらゆるものに触《ふ》れるとき、その**万物には自分がいるから、それがすなわち相対**なんだ。

これは思い上がりというよりも、むしろその逆じゃないかな。

つまり、この**自然や、この地上に存在するあらゆるものと一体化したいという強い願望**なんだ。

その境地に達すると、もう兄嫁《よめ》のことや世俗的なさまざまなことに思い悩《なや》む必要もなくなる。

神を否定した一郎が救われるのは、これしかない。

あっ、そうか。

でも、確か学校で習ったことがあるけど、日本人のもともとの自然観はいかに自然と一体化するかにあったんじゃないの。
そのために多くの人は隠遁《いんとん》生活をした。

あいかちゃん、鋭《するど》いなあ。よくそのことに気がついたね。一見、一郎の思想は古来の日本人の抱いていた自然観と何ら変わることがない。
たとえば、松尾芭蕉《ばしょう》は自然と一体化した境地を「風流」と名づけ、それを芸術にまで高めていった。そのためには己《おのれ》を棄《す》てなければならない。その手段として芭蕉が選んだのは、「旅」だったんだ。
ところが、一郎のそれとは、根本が異なっている。

えっ、どこが違っているの？

「第10章　『こゝろ』の世界」で詳しく説明するけど、芭蕉の時代は藩《はん》とか家という集団と個との区別が希薄だったんだ。集団から個を引きはがしたのが自我の確立で、そうした意味では、**芭蕉にはもともと自我という概念がない。自我は近代が生み出したもの**なんだ。
自我がないから、自然と一体化することができる。もちろん、人間だから自分の欲望やさまざまな我執《がしつ》はあった。だけど、それを自我という概念で問いつめるという習慣を持っていなかったんだ。
一郎は芭蕉と全然違うだろ？

あっ、わかった。
一郎は誰よりもぎりぎりに自我を追い求めたんだ。
だから、自我という概念をもともと持たない芭蕉とは、根本的に異なっている。

よく気がついたね。そのとおりだ。
一郎ほど自分という存在を命がけで追究した人はいない。
だから、自分を棄てることによって自然と一体化するのではなく、「自分は絶対」で、「自分は神」なんだ。
自己をぎりぎりまで追求することによって、逆に万物と一体化する。
そのために、一郎は自分の頭で考えて考えて、考え抜くしかない。

でも、そんなこと可能なの？
それで本当に幸せになれるの？

私《わたくし》は此《この》場合にも自分の頭が兄さんに及ばないという事を自白しなければなりません。私は人間として、果《はた》して兄さんのいふ様《やう》な境界《きやうがい》に達せられべきものかを未《ま》だ考へてゐなかつたのです。明瞭《めいれう》な順序で自然其処《そこ》に帰着して行く兄さんの話を聞いた時、成程《なるほど》そんなものかと思ひました。又そんなものでも無《な》からうかとも思ひました。何しろ私は兎角《とかく》の是非《ぜひ》を挟《さしは》さむ丈《だけ》の資格を有《も》つてゐない人間に過ぎませんでした。私は黙々《もくもく》として熱烈《ねつれつ》な言葉の前に坐《すわ》りました。すると兄さんの態度が変《かは》りました。私の沈黙《ちんもく》が鋭《するど》い兄さんの鋒《ほこ》先を鈍《にぶ》らせた例は、今迄《まで》にも何遍《なんべん》かありました。さうして夫《それ》が悉《ことごと》く偶然から来てゐるのです。尤《もつと》も兄さんの様な聡明《そうめい》な人に、一種の思はくから黙《だま》つて見せるといふ技巧を弄《ろう》したら、すぐ観破《くわんぱ》されるに極《きま》つてゐますから、私の鈍《のろ》いのも時には一得《とく》になつたのでせう。

「君、僕《ぼく》を単《たん》に口舌《こうぜつ》の人と軽蔑《けいべつ》して呉《く》れるな」と云《い》つた兄さんは、急に私の前に手を突きました。私は挨拶《あいさつ》に窮《きう》しました。

「君のやうな重厚《ちようこう》な人間から見たら僕は如何《いか》にも軽薄《けいはく》な御喋舌《おしやべり》に違《ちがひ》ない。然《しか》し僕は是《これ》でも口で云ふ事を実行したがつてゐるんだ。実行しなければならないと朝晩考へ続けに考へてゐるんだ。実行しなければ生きてゐられないと迄《まで》思い詰めてゐるんだ」

私は依然《いぜん》として挨拶に困《こまつ》た儘《まま》でした。

「君、僕の考へを間違つてゐると思ふか」と兄さんが聞きました。

「左右《そう》は思はない」と私が答へました。

「徹底してゐないと思ふか」と兄さんが又聞きました。

「根本的の様だ」と私が又答へました。

「然《しか》し何《ど》うしたら此研究的な僕が、実行的な僕に変化出来るだらう。どうぞ教へて呉れ」と兄さんが頼むのです。

「僕にそんな力があるものか」と、思ひも寄らない私は断るのです。

「いやある。君は実行的に生《うま》れた人だ。だから幸福なんだ。さう落付《おちつ》いてゐられるんだ」と兄さんが繰り返すのです。

兄さんは真剣のやうでした。私は其《そ》の時憮然《ぶぜん》として兄さんに向《むか》ひました。

「君の智慧《ちゑ》は遥《はるか》に僕に優《まさ》つてゐる。僕には到底《とて》も君を救ふ事は出来ない。僕《ぼく》の力は僕より鈍《のろ》いものになら、或《あるひ》は及ぼし得るかも知れない。然《しか》し僕より聡明《そうめい》な君には全く無効である。要するに君は瘠《や》せて丈《たけ》が長く生《うま》れた男で、僕は肥《こえ》てずんぐり育つた人間なんだ。僕の真似《まね》をして肥《ふと》らうと思ふなら、君は君の脊丈《せいちぢ》を縮めるより外《ほか》に途《みち》はないんだらう」

兄さんは眼からぽろぽろ涙《なみだ》を出しました。

「僕は明《あきら》かに絶対の境地を認めてゐる。然し僕の世界観が明《あきら》かになればなる程、絶対は僕と離れて仕舞《しま》ふ。要するに僕は図を披《ひら》いて地理を調査する人だつたのだ。それでゐて脚絆《きやはん》を着けて山河《さんが》を跋渉《ばつせふ》する実地の人と、同じ経験をしやうと焦慮《あせ》り抜いてゐるのだ。僕は迂濶《うくわつ》なのだ。僕は矛盾《むじゆん》なのだ。然し迂濶と知り矛盾と知りながら、依然《いぜん》として藻掻《もが》いてゐる。僕は馬鹿《ばか》だ。人間としての君は遥《はるか》に僕よりも偉大だ」

兄さんは又私《わたくし》の前に手を突きました。さうして恰《あたか》も謝罪でもする時のやうに頭を下げました。涙がぽたりぽたりと兄さんの眼から落ちました。私は恐縮《きようしゆく》しました。

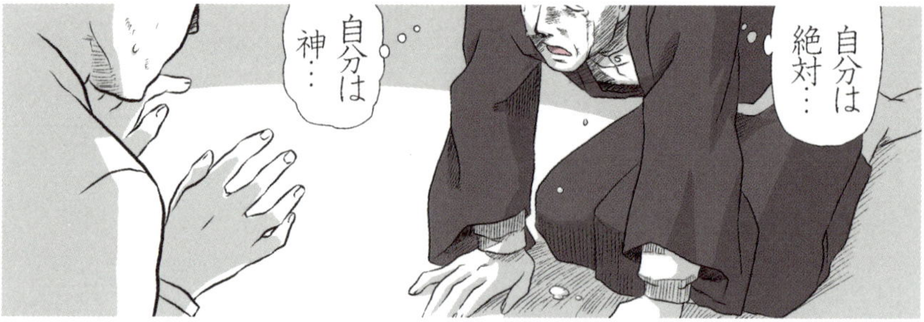

やっぱりね。
「自分は絶対だ」「自分は神だ」は、一郎の願望だったんだわ。それを願って苦しんでいるけど、とうてい実現不可能なんだわ。
でも、それを実現しなければ、一郎は救われない。ジレンマだわ。

私は私の親愛するあなたの兄さんのために此《この》手紙を書きます。それから同じく兄さんを親愛する貴方《あなた》のために此手紙を書きます。最後には慈《じ》愛《あい》に充《み》ちた御年寄、あなたと兄さんの御父さんや御母さんのためにも此手紙をかきます。私の見た兄さんは恐《おそ》らく貴方方《がた》の見た兄さんと違つてゐるでせう。私の理解する兄さんも亦《また》貴方方の理解する兄さんではありますまい。もし此手紙が此努力に価するならば、其価は全くそこにあると考へて下さい。違つた角度から、同じ人を見て別様の反射を受けた所にあると思つて御参考になさい。

あなた方は兄さんの将来に就《つ》いて、とくに明瞭《めいれう》な知識を得たいと御望みになるかも知れませんが、予言者でない私は、未来に喙《くちばし》を挟《さしは》さむ資格を有《も》つて居《を》りません。雲が空に薄暗く被《かぶ》さつた時、雨になる事もありますし、又雨にならずに済《す》む事もあります。ただ雲が空にある間、日の目の拝まれないのは事実です。あなた方は兄さんが傍《はた》のものを不愉快《ふゆくわい》にすると云《い》つて、気の毒《どく》な兄さんに多少非難の意味を持たせて居る様ですが、自分が幸福でないものに、他《ひと》を幸福にする力がある筈《はず》がありません。雲で包まれてゐる太陽に、何故《なぜ》暖かい光を与へないかと逼《せま》るのは、逼る方が無理でせう。私は斯《か》うして一所にゐる間、出来る丈《だけ》兄さんの為《ため》に此雲を払はうとしてゐます。貴方方も兄さんから暖かな光を望む前に、まづ兄さんの頭を取り巻いてゐる雲を散らして上げたら可《い》いでせう。もし夫《それ》が散らせないなら、家族のあなた方には悲しい事が出来るかも知れません。兄さん自身にとつても悲しい結果になるでせう。斯ういふ私も悲しう御座《ござ》います。

私は過去十日間の兄さんを書きました。此《こ》の十日間の兄さんが、未来の十日間に何《ど》うなるかが問題で、その問題には誰も答へられないのです。よし次の十日間を私が受け合ふにした所で、次の一ケ月、次の半年の兄さんを誰が受け合へませう。私はただ過去十日間の兄さんを忠実に書いた丈《だけ》です。頭の鋭《するど》くない私が、読み直すひまもなく唯《ただ》書き流したものだから、そのうちには定めて矛盾があるでせう。頭の鋭い兄さんの言行《げんかう》にも気の付かない所に矛盾があるかも知れません。けれども私は断言します。兄さんは真面目《まじめ》です。決して私を胡麻化《ごまくわ》さうとしては居《ゐ》ません。私も忠実です。貴方を欺《あざむ》く気は毛頭《まうとう》ないのです。

私が此手紙を書き始めた時、兄さんはぐうぐう寝《ね》てゐました。此手紙を書き終《をは》る今も亦《また》ぐうぐう寝ています。私は偶然兄さんの寝てゐる時に書き出して、偶然兄さんの寝てゐる時に書き終る私を妙《めう》に考へます。兄さんが此眠《このねむり》から永久覚めなかつたら嘸《さぞ》幸福だらうといふ気が何処《どこ》かでします。同時にもし此眠から永久覚めなかつたら嘸悲しいだらうといふ気も何処かでします。』

Ｈさんて、すごいわ。
「自分が幸福でないものに、他を幸福にする力がある筈《はず》がありません」って、せりふ、私がお嫁《よめ》に行くときに持っていこうっと。
結婚生活がうまくいくためにも、まず私が幸福にならなくては。
だから、いっぱい愛されて、おいしいものも食べて、いいところに住み、きれいな服を着て、みんなから大切にされて、たまには高級レストランでお食事……。

ははは、あいかちゃんなら、大丈夫だよ。
どんな状態でも、幸福になりそうだ。

なんか、ひどい。
「雲で包まれてゐる太陽に、何故《なぜ》暖かい光を与へないかと逼《せま》るのは、逼る方が無理でせう」も、わかるわ。痛烈《つうれつ》ね。

一郎の家族は太陽の周りを雲で遮《さえぎ》りながら、みんなで寄ってたかって一郎に「何故暖かい光を与へないか」と迫《せま》っている。

あ～あ、これで『行人《こうじん》』も終わりか。
一郎と別れるの、なんだか寂《さび》しい。
けっこう、一郎がタイプだったんだ。私、変わってるかしら？

でも、最後の文章も鬼気《きき》迫るものがあったね。
「兄さんが此眠から永久覚めなかつたら嘸幸福だらうといふ気が何処かでします。同時にもし此眠から永久覚めなかつたら嘸悲しいだらうといふ気も何処かでします」
一郎は生きている限り苦しみ続けるんだろうな。

心臓に悪いわ。漱石の文章って、いきなりドキッとさせるんだもの。

第10章 『こゝろ』の世界

『こゝろ』の謎《なぞ》

あいか、いよいよ漱石の話もラストに近づいたよ。最後は『こゝろ』の世界だ。

なんだか寂しい。漱石を読んでいるうちに、ずいぶんと大人になったような気がしてきたから、これで終わったら、なんか中途半端に大人になりかかった状態で、ぽんと世の中に放り出された感じ。

でも、**『こゝろ』は漱石文学の最高峰**だから、まだたっぷり楽しめるよ。

ああ、よかった。でも、『こゝろ』って、学校で習ったのよ。すごく感動したけど、いまいち肝心《かんじん》なところがわからなかった。

そうだろうね。あるいは、本当はわかっていないのに、わかった気になっているだけの人も多いと思うよ。

あいか、『こゝろ』のどこがわからなかった？

そうねえ。本当はわかっているのか、そうでないのか。自分でもわからないのよ。

確か先生は若い頃に親友のKを裏切《うらぎ》って、お嬢《じょう》さんを奪ったのよね。

それで、Kは自殺した。先生はそのあと良心の呵責《かしゃく》に耐えかねて、「私」に遺書を託《たく》して、自殺していく。

話自体は単純でわかりやすいんだけど、なんかすっきりしないの。これでいいかと、不安になっちゃう。

不安になって、正解だよ。

先生ったら、なんか、意地悪な言い方。
この解釈、どこがおかしいのかしら？

ちっともおかしくないよ、でも、それだけでは『こゝろ』の世界の半分も読んだことにはならないね。

なんか先生、いやな言い方だなあ。どうして、ダメなの？
私にも納得できるように、教えてください。

う〜ん、難しい注文だ。
文学なんて深いものであればあるほど、そう簡単には説明できないものなんだ。
理屈《りくつ》で説明できたなら、それで話が終わっちゃう。

あっ、そうか。……そうよね。私もなんとなく、それがわかってきた。

ならば、聞くよ。Kはどうして自殺したの？

決まってるじゃない。先生に裏切《うらぎ》られて、失恋して……。

本当にそう書いてあった？
Kは自殺する原因を一言も語らずに死んでいくんだよ。遺書にも書いていない。
それなのに、どうして？

あっ、そう言えば、そうね。なんだか不安になってきた。
Kはどうして死んだのかしら？

先生はどうして自殺したの？

良心の呵責《かしゃく》から……、これも怪《あや》しくなってきたわ。

もし、Kを裏切ったことで、良心の呵責に耐えかねて自殺したなら、どうして何事もなかったようにお嬢《じょう》さんと結婚したのかな？

どうして、30年以上も経《た》ってから、突然自殺しなければならない？

う〜ん、言われてみれば、そうだわ。私、わからなくなってきた。

先生は、明治の精神に殉死《じゅんし》するって言って、死んでいくんだ。明治の精神って、何かわかる？

（きっと、にらんで）もう、これ以上いじめないで。
先生の顔、なんか得意げで、嫌《きら》い。

ごめん、ごめん。ならば、一緒に読んでいこうね。

私はその人を「先生」と呼んでいた

まずは、有名な『こゝろ』の冒頭《ぼうとう》部分からだよ。

私《わたくし》は其人《そのひと》を常に先生と呼んでゐた。だから此所《ここ》でもただ先生と書く丈《だけ》で本名は打ち明けない。是《これ》は世間を憚《はば》かる遠慮といふよりも、其方が私に取つて自然だからである。私は其人の記憶を呼び起《おこ》すごとに、すぐ「先生」と云《い》ひたくなる。筆を執《と》つても心持《こころもち》は同じ事である。余所余所《よそよそ》しい頭文字抔《など》はとても使ふ気にならない。

あれ、改めて読んでみると、なんか、変。
先生って、学校の先生ではないですよね。
それなのに、どうして先生って呼んだのかしら？

いいところに気づいたね。先生は働いていないんだ。**漱石文学でよく登場する高等遊民《こうとうゆうみん》ってやつだ。**

それなのに先生と呼ぶのは、私が先生にひかれるところがあるからで、そして、その先生から人生の何ものかを学び取ろうとしているんだ。

だから、先生なのね。

始めて先生の宅《うち》を訪ねた時、先生は留守であつた。二度目に行つたのは次の日曜だと覚えてゐる。晴れた空が身に沁《し》み込むやうに感ぜられる好《い》い日和《ひより》であつた。其日も先生は留守であつた。鎌倉にゐた時、私《わたくし》は先生自身の口から、何時《いつ》でも大抵宅にゐるといふ事を聞いた。寧《むし》ろ外出嫌《ぎら》いだといふ事も聞いた。二度来て二度とも会へなかつた私は、其言葉を思ひ出して、理由《わけ》もない不満を何処《どこ》かに感じた。私はすぐ玄関先を去らなかつた。下女の顔を見て少し躊躇《ちうちよ》して其所《そこ》に立つてゐた。此前《このまへ》名刺を取次いだ記憶のある下女は、私を待たして置いて又内《うち》へ這入《はい》つた。すると奥さんらしい人が代つて出て来た。美しい奥さんであつた。

私は其人から鄭寧《ていねい》に先生の出先を教へられた。先生は例月其日になると雑司《ざふし》ヶ谷《や》の墓地にある或仏《あるほとけ》へ花を手向《たむ》けに行く習慣なのださうである。「たつた今出た許《ばか》りで、十分になるか、ならないかで御座います」と奥さんは気の毒さうに云つて呉《く》れた。私は会釈《ゑしやく》して外へ出た。賑《にぎや》かな町の方へ一丁程歩くと、私も散歩がてら雑司ヶ谷へ行つて見る気になつた。先生に会へるか会へないかといふ好奇心も動いた。夫《それ》ですぐ踵《きびす》を回《めぐ》らした。

私は偶然先生と出会い、そしてひかれていくのだが、冒頭《ぼうとう》から先生の行動は謎《なぞ》めいているね。

毎年、雑司《ぞうし》ヶ《が》谷《や》の墓地に行く。

いったい誰の墓なのか、先生はいっさいそれを明かさない。

お墓参りか。なんかあるわね。
でも、何で先生にこんなにひかれたのかな。

私の目に先生がどう映っているのか。
それをうまく表現した箇所《かしょ》を取り上げてみよう。

私はそれから時々先生を訪問するやうになつた。行くたびに先生は在宅であつた。先生に会ふ度数が重なるに伴《つ》れて、私は益繁《ますますしげ》く先生の玄関へ足を運んだ。

けれども先生の私に対する態度は初めて挨拶《あいさつ》をした時も、懇意《こんい》になつた其後《そののち》も、あまり変りはなかつた。先生は何時《いつ》も静《しづか》であつた。ある時は静過ぎて淋《さび》しい位であつた。私は最初から先生には近づき難い不思議があるやうに思つてゐた。それでゐて、何《ど》うしても近づかなければ居られないといふ感じが、何処《どこ》かに強く働《はた》らいた。斯《か》ういふ感じを先生に対して有《も》つてゐたものは、多くの人のうちで或《あるい》は私だけかも知れない。然《しか》し其私丈《だけ》には此直感が後《のち》になつて事実の上に証拠立てられたのだから、私は若々しいと云はれても、馬鹿気てゐると笑はれても、それを見越した自分の直覚をとにかく頼もしく又嬉《うれ》しく思つてゐる。人間を愛し得る人、愛せずにはゐられない人、それでゐて自分の懐《ふところ》に入《い》らうとするものを、手をひろげて抱き締める事の出来ない人、——是《これ》が先生であつた。

「人間を愛し得る人、愛せずにはゐられない人、それでゐて自分の懐に入らうとするものを、手をひろげて抱き締める事の出来ない人」って、なんかいいなあ。私もちょっと興味が湧《わ》いてきた。

『こゝろ』は、「先生と私」「両親と私」「先生の遺書」の３章から成り立っているんだけど、最後の「先生の遺書」にテーマのすべてが集約していると言っても過言ではない。

「先生と私」では、私の目から先生と奥さんの静かな生活が淡々《たんたん》と描かれている。取り立てて特別な事件が起こるわけではない。

先生は自分のことを「寂しい人間」だと言ってはばからない。実際、仕事をすることもなく、社会に対して何かを働きかけるわけでもなく、親の残してくれた財産で、ただぶらぶらと暮らしているだけなんだ。

どうして私はそんな先生にひかれたのかしら。
なんか、奥さんがかわいそう。

そんな第１章の中で、普段は静かな先生が少し興奮状態になる場面があるんだ。

私の父が病気で、危険な状態にあると聞いた先生が、財産問題について立ち入ったことを聞き出そうとする。

「君のうちに財産があるなら、今のうちに能《よ》く始末をつけて貰《もら》つて置かないと不可《いけな》いと思ふがね、余計な御世話だけれども。君の御父さんが達者なうちに、貰うものはちやんと貰つて置くやうにしたら何《ど》うですか。万一の事があつたあとで、一番面倒《めんだう》の起《おこ》るのは財産の問題だから」

「ええ」

私は先生の言葉に大した注意を払はなかつた。私の家庭でそんな心配をしてゐるものは、私に限らず、父にしろ母にしろ、一人もないと私は信じてゐた。其上先生のいふ事の、先生として、あまりに実際的なのに私は少し驚《おど》ろかされた。然し其所《そこ》は年長者に対する平生《へいぜい》の敬意が私を無口にした。

「あなたの御父さんが亡《な》くなられるのを、今から予想して掛《かか》るやうな言葉遣《ことばつかひ》をするのが気に触《さわ》つたら許して呉《く》れ玉へ。然し人間は死ぬものだからね。何《ど》んなに達者なものでも、何時《いつ》死ぬか分《わか》らないものだからね」

先生の口気《こうき》は珍《めづ》らしく苦《にが》々しかつた。

「そんな事をちつとも気に掛《か》けちやゐません」と私は弁解した。

「君の兄妹《きやうだい》は何人でしたかね」と先生が聞いた。

先生は其上に私の家族の人数を聞いたり、親類の有無《うむ》を尋ねたり、叔父や叔母の様子を問ひなどした。さうして最後に斯《か》ういつた。

「みんな善《い》い人ですか」

「別に悪い人間といふ程のものもゐないやうです。大抵田舎者《ゐなかもの》ですから」

「田舎者は何故《なぜ》悪くないんですか」
私は此追窮に苦しんだ。然し先生は私に返事を考へさせる余裕さへ与へなかつた。
「田舎者は都会のものより、却《かへ》つて悪い位なものです。それから、君は今、君の親戚《しんせき》なぞの中《うち》に、是《これ》といつて、悪い人間はゐないやうだと云ひましたね。然し悪い人間といふ一種の人間が世の中にあると君は思つてゐるんですか。そんな鋳型《いかた》に入れたやうな悪人《あくにん》は世の中にある筈《はず》がありませんよ。平生はみんな善人なんです。少なくともみんな普通の人間なんです。それが、いざといふ間際《まぎは》に、急に悪人に変《かは》るんだから恐《おそ》ろしいのです。だから油断が出来ないんです」
先生のいふ事は、此所《ここ》で切れる様子もなかつた。私は又此所で何か云はうとした。すると後《うしろ》の方で犬が急に吠《ほ》え出した。先生も私も驚ろいて後を振り返つた。

あっ、そうか。確かに人間を、善い人間と悪い人間の２種類に分けることなんてできないわ。
もし、それができるなら、善い人間とだけ付き合えばいいんだから、こんな簡単《かんたん》なことはないわ。
誰もだまされる人なんかいるはずないもん。

そのとおりだね。漱石の次の言葉は、まさに人間というものの真理を突いていると思う。
「平生はみんな善人なんです。少なくともみんな普通の人間なんです。

それが、いざといふ間際に、急に悪人に変るんだから恐ろしいのです。だから油断が出来ないんです」

でも、先生、一つわからないんだけど、「先生」はなんで突然こんなことを言い出したのかしら。

問題はそこなんだ。実は、先生はかつて善い人だと信頼した叔父《おじ》さんに財産を横領されるという過去を持っているんだ。

善い人だった叔父さんが、大金を前に、突然悪い人に変わったわけね。

そのことが先生の心の傷となって、今でも残っている。だから、先生はあらゆる人間を信用することができない。

そして、いつでも孤独《こどく》なんだ。

これが「寂しい人間」の内実なんだよ。

でも、なんか腑《ふ》に落ちないな。叔父さんにだまされただけで、こんなにも人間不信になるものかしら。

だって、奥さんのことも信用していないんだもの。

あいかちゃん、本当に鋭《するど》くなったな。

その理由は、最後の章で明らかにされることになるんだよ。

私、最近人間洞察《どうさつ》が鋭くなったの。

だから、絶対に変な男の人にだまされないから。

それはそうと、このことは最後の章まで忘れずに、記憶の片隅に残しておかなくちゃ。

私も先生にある謎《なぞ》の匂《にお》いをかぎつけるんだ。

そこで、先生を次のように追及する。

「あなたは大胆だ」

「ただ真面目《まじめ》なんです。真面目に人生から教訓を受けたいのです」

「私の過去を訐《あば》いてもですか」

訐くといふ言葉が、突然恐ろしい響《ひびき》を以《もつ》て、私の耳を打つた。私は今《いま》私の前に坐つてゐるのが、一人の罪人《ざいにん》であつて、不断《ふだん》から尊敬してゐる先生でないやうな気がした。先生の顔は蒼《あを》かつた。

「あなたは本当に真面目なんですか」と先生が念を押した。「私は過去の因果《いんが》で、人を疑《うたぐ》りつけてゐる。だから実はあなたも疑《うたぐ》つてゐる。然《しか》し何《ど》うもあなた丈《だけ》は疑りたくない。あなたは疑るには余りに単純すぎる様だ。私は死ぬ前にたつた一人で好《い》いから、他《ひと》を信用して死にたいと思つてゐる。あなたは其《その》たつた一人になれますか。なつて呉《く》れますか。あなたは腹の底から真面目ですか」

「もし私の命《いのち》が真面目なものなら、私の今いつた事も真面目です」

私の声は顫《ふる》へた。

「よろしい」と先生が云つた。「話しませう。私の過去を残らず、あなたに話して上げませう。其代り……。いやそれは構はない。然し私の過去はあなたに取つて夫程《それほど》有益でないかも知れませんよ。聞かない方が増《まし》かも知れませんよ。それから、——今は話せないんだから、其積《つもり》でゐて下さい。適当の時機が来なくつちや話さないんだから」

私は下宿へ帰つてからも一種の圧迫を感じた。

時期を見てきっと私の過去をあなたに話すって、先生は約束したのね。だから、私に遺書を残したんだ。
どんな内容なのか、今から待ち遠しいわ。

やがて、私は大学を卒業し、いったん郷里に帰ることになるんだ。

その郷里では、病気の父が私を待っているのだ。先生はまた会いましょうと言う。私は後ろ髪《がみ》を引かれる思いで、東京をあとにする。

だから、第２章は「私と両親」なのね。

そう、第２章では私の郷里での静かな生活が描かれているが、私の心は実家の両親よりも先生のほうにあって、いっこうに落ち着かない。

なんとか早く東京に戻《もど》りたいと思ううちに、父が危篤《きとく》状態になる。

今日、明日の命かもしれないという、まさにそのとき、先生から一つの分厚い手紙が届く。

私はその手紙を懐《ふところ》に入れ、躊躇《ちゅうちょ》せずに列車に飛び乗ったんだ。

えーっ、それって、ちょっと異常よ。
だって、実のお父さんが危ないときなんでしょ？
いくらなんでも、そんなときに東京に帰ろうとするなんて。

それほど先生は私にとって大きな存在だったんだろうね。

さて、いよいよ問題の最終章。

ここで**先生が自殺に至る動機の告白がなされる**んだ。

私《わたくし》は暗い人世の影《かげ》を遠慮なくあなたの頭の上に投げかけて上《あげ》ます。然し恐れては不可《いけま》せん。暗いものを凝《ぢつ》と見詰めて、その中《なか》から貴方《あなた》の参考になるものを御攫《おつか》みなさい。私の暗いといふのは、固《もと》より倫理《りんり》的に暗いのです。私は倫理的に生《うま》れた男です。又倫理的に育てられた男です。其倫理上の考は、今の若い人と大分《だいぶ》違つた所があるかも知れません。然し何《ど》う間違つても、私自身のものです。間に合《あは》せに借りた損料着《そんれうぎ》ではありません。だから是《これ》から発達しやうといふ貴方には幾分か参考になるだらうと思ふのです。

遺書の初めのほうに書かれた文章だよ。

なんか印象に残る文だろう？

本当。これ、自殺を決意した人の言葉だもの。なんかぞっとして、鳥肌《とりはだ》が立ってきたわ。

さらに続けて、先生はこのようにも書いている。

　貴方は現代の思想問題に就《つ》いて、よく私に議論を向けた事を記憶してゐるでせう。私のそれに対する態度もよく解《わか》つてゐるでせう。私はあなたの意見を軽蔑迄《けいべつまで》しなかつたけれども、決して尊敬を払ひ得る程度にはなれなかつた。あなたの考へには何等の背景もなかつたし、あなたは自分の過去を有《も》つには余《あま》りに若過ぎたからです。私は時々笑つた。あなたは物足《ものたり》なさうな顔をちよいちよい私に見せた。其極《きよく》あなたは私の過去を絵巻物《ゑまきもの》のやうに、あなたの前に展開して呉《く》れと逼《せま》つた。私は其《その》時心のうちで、始めて貴方を尊敬した。あなたが無遠慮に私の腹の中《なか》から、或《ある》生きたものを捕《つら》まへやうといふ決心を見せたからです。私の心臓を立《た》ち割《わ》つて、温かく流れる血潮《ちしほ》を啜《すす》らうとしたからです。其時私はまだ生きてゐた。死ぬのが厭《いや》であつた。それで他日を約して、あなたの要求を斥《しり》ぞけてしまつた。私は今自分で自分の心臓を破つて、其血をあなたの顔に浴《あび》せかけやうとしてゐるのです。私の鼓動《こどう》が停《とま》つた時、あなたの胸に新《あた》らしい命が宿《やど》る事が出来るなら満足です。

わあー、これもすごい言葉ね。
ねえ、先生、私も「先生の遺書」を読むことによって、「先生」の血を浴びることによって、私の胸にも新しい血が宿るのかしら。
もう少し立派な人間になれるのかしら？
教えて。先生、お願い。

ははは、あいかはもう十分変わったよ。だって、ここまで漱石を読んできただろ？
初めは今時のヴィジュアル志向で読書が苦手な女の子で、ちょっと軽薄《けいはく》なところもあったけど、今は世の中のとらえ方、人間洞察《どうさつ》がはるかに深くなっている。
すごく魅力《みりょく》的な女の子になったよ。

もともと魅力《みりょく》的だったけど、それにますます磨《みが》きがかかったっていうことね。

いちいち整理して、言い直さなくてもいいよ。

先生は遺書で自分の暗い過去を告白する。

最初に吐露《とろ》されたのは、叔父《おじ》に対する恨みだった。

若くして両親を亡くし一人になった私は叔父を頼り、全財産の管理を託《たく》して東京で学生生活を送った。叔父をどこまでも信頼していたからだ。

休みに帰郷すると、叔父は自分の娘と結婚して、財産を相続するよう強く勧《すす》める。３度目の帰郷の際、従弟《いとこ》との結婚を断ると、叔父たちの態度が豹変《ひょうへん》する。いやな予感がして、財産についての説明を求めると、叔父がすでにその財産をごまかしていることがわかった。そのため、叔父は策略で娘を押しつけようとしていたのだ。

私は全財産を整理し、残ったわずかなお金を手にして、故郷を棄《す》てたのだった。

そうなんだあ。
だから、先生、寂《さび》しいのね。人間を誰も信用しないんだ。
そう言えば、かつて先生は「人間には善い人間と悪い人間とがいるのではない。みんな普通の人間で、それが突然悪い人間になるから油断ができない」って言ってたわね。

あいか、よく覚えていたね。

もちろんよ。私、記憶力いいの。
本当は、なぜかこの言葉が頭の隅《すみ》に引っかかっていて、すごく印象に残っていたの。

先生は、東京に一戸建てを構えようと思ったのだが、たまたま未亡人《みぼうじん》（奥さん）とお嬢《じょう》さんの二人暮らしの素人《しろうと》下宿に住み込むことになる。

このことが、先生と彼らの運命を変えてしまうんだ。

私《わたくし》はそれ迄未亡人の風采《ふうさい》や態度から推して、此御嬢さんの凡《すべ》てを想像してゐたのです。然し其想像は御嬢さんに取つてあまり有利なものではありませんでした。軍人の妻君だからああなのだらう、其妻君の娘だから斯《か》うだらうと云った順序で、私の推測は段々延びて行きました。所が其推測が、御嬢さんの顔を見た瞬間に、悉《ことごと》く打ち消されました。さうして私の頭の中へ今迄想像も及ばなかつた異性の匂《にほひ》が新《あた》らしく入つて来ました。私はそれから床《とこ》の正面に活《い》けてある花が厭《いや》でなくなりました。同じ床に立て懸けてある琴《こと》も邪魔にならなくなりました。

ははあ〜。もう最初の時点で、お嬢さんにひかれてしまったんだ。
男の人なんて、こんなものなのかなあ。
でも、この時代の人って、純情ね。

先生はお嬢さんにひかれる一方、奥さんの態度には警戒心《けいかいしん》を抱くんだ。

奥さんは滅多《めつた》に外出した事がありませんでした。たまに宅《うち》を留守《るす》にする時でも、御嬢さんと私を二人ぎり残して行くやうな事はなかつたのです。それがまた偶然《ぐうぜん》なのか、故意《こい》なのか、私には解《わか》らないのです。私の口からいふのは変ですが、奥さんの様子を能《よ》く観察してゐると、何だか自分の娘と私とを接近させたがってゐるらしくも見えるのです。それでゐて、或《ある》場合には、私に対して暗《あん》に警戒する所もあるやうなのですから、始めて斯《こ》んな場合に出会つた私は、時々心持をわるくしました。

私は奥さんの態度を何方《どつち》かに片付《かたづけ》て貰《もら》ひたかつたのです。頭の働きから云《い》へば、それが明《あき》らかな矛盾に違ひなかつたからです。然し叔父に欺《あざ》むかれた記憶のまだ新らしい私は、もう一歩踏み込んだ疑ひを挟《さしは》さまずには居られませんでした。私は奥さんの此態度の何方《どつち》かが本当で、何方かが偽《いつはり》だらうと推定しました。さうして判断に迷《まよ》ひました。ただ判断に迷ふばかりでなく、何《なん》でそんな妙な事をするか其意味が私には呑み込めなかつたのです。理由《わけ》を考へ出さうとしても、考へ出せない私は、罪《つみ》を女といふ一字に塗《なす》り付けて我慢した事もありました。必竟《ひつきやう》女だからああなのだ、女といふものは何《ど》うせ愚《ぐ》なものだ。私の考《かんがへ》は行き詰《つま》れば何時《いつ》でも此所《ここ》へ落ちて来ました。

それ程女を見縊《みくび》つてゐた私が、また何《ど》うしても御嬢さんを見縊る事が出来なかつたのです。私の理窟は其人の前に全く用を為《な》さない程動きませんでした。私は其人に対して、殆《ほと》んど信仰に近い愛を有《も》つてゐたのです。私が宗教だけに用ひる此言葉を、若い女に応用するのを見て、貴方《あなた》は変に思ふかも知れませんが、私は今でも固く信じてゐるのです。本当の愛は宗教心とさう違つたものでないといふ事を固く信じてゐるのです。私は御嬢さんの顔を見るたびに、自分が美《うつ》くしくなるやうな心持《もち》がしました。御嬢さんの事を考へると、気高《けだか》い気分がすぐ自分に乗り移つて来るやうに思ひました。もし愛といふ不可思議なものに両端《りやうはじ》があつて、其高い端《はじ》には神聖な感じが働いて、低い端には性慾が動いてゐるとすれば、私の愛はたしかに其高い極点を捕《つら》まへたものです。私はもとより人間として肉を離れる事の出来ない身体《からだ》でした。けれども御嬢さんを見る私の眼や、御嬢さんを考へる私の心は、全く肉の臭《にほひ》を帯びてゐませんでした。

私は母に対して反感を抱《いだ》くと共に、子に対して恋愛の度を増して行つたのですから、三人の関係は、下宿した始めよりは段々複雑になつて来ました。尤《もつと》も其変化は殆んど内面的で外《そと》へは現れて来なかつたのです。そのうち私はあるひよつとした機会から、今迄奥さんを誤解してゐたのではなからうかといふ気になりました。奥さんの私に対する矛盾した態度が、どつちも偽《いつは》りではないのだらうと考へ直して来たのです。其上、それが互違《たがひちがひ》に奥さんの心を支配するのでなくつて、何時《いつ》でも両方が同時に奥さんの胸に存在してゐるのだと思ふやうになつたのです。つまり奥さんが出来るだけ御嬢さんを私に接近させやうとしてゐながら、同時に私に警戒を加へてゐるのは矛盾の様だけれども、其警戒を加へる時に、片方の態度を忘れるのでも翻《ひるが》へすのでも何でもなく、矢張《やはり》依然として二人を接近させたがつてゐたのだと観察したのです。ただ自分が正当と認める程度以上に、二人が密着《みつちやく》するのを忌《い》むのだと解釈したのです。御嬢さんに対して、肉の方面から近づく念の萌《きざ》さなかつた私は、其時入《い》らぬ心配だと思ひました。しかし奥さんを悪く思ふ気はそれから無《な》くなりました。

こうやって、先生と奥さんとお嬢《じょう》さんの不思議な生活が始まるんだ。

でも、無理もないわよね。あれほど信頼した叔父《おじ》さんに裏切《うらぎ》られたばかりなんだもの。
それにこの時代は性に対して今ほど開放的でなかったんでしょ。

うん、だから、奥さんの先生に対する態度は、当時としては当然だったんじゃないかな。現代の女の子だったら、理解できないかもしれないけれど。

あら、失礼ね。私だって清純派よ。男の人の３メートル以内にはめったに近づかないわ。先生だけが特別なんですよ。

それは光栄でございます。
それはそれとして、そうした奇妙《きみょう》な３人の生活に、あるとき突然Kが参入する。**今までの均衡《きんこう》が微妙《びみょう》に崩《くず》れ、それからの生活にある種の緊張感が生まれる**んだ。

Kの孤独《こどく》

先生、Ｋって、どんな人なんですか？

うん、続きを読めばわかるよ。

　私は其友達の名を此所《ここ》にＫと呼んで置きます。私はこのＫと小供の時からの仲好《なかよし》でした。小供の時からと云へば断《ことわ》らないでも解《わか》つてゐるでせう、二人には同郷の縁故《えんこ》があつたのです。Kは真宗《しんしゆう》の坊《ばう》さんの子でした。尤《もつと》も長男ではありません、次男でした。それである医者の所へ養子に遣《や》られたのです。私の生れた地方は大変本願寺《ほんぐわんじ》派《は》の勢力の強い所でしたから、真宗の坊さんは他《ほか》のものに比べると、物質的に割《わり》が好《よ》かつたやうです。一例を挙げると、もし坊さんに女の子があつて、其女の子が年頃になつたとすると、檀家《だんか》のものが相談して、何処《どこ》か適当な所へ嫁《よめ》に遣《や》つて呉《く》れます。無論費用は坊さんの懐《ふところ》から出るのではありません。そんな訳《わけ》で真宗寺《しんしゆうでら》は大抵有福《いうふく》でした。

Kの生《うま》れた家《いへ》も相応に暮らしてゐたのです。然し次男を東京へ修業に出す程の余力があつたか何《ど》うか知りません。又修業に出られる便宜があるので、養子の相談が纏《まと》まつたものか何うか、其所《そこ》も私には分《わか》りません。兎《と》に角《かく》Kは医者の家《うち》へ養子に行つたのです。それは私達がまだ中学にゐる時の事でした。私は教場で先生が名簿を呼ぶ時に、Kの姓が急に変つてゐたので驚ろいたのを今でも記憶してゐます。

Kの養子先《さき》も可《か》なりな財産家でした。Kは其所から学資を貰《もら》つて東京へ出て来たのです。出て来たのは私と一所でなかつたけれども、東京へ着いてからは、すぐ同じ下宿に入《はい》りました。其時分は一《ひと》つ室《へや》によく二人も三人も机を並べて寝起《ねおき》したものです。Kと私も二人で同じ間《ま》にゐました。山で生捕《いけど》られた動物が、檻《をり》の中で抱き合ひながら、外《そと》を睨《にら》めるやうなものでしたらう。二人は東京と東京の人を畏《おそ》れました。それでゐて六畳の間《ま》の中《なか》では、天下を睥睨《へいげい》するやうな事を云つてゐたのです。

然し我々は真面目《まじめ》でした。我々は実際偉くなる積《つもり》でゐたのです。ことにKは強かつたのです。寺に生れた彼は、常に精進《しやうじん》といふ言葉を使ひました。さうして彼の行為動作は悉《ことごと》くこの精進の一語で形容されるやうに、私には見えたのです。私は心のうちで常にKを畏敬してゐました。

Kは中学にゐた頃から、宗教とか哲学とかいふ六《む》づかしい問題で、私を困らせました。是《これ》は彼の父の感化なのか、又は自分の生れた家、即《すなは》ち寺といふ一種特別な建物に属する空気の影響なのか、解《わか》りません。ともかくも彼は普通の坊さんよりは遥《はる》かに坊さんらしい性格を有《も》つてゐたやうに見受けられます。元来Kの養家では彼を医者にする積で東京へ出したのです。然《しか》るに頑固《ぐわんこ》な彼は医者にはならない決心をもつて、東京へ出て来たのです。私は彼に向《むか》つて、それでは養父母を欺《あざ》むくと同じ事ではないかと詰《なじ》りました。大胆な彼は左右《さう》だと答へるのです。道《みち》のためなら、其位の事をしても構はないと云ふのです。其時彼の用ひた道といふ言葉は、恐《おそ》らく彼にも能《よ》く解つてゐなかつたでせう。私は無論解つたとは云へません。然し年の若い私達には、この漠然とした言葉が尊《たつ》とく響《ひび》いたのです。よし解らないにしても気高《けだか》い心持《もち》に支配されて、そちらの方へ動いて行かうとする意気組《いきぐみ》に卑《いや》しい所の見える筈はありません。私はKの説に賛成しました。私の同意がKに取つて何《ど》の位《くらゐ》有力であつたか、それは私も知りません。一図《いちづ》な彼は、たとひ私がいくら反対しやうとも、矢張《やはり》自分の思い通りを貫《つら》ぬいたに違《ちがひ》なからうとは察《さつ》せられます。然し万一の場合、賛成の声援を与へた私に、多少の責任が出来てくる位の事は、子供ながら私はよく承知してゐた積《つもり》です。よし其時にそれ丈《だけ》の覚悟がないにしても、成人した眼で、過去を振り返る必要が起《おこ》つた場合には、私に割り当てられただけの責任は、私の方で帯《お》びるのが至当になる位な語気で私は賛成したのです。

なんか、すてき。2人は東京に出てきて、同じ下宿にいたんでしょ。「二人は東京と東京の人を畏れました。それでゐて六畳の間の中では、天下を睥睨するやうな事を云つてゐたのです」というところ。私、若い人のこういったところにひかれるんだ。今はこんな人、少なくなったんだもの。

Kは、「道」のためには、あらゆる犠牲《ぎせい》をいとわない、強い意志を持っていたんだ。だから、Kを医者にしようとした養父母をあざむいて、仕送りを受け取っていた。

「精進《しょうじん》」という言葉が、Kの精神を支えていたんでしょ？
でも、やっぱりKも孤独《こどく》だったのよね。だって、親元を離れて養子になったのに、その養父母とは心が通い合っていないんだもの。

Kは自分に厳《きび》しかった。自分に厳しいということは、他人にも厳しいということ。だから、Kの友人は先生一人だったんだよ。

そういった意味では、Kは天涯《てんがい》孤独なんだ。だからこそ、「精進」と言って、歯を食いしばって生きなければならなかった。

しかも、ついに養父母に自分の裏切《うらぎ》りを知られて、Kは養父母から仕送りを止められ、実の両親からも勘当《かんどう》を言い渡される。まさに天涯孤独の境遇《きょうぐう》となってしまう。そして、差し当たり住むところと、生活費がなくなる。

先生はそんなKを見るに見かねて、奥さんを説き伏《ふ》せ、自分の下宿に住まわせることになるんだ。

もうKにとっては、先生しか頼る人がいないものね。
でも、先生はすでにお嬢《じょう》さんを好きになっていたんでしょ？

もちろん、そのとおりなんだけど、そこが微妙《びみょう》なんだ。

お嬢さんにはまさにあこがれの情と崇敬《すうけい》の心を持って接していた。その一方、奥さんが自分のわずかな財産を目当てに、お嬢さんと結婚させようとしているのではないかという疑いをどうしても払拭《ふっしょく》できない。

そういった状況の中、突然Kが３人の生活に入り込んできた。最初は頑《かたく》なな態度を見せていたKも、やがては打ち解《と》けだし、目に見えて快活になっていくんだ。

そうすると、逆に先生の気持ちが穏《おだ》やかでなくなっていく。**お嬢さんとKが楽しそうに話しているところを見かけるたびに、先生の心が常態を保てなくなる。**

それ、嫉妬《しっと》だわ。先生は、Kに嫉妬し始めたんだ。

そうだね。そして、あるときKはついに自分の気持ちを先生に告白するんだ。

「Kは中々奥さんと御嬢さんの話を已《や》めませんでした。仕舞《しまひ》には私も答へられないやうな立ち入つた事迄《まで》聞くのです。私は面倒よりも不思議の感に打たれました。以前私の方から二人を問題にして話しかけた時の彼を思ひ出すと、私は何《ど》うしても彼の調子の変《かは》つてゐる所に気が付かずにはゐられないのです。私はとうとう何故《なぜ》今日《けふ》に限つてそんな事ばかり云ふのかと彼に尋《たづ》ねました。其時彼は突然黙《だま》りました。然し私は彼の結んだ口元の肉が顫《ふる》へるやうに動いてゐるのを注視しました。彼は元来無口な男でした。平生から何か云《い》はうとすると、云ふ前に能《よ》く口のあたりをもぐもぐさせる癖《くせ》がありました。彼の唇《くちびる》がわざと彼の意志に反抗するやうに容易《たやす》く開《あ》かない所に、彼の言葉の重みも籠《こも》つてゐたのでせう。一《いつ》旦《たん》声が口を破つて出るとなると、其声には普通の人よりも倍の強い力がありました。

彼の口元を一寸《ちよつと》眺《なが》めた時、私はまた何か出て来るなとすぐ疳《かん》付《づ》いたのですが、それが果《はた》して何の準備なのか、私の予覚は丸《まる》でなかつたのです。だから驚《おど》ろいたのです。彼の重々しい口から、彼の御嬢さんに対する切《せつ》ない恋を打ち明けられた時の私を想像して見て下さい。私は彼の魔法棒《まはふぼう》のために一度に化石《くわせき》されたやうなものです。口をもぐもぐさせる働《はたらき》さへ、私にはなくなつて仕舞つたのです。

其《その》時の私は恐《おそ》ろしさの塊《かたま》りと云ひませうか、又は苦しさの塊りと云ひませうか、何しろ一つの塊りでした。石か鉄のやうに頭から足の先までが急に固くなつたのです。呼吸をする弾力性さへ失《うしな》はれた位に堅《かた》くなつたのです。幸《さひは》ひな事に其状態は長く続きませんでした。私は一瞬間の後《のち》に、また人間らしい気分を取り戻《もど》しました。さうして、すぐ失策《しま》つたと思ひました。先《せん》を越されたなと思ひました。

あ〜あ、大変。どうしよう。

どうしようって、なにもあいかがうろたえる必要はないじゃないか。

そんなことを言っても、これって、本当に大変だもの。
胸がきゅっと痛くなってきちゃった。

あのKがお嬢さんへの思いを告白する。おそらくよっぽど思いつめてのことなんだ。人をこれほど好きになったのは生まれて初めてで、苦しくて苦しくて、Kは自分でもどうしていいのかわからない。

あ〜あ、Kの苦しさ、わかる。
でも、そのときの先生の気持ちを考えると、本当にどうしていいのかわからなくなる。

「二人は各自《めいめい》の室《へや》に引き取つたぎり顔を合はせませんでした。Kの静かな事は朝と同じでした。私《わたくし》も凝《ぢつ》と考へ込んでゐました。

私は当然自分の心をKに打ち明けるべき筈《はず》だと思ひました。然《しか》しそれにはもう時機が後《おく》れてしまつたといふ気も起《おこ》りました。何故《なぜ》先刻《さつき》Kの言葉を遮《さへ》ぎつて、此方《こつち》から逆襲しなかつたのか、其所《そこ》が非常な手落《てぬか》りのやうに見えて来ました。責《せ》めてKの後《あと》に続いて、自分は自分の思ふ通りを其場で話して仕舞《しま》つたら、まだ好《よ》かつたらうにとも考へました。Kの自白に一段落が付いた今となつて、此方から又同じ事を切り出すのは、何《ど》う思案しても変でした。私は此不自然に打ち勝つ方法を知らなかつたのです。私の頭は悔恨に揺《ゆ》られてぐらぐらしました。

私はKが再び仕切《しきり》の襖《ふすま》を開けて向《むか》ふから突進してきて呉《く》れれば好《い》いと思ひました。私に云《い》はせれば、先刻《さつき》は丸《まる》で不意撃《ふいうち》に会《あ》つたも同じでした。私にはKに応ずる準備も何もなかつたのです。私は午前に失《うし》なつたものを、今度は取り戻《もど》さうといふ下心《したごころ》を持つてゐました。それで時々眼を上げて、襖を眺《なが》めました。然し其襖は何時迄《いつまで》経《た》つても開《あ》きません。さうしてKは永久に静《しづか》なのです。

其内私の頭は段々此静かさに掻《か》き乱《みだ》されるやうになつて来ました。Kは今襖の向《むかふ》で何を考へてゐるだらうと思ふと、それが気になつて堪《たま》らないのです。不断も斯《こ》んな風《ふう》に御互《たがひ》が仕切一枚を間に置いて黙《だま》り合つてゐる場合は始終あつたのですが、私はKが静であればある程、彼の存在を忘れるのが普通の状態だつたのですから、其時の私は余程調子が狂《くる》つてゐたものと見なければなりません。それでゐて私は此方《こつち》から進んで襖を開ける事が出来なかつたのです。一旦《いつたん》云ひそびれた私は、また向ふから働《はた》らき掛《か》けられる時機を待つより外《ほか》に仕方がなかつたのです。

結局、先生はＫに自分の気持ちを打ち明けなかったんだ。
いったいどうするのかしら。困った。本当に困ったわ。

ここで面白いのは、襖《ふすま》という表現なんだ。**この襖が『こゝろ』の世界を象徴《しょうちょう》している**ような気がする。

襖？　２人の部屋を仕切っている襖のこと？

そうだよ。先生とKは、襖１枚に隔《へだ》てられて生活している。
先生は先生で襖越しにじっとKの気配をうかがっている。普段はこの襖は閉じられているが、何かのときはこの襖を開けて、先生とKはお互いに出入りする。
ところが、今このとき、先生は襖１枚を隔てて息を殺しているKの気持ちがわからない。

あっ、そうかあ。でも、それって、すごい緊張感だわ。
先生は寝転びながらも、いつも襖の向こうを意識している。
あんなに仲のよかった親友同士なのに、その襖が２人の心を隔てているのね。

その日の食事の場面は、次のようだよ。

「奥さんは私に何《ど》うかしたのかと聞きました。私は少し心持《もち》が悪いと答へました。実際私は心持が悪かつたのです。すると今度は御嬢さんがＫに同じ問《とひ》を掛《か》けました。Ｋは私のやうに心持が悪いとは答へません。ただ口が利《き》きたくないからだと云ひました。御嬢さんは何故《なぜ》口が利きたくないのかと追窮しました。私は其時ふと重たい瞼《まぶた》を上げてＫの顔を見ました。私にはＫが何と答へるだらうかといふ好奇心があつたのです。Ｋの唇《くちびる》は例のやうに少し顫《ふる》へてゐました。それが知らない人から見ると、丸《まる》で返事に迷《まよ》つてゐるとしか思はれないのです。御嬢さんは笑《わら》ひながら又何か六《む》づかしい事を考へてゐるのだらうと云ひました。Ｋの顔は心持薄赤《うすあか》くなりました。

其晩私は何時《いつ》もより早く床《とこ》へ入《はい》りました。私が食事の時気分が悪いと云つたのを気にして、奥さんは十時頃蕎麦湯《そばゆ》を持つて来て呉《く》れました。然し私の室《へや》はもう真暗《まつくら》でした。奥さんはおやおやと云つて、仕切りの襖《ふすま》を細目《ほそめ》に開けました。洋燈《ランプ》の光がＫの机から斜《ななめ》にぼんやりと私の室に差し込みました。Ｋはまだ起きてゐたものと見えます。奥さんは枕元に坐《すわ》つて、大方《おほかた》風邪《かぜ》を引いたのだらうから身体を暖《あつ》ためるが可《い》いと云つて、湯呑《ゆのみ》を顔の傍《そば》へ突き付けるのです。私は已《やむ》を得ず、どろどろした蕎麦湯を奥さんの見てゐる前で飲んだのです。

私は遅くなる迄暗いなかで考へてゐました。無論一つ問題をぐるぐる廻転させる丈《だけ》で、外《ほか》に何の効力もなかつたのです。私は突然Ｋが今隣りの室で何をしてゐるだらうと思ひ出しました。私は半《なか》ば無意識においと声を掛けました。すると向《むか》ふでもおいと返事をしました。Ｋもまだ起きてゐたのです。私はまだ寝《ね》ないのかと襖ごしに聞きました。もう寝るといふ簡単な挨拶がありました。何をしてゐるのだと私は重ねて問ひました。今度はＫの答《こたへ》がありません。其代《そのかは》り五六分経《た》つたと思ふ頃に、押入《おしいれ》をがらりと開けて、床を延べる音が手に取るやうに聞こえました。私はもう何時《なんじ》かと又尋《たづ》ねました。Ｋは一時二十分だと答へました。やがて洋燈をふつと吹き消す音がして、家中《うちぢう》が真暗なうちに、しんと静まりました。

然し私の眼は其暗いなかで愈冴《いよいよさ》えて来るばかりです。私はまた半《なか》ば無意識な状態で、おいとＫに声を掛けました。Ｋも以前と同じやうな調子で、おいと答へました。私は今朝《けさ》彼から聞いた事に就《つ》いて、もつと詳《くわ》しい話をしたいが、彼の都合は何《ど》うだと、とうとう此方《こつち》から切り出しました。私は無論襖越にそんな談話を交換する気はなかつたのですが、Ｋの返答だけは即坐に得られる事と考へたのです。所がＫは先刻《さつき》から二度おいと呼ばれて、二度おいと答へたやうな素直な調子で、今度は応じません。左右《さう》だなあと低い声で渋《しぶ》つてゐます。私は又はつと思はせられました。

また２人の心を襖《ふすま》が隔《へだ》てている。
先生も自分の気持ちを素直《すなお》に告白すればいいのに、できない。
こういうのって一番つらいわ。

図書館にいる先生を、Ｋが訪ねてきたんだ。

その帰り道、Kは苦しくて苦しくて仕方がない。自分はどうしていいのかわからないから、どうか先生に自分を批評してほしいと頼むんだ。

本当にKは悩《なや》んでいるのね。
で、先生はどう答えたのかしら？
自分の気持ちを素直に告白するチャンスなのに。

私は丁度他流試合《たりうじあひ》でもする人のやうにKを注意して見てゐたのです。私は、私の眼、私の心、私の身体、すべて私といふ名の付くものを五分《ぶ》の隙間《すきま》もないやうに用意して、Kに向つたのです。罪《つみ》のないKは穴《あな》だらけといふより寧《むし》ろ明《あ》け放《はな》しと評するのが適当な位に無用心《ぶようじん》でした。私は彼自身の手から、彼の保管してゐる要塞《さい》の地図を受取《うけと》つて、彼の眼の前でゆつくりそれを眺《なが》める事が出来たも同じでした。

Kが理想と現実の間に彷徨《はうくわう》してふらふらしてゐるのを発見した私は、ただ一打《ひとうち》で彼を倒す事が出来るだらうといふ点にばかり眼を着けました。さうしてすぐ彼の虚《きよ》に付け込んだのです。私は彼に向つて急に厳粛《げんしゆく》な改《あら》たまつた態度を示し出しました。無論策略《さくりやく》からですが、其態度に相応する位な緊張した気分もあつたのですから、自分に滑稽《こつけい》だの羞恥《しうち》だのを感ずる余裕はありませんでした。私は先《ま》づ『精神的に向上心のないものは馬鹿だ』と云ひ放《はな》ちました。是は二人で房州を旅行してゐる際、Kが私に向つて使つた言葉です。私は彼の使つた通りを、彼と同じやうな口《く》調で、再び彼に投げ返したのです。然し決して復讐《ふくしう》ではありません。私は復讐以上に残酷な意味を有《も》つてゐたといふ事を自白します。私は其一言《いちごん》でKの前に横たはる恋の行手《ゆくて》を塞《ふさ》がうとしたのです。

Kは真宗寺に生《うま》れた男でした。然し彼の傾向は中学時代から決して生《せい》家《か》の宗旨《しゆうし》に近いものではなかつたのです。教義上の区別をよく知らない私が、斯《こ》んな事をいふ資格に乏《とぼ》しいのは承知してゐますが、私はただ男《なん》女《によ》に関係した点についてのみ、さう認めてゐたのです。Kは昔《むか》しから精進《じん》といふ言葉が好《すき》でした。私は其言葉の中に、禁慾《きんよく》といふ意味も籠《こも》つてゐるのだらうと解釈してゐました。然し後《あと》で実際を聞いて見ると、それよりもまだ厳重な意味が含《ふく》まれてゐるので、私は驚ろきました。道のためには凡《すべ》てを犠牲にすべきものだと云ふのが彼の第一信条なのですから、摂慾や禁慾は無論、たとひ慾を離れた恋そのものでも道の妨害《さまたげ》になるのです。Kが自活生活をしてゐる時分に、私はよく彼から彼の主張を聞かされたのでした。其頃から御嬢さんを思つてゐた私は、勢《いきほ》ひ何《ど》うしても彼に反対しなければならなかつたのです。私が反対すると、彼は何《い》時《つ》でも気の毒《どく》さうな顔をしました。其所《そこ》には同情よりも侮蔑《ぶべつ》の方が余計に現はれてゐました。

斯《か》ういふ過去を二人の間に通り抜けて来てゐるのですから、精神的に向上心のないものは馬鹿《ばか》だといふ言葉は、Kに取つて痛いに違いなかつたのです。然《しか》し前にも云つた通り、私は此一言《いちごん》で、彼が折角《せつかく》積み上げた過去を蹴散《けち》らした積《つもり》ではありません。却つてそれを今迄《まで》通り積み重ねて行かせやうとしたのです。それが道に達しやうが、天に届かうが、私は構ひません。私はただKが急に生活の方向を転換して、私の利害と衝突《しようとつ》するのを恐れたのです。要するに私の言葉は単なる利己心の発現でした。

先生、「向上心のないものは馬鹿だ」って、どういうこと？
なんとなくわかるんだけど、いまいちぴんとこない。

そうだなあ。たとえば、誰かを好きになったばかりの友達の相談相手になってごらん。

「あの人はこんなことを言ったけど、もしかしたら私のことを好きなのかしら」「あんなことをしたけど、もしかしたら私のことをなんとも思っていないのかしら」。こんなふうに恋人のことですっかり頭がいっぱいになって仕事や勉強などはそっちのけになってしまった友達から、同じことを何度も聞かされたりする。**彼女はいつまでも同じところをぐるぐると回り続けている。**

あっ、あるある、そんなの。
まさに向上心のないものはバカよね。

もちろん、ここではもっと深い意味で使っているんだよ。

道のためには、すべてを犠牲《ぎせい》にしなければならない、Kはそう言って歯を食いしばって生きてきたんだ。
　そんなKにとって、恋愛なんてバカのすることだ、少なくともお嬢《じょう》さんを好きになるそのときまで、Kはそう信じ込んできた。

残酷《ざんこく》だわ。だって、かつての自分の言葉を投げつけられたのだもの。逃げ場がないじゃない。

　そうだね。
　K は周到《しゅうとう》に用意されたその言葉で、退路を断《た》たれてしまったんだ。

　『精神的に向上心のないものは、馬鹿だ』
　私は二度同じ言葉を繰り返しました。さうして、其言葉がＫの上に何《ど》う影響するかを見詰めてゐました。
　『馬鹿だ』とやがてＫが答へました。『僕は馬鹿だ』
　Ｋはぴたりと其所《そこ》へ立ち留《どま》つた儘《まま》動きません。彼は地面の上を見詰めてゐます。私は思はずぎよつとしました。私にはＫが其刹那《せつな》に居直り強盗の如《ごと》く感ぜられたのです。然しそれにしては彼の声が如何《いか》にも力に乏《とぼ》しいといふ事に気が付きました。私は彼の眼遣《めづかひ》を参考にしたかつたのですが、彼は最後迄私の顔を見ないのです。さうして、徐々《そろそろ》と又歩き出しました。

いやだ。なんだか背筋がぞくぞくするほど怖《こわ》い。
決して口にしてはいけない言葉の刃《やいば》で、Ｋの心臓の最も深いところをぐさって刺《さ》したみたい。

　Kはしばらくして、私の名を呼んで私の方を見ました。今度は私の方で自然と足を留《と》めました。するとKも留まりました。私は其時やつとKの眼を真向《まむき》に見る事が出来たのです。Kは私より脊《せい》の高い男でしたから、私は勢ひ彼の顔を見上げるやうにしなければなりません。私はさうした態度で、狼《おほかみ》の如《ごと》き心を罪のない羊《ひつじ》に向けたのです。
　『もう其話は止《や》めやう』と彼が云ひました。彼の眼にも彼の言葉にも変に悲痛な所がありました。私は一寸《ちよつと》挨拶が出来なかつたのです。するとKは、『止めて呉《く》れ』と今度は頼むやうに云ひ直しました。私は其時彼に向つて残酷な答《こたへ》を与へたのです。狼が隙《すき》を見て羊《ひつじ》の咽喉笛《のどぶえ》へ食《くら》ひ付くやうに。

『止《や》めて呉《く》れつて、僕が云ひ出した事ぢやない、もともと君の方から持ち出した話ぢやないか。然し君が止めたければ、止めても可《い》いが、ただ口の先で止めたつて仕方があるまい。君の心でそれを止める丈《だけ》の覚悟がなければ。一体君は君の平生の主張を何《ど》うする積《つもり》なのか』

私が斯《か》う云つた時、脊《せい》の高い彼は自然と私の前に萎縮して小さくなるやうな感じがしました。彼はいつも話す通り頗《すこぶ》る強情な男でしたけれども、一方では又人一倍の正直者《ぢきもの》でしたから、自分の矛盾などをひどく非難される場合には、決して平気でゐられない質《たち》だつたのです。私は彼の様子を見て漸やく安心しました。すると彼は卒然《そつぜん》『覚悟？』と聞きました。さうして私がまだ何とも答へない先に『覚悟、――覚悟ならない事もない』と付け加へました。彼の調子は独言《ひとりごと》のやうでした。又夢の中の言葉のやうでした。

漱石の言葉って、すごく重い。人の心の奥底まで、漱石の視線が入り込み、じっと凝視《ぎょうし》しているみたい。

そうよね。Kはバカなんだ。そして、自分がバカなのを誰よりも知って、だからこそ苦しみ抜いているのがK自身なのよね。

それなのに……。

このとき、Kは「覚悟《かくご》」という言葉を使った。それでも、先生はその「覚悟」が何を意味するのか、わからなかったんだ。

あ～あ、胸騒《むなさわ》ぎがする。

私は程なく穏《おだ》やかな眠《ねむり》に落ちました。然し突然私の名を呼ぶ声で眼を覚《さ》ましました。見ると、間の襖《ふすま》が二尺《しやく》ばかり開《あ》いて、其所《そこ》にKの黒い影《かげ》が立つてゐます。さうして彼の室《へや》には宵《よひ》の通りまだ燈火《あかり》が点《つ》いてゐるのです。急に世界の変つた私は、少しの間口を利《き》く事も出来ずに、ぼうつとして、其光景を眺《なが》めてゐました。

其時Kはもう寐《ね》たのかと聞きました。Kは何時《いつ》でも遅く迄起きてゐる男でした。私は黒い影法師《かげぼうし》のやうなKに向《むか》つて、何か用かと聞き返しました。Kは大《たい》した用でもない、ただもう寐たか、まだ起きてゐるかと思つて、便所へ行つた序《ついで》に聞いて見た丈だと答へました。Kは洋燈《ランプ》の灯《ひ》を脊中《せなか》に受けてゐるので、彼の顔色や眼つきは、全く私には分《わか》りませんでした。けれども彼の声は不断《ふだん》よりも却つて落ち付いてゐた位でした。

Kはやがて開けた襖をぴたりと立て切りました。私の室《へや》はすぐ元の暗《くら》闇《やみ》に帰りました。私は其暗闇より静かな夢を見るべく又眼を閉ぢました。私はそれぎり何も知りません。然し翌朝《よくあさ》になつて、昨夕《ゆふべ》の事を考へて見ると、何だか不思議でした。私はことによると、凡《すべ》てが夢ではないかと思ひました。それで飯を食ふ時、Kに聞きました。Kはたしかに襖を開けて私の名を呼んだと云ひます。何故《なぜ》そんな事をしたのかと尋ねると、別に判然《はつきり》した返事もしません。調子の抜けた頃になつて、近頃は熟睡が出来るのかと却つて向ふから私に問ふのです。私は何だか変に感じました。

きっとＫは深く傷つき、逃げ場のないところで苦悶《くもん》していたのよ。
だから、先生に救いを求めた。
先生は最後のチャンスを逃したんだわ。

ここでも、襖《ふすま》が重要な役割を果たしている。
襖がすっと開き、そこにKの黒い影《かげ》が亡霊《ぼうれい》のごとく立っているんだ。

「私は程なく穏やかな眠に落ちました。然《しか》し突然私の名を呼ぶ声で眼を覚ましました。見ると、間の襖《ふすま》が二尺ばかり開いて、其所にKの黒い影が立つてゐます」という、この短い描写だけでも、２人の心理状態が影絵のように描かれ、鬼気迫《ききせま》るものを感じるんだ。

私は私にも最後の決断が必要だといふ声を心の耳で聞きました。私はすぐ其声に応じて勇気を振り起《おこ》しました。私はKより先に、しかもKの知らない間《ま》に、事を運ばなくてはならないと覚悟を極《き》めました。私は黙《だま》つて機会を覘《ねら》つてゐました。しかし二日経《ふつかた》つても三日経つても、私はそれを捕《つら》まへる事が出来ません。私はKのゐない時、又御嬢さんの留守な折を待つて、奥さんに談判を開《ひら》かうと考へたのです。然し片方がゐなければ、片方が邪魔《じやま》をするといつた風《ふう》の日ばかり続いて、何《ど》うしても『今だ』と思ふ好都合が出て来て呉れないのです。私はいらいらしました。

一週間の後《のち》私はとうとう堪《た》え切れなくなつて仮病《けびやう》を遣《つか》ひました。奥さんからも御嬢さんからも、K自身からも、起きろといふ催促《さいそく》を受けた私は、生返事《なまへんじ》をした丈で、十時頃迄蒲団《ふとん》を被《かぶ》つて寐《ね》てゐました。私はKも御嬢さんもゐなくなつて、家《いへ》の内《なか》がひつそり静まつた頃を見計《みはから》つて寐床を出ました。私の顔を見た奥さんは、すぐ何処《どこ》が悪いかと尋ねました。食物は枕元へ運んでやるから、もつと寐てゐたら可《よ》からうと忠告しても呉《く》れました。身体に異状のない私は、とても寐る気にはなれません。顔を洗つて何時《いつ》もの通り茶の間で飯を食ひました。其時奥さんは長火鉢の向側《むかふがは》から給仕をして呉れたのです。私は朝飯《あさめし》とも午飯《ひる》とも片付かない茶椀を手に持つた儘《まま》、何《ど》んな風に問題を切り出したものだらうかと、それぱかりに屈托《くつたく》してゐたから、外観からは実際気分の好《よ》くない病人らしく見えただらうと思ひます。

私は飯を終《しま》つて烟草《たばこ》を吹《ふ》かし出しました。私が立たないので奥さんも火鉢の傍《そば》を離れる訳《わけ》に行きません。下女を呼んで膳《ぜん》を下げさせた上、鉄瓶に水を注《さ》したり、火鉢の縁《ふち》を拭《ふ》いたりして、私に調子を合はせてゐます。私は奥さんに特別な用事でもあるのかと問ひました。奥さんはいいえと答へましたが、今度は向《むか》ふで何故《なぜ》ですと聞き返して来ました。私は実は少し話したい事があるのだと云ひました。奥さんは何ですかと云つて、私の顔を見ました。奥さんの調子は丸《まる》で私の気分に這入《はい》り込めないやうな軽いものでしたから、私は次に出すべき文句《もんく》も少し渋《しぶ》りました。
　私は仕方なしに言葉の上で、好《い》い加減にうろつき廻《まは》つた末、Kが近頃何か云ひはしなかつたかと奥さんに聞いて見ました。奥さんは思ひも寄らないといふ風《ふう》をして、『何を？』とまた反問して来ました。さうして私の答へる前に、『貴方《あなた》には何か仰《おつし》やつたんですか』と却つて向《むかふ》で聞くのです。

先生は「覚悟《かくご》」という意味を、全く別の意味に取り違えたのね。
だから、自分のほうが早くお嬢《じょう》さんをものにしなければと焦《あせ》って、仮病《けびょう》まで使った。それって、ひどい。卑怯《ひきょう》よ。
でも、人間って、本当に追いつめられたら、そうしたものかもしれない。私、非難する資格ないかも。

おや、あいかちゃん、いやに謙虚《けんきょ》だね。どうしたの？

うん、ここまで漱石を読んできて、なんだかもののとらえ方が変わってきちゃった。今までなら、先生のこと、ひどい、許せないって、本気で怒《おこ》ったと思うの。
でもね、先生はこう言ったでしょ。
「人間に善い人間と悪い人間がいるのじゃない。みんな普通の人間だ」って。私、その意味がわかる。
先生はかつて叔父《おじ》さんに財産を横領された。そうした叔父さんを恨《うら》み続け、心の中でどうしても許せなかった先生が、こんどはKに対して同じことをしているのよ。
だったら、そうした先生を非難した私が、今度は同じことをするかもしれないじゃない。
人間には人間を責める資格がないのかもしれない。

本当にずいぶん変わったね。あいか、なんだか大人っぽくなったな。
でも、少し寂《さび》しげな表情だよ。

それが魅力《みりょく》的でしょ。
私は知的で、美しく、深みのある女性になりたかったから。
先生、あんまり誘惑《ゆうわく》しないでね。

「Kから聞かされた打ち明け話を、奥さんに伝へる気のなかつた私は、『いいえ』といつてしまつた後《あと》で、すぐ自分の嘘《うそ》を快《こころよ》からず感じました。仕方がないから、別段何も頼まれた覚《おぼえ》はないのだから、Kに関する用件ではないのだと云ひ直しました。奥さんは『左右《さう》ですか』と云つて、後《あと》を待つてゐます。私は何《ど》うしても切り出さなければならなくなりました。私は突然『奥さん、御嬢さんを私に下さい』と云ひました。奥さんは私の予期してかかつた程《ほど》驚《おど》ろいた様子も見せませんでしたが、それでも少《しば》時《らく》返事が出来なかったものと見えて、黙《だま》つて私の顔を眺《なが》めてゐました。一度云ひ出した私は、いくら顔を見られても、それに頓着《とんぢやく》などはしてゐられません。『下さい、是非《ぜひ》下さい』と云ひました。『私の妻として是非下さい』と云ひました。奥さんは年を取つてゐる丈《だけ》に、私よりもずつと落付《おちつ》いてゐました。『上げてもいいが、あんまり急ぢやありませんか』と聞くのです。私が『急に貰《もら》ひたいのだ』とすぐ答へたら笑ひ出しました。さうして『よく考へたのですか』と念を押すのです。私は云ひ出したのは突然でも、考へたのは突然でないといふ訳を強い言葉で説明しました。
それから未《ま》だ二つ三つの問答がありましたが、私はそれを忘れて仕舞ひました。男のやうに判然《はきはき》した所のある奥さんは、普通の女と違つて斯《こ》んな場合には大変心持《もち》よく話の出来る人でした。『宜《よ》ござんす、差し上げませう』と云ひました。『差し上げるなんて威張《いば》つた口の利《き》ける境遇ではありません。どうぞ貰つて下さい。御存じの通り父親のない憐《あは》れな子です』と後《あと》では向ふから頼みました。

あ〜あ、すべてが決まっちゃった。
「御嬢さんを私に下さい」っていう一言が、先生、K、お嬢《じょう》さん、奥さんの運命を変えてしまうのに……。
こんなにも簡単《かんたん》に決まっていいの？

漱石文学には、時間に関する不思議なとらえ方があるんだ。

時間は確かに等間隔に流れているけど、**人生を決定する一瞬《いっしゅん》がある**んだ。**その瞬間には時間は流れずに、全生涯《しょうがい》を支配してしまう**。

だけど、その一瞬がいつなのかは、誰にもわからない。あとになって初めて気がつくんだ。

だから、人は過《あやま》ちを繰り返すのね。
なんだか怖《こわ》い。

夕飯《ゆふめし》の時Ｋと私はまた顔を合《あは》せました。何《なん》にも知らないＫはただ沈《しづ》んでゐた丈《だけ》で、少しも疑《うたが》ひ深い眼を私に向けません。何にも知らない奥さんは何時《いつ》もより嬉《うれ》しさうでした。私だけが凡《すべ》てを知つてゐたのです。私は鉛《なまり》のやうな飯を食ひました。其時御嬢さんは何時ものやうにみんなと同じ食卓に並びませんでした。奥さんが催促《さいそく》すると、次の室《へや》で只今《ただいま》と答へる丈でした。それをＫは不思議さうに聞いてゐました。仕舞《しまひ》に何《ど》うしたのかと奥さんに尋ねました。奥さんは大方極《おほかたきま》りが悪いのだらうと云つて、一寸《ちよつと》私の顔を見ました。Ｋは猶《なほ》不思議さうに、なんで極《きまり》が悪いのかと追窮《つゐきゆう》しに掛《かか》りました。奥さんは微笑しながら又私の顔を見るのです。

私は食卓に着いた初《はじめ》から、奥さんの顔付で、事の成行《なりゆき》を略《ほぼ》推察してゐました。然しKに説明を与へるために、私のゐる前で、それを悉《ことごと》く話されては堪《たま》らないと考へました。奥さんはまた其位の事を平気でする女なのですから、私はひやひやしたのです。幸《さいはひ》にKは又元の沈黙《ちんもく》に帰りました。平生より多少機嫌のよかつた奥さんも、とうとう私の恐れを抱《いだ》いてゐる点までは話を進めずに仕舞ひました。私はほつと一息《ひといき》して室へ帰りました。然し私が是《これ》から先《さき》Kに対して取るべき態度は、何《ど》うしたものだらうか、私はそれを考へずにはゐられませんでした。私は色々の弁護を自分の胸で拵《こし》らえて見ました。けれども何《ど》の弁護もKに対して面《めん》と向《むか》ふには足りませんでした、卑怯な私は終《つひ》に自分で自分をKに説明するのが厭《いや》になつたのです。

そうよね。Kの告白に対して、「向上心のないものは馬鹿《ばか》だ」って言ったんだもの。仮病《けびょう》を使って、Kのいないときを見計らい、「御嬢さんを私に下さい」って、言ったんだもの。
そりゃ、Kに説明できるはずがないわ。

五、六日経つた後《のち》、奥さんは突然私に向《むか》つて、Kにあの事を話したかと聞くのです。私はまだ話さないと答へました。すると何故《なぜ》話さないのかと、奥さんが私を詰《なじ》るのです。私は此問《このとひ》の前に固くなりました。其時奥さんが私を驚《おど》ろかした言葉を、私は今でも忘れずに覚えてゐます。

『道理《どうり》で妾《わたし》が話したら変な顔をしてゐましたよ。貴方《あなた》もよくないぢやありませんか。平生《ぜい》あんなに親しくしてゐる間柄だのに、黙《だま》つて知らん顔をしてゐるのは』

私はKが其時何か云ひはしなかつたかと奥さんに聞きました。奥さんは別段何《なん》にも云はないと答へました。然し私は進んでもつと細《こま》かい事を尋ねずにはゐられませんでした。奥さんは固《もと》より何も隠す訳がありません。大《たい》した話もないがと云ひながら、一《いち》々Kの様子を語つて聞かせて呉れました。

奥さんの云ふ所を綜合《そうがふ》して考へて見ると、Kは此《この》最後の打撃《だげき》を、最も落《おち》付いた驚《おどろき》をもつて迎へたらしいのです。Kは御嬢さんと私との間に結ばれた新《あた》らしい関係に就《つ》いて、最初は左右《さう》ですかとただ一口《ひとくち》云つた丈だつたさうです。然し奥さんが、『あなたも喜《よろ》こんで下さい』と述べた時、彼ははじめて奥さんの顔を見て微笑《びせう》を洩《も》らしながら、『御目出たう御座います』と云つた儘《まま》席を立つたさうです。さうして茶の間の障子を開ける前に、また奥さんを振り返つて、『結婚は何時《いつ》ですか』と聞いたさうです。それから『何か御祝ひを上げたいが、私は金がないから上げる事が出来ません』と云つたさうです。奥さんの前に坐《すわ》つてゐた私は、其話を聞いて胸が塞《ふさが》るやうな苦しさを覚えました。

あ〜あ、やっちゃった。もう取り返しがつかない。
でも、Kはとっくに知っていたのね。なのにどうして何にも言わなかったの？　いつもと変わらない様子だったのかしら？

ここで問題なのは、お嬢《じょう》さんの結婚のことを聞いたときの、Kの心情なんだ。もちろん、何一つ説明されていない。

ただ「何か御祝ひを上げたいが、私は金がないから上げる事が出来ません」と言ったきりで、この言葉自体にうそはないと思うんだ。

そうそう、何でこんなこと言ったんだろう？

あいか、君なら、こういった場合、どんなことを言う？

う〜ん、やっぱり怒るとか、ショックを受けるとか……。

そこなんだよ。

Kはその後自殺するんだが、この場面を読む限り、先生のことを恨《うら》んで自殺したとは考えにくいんだ。少なくとも、そうは書かれていない。

そう言えばそうね。じゃあ、どうして自殺したのかしら？

「勘定して見ると奥さんがＫに話をしてからもう二日余りになります。其間Ｋは私に対して少しも以前と異なつた様子を見せなかつたので、私は全くそれに気が付かずにゐたのです。彼の超然《てうぜん》とした態度はたとひ外観だけにもせよ、敬服に値《あたひ》すべきだと私は考へました。彼と私を頭の中《なか》で並べてみると、彼の方が遥《はる》かに立派に見えました。『おれは策略で勝つても人間としては負けたのだ』といふ感じが私の胸に渦巻《うづま》いて起《おこ》りました。私は其時さぞＫが軽蔑してゐる事だらうと思つて、一人で顔を赧《あか》らめました。然し今更Ｋの前に出て、恥《はぢ》を掻《か》かせられるのは、私の自尊心にとつて大いな苦痛でした。

私が進まうか止《よ》さうかと考えて、兎《と》も角《かく》も翌日《あくるひ》迄待たうと決心したのは土曜の晩でした。所が其晩に、Kは自殺して死んで仕舞つたのです。私は今でも其光景を思ひ出すと慄然《ぞつ》とします。何時《いつ》も東枕《ひがしまくら》で寐《ね》る私が、其晩に限つて、偶然西枕に床《とこ》を敷《し》いたのも、何かの因縁かも知れません。私は枕元《まくらもと》から吹き込む寒い風で不図《ふと》眼を覚《さま》したのです。見ると、何時も立て切つてあるKと私の室《へや》との仕切《しきり》の襖《ふすま》が、此間の晩と同じ位開《あ》いてゐます。けれども此間のやうに、Kの黒い姿は其所《そこ》には立つてゐません。私は暗示《あんじ》を受けた人のやうに、床の上に肱《ひぢ》を突いて起き上《あが》りながら、屹《きつ》とKの室《へや》を覗《のぞ》きました。洋燈《らんぷ》が暗く点《とも》つてゐるのです。それで床《とこ》も敷《し》いてあるのです。然し掛蒲団《かけぶとん》は跳返《はねかへ》されたやうに裾《すそ》の方に重なり合つてゐるのです。さうしてK自身は向ふむきに突《つ》ツ伏《ぶ》してゐるのです。

怖《こわ》い。「私が進まうか止さうかと考えて、兎《と》も角《かく》も翌日迄《まで》待たうと決心したのは土曜の晩でした。所が其晩に、Kは自殺して死んで仕舞つたのです」という、このとき、先生がすぐにKと話し合っていれば、Kは自殺しなかったのかも。

ほんの一瞬《いっしゅん》の躊躇《ちゅうちょ》が、２人の運命を決定した。

まさに人生を決定する一瞬があって、でも人はその一瞬を自分の意志で選び取ることができない。

ああ、そういった一瞬一瞬の積み重ねによって、人の人生が決まっていくんだわ。

そして、例の襖《ふすま》だ。

２人は襖１枚隔《へだ》てて息を殺していた。

先生が布団の中でKについて「進もうか止さうか」と考えていたとき、襖１枚隔ててKが一人で死んでいく。

どんな思いで、Kは死んでいったのか。

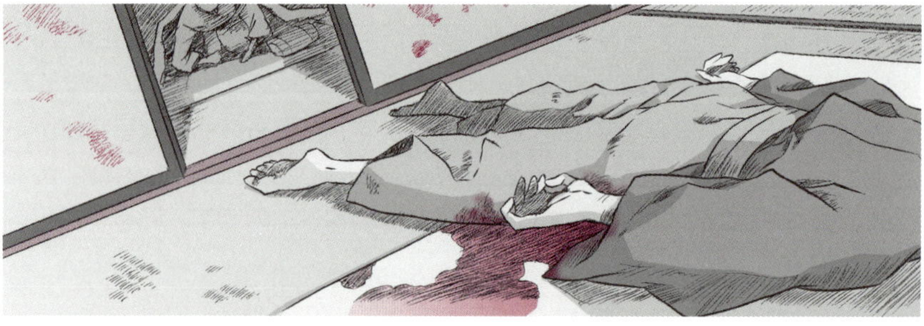

先生、どうして襖が開いていたのかしら？

さあ、もしかしたら、Kは死ぬ前に先生と話したくて、襖をそっと開けたのかもしれない。でも、先生が寝ていると思って起こさなかった。

どうして？　ねえ、私、Kがどうして死んだのか、わからない。だって、単に失恋したとか、先生に裏切《うらぎ》られて死んだとかじゃないんでしょ？

結局、Kは何一つ語らずに死んだのだ。Kの死が謎《なぞ》である限り、先生は自殺しようにも、どうしようもない。

でもね、単に先生に裏切られ、失恋したから自殺したのではないことだけは確かだ。**Kはずっと以前から死を見つめていた。**

えっ、どうして？

かつて先生とKが旅行した際、次のような場面があった。

ある時私は突然彼の襟頸《えりくび》を後《うしろ》からぐいと攫《つか》みました。斯《か》うして海の中へ突き落《おと》したら何《ど》うすると云つてKに聞きました。Kは動きませんでした。後向《うしろむき》の儘《まま》、丁度好《い》い、遣《や》つて呉れと答へました。

あっ、そうか。Kは寂《さび》しくて、死ぬことばかり考えていたのかもしれない。そんなKが人を好きになったんだ。

私はおいと云つて声を掛《か》けました。然し何《なん》の答もありません。おい何《ど》うしたのかと私は又Kを呼びました。それでもKの身体《からだ》は些《ちつ》とも動きません。私はすぐ起き上《あが》つて、敷居際迄《ぎはまで》行きました。其所《そこ》から彼の室《へや》の様子を、暗い洋燈《らんぷ》の光で見廻《まは》して見ました。

其時私の受けた第一の感じは、Kから突然恋の自白を聞かされた時のそれと略《ほぼ》同じでした。私の眼は彼の室の中《なか》を一目《ひとめ》見るや否《いな》や、恰《あたか》も硝子《がらす》で作つた義眼のやうに、動く能力を失ひました。私は棒立《だち》に立竦《たちすく》みました。それが疾風《しつぷう》の如《ごと》く私を通過したあとで、私は又ああ失策《しま》つたと思ひました。もう取り返しが付かないといふ黒い光が、私の未来を貫《つら》ぬいて、一瞬間に私の前に横《よこた》はる全生涯を物凄《ものすご》く照らしました。さうして私はがたがた顫《ふる》へ出したのです。

それでも私はついに私を忘れる事が出来ませんでした。私はすぐ机の上に置いてある手紙に眼を着けました。それは予期通り私の名宛《なあて》になつてゐました。私は夢中で封を切りました。然し中には私の予期したやうな事は何《なん》にも書いてありませんでした。私は私に取つて何《ど》んなに辛《つら》い文句が其《その》中に書き列《つら》ねてあるだらうと予期したのです。さうして、もし夫《それ》が奥さんや御嬢さんの眼に触《ふ》れたら、何んなに軽蔑されるかも知れないといふ恐怖があつたのです。私は一寸《ちよつと》眼を通した丈《だけ》で、まづ助かつたと思ひました。(固《もと》より世間体《せけんてい》の上丈で助かつたのですが、其世間体が此場合、私にとつては非常な重大事件に見えたのです。)

ひどい。先生は結局、自分のことしか考えていないんだ。
自分の裏切《うらぎ》りがお嬢《じょう》さんにばれたらどうしよう、結婚できなくなったらどうしようって……。先生の脳裏《のうり》にあるのは、Kの自殺より、まず自分の保身だったんだ。

まさに先生はこの瞬間《しゅんかん》、普通の人から悪い人に変わったんだ。そして、「まづ助かつた」と思ったわけだね。

手紙の内容は簡単でした。さうして寧《むし》ろ抽象的《ちうしやうてき》でした。自分は薄志弱《はくしじやく》行《かう》で到底行先《ゆくさき》の望みがないから、自殺するといふ丈なのです。それから今迄私に世話になつた礼が、極《ごく》あつさりとした文句で其後《あと》に付け加へてありました。世話序《せわついで》に死後の片付方《かたづけかた》も頼みたいといふ言葉もありました。奥さんに迷《めい》惑を掛《か》けて済《す》まんから宜《よろ》しく詫《わび》をして呉《く》れといふ句もありました。国元へは私から知らせて貰《もら》ひたいといふ依頼もありました。必要な事はみんな一口《ひとくち》づつ書いてある中に御嬢さんの名前丈は何処《どこ》にも見えませんでした。私は仕舞迄読んで、すぐKがわざと回避《くわいひ》したのだと気が付きました。然し私の尤《もつと》も痛切に感じたのは、最後に墨《すみ》の余りで書き添《そ》へたらしく見える、もつと早く死ぬべきだのに何故《なぜ》今迄《まで》生きてゐたのだらうといふ意味の文句でした。

私は顫《ふる》へる手で、手紙を巻き収めて、再び封の中へ入れました。私はわざとそれを皆《みん》なの眼に着くやうに、元の通り机の上に置きました。さうして振り返つて、襖《ふすま》に迸《ほと》ばしつてゐる血潮《ちしほ》を始めて見たのです。

おや、あいか、泣《な》いているの？

（しくしく）だって、あまりにもＫがかわいそうなんだもの。
あれほど裏切られたのに、先生に対して何一つ責めようとせず、お礼まで遺書に書き添《そ》えて。
でも、「もつと早く死ぬべきだのに何故今迄生きてゐたのだらう」なんて、なぜ書いたのかしら？
この言葉、何かすごく寂《さび》しい。なぜかわからないけど、私の胸の奥に引っかかって取れそうにない。

結局、Kは何一つ語らずに、死んでいった。いや、何一つ語れなかったというべきか。

それ、どういうこと？　先生、突然、難しいこと言い出さないで。

お嬢さんとの失恋、先生の裏切り、もちろん、そのどれを取ってもKにとっては苦しいことに違いない。

でも、Kはまず己《おのれ》に厳《きび》しい生き方を強《し》いていた。道のためにはあらゆる執着《しゅうちゃく》を立たなければならない。そうした自分がお嬢さんを好きになった。それはどうしようもないことだった。それゆえ、Kはたった一人の親友である先生に救いを求めた。

ところが、先生はまさに「向上心のないものは馬鹿《ばか》だ」という、かつての自分の言葉を投げ返した。

Kは弁解できない。**バカなのは自分のほうなのだ。その言葉が何よりも鋭《するど》い刃《やいば》となって、自分自身の胸を貫《つらぬ》いたんだ。**

でも、そんなの変よ。先生の策略《さくりゃく》だもの。
Kが苦しむことなんかなかったのよ。

そうかもしれない。

でも、Kは寂《さび》しかったんだと思う。何よりも寂しかったんだ。

Kは自分に厳《きび》しく、それと同時に他人にも厳しかった。それは自分を孤独《こどく》に追いやることだった。Kは故郷を棄《す》て、家族を棄て、養父母まで棄てた。それでも、精進《しょうじん》精進といって、歯を食いしばって生きてきた。

そんなKが初めて人を好きになったんだ。

ところが、お嬢《じょう》さんと先生の結婚話を聞いた瞬間《しゅんかん》、Kはこの世に一人ぼっちだと思ったんだよ。

だって、この世で一番愛した人と、唯一信じていた親友の心が、Kにはまるっきりわからなかったんだ。Kは自分の恋の間で、２人が密《ひそ》かに愛し合っていたなんて、夢にも思わなかったのだから。

この世にたった一人ぼっち。

一度愛を知った人間は、もはやかつての孤独を耐《た》え抜く自信をなくしていた。

あっ、そうか。だから、遺書には「もつと早く死ぬべきだのに何故《なぜ》今迄《まで》生きてゐたのだらう」と書いてあったんだ。

あいか、鋭《するど》いぞ。寂しくて寂しくて、それが耐えきれずに死んでいくのだから、遺書に自分の死んだ理由など書けるはずもない。

そうなんだわ。だから、初めて奥さんから結婚話を聞かされたとき、Kは寂しそうに「御目出たう」と言ったんだ。その言葉自体は、決してうそではなかったんだわ。
だけど、心の中はぽっかりと穴が開いていた。その穴は埋《う》めようがないほど、寂しいものだった。Kが「何か御祝ひを上げたいが、私は金がないから上げる事が出来ません」と、あのとき言ったのも、それはそれで本心だったのね。

それに、自殺するその夜、そっと襖《ふすま》を開けて、先生の寝姿をのぞいたのも、寂しかったからよ。一人で死んでいくのが寂しかったからよ。先生に本当は自分の気持ちをわかってほしかったからで、決して先生を恨《うら》んで死んだのではない。

でも……でも、もしそうなら、Kがあまりにもかわいそう。

Kの自殺の場面も、まさに象徴《しょうちょう》的だな。

だって、先生がKのことを考えている襖《ふすま》1枚隔《へだ》てたその横で、Kが一人孤独に耐えかねて死んでいくんだ。

こんな寂しい場面なんて、そうない。

そして、先生は何事もなかったように、すべてを隠《かく》したままお嬢さんと結婚していく。

でも、この瞬間から、先生の時計は止まってしまったのだ。

「私《わたくし》は奥さんに気の毒でしたけれども、また立つて今閉めたばかりの唐紙《からかみ》を開けました。其時《その》Kの洋燈《らんぷ》に油が尽きたと見えて、室《へや》の中《なか》は殆んど真暗《まつくら》でした。私は引き返して自分の洋燈を手に持つた儘《まま》、入口に立つて奥さんを顧《かへり》みました。奥さんは私の後《うしろ》から隠《かく》れるやうにして、四畳の中を覗《のぞ》き込みました。然し這入《はい》らうとはしません。其所《そこ》は其儘にして置いて、雨戸を開けて呉《く》れと私に云ひました。

それから後《あと》の奥さんの態度は、さすがに軍人の未亡人《びばうじん》だけあつて要領を得てゐました。私は医者の所へも行きました。又警察へも行きました。然しみんな奥さんに命令されて行つたのです。奥さんはさうした手《て》続《つづき》の済《す》む迄《まで》、誰もKの部屋へは入れませんでした。

Kは小さなナイフで頸動脈《けいどうみやく》を切つて一息《ひといき》に死んで仕舞つたのです。外《ほか》に創《きづ》らしいものは何《なん》にもありませんでした。私が夢のやうな薄暗い灯《ひ》で見た唐紙の血潮は、彼の頸筋《くびすぢ》から一度に迸《ほと》ばしつたものと知れました。私は日中《につちゆう》の光で明らかに其迹《あと》を再び眺《なが》めました。さうして人間の血の勢《いきほひ》といふものの劇《はげ》しいのに驚《おど》ろきました。

奥さんと私は出来る丈《だけ》の手際《てぎは》と工夫を用ひて、Kの室を掃除しました。彼の血潮《ちしほ》の大部分は、幸ひ彼の蒲団に吸収されてしまつたので、畳《たたみ》はそれ程汚《よご》れないで済みましたから、後始末《あとしまつ》はまだ楽《らく》でした。二人は彼の死骸《しがい》を私の室に入れて、不断《ふだん》の通り寐《ね》てゐる体《てい》に横にしました。私はそれから彼の実家へ電報を打ちに出たのです。

私が帰つた時は、Kの枕《まくら》元にもう線香が立てられてゐました。室《へや》へ這《は》入《い》るとすぐ仏臭《ほとけくさ》い烟《けむり》で鼻を撲《う》たれた私は、其烟の中に坐《すわ》つてゐる女二人を認めました。私が御嬢さんの顔を見たのは、昨夜来此《さくやらいこの》時が始めてでした。御嬢さんは泣《な》いてゐました。奥さんも眼を赤くしてゐました。事件が起つてからそれ迄泣く事を忘れてゐた私は、其時漸《やう》やく悲しい気分に誘《さそ》はれる事が出来たのです。私の胸はその悲しさのために、何《ど》の位寛《くつ》ろいだか知れません。苦痛と恐怖でぐいと握《にぎ》り締められた私の心に、一滴《いつてき》の潤《うるほひ》を与へてくれたものは、其時の悲しさでした。

漱石の文章ってリアリティがあって、読んでてぞくぞくする。

それは漱石が物語を頭で作っていないからだよ。**登場人物も場面も、すべてが漱石の脳裏《のうり》にありありと浮かんでいる**はずだ。

先生も、Kも、すべてが漱石の分身なんだわ。

「Kの葬式の帰り路《みち》に、私はその友人の一人から、Kが何《ど》うして自殺したのだらうといふ質問を受けました。事件があつて以来私はもう何度となく此質問で苦しめられてゐたのです。奥さんも御嬢さんも、国から出て来たKの父兄も、通知を出した知り合ひも、彼とは何の縁故もない新聞記者迄も、必ず同様の質問を私に掛けない事はなかつたのです。私の良心は其度《たび》にちくちく刺《さ》されるやうに痛みました。さうして私は此質問の裏《うら》に、早く御前が殺したと白状してしまへといふ声を聞いたのです。

そうよね。誰もKの自殺の理由がわからない。
おそらく、親から勘当《かんどう》されたから、くらいにしか考えないのよ。

私が今居《を》る家《いへ》へ引越《ひつこ》したのはそれから間もなくでした。奥さんも御嬢さんも前の所にゐるのを厭《いや》がりますし、私も其夜《そのよ》の記憶を毎晩繰り返すのが苦痛だつたので、相談の上移る事に極《き》めたのです。

移つて二ヶ月程してから私は無事に大学を卒業しました。卒業して半年も経《た》たないうちに、私はとうとう御嬢さんと結婚しました。外側から見れば、万事が予期通りに運んだのですから、目出度《めでたい》と云はなければなりません。奥さんも御嬢さんも如何《いか》にも幸福らしく見えました。私も幸福だつたのです。けれども私の幸福には黒い影《かげ》が随《つ》いてゐました。私は此幸福が最後に私を悲しい運命に連《つ》れて行く導火線ではなからうかと思ひました。

結婚した時御嬢さんが、——もう御嬢さんではありませんから、妻《さい》と云ひます。——妻が、何を思ひ出したのか、二人でＫの墓参《はかまゐり》をしやうと云ひ出しました。私は意味もなく唯《ただ》ぎよつとしました。何《ど》うしてそんな事を急に思ひ立つたのかと聞きました。妻は二人揃《そろ》つて御参りをしたら、Ｋが嘸喜《さぞよろ》こぶだらうと云ふのです。私は何事も知らない妻の顔をしけじけ眺《なが》めてゐましたが、妻から何故《なぜ》そんな顔をするのかと問はれて始めて気が付きました。

私は妻の望通り二人連れ立つて雑司《ざふし》ヶ谷《や》へ行きました。私は新《あた》らしいＫの墓へ水をかけて洗つて遣《や》りました。妻は其前へ線香と花を立てました。二人は頭を下げて、合掌しました。妻は定めて私と一所になつた顛《てん》末《まつ》を述べてＫに喜こんで貰《もら》ふ積《つもり》でしたらう。私は腹の中で、ただ自分が悪かつたと繰り返す丈《だけ》でした。

其時妻はＫの墓を撫《な》でて見て立派だと評してゐました。其墓は大したものではないのですけれども、私が自分で石屋へ行つて見立《みたて》たりした因縁があるので、妻はとくに左右云《さうい》ひたかつたのでせう。私は其新らしい墓と、新らしい私の妻と、それから地面の下に埋《うづ》められたＫの新らしい白骨とを思ひ比べて、運命の冷罵《れいば》を感ぜずにはゐられなかつたのです。私はそれ以後決して妻と一所にＫの墓参りをしない事にしました。

結局、Ｋの自殺の理由は誰にもわからないままだったのね。
でも、先生自身は自分が殺したと思っている。

お嬢《じょう》さんとの愛

それからの結婚生活は、決して通常のような晴れ晴れとしたものではなかったみたいだね。先生はすっかり変わってしまった。

私《わたくし》は妻《さい》と顔を合《あは》せてゐるうちに、卒然《そつぜん》Ｋに脅《おびや》かされるのです。つまり妻が中間に立つて、Ｋと私を何処迄《どこまで》も結び付けて離さないやうにするのです。妻の何処にも不足を感じない私は、ただ此一点に於《おい》て彼女を遠ざけたがりました。すると女の胸にはすぐ夫《それ》が映ります。映るけれども、理由は解《わか》らないのです。私は時々妻から何故《なぜ》そんなに考へてゐるのだとか、何か気に入らない事があるのだらうとかいふ詰問《きつもん》を受けました。笑《わら》つて済《す》ませる時はそれで差支《さしつかへ》ないのですが、時によると、妻の癇《かん》も高《かう》じて来ます。しまひには『あなたは私を嫌《きら》つてゐらつしやるんでせう』とか、『何でも私に隠《かく》してゐらつしやる事があるに違《ちがひ》ない』とかいふ怨言《えんげん》も聞かなくてはなりません。私は其度《そのたび》に苦しみました。

私は一層《いつそ》思ひ切つて、有《あり》の儘《まま》を妻に打ち明けやうとした事が何度もあります。然しいざといふ間際になると自分以外のある力が不意に来て私を抑《おさ》え付けるのです。私を理解してくれる貴方《あなた》の事だから、説明する必要もあるまいと思ひますが、話すべき筋だから話して置きます。其時分の私は妻に対して己《おのれ》を飾《かざ》る気は丸《まる》でなかつたのです。もし私が亡友に対すると同じやうな善良な心で、妻の前に懺悔《ざんげ》の言葉を並べたなら、妻は嬉《うれ》し涙《なみだ》をこぼしても私の罪《つみ》を許してくれたに違ないのです。それを敢《あえ》てしない私に利害の打算がある筈《はづ》はありません。私はただ妻の記憶に暗黒な一点を印《いん》するに忍《しの》びなかつたから打ち明けなかつたのです。純白なものに一雫《ひとしづく》の印気《いんき》でも容赦《ようしや》なく振り掛けるのは、私にとつて大変な苦痛だつたのだと解釈して下さい。

ああ、わかるわ。Ｋとのことは、決して妻《つま》には知られてはいけないんだもの。おそらくＫの話題が出るたびに、先生の心臓は躍《おど》り上がっ

たことだわ。楽しかったお嬢《じょう》さんとの下宿生活を思い出すたびに、Kが亡霊《ぼうれい》のようによみがえる。
先生は決して妻に心を開くことができない。
まさにKの心を引きずって生きてきたみたいなものね。

そうだね。**きっとその後の人生は、先生にとってKの亡霊との戦いだったのかもしれない。**Kがなぜ自殺したのか？　先生はいつもそのことが脳裏《のうり》から離れなかったんじゃないのかな。

そうして、だんだんわかってきた。

わかってきたの？

私は時々妻に詫《あや》まりました。それは多く酒に酔《よ》つて遅く帰つた翌日《あくるひ》の朝でした。妻は笑ひました。或《あるい》は黙《だま》つてゐました。たまにぽろぽろと涙を落《おと》す事もありました。私は何方《どつち》にしても自分が不愉快で堪《たま》らなかつたのです。だから私の妻に詫まるのは、自分に詫まるのと詰《つま》り同じ事になるのです。私はしまひに酒を止《や》めました。妻の忠告で止めたといふより、自分で厭《いや》になつたから止めたと云《い》つた方が適当でせう。

酒は止めたけれども、何もする気にはなりません。仕方がないから書物を読みます。然し読めば読んだなりで、打《う》ち遣《や》つて置きます。私は妻から何の為《ため》に勉強するのかといふ質問を度々《たびたび》受けました。私はただ苦笑してゐました。然《しか》し腹の底では、世の中で自分が最も信愛してゐるたつた一人の人間すら、自分を理解してゐないのかと思ふと、悲しかつたのです。理解させる手段があるのに、理解させる勇気が出せないのだと思ふと益《ますます》悲しかつたのです。私は寂寞《せきばく》でした。何処《どこ》からも切り離されて世の中にたつた一人住んでゐるやうな気のした事も能《よ》くありました。

同時に私はKの死因を繰り返し繰り返し考へたのです。其当座は頭がただ恋の一字で支配されてゐた所為《せゐ》でもありませうが、私の観察は寧《むし》ろ簡単でしかも直線的でした。Kは正《まさ》しく失恋のために死んだものとすぐ極《き》めてしまつたのです。しかし段々落ち付いた気分で、同じ現象に向《むか》つて見ると、さう容易《たやす》くは解決が着かないやうに思はれて来ました。現実と理想の衝突、――それでもまだ不充分でした。私は仕舞にＫが私のやうにたつた一人で淋《さむ》しくつて仕方がなくなつた結果、急に所決《しよけつ》したのではなからうかと疑《うた》がひ出しました。さうして又慄《ぞつ》としたのです。私もＫの歩いた路《みち》を、Ｋと、同じやうに辿《たど》つてゐるのだといふ予覚が、折々風のやうに私の胸を横過《よこぎ》り始めたからです。

あっ、そうか。やっぱり最初は失恋のせいだと思ったんだ。
でも、本当はそうではなかった。

よく気がついたね。
Kは失恋なんかで自殺をする男ではないよ。
「私は仕舞にKが私のやうにたつた一人で淋しくつて仕方がなくなつた結果、急に所決したのではなからうかと疑がひ出しました」とあるとおり、おそらく寂《さび》しかったんだよ。
この世にたった一人ぼっちで、それはたとえ愛する人がそばにいたところで、何の慰《なぐさ》めにもならない。
寂しくて寂しくて、とても耐《た》えきる自信がなくなったんだ。

自殺

わかったわ。Kの自殺と、それから先生の自殺がなんとなくわかってきた。
「さうして又慄としたのです。私もKの歩いた路を、Kと、同じやうに辿つてゐるのだという予覚が、折々風のやうに私の胸を横過り始めたからです」という、これよ。先生は奥さんと愛し合いながら結婚したのに、自分の過去を共有することができない、心の奥底にあるものを知られてはいけないと、いつも心を閉ざしていた。
だから、いつも孤独《こどく》だったのよ。

そして、そんなときKのことを考えたんだわ。
そうよ。知らないうちに、先生は自殺したKと同じ道を歩いたのよ。
これって、相当怖《こわ》い。

あいかちゃんの言うとおりだと思う。
そうやって、先生の脳裏《のうり》にはいつのまにか「自殺」の２文字が張り付いていた。でも、残された妻《つま》のことを考えると、とても自殺なんかできなかった。
そうして、月日は過ぎていく。

私は今日《こんにち》に至る迄既に二三度運命の導いて行く最も楽な方向へ進まうとした事があります。然し私は何時《いつ》でも妻に心を惹《ひ》かされました。さうして其妻を一所に連《つ》れて行く勇気は無論ないのです。妻に凡《すべ》てを打ち明ける事の出来ない位な私ですから、自分の運命の犠牲として、妻の天寿《てんじゆ》を奪ふなどといふ手荒《てあら》な所作《しよさ》は、考へてさへ恐《おそ》ろしかつたのです。私に私の宿命がある通り、妻には妻の廻《まは》り合《あは》せがあります、二人を一束《ひとたば》にして火に燻《く》べるのは、無理といふ点から見ても、痛ましい極端としか私には思へませんでした。
同時に私だけが居なくなつた後《あと》の妻を想像して見ると如何《いか》にも不憫《ふびん》でした。母の死んだ時、是《これ》から世の中で頼りにするものは私より外《ほか》になくなつたと云つた彼女の述懐《じゆつくわい》を、私は腸《はらわた》に沁《し》み込むやうに記憶させられてゐたのです。私はいつも躊躇しました。妻の顔を見て、止《よ》して可《よ》かつたと思ふ事もありました。さうして又凝《ぢつ》と竦《すく》んで仕舞《しま》ひます。さうして妻から時々《ときどき》物足りなさうな眼で眺《なが》められるのです。
記憶して下さい。私は斯《こ》んな風《ふう》にして生きて来たのです。始めて貴方《あなた》に鎌倉で会つた時も、貴方と一所に郊外を散歩した時も、私の気分に大した変《かは》りはなかつたのです。私の後《うしろ》には何時でも黒い影《かげ》が括《く》ツ付《つ》いてゐました。私は妻のために、命を引きずつて世の中を歩いてゐたやうなものです。貴方が卒業して国へ帰る時も同じ事でした。九月になつたらまた貴方に会はうと約束した私は、嘘《うそ》を吐《つ》いたのではありません。全く会ふ気でゐたのです。秋が去つて、冬が来て、其冬が尽きても、屹度《きつと》会ふ積《つもり》でゐたのです。

すると夏の暑い盛りに明治天皇が崩御《ほうぎよ》になりました。其時私は明治の精神が天皇に始まつて天皇に終つたやうな気がしました。最も強く明治の影響を受けた私どもが、其後《そのあと》に生き残つてゐるのは必竟《ひつきやう》時勢遅《おく》れだといふ感じが烈《はげ》しく私の胸を打ちました。私は明白《あから》さまに妻《さい》にさう云ひました。妻は笑つて取り合ひませんでしたが、何を思つたものか、突然私に、では殉死《じゆんし》でもしたら可《よ》からうと調戯《からか》ひました。

いったい先生のその後の人生って、何だったのかな？
死にたい死にたいと思い続けてきたのでしょ？

でも、自分が死んだあとの妻《つま》のことを思うと、とても不憫《ふびん》で自殺することができなかった。「私」が大学を卒業して、故郷に帰ることになったときも、また会いましょうと言った。それも、決してうそをつくつもりはなかったんだよ。

おそらく、これから先も死にたいと思いながら、ずるずると生き続けるだろうと思っていたんだ。

それなのに、なぜ突然自殺なんかしたの？
私、それがどうしてもわからない。

「私は殉死といふ言葉を殆《ほと》んど忘れてゐました。平生《へいぜい》使ふ必要のない字だから、記憶の底に沈《しづ》んだ儘《まま》、腐《くさ》れかけてゐたものと見えます。妻の笑談《ぜうだん》を聞いて始めてそれを思ひ出した時、私は妻に向つてもし自分が殉死するならば、明治の精神に殉死する積だと答へました。私の答も無論笑談に過ぎなかつたのですが、私は其時何だか古い不要な言葉に新《あた》らしい意義を盛《も》り得たやうな心持《もち》がしたのです。

それから約一ヶ月程経《た》ちました。御大葬《ごたいそう》の夜私は何時《いつ》もの通り書斎《しよさい》に坐《すわ》つて、相図《あひづ》の号砲《がうはう》を聞きました。私にはそれが明治が永久に去つた報知の如く聞こえました。後で考へると、それが乃木大将《のぎたいしやう》の永久に去つた報知にもなつてゐたのです。私は号外を手にして、思はず妻に殉死《じゆんし》だ殉死だと云ひました。

　私は新聞で乃木大将の死ぬ前に書き残して行つたものを読みました。西南戦争《せいなんせんそう》の時敵に旗《はた》を奪《と》られて以来、申し訳《わけ》のために死なう死なうと思つて、つい今日《こんにち》迄生きてゐたといふ意味の句を見た時、私は思はず指を折つて、乃木さんが死ぬ覚悟をしながら生きながらへて来た年月《としつき》を勘定して見ました。西南戦争は明治十年ですから、明治四十五年迄《まで》には三十五年の距離があります。乃木さんは此三十五年の間死なう死なうと思つて、死ぬ機会を待つてゐたらしいのです。私はさういふ人に取つて、生きてゐた三十五年が苦しいか、また刀を腹へ突き立てた一刹那《いちせつな》が苦しいか、何方《どつち》が苦しいだらうと考へました。

　それから二三日して、私はとうとう自殺する決心をしたのです。私に乃木さんの死んだ理由が能《よ》く解《わか》らないやうに、貴方《あなた》にも私の自殺する訳が明《あき》らかに呑《の》み込めないかも知れませんが、もし左右《さう》だとすると、それは時勢の推移から来る人間の相違だから仕方がありません。或《あるひ》は箇人《こじん》の有《も》つて生《うま》れた性格の相違と云《い》つた方が確《たしか》かも知れません。私は私の出来る限り此《この》不可思議な私といふものを、貴方に解らせるやうに、今迄の叙述で己《おの》れを尽《つく》した積です。

先生、わからない。本当にわからないよう。
「明治の精神に殉死する」って、どういうこと？
乃木《のぎ》大将って、どんな人？
乃木大将が殉死《じゅんし》したことで、どうして「先生」までも死ななければならないの？
ここが一番肝心《かんじん》なところなのに、ちっともわからないよ。

そうだね。確かに難しい。

というよりも、**漱石はあくまで明治の知識人に向けてこの物語を書いた**のだから、あいかにはわからなくても、当時の知識人たちにはわかったはずなんだ。

そして、おそらく彼らは涙《なみだ》を流したんじゃないかな。

じゃあ、私にもわかるように教えてください。

明治の精神

自我って言葉、知ってる？

うん、聞いたことあるよ。
自分ということでしょ？　そんなの当たり前じゃない。どうして、そんな当たり前のことを、今さら問題にするの？

自我と言ってもぴんとこないのは、あいかがすでに現代人だからなんだよ。
漱石をはじめ、当時の明治の知識人は少し前は武士階級だったんだ。

ちょんまげを結《ゆ》って、刀を差していたんでしょ？
そうか、彼らは封建《ほうけん》制度の中で生きていたんだわ。

そうだね。**封建時代は個が集団の中に組み込まれていた**んだ。個と集団との区別が付かない状態と考えたらいい。

個と集団？

もちろん、当時の武士階級に限定した話だよ。
彼らはいつも２つの集団の中に属していたんだ。たとえば、おまえは誰だと聞くと、彼らは必ず「拙者《せっしゃ》は○○藩《はん》の○○家の者だ」と答えた。

２つの集団って、藩と家のことね。

そう。藩も実は家のことなんだよ。だって、お家騒動《そうどう》とか、お家の一大事とか言うだろ？　個はそうした集団に属するものだった。

だから、彼らは何のために生きるのかと問えば、「集団のために生きる」と躊躇《ちゅうちょ》なく答えたんだ。**個よりもむしろ集団の価値規範《きはん》を優先**させた。

たとえば、何が善で何が悪かと言うと、彼らの中でははっきりしていたんだ。忠や孝が善で、不忠や不孝が悪なんだ。

でも、主君が間違っていることもあるかもしれないのに、言いなりにならなければいけないなんて、おかしいわ。

あいかがそう思うのは、すでに自我を持っているからだよ。

主君は単に主君ではない。なぜなら、藩という集団を背負っているから主君なんだ。だから、主君に尽くすことは、そのまま藩という集団に尽くすことであって、その集団に属する人間にとっては疑いの余地のないことなんだよ。

あっ、そうか。主君もお家のためには切腹《せっぷく》したりするものね。
やっぱり、個よりも集団のほうが優先されるんだ。

そうだよ。さすが、だいぶ鋭《するど》くなってきたな。

知性が磨《みが》かれて、ますます美しくなってきているのよ。先生にもわかるでしょ？
でも、孝って、親孝行の「孝」のことでしょ。
どうして、それが彼らの生き方を支配しているの？

孝という価値規範は、今のものとは少し違うんだ。

今なら、親孝行をしなさいってことだけど、封建《ほうけん》時代は個と集団の区別がないと言っただろ？

孝とは家長に対してのもので、家という集団と家長というものに区別がない限り、彼らは**家長に殉《じゅん》じる生き方をする**しかなかった。

家長も家のためには切腹《せっぷく》をする。まさにここでも個よりも集団を優先する生き方が強《し》いられたんだ。

はあ〜、当時は大変だったんだ。私、武士にあこがれたり、主君になったら家臣がなんでも言うことを聞いてくれていいなあと思っていたんだけど、少し考え直さなければ。

そうだよ。主君は集団を背負っているから、いつでも藩《はん》のためには切腹する覚悟《かくご》が必要だったんだ。そして、幼い頃から、学問を積み、武道で肉体を、武士道で精神を鍛《きた》えなければならなかった。

武士は武士で、家という集団を背負って生きていく。

ところが、**明治になり、彼らは集団から切り離されていく。それが自我の確立ということ**なんだよ。

そうか。私たちが自分の意志で生き方を決め、結婚相手を決め、職業を選択できるのも、こうしたプロセスを経《へ》ていたのね。

ところが、彼らは途方に暮れたんだ。

それまでは集団のために生きればよかった。だから、「殉《じゅん》じる」とか「尽くす」「捧《ささ》げる」といった行動が美的価値が高く尊いものとされた。

ところが、個が集団から分離されたとたん、何のために生きていいのか、何が善で何が悪かわからなくなった。

そうよね。日本は西洋と違って、キリスト教という共通の精神的基盤も持っていないもの。

そうだよね。だから、彼らは手っ取り早く自分の欲望を満たすことを考えるしかなかったんだ。そうやって、**自我がエゴへとすり替わっていく。それが近代化の一方の正体**なんだ。

今の時代を見ていれば、それはよくわかるわ。そうか、漱石の文学も、まさに自我がエゴへとすり替わる瞬間《しゅんかん》を描いているのね。
実に恐ろしく。

『こゝろ』の先生もそうだよね。
それと、もう一つ大切なテーマが隠《かく》されているんだ。

大切なテーマって、何？

封建時代は少なくとも一人の人間は家や藩という集団に属していたと言っただろ？
その意味では、彼らは孤独《こどく》を感じることがなかった。
ところが、彼らは家を棄《す》て故郷を棄て、都会に出て孤独に陥《おちい》っていく。

それでわかった。
Ｋも先生も、そういった意味では典型的な明治の知識人なんだわ。
彼らはそれぞれ家を棄て、故郷を棄てた。
だから、もともと孤独だったのよ。
特にＫは「精進《しょうじん》」と言って、懸命にその孤独と向き合おうとしていた。

たとえば、明治の半《なか》ば頃、浪漫《ろうまん》詩がものすごい勢いで知識人の間に広がっていっただろう。島崎藤村《しまざきとうそん》（➡巻末p.345参照）や北村透谷《きたむらとうこく》（➡巻末p.345参照）が活躍する時代だ。
彼らは孤独ゆえに、故郷を思い、郷愁《きょうしゅう》を歌った。
愛を求め、それで孤独が癒《いや》されないと知ったとき、絶望を歌った。

当時の人の孤独感は、今の私たちの孤独とは根本的に違うんだわ。
だから、漱石は、先生の遺書の中で「私に乃木《のぎ》さんの死んだ理由が能《よ》く解らないやうに、貴方にも私の自殺する訳が明《あき》らかに呑《の》み込めないかも知れませんが、もし左右《さう》だとすると、それは時勢の推移から来る人間の相違だから仕方がありません」と書いたのね。

おそらくこの部分は、今の私たちには理解できなくても、当時の知識階級にはわかったんだわ。
でも、先生、今度は乃木《のぎ》大将のことがわかりません。

乃木殉死《じゅんし》の文学的意味

乃木大将は陸軍大将まで上りつめた人だけど、これほど戦《いくさ》の下手《へた》だった人も珍しい。
彼は典型的な昔気質《むかしかたぎ》の律儀《りちぎ》な人だったらしい。

まさに封建《ほうけん》人なんだわ。

忠義一徹《いってつ》、正義感が強く、頑固《がんこ》で、信念の人。
ところが、そのために、多くの人を不幸に陥《おとしい》れる。
『こゝろ』に書いてあるように、若いとき、西南《せいなん》戦争に参加して、隊旗を敵に奪われる。これは武士として屈辱《くつじょく》だから、切腹《せっぷく》してお詫《わ》びをしようとした。
ところが、「その命を天皇に捧《ささ》げ、身を尽くして使えよ」と、人に諭《さと》される。まさに、乃木大将はそのように生きたんだ。
何度も死のうと思った。でも、彼は天皇が生きている間は死ねなかったんだろう。
たとえば、日露《にちろ》戦争の旅順《りょじゅん》攻略のとき、彼は総大将で、まさに頑固一徹、自分の作戦を曲げようとはしなかった。そのために、旅順を攻略したものの、５万人以上の兵士を戦死させている。まさに、死屍累々《しかばねるいるい》、その中には彼の実の子供もいたんだよ。

残酷《ざんこく》。
自分の作戦の失敗で、自分の子供や５万人の兵士を殺した気持ちって、どのようなものか、私、想像もできない。

乃木大将はそのときも死ななかった。
にこりともせずに凱旋《がいせん》してくる。そのときから、ずっと死に場所を探していたのかもしれない。
そして、明治天皇崩御《ほうぎょ》のあとを受けて、切腹するわけだ。

そうだわ。そうよね。
乃木大将の人生って、まさに孤独《こどく》だったはずよ。たとえ将軍にまで出世しても、寂《さび》しくて寂しくて仕方がなかったはずだわ。
私、こんな人生いや。

先生が遺書の中で、明治の精神に殉死《じゅんし》すると言ったとき、乃木大将の寂しさと、Kの寂しさを、自分の人生に重ねたんだ。
そして、乃木大将が殉死した。ならば、自分ももう死んでもいいだろうと考えた。
でも、自分が殉死するなら、明治天皇にではなく、明治の精神に殉死すると言ったんだよ。

ああ、そうか。やっとわかってきたわ。
漱石って、明治という時代を頭に置かなければわからないんだわ。
『源氏物語』が平安時代を頭に置かなければならないように、ね。
現代に生きる自分の価値観で作品を切っても、何一つ得るものがないということですね。

それも一つ。

『こゝろ』の世界

それと同時に、**漱石には時代を超えるものがある**。それも読み取らなければ。

まさに、人間の心の奥底にあるものをしっかりと凝視《ぎょうし》し、ぎゅっとつかみ出し、血を吐《は》きながらえぐり取ってくるんだ。

そういえば、遺書の最初のほうに「私は今自分で自分の心臓を破つて、其血をあなたの顔に浴《あび》せかけやうとしてゐるのです。私の鼓動が停《とま》つた時、あなたの胸に新らしい命が宿る事が出来るなら満足です」って、ありましたよね。
その意味がやっとわかってきた。

まさに、漱石は自分の心臓を破って、君たちにその血を浴びせかけようとしたんだ。

えっ、私に。

そうだよ。『こゝろ』の中の「私」は、実に無個性だろ？
それに、「私」がなぜ先生を「先生」と読んだのか？

先生、「私」をわざと無個性にしたと言うんですか？

「私」は誰でもなりうる「私」なのかもしれない。
つまり、**次の時代を生きていこうとする「誰」か**。

なら、私でもあるのね。

そう。
その「私」に、Kの心と、先生の心、それに乃木《のぎ》大将とすべての明治の知識人たちの心、そういったものをすべて投げかけている。

だから、君たちはそうした心を引きずって、これからの時代を生きていかなければならない。

そういった意味で**『こゝろ』は遺書であり、漱石の遺言《ゆいごん》でもあるんだ。**

だとしたら、私たちは軽薄《けいはく》な生き方をしたらばダメなのですね。
生きるということは孤独《こどく》なことで、でも決してそこから目を背《そむ》けたり、逃げたりしてはいけないということなのね。
自分のエゴをこれからはコントロールしていかなければ、「先生」のような寂《さび》しい人生を送らなければならないのだわ。
私に、できるかしら？

　私は私の過去を善悪ともに他《ひと》の参考に供《きよう》する積《つもり》です。然し妻《さい》だけはたつた一人の例外だと承知して下さい。私は妻には何《なん》にも知らせたくないのです。妻が己《おの》れの過去に対してもつ記憶を、成るべく純白に保存して置いて遣《や》りたいのが私の唯一の希望なのですから、私が死んだ後《あと》でも、妻が生きてゐる以上は、あなた限《かぎ》りに打ち明けられた私の秘密として、凡《すべ》てを腹の中《なか》に仕舞つて置いて下さい」

ふう～、終わった。
でも、遺書の最後の部分を読んで、なんだか目頭が熱くなっちゃった。

おや、どうして？

だって、「先生」は奥さんをこんなにも愛しているんだもの。
「妻が己れの過去に対してもつ記憶を、成るべく純白に保存して置いて遣りたいのが私の唯一の希望なのです」なんて、これって、ラブレターよ。先生の奥さんへの最後のラブレター。
きっと本当に愛していたんだわ。
でも、それほど愛している人を一人残して自殺するなんて。

漱石は『こゝろ』を書いたあと、最初にあいかと一緒に読んだ『道草』で、初めて自分の過去を振り返るんだ。自分の孤独な生い立ちを。

健三の世界ね。
今になったら、『道草』がもっとよくわかるわ。
あのときは、少しも理解していなかったんだわ。
それに、『道草』の舞台となった時代に書かれた『吾輩《わがはい》は猫《ねこ》である』の鋭《するど》すぎる神経、そして、言いようのない「苦沙弥《くしゃみ》先生」の寂《さび》しさ。
ああ、今なら私わかるわ。なんだか、わかる気がする。

『明暗《めいあん》』の世界 —— 則天去私《そくてんきょし》

『道草』のあと、漱石は『明暗』という大作に取りかかることになる。
その途中でやはり胃病で、血を吐《は》いて死んでいくんだ。だから、『明暗』は未完の大作と言われている。
その頃、漱石はしきりに「則天去私《そくてんきょし》」という言葉を口にする。

則天去私？　天に則《のっと》って、私を去るってことでしょ？
学校で習ったわ。

天に則る。これは一見芭蕉《ばしょう》の風流に似ている。
つまり、己《おのれ》を棄《す》て、自然と一体になるという、まさに日本の伝統的な自然観だ。

ならば、漱石は昔ながらの自然観に到達したの？

似てるけど、違うと思うな。
たとえば、芭蕉の時代には集団と個との区別が希薄で、そのため芭蕉にはそもそも自我というものがなかった。だから、私を棄《す》てる必要など、もとからなかったんだ。

そうか。
だから、旅とか、隠遁《いんとん》生活をすれば、自然と一体化できたんだ。

ところが、**漱石は本来英文学者で、誰よりも自我を追究した**。徹底して私を見つけることで、それを乗り越えていくんだ。

だから、**近代文学足りうると同時に、それを超えている**と言えるね。

本当にすごい。
漱石を読むことはまさに自分の生き方にかかわることなんですね。
だから、私もきれいになったのよ。
先生、わかる？（くるっと一回転）

別に変わったようには見えないけど。

先生、この本のテーマ、漱石じゃないわよね？

えっ、どうして？

決まってるじゃない。主人公は、私よ。
「漱石を読んで、少女が大人になる」、これがサブタイトルよ。
あっ、「美しくなる」がいいか。ね、決まりでしょ？

まさか、ね……。

文学ひと口メモ

p.20 **自然主義文学**　もともと、フランスの作家・エミール＝ゾラが提唱した科学的実証主義（ゾライズム）が、日本独特のものに変貌《へんぼう》したもの。明治末から大正期にかけて、猛威《もうい》を振るう。島崎藤村《しまざきとうそん》の『破戒《はかい》』、田山花袋《たやまかたい》の『蒲団《ふとん》』が、その代表。真実を追究する姿勢を貫《つらぬ》こうとしたが、やがて告白小説を生む。

p.20 **正宗白鳥**　自然主義の代表的作家。『何処《どこ》へ』『微光《びこう》』『入り江のほとり』などが、代表作。

p.20 **田山花袋**　自然主義の代表的作家。女性を観念的にしかとらえていなかったその当時、『蒲団』は女性を初めて肉体を持った生身の人間として描《えが》き、衝撃を与えた。『田舎《いなか》教師』も代表作。

p.26 **高浜虚子**　正岡子規《まさおかしき》の遺業を継承《けいしょう》しながら、客観的な「写生」による作句法を貫いた。雑誌「ホトトギス」を主宰し、漱石の『吾輩《わがはい》は猫《ねこ》である』を世に紹介した。

p.27 **芥川龍之介**　東京帝国大学時代、第３次「新思潮」を発刊。そこで『羅生門《らしょうもん》』を発表したがほとんど注目されることがなかった。後に、菊池寛《ひろし》、久米《くめ》正雄らと第４次「新思潮」を刊行、創刊号の『鼻』が漱石に激賞され、一躍文壇《いちやくぶんだん》に登場することになる。漱石宅で行われた「木曜会」に出席し、漱石に師事。大正期には、反自然主義の旗手《きしゅ》となり、芸術至上主義を貫いた。昭和２（1927）年、「将来に対する漠《ばく》とした不安」という言葉を残して、服毒自殺。『地獄《じごく》変《へん》』『河童《かっぱ》』『歯車』『ある阿呆《あほう》の一生』などが代表作。

p.27 **武者小路実篤**　白樺《しらかば》派の主導的存在で、理想主義・人道主義を唱《とな》え、その白樺派は反自然主義の拠点となる。『お目出たき人』『友情』『真理先生』などが代表作。

▶p.27　**永井荷風**　ゾライズムの作品『地獄《じごく》の花』を発表。その後、アメリカ、フランスへ留学。帰国後、エキゾティズムあふれる『アメリカ物語』『フランス物語』を刊行。耽美《たんび》派の旗手となる。慶應義塾大学の教授となって、「三田文学」を創刊。やがて、日本の偽《いつわ》りだらけの近代に絶望し、江戸文化へと傾倒《けいとう》。『すみだ川』『腕くらべ』『濹東《ぼくとう》綺譚《きたん》』などが、その代表作。

▶p.28　**『方丈記』**　1212年、鎌倉時代、鴨長明《かものちょうめい》によって執筆された随筆。冒頭の「ゆく河の流れは絶えずして、しかももとの水にあらず。淀《よど》みに浮かぶうたかたは、かつ消え、かつ結びて、久しくとどまりたるためしなし。世の中にある人とすみかと、またかくの如《ごと》し」は、あまりにも有名。

▶p.30　**正岡子規**　「ホトトギス」を創刊し、俳句の革新運動に取り組む。「写生文」の必要性を説く。日清戦争に従軍するが、戦中で喀血《かっけつ》。長い闘病生活の中で、高浜虚子《たかはまきょし》らと子規派を形成。『歌よみに与ふる書』において古今調を排《はい》し、『万葉集』の源実朝《さねとも》の歌を賞賛。『病牀六尺《びょうじょうろくしゃく》』『墨汁一滴《ぼくじゅういってき》』『仰臥漫録《おうがまんろく》』などが代表作。

▶p.31　**雑誌「ホトトギス」**　俳句雑誌。明治30（1897）年、子規により創刊。高浜虚子が、そのあとを継《つ》ぐ。高浜虚子の勧《すす》めで、夏目漱石が『吾輩は猫である』を掲載した。

▶p.38　**明治維新**　1868年に江戸幕府が崩壊し、明治新政府が誕生した前後の出来事が明治維新である。漱石はその前年（1867年）に生まれている。まさに江戸から明治へ、激動の時代に生を受け、近代化とともに育っていったのである。

▶p.38　**勝海舟**　旗本出身。蘭学《らんがく》を学び、長崎の海軍伝習所《でんしゅうじょ》で伝習生となることから頭角を現す。のちに咸臨丸《かんりんまる》を指揮して、日本人で初めて太平洋横断に成功。戊辰《ぼしん》戦争の際、西郷隆盛《さいごうたかもり》と会談し、江戸城を無血《むけつ》開城する。

▶p.40　**庚申**（かのえさる）　慶応３（1867）年、漱石は生日が庚申に当たるときに生まれる。この日に生まれた者は盗賊《とうぞく》になるとの言い伝えにより、金之助と名付けられた。初めから金を持たせておけばよいだろうということで、名前に金をつけたのだ。

▶p.43　**塩原昌之介**　明治２（1869）年、漱石が２歳のとき、新宿２丁目で名主《なぬし》をしている塩原昌之介のところへ養子にやられる。塩原は漱石の父直克《なおかつ》に書生同様として仕えた男だが、直克は見どころがあると思い、奉公人やすと結婚させ、名主の株を買ってやったのだ。漱石が７歳のとき、昌之介に別の女ができ、やすは漱石を連れて別居する。９歳になった頃、ようやく実家に引き取られる。

▶p.43　**連子窓**　窓や欄干《らんかん》などに一定の間隔で取り付けた格子《こうし》。塩原は漱石が３歳のときに、浅草《あさくさ》に転居する。連子窓は漱石が３歳から６歳までの間、浅草の家の風景だと推測される。

▶p.49　**日根野かつ**　塩原昌之介が通じた相手。そのため、やすはいったん漱石を連れて、実家に戻る。その後やすは離婚を決意し、漱石を昌之介のもとへ帰す。昌之介は漱石と日野根かつとその連れ子れんとともに浅草寿町に移り住む。１歳年上のれんに、漱石が思慕《しぼ》の念を抱いていたとの説あり。漱石が９歳のとき、昌之介はかつとれんを連れて、下谷《したや》へ転居。漱石は塩原家在籍のまま、生家に戻る。

▶p.85　**ラフカディオ＝ハーン（小泉八雲《やくも》）**　小泉八雲はラフカディオ＝ハーンの日本名。『怪談』などの著作が有名。漱石が英国留学帰国後、東京帝国大学講師となるが、それは前任者小泉八雲を解雇することにより用意されたものだった。八雲の文学的講義は多くの学生たちを魅了《みりょう》していて、そのため、漱石は八雲を追い出した張本人として悪者扱いされる。学生たちは漱石の授業をボイコットしたりしたため、それも漱石の不機嫌《ふきげん》の原因となった。

▶p.98　**戯作小説**　原義は戯《たわむ》れに作った小説という意味で、当時はそれほど文学に関する価値が低かった。江戸時代、滝沢馬琴《ばきん》など、多くの戯《げ》作《さく》者が活躍。武士階級は主に漢文によって、幕藩思想を植え付けられていた。それに対し、一般庶民《しょみん》の多くは戯作小説などによって勧《かん》善懲悪《ぜんちょうあく》の思想を植え付けられる。明治になって、仮名垣魯文《かながきろぶん》など一部の活躍を除き、衰退《すいたい》する。

▶p.116　**日露戦争**　明治37（1904）年、『吾輩《わがはい》は猫《ねこ》である』執筆の前年、日露戦争が勃発《ぼっぱつ》し、日本の勝利に終わる。戦後、日本は富める者と貧しい者との差がはっきりとし、さまざまな社会的問題が露出する。『吾輩は猫である』を書いたときの漱石と、そのことは無関係ではありえない。『三四郎』でも、広田先生に「こんな顔をして、こんなに弱っていては、いくら日露戦争に勝って一等国になっても駄目《だめ》ですね」「亡びるね」と言わせている。

▶p.116　**日比谷公会堂焼き討ち事件**　日露戦争のポーツマス講和条約の内容に対する民衆の不満が爆発し、暴動となる。漱石が『吾輩は猫である』を執筆した背景には、そうした社会情勢がある。

▶p.118　**俳諧小説**　明治39（1906）年、『草枕《くさまくら》』執筆。「余《よ》が「草枕」」という談話の中で、「人生の苦を忘れて、慰謝《いしゃ》するといふ意味の小説も存在していい」と述べている。当時全盛であった自然主義とは対立する立場である。人情を中心とした俗世間から離れた境地を描くところから、俳諧小説とか非人情の小説といった。

▶p.119　**美文調**　飾り立てた文章のこと。『虞美人草《ぐびじんそう》』を書いた頃、漱石は朝日新聞入社第１作として力が入り過ぎたのか、まさにごてごてと厚化粧したような美文調であった。『こゝろ』『道草』とは大きく文体が異なった。

▶p.122　**藤尾ブーム**　『虞美人草』を発表する前の広告文が新聞に出ると、前評判が起こった。「虞美人草浴衣」などが発売されたり、大変な反響で、連載が始まると悪女藤尾に人気が集中。藤尾が嫌いな漱石は、彼女を死なせるのに苦労したらしい。

▶p.124　**青春文学**　青春文学として、『三四郎』は当時高い評価を受けた。それに刺激を受けて、森鷗外《おうがい》が『青年』を執筆したのは有名。

▶p.126　**高等遊民**　漱石の作品の主人公に多く見られる。日露戦争後、職に就かず、親の資産で生活する知識人が増えた。彼らは今のフリーターと違って、非常に高い教養を持つがゆえに、体制に組み込まれることを嫌い、時代や既成の権力に批判的な立場を取った。

▶p.126　**新興成金**　日露戦争における日本の勝利によって、急速に富を築いた新興成金が生まれた。

▶p.162　**明治の知識人**　その多くは江戸時代の武士階級で、彼らは漢文に精通していた。当時は、大学に進学する者もほんの一部で、エリートとして扱われていた。今とは違い、国家を背負っているという使命感を持ち、時代の矛盾《むじゅん》を一身に引き受けがちだった。

▶p.163　**大衆**　日露戦争後、「読み書きそろばん」の徹底によって、文字の読める大衆が出現した。尾崎紅葉《こうよう》の『金色夜叉《こんじきやしゃ》』、徳富蘆花《とくとみろか》の『不如帰《ほととぎす》』の明治の２大ベストセラーは、大衆の出現抜きには考えられない。彼らはのちに大正デモクラシーを引き起こす。大正時代になって、芥川《あくたがわ》龍之介《りゅうのすけ》は知識人を対象に文学を追究し、行き詰まっていく。それに対して、菊池寛《ひろし》などはいち早く大衆に視点を移し、社会的な成功を収めた。

▶p.163　**尾崎紅葉**　硯友社《けんゆうしゃ》を率《ひき》い、擬古《ぎこ》典主義運動の中心となる。言文一致《げんぶんいっち》運動も推進し、『多情多恨《たじょうたこん》』などを発表。のちに『金色夜叉』という大ベストセラーを刊行。弟子作りがうまく、巧《たく》みに大衆の心をつかみ、紅葉門下を次々と輩出《はいしゅつ》する。

▶p.163　**徳富蘆花**　『不如帰』という明治の大ベストセラーを刊行。大衆の熱狂的な支持を得る。

▶p.163 **菊池寛**　芥川龍之介らと新思潮派を形成。「木曜会」に参加し、漱石門下となる。『恩讐《ふくしゅう》の彼方《かなた》に』『忠直卿行状《きょうぎょうじょう》記』などが代表作。のちに出版社の文藝春秋《ぶんげいしゅんじゅう》を興《おこ》し、龍之介の死後、芥川賞·直木賞を制定。文壇《ぶんだん》に大きな影響力を持った。

▶p.333 **島崎藤村**　若いときに北村透谷《とうこく》らと文芸雑誌「文学界」に参加。浪《ろ》漫《まん》主義運動の中心となる。クリスチャンで、『若菜集《わかなしゅう》』などロマンチックな詩を多く発表。透谷の自殺に衝撃を受け、さらに教え子との恋愛事件などにより高校教師を退職せざるをえなくなり、詩人から小説家へと、浪漫主義から自然主義へと大きく方向転換する。明治末自然主義の記念碑とも言える小説『破戒《はかい》』を発表。ほかに『春』『家』『新生《しんせい》』『夜明け前』など。

▶p.333 **北村透谷**　若き日、自由民権運動に挫折《ざせつ》し、文学における革命を志す。「文学界」を創刊し、浪漫主義運動を先導する。『内部生命論』などを発表。やがて、現実と理想のギャップに絶望し、20代で自殺。

〈メモ欄〉

〈メモ欄〉

〈メモ欄〉

〈メモ欄〉

〈メモ欄〉

〔著者紹介〕
出口　汪（でぐち　ひろし）
S. P. S.（スーパー・プレップ・スクール）主宰。水王舎代表。関西学院大学大学大学院博士課程修了。現在、東進ハイスクール・東進衛星予備校講師。受験「現代文」指導の第一人者として長年君臨。その間、多くのベストセラー学習参考書を出版。
一般書の主著に『源氏物語が面白いほどわかる本』（中経出版）、『出口汪の日本語トレーニング・プリント』シリーズ（小学館）、『カリスマ受験講師のすぐ身につく「論理力」の本』（三笠書房）、学習参考書の主著に『出口の　システム現代文』シリーズ、『読解・作文トレーニング』シリーズ（以上、水王舎）、『出口汪のメキメキ力がつく現代文』シリーズ（小学館）などがある。

●ホームページ
http://www.sps.ne.jp
http://www.ronri-e.com

夏目漱石が面白いほどわかる本　（検印省略）

2005年7月17日　第1刷発行

著　者　出口　汪（でぐち　ひろし）
発行者　杉本　惇

発行所　㈱中経出版　〒102-0083
東京都千代田区麹町3の2 相互麹町第一ビル
電話　03(3262)0371（営業代表）
03(3262)2124（編集代表）
FAX 03(3262)6855　振替 00110-7-86836
ホームページ　http://www.chukei.co.jp/

乱丁本・落丁本はお取替え致します。
DTP／マッドハウス　印刷／加藤文明社　製本／越後堂製本

ISBN4-8061-2257-2　C0091